Kristin Saß

Dein Wind in meinen Wellen

D1620535

KRISTIN SAß wurde 1997 in Lübeck geboren. Sie hegt eine große Liebe zu Blumen und Pflanzen, Heißgetränken jeglicher Art und dem Herbst. Am liebsten schreibt Kristin Romane mit sensiblen und modernen Themen, eckigen Charakteren und viel Atmosphäre.

Auf Instagram (@kristin.sass) tauscht sie sich gern mit ihren Leser*innen aus.

Kristin Saß

Dein Wind in meinen Wellen

ROMAN

VAJONA

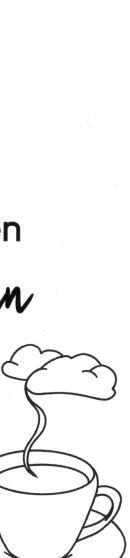

Dieser Artikel ist auch als E-Book erschienen.

Für alle, die Verlorenheit fühl(t)en

Playlist

Monsters — Brother Sundance
Ganz genau jetzt — KUMMER
Empty Crown - YAS
Drown — HANDS
Your Power — Billie Eilish
If You Ever Forget That You Love Me — Isak Danielson
Fühl — Lina Maly, Antje Schomaker
So Handsome Hello — Woodkid
Eyes Don't Lie — Tones And I
One Way Or Another — Until The Ribbon Breaks
I Can't Sleep — Nina Chuba
Falling Infinite — Black Math
When The Darkness Comes — Shelby Merry
Cursive — Billie Marten
Wild Stare — Giant Rooks
Can I Exist — MISSIO
First Time — Daya
To Believe — The Cinematric Orchestra, Moses Sumney
Beautiful Hell — Adna
Wildfire — SYML

Dein Wind bringt mich ab von

meinem Kurs

KAPITEL 1

Rosa

Wäre ich besser darin, mich selbst zu belügen, könnte ich mir einreden, dass es allein meine Entscheidung gewesen war, zu gehen. Wäre der labile Zustand meiner Mutter nicht gewesen, hätte ich mich mit Händen und Füßen weitergewehrt. Es fühlte sich an, als hätte ich verloren. Wir beide hatten verloren. Mum gegen die Belastung der letzten Jahre und ich die Diskussion, ob ich zu meinem Vater ziehen sollte.

Du hast gesagt, dass du gehen willst, erinnerte ich mich selbst. Mum hatte seit einigen Wochen nicht mehr von meinem Vater und dem Umzug gesprochen. Jetzt, da ihre schwachen Nerven gerissen waren, hatte ich nicht länger störrisch sein wollen. Mit all meiner Selbstüberwindung hatte ich ihr gesagt, dass ich umziehen würde, und die Erleichterung in ihren Augen hatte mir einen fiesen Stich versetzt.

Es tröstete mich nicht, das Ganze als Gelegenheit zu betrachten, den Mann zu besuchen, dem ich mein Leben verdankte. Ich hatte kein Interesse daran, etwas an unserem nicht existierenden Verhältnis zu ändern. Mein Leben lang war er ein Fremder für mich gewesen. Ein Fremder, von dem ich ab und zu einen Brief bekam, den ich nie las.

Meine Finger schlossen sich um das Stück Papier mit meiner Reiseroute, das in meiner Jackentasche ruhte. Ich zog es heraus, betrachtete meine kritzeligen Buchstaben, die sichtbar meinen Unwillen zeigten, den Namen *Rivercrest* zum Leben zu erwecken.

Mit zusammengepressten Lippen klappte ich langsam den kleinen Abfallbehälter im Zugabteil auf und ließ das zerknitterte Papier hineinfallen. Sogleich fühlte ich mich leichter. Das große Fenster über der Ablage neben mir war so verschmutzt, dass ich kaum hindurchsehen konnte. Der Zug war alt und das langsame Rattern auf den Schienen zerrte an meiner Geduld. Ich wollte meine Ankunft hinter mich bringen. Schnell und schmerzlos wie das Abreißen eines Pflasters. Je dichter ich meinem Ziel kam, einer winzigen Stadt an der nordamerikanischen Küste, desto düsterer schien die Aussicht zu werden. In einer lang gezogenen Kurve fiel es neben den Gleisen steil ab und ein tief liegender See glitzerte schwärzlich, umgeben von dunklen Nadelbäumen. Meine Hoffnung, dass sich die Wälder bald lichten würden, war inzwischen verschwindend gering. Sie entfachten ein tief sitzendes Unbehagen in mir und erinnerten mich daran, wie sehr ich alles verabscheute, was mit Dunkelheit zu tun hatte. Obwohl es sich kaum noch lohnte, zog ich zur Ablenkung ein Buch aus meinem Rucksack und nahm das Lesezeichen heraus. Dabei streckte ich die Beine aus und brachte meine kalten Füße näher an die Heizungsleiste. Außer mir schien kaum jemand in den wenigen Waggons zu sitzen und das empfand ich als kein gutes Zeichen. Rivercrest schien ein Ort zu sein, zu dem nicht viele Leute fuhren.

Vielleicht sind sie auch nicht so verrückt, mit diesem Schneckenzug zu fahren.

Ich ließ mich tiefer in den Sitz sinken, begann zu lesen und blendete meine Umgebung aus, bis die metallische Frauenstimme den nächsten Halt verkündete. *Rivercrest.* Augenblicklich verfiel mein Herz in einen unruhigen Takt und ich ließ die Nervosität ergeben zu. Solange Dean sie mir nicht anmerken würde, war es okay. Nach meiner Entscheidung überkamen mich immer wieder Zweifel und Ängste. Es ergab keinen Sinn, sich dagegen zu wehren. Meine Grandma hätte gesagt: *Jedes Gefühl hat seine Berechtigung und hat es verdient, dass du ihm Platz gewährst.* Zu allem hatte sie einen passenden Spruch auf den Lippen gehabt. Bei dem Gedanken an sie schloss ich schnell die Augen und hielt die Leere in mir zusammen, die ihr Tod bei mir hinterlassen hatte. Mit zittrigen Fingern zog ich den Reißverschluss des gelben Regenparkas nach oben, stülpte die Mütze über meine Ohren und belud mich mit meinem Rucksack und dem kleinen Koffer, der meine wichtigsten Sachen enthielt. Nach sechs Stunden, drei verschiedenen Zügen und zwei Tabletten gegen die Reiseübelkeit hatte ich mein Ziel erreicht. Während die Bahn stotternd abbremste, zwängte ich mich durch die schmalen Gänge zum nächsten Ausgang. Dabei beobachtete ich die näherkommenden Bänke und den kleinen Unterstand des Bahnhofs. Das Schild mit den verschlungenen Buchstaben war so von Wind und Wetter zerfressen, dass der Ortsname nicht mehr lesbar war. Während ich einige Menschen mit hochgezogenen Schultern die Gehwege entlanghasten sah, stand nur eine Person am Bahnsteig. Gegen die Winterkälte hatte mein Vater den Kragen seines braunen Mantels hochgeschlagen und trat von einem Fuß auf den anderen.

Ich straffte meine Schultern, hob das Kinn und schloss meine Finger fester um den Griff meines Koffers, als sich die Zugtüren quietschend öffneten. Eine Windböe brachte mich beinahe ins Straucheln, als ich auf den Bahnsteig trat und mein Vater mit schnellen Schritten und einem vorsichtigen Lächeln auf mich zukam.

»Rosa.« Er blieb vor mir stehen und es klang beinahe wie eine Frage. Ich nickte, wobei ich ihn kurz und unauffällig musterte. Der Mantel war makellos, die Schuhe poliert und das braune, gelockte Haar ergraute an den Schläfen. Er fuhr sich über das sorgsam rasierte Kinn und lachte unsicher, wobei sich die kleinen Fältchen um seine grauen Augen vertieften.

»D-du ... bist erwachsen geworden«, sagte er zögerlich. Wieder nickte ich nur. Ich wusste nicht mehr, wann er mich zuletzt gesehen hatte. Vielleicht als ich vier oder fünf gewesen war. Schon damals hatte ich ihm gezeigt, dass ich ihn nicht brauchte, und er hatte aufgegeben.

Sein Blick huschte von meinen etwas zerknautschten braunen Stiefeln über den Regenparka bis zu der grauen Mütze, unter der meine blonden Locken hervorschauten.

»Hallo, Dean.« Ich zwang mich zu einem verkniffenen Lächeln. Es folgte eine unangenehme Stille und seine Hand zuckte, beinahe als würde er sie mir reichen wollen. Doch schließlich umarmte er mich kurz und etwas umständlich, bevor er mir den Koffer abnahm. Noch als wir uns in Bewegung setzten, haftete sein fremder Geruch in meiner Nase und es wunderte mich selbst, dass ich mit irgendetwas Vertrautem gerechnet hatte.

»Ich freue mich sehr, dass du gekommen bist.« Er drehte sich kurz zu mir um und bedeutete mir dann, ihm weiter zu dem kleinen Parkplatz zu folgen. »Es wird höchste Zeit, dass wir uns besser kennenlernen.«

Die Floskeln schienen ihm so leicht über die Lippen zu kommen. Es klang, als hätte uns bisher schlichtweg die Gelegenheit gefehlt, unser Leben miteinander zu teilen. Dabei hatte es keiner von uns so richtig gewollt.

Vor mir blinkten die Lichter eines Autos auf und Dean blieb neben einem schwarzen *Chrysler Voyager* stehen. Er verstaute mein Gepäck und öffnete die Beifahrertür für mich. Einen Dank murmelnd stieg ich ein und fand mich im Wageninneren wieder, wo es nach Leder und Pfefferminze roch – irgendwo musste eine geöffnete Tüte Bonbons liegen, die diesen Geruch verströmten. Am Rückspiegel hing ein kleines Holzkreuz und ich erinnerte mich wieder daran, dass Mum erzählt hatte, er sei der Pfarrer in Rivercrest.

Dean setzte sich neben mich und startete den Motor.

»Hattest du eine gute Reise?«, fragte er, während er den Wagen vom Parkplatz manövrierte.

»Es geht. Ich werde schnell reisekrank«, sagte ich achselzuckend.

»Oh, das wusste ich nicht.«

»Im Zug ist es auszuhalten«, winkte ich ab und unterdrückte einen Kommentar darüber, dass er es nicht wissen konnte. Konzentriert blickte ich aus dem Autofenster und hoffte, dass er mir Zeit gab, meine neue Umgebung für das nächste halbe Jahr zu betrachten.

Altertümliche Laternen und dicht nebeneinander gebaute Gebäude säumten die Straße, alle paar Meter standen Bänke mit eisernen, verschlungenen Lehnen und an jeder Ecke leuchtete das Schild eines Cafés. Es sah anders aus, als ich es mir vorgestellt hatte. Nicht so trostlos, und das ließ mich hoffen.

Dean schwieg eine Weile, aber ich spürte, dass er immer wieder zu mir hinüberschielte.

Er fuhr aus der Stadt raus, und kurz bevor wir auf eine Straße abbogen, an der die Häuser abrupt von Bäumen abgelöst wurden, drosselte er das Tempo.

»Dort ist die High School.« Er deutete auf eine breite Einfahrt mit einem verwitterten Holzschild davor.

Mit viel Fantasie konnte man die Worte *Rivercrest High School* entziffern. Flache, graue Gebäudekomplexe blickten mir dahinter entgegen.

»Okay.« Auf diese Schule würde ich also in zwei Tagen gehen. »Danke, dass du dich um alles gekümmert hast.« Ich versuchte mich an einem schwachen Lächeln, denn ich war ihm wirklich dankbar, dass er mir beim Schulwechsel geholfen hatte. Genauer gesagt hatte er es in die Hand genommen und alles für mich geregelt.

Dean nickte erfreut, beschleunigte wieder und wir tauchten in das triste Licht einer Waldstraße ein. Wie befürchtet, schien es hier genauso viele Nadelwälder zu geben wie auf meiner Reise.

»Gabe und Lia werden dich mit dem Auto mitnehmen und wir haben es so eingerichtet, dass ihr viele Kurse gemeinsam habt. Mit ihrer Hilfe wirst du dich schnell eingewöhnen.«

Bei den Namen meiner Stiefgeschwister zuckte ich kurz zusammen. Der Gedanke, von ihnen abhängig zu sein, gefiel mir nicht. Aber dieses Problem würde ich erst dann angehen, wenn es so weit war.

»Ich bin wirklich froh, dass du hier bist, Rosa«, wiederholte er sich und lächelte mir zu. »Wie geht es Charlene?«

»Sie meldet sich nicht oft«, wich ich aus, weil ich nicht über meine Mutter sprechen wollte.

»Und die letzten Tage warst du allein?«

»Ja.«

»Du hättest gern früher kommen können.«

»Ich wollte mich von meinen Freundinnen verabschieden.«

»Verstehe. Das verstehe ich gut.« Dean schien nicht zu bedenken, dass ich neunzehn Jahre alt und imstande war, allein zu wohnen. Ich war hier, um Mum zu entlasten und ihr keine Sorgen mehr zu bereiten. Und vielleicht auch, um die letzten Monate vergessen zu können.

»Der Tod von Lorelei tut mir aufrichtig leid, Rosa. Wenn du über etwas sprechen möchtest, dann höre ich dir zu.« Seine Worte fühlten sich zu intim an, griffen zu sehr nach meinem Herzen.

»Dean, können wir eine Abmachung treffen?«, fragte ich, ohne den Blick vom Fenster zu lösen.

»Natürlich.«

»Solange ich nicht von mir aus über Mum oder Grandma sprechen möchte – könntest du sie nicht erwähnen?«

Ich hörte sein lautes Schlucken und ein Räuspern.

»I-ich bin noch nicht bereit dazu«, erklärte ich leise.

»Natürlich«, sagte er wieder, dieses Mal deutlich weniger euphorisch. Danach schwieg er und ich dankte es ihm. Die seltsame Stimmung zwischen uns war berechtigt. Sie war real und ich wollte sie nicht überspielen.

Es dauerte nicht lange, bis wir in eine Straße einbogen, die nur spärlich bebaut war. Jedes mehrstöckige, gepflegte Gebäude hatte einen großzügigen Abstand zum nächsten und Dean hielt in der Auffahrt des letzten Hauses. Hoch mit weißer Holzverkleidung und einer großen überdachten Veranda, von der eine breite Treppe in den ausladenden Vorgarten führte. Der Zaun strahlte, als wäre er frisch gestrichen und hinter den Fenstern flackerte warmes Licht.

Das Bild stimmte größtenteils mit den Vorstellungen überein, die ich mir vor meiner Abreise gemacht hatte.

Ehe Dean mir die Tür öffnen konnte, kam ich ihm zuvor und stieg aus. Dabei umfasste ich die Träger meines Rucksacks fester und unterdrückte ein Seufzen. Ich fühlte mich nicht bereit, drei fremden Menschen entgegenzutreten, mit denen ich ab heute zusammenleben sollte. Die Vorstellung war … ermüdend.

Wir hatten die Tür noch nicht erreicht, als sie sich bereits öffnete und eine Frau in den Rahmen trat, die ein ähnlich verkrampftes Lächeln wie Dean aufgesetzt hatte. Das dunkelblonde Haar war zu einer Art Schnecke gedreht, ihr fein geschnittenes Gesicht dezent geschminkt und sie trug ein dunkelblaues Wollkleid.

»Rosa, willkommen! Ich bin Bree.« Sie gab Dean einen flüchtigen Kuss, der mit meinem Koffer im Inneren verschwand.

»Hallo«, murmelte ich und trat hinter ihm in den Flur, wo ich meine Stiefel abstreifte. Der Vorraum, von dem aus eine breite Treppe in den oberen Stock führte, war fast so groß wie mein Zimmer in Paxton.

»Das Abendessen steht schon auf dem Tisch. Du hast sicher Hunger«, bemerkte Bree neben mir und hielt mir auffordernd ihre Hände entgegen. Es dauerte ein paar Sekunden, bis ich begriff, dass sie meine Jacke haben wollte. Ich schälte mich aus dem Parka, zog es jedoch vor, ihn selbst an die Garderobe zu hängen. Brees Lächeln wurde etwas breiter und glich einer Grimasse, bevor sie mir bedeutete, mit ihr zu kommen. Auf dem Weg lief ihr ein Fellbündel vor die Füße, das sie beinahe stolpern ließ.

»Gonzales«, stieß sie erschrocken aus und drehte sich zu mir um, während das Tier ein Fauchen ausstieß. »Du musst Gonzales entschuldigen. Er denkt, er hätte immer Vorfahrt.« Bree lachte, während der Kater uns mit peitschendem Schwanz umkreiste.

»Mum, du solltest dich bei ihm entschuldigen«, rief das Mädchen, das durch die gegenüberliegende Tür kam, sich den knurrenden Kater schnappte und ihn hochhievte. Gonzales hatte langes, grau gemustertes Fell, das etwas zerzaust aussah und den Umfang des Tieres noch unterstrich. Unermüdlich streichelte sie über den Kopf, der eigentlich zu groß für einen Kater war, und sah dabei in meine Richtung.

»Dahlia«, sagte sie mit heller, neutraler Stimme und nickte mir knapp zu.

»Rosa«, erwiderte ich überflüssigerweise.

»Willst du ihn streicheln? Dann gewöhnt er sich vielleicht schneller an dich.« Sie trat einen Schritt auf mich zu und abwehrend hob ich die Hände.

»Lieber nicht.«

Eine ihrer Brauen hob sich, bevor sie mit den Schultern zuckte und wieder in dem Raum verschwand, aus dem sie gekommen war.

»Nicht ins Esszimmer«, rief Bree ihr nach. »Er haart doch so furchtbar«, setzte sie leiser und hilflos hinzu, bevor ihr Blick erneut mich traf. »Sie hat ihn streunend an der Küste gefunden und wollte ihn nicht wieder hergeben.«

Zum Glück erwartete sie keine Antwort und führte mich ins besagte Esszimmer, wo Dahlia bereits saß und den Kater auf ihrem Schoß hielt, ohne den Einwand ihrer Mutter zu beherzigen. Neben ihr saß ihr Zwillingsbruder, die Ähnlichkeit war unverkennbar. Er starrte auf sein Handy und wirkte sehr beschäftigt.

»Das ist mein Sohn Gabriel.« Ihre sanfte Stimme gewann an Schärfe. Eine unterschwellige Aufforderung, ihr und mir Aufmerksamkeit zu schenken. Langsam legte er das Handy zur Seite und sah mir entgegen.

Das haselnussbraune Haar, das bei Dahlia zu einem Zopf geflochten war, fiel ihm wild in die Stirn. Seine großen, blauen Augen begutachteten mich aufmerksam, während seine geschwungenen Lippen sich zu einem Lächeln verzogen. Der größte Unterschied zwischen den Geschwistern war, dass Gabriel seine zierliche Schwester auch im Sitzen überragte. Dahlia glich von der Statue und den feinen Gesichtszügen sehr ihrer Mutter, während Gabriels Kinn und seine Schultern ausgeprägter waren und er vielleicht ein Stück mehr nach seinem Vater kam.

»Hey.« Sein Lächeln wandelte sich zu einem Grinsen und ich hob kurz einen Mundwinkel, bevor ich die leeren Stühle am Tisch betrachtete und nicht wusste, welcher für mich gedacht war. Dean kam mir schnell zur Hilfe und stellte sich hinter einen Stuhl, den er für mich zurückzog, bevor er sich neben mir niederließ. Bree begann eine cremige, rötliche Suppe in die Schüsseln zu füllen. Sie waren alle etwas krumm und schief. Schwer zu sagen, ob sie das Ergebnis eines Töpferversuches waren oder so gehörten. Der große, dicke Teller darunter verriet, dass es sich bei der Suppe nur um die Vorspeise handelte und darüber war ich froh, denn ich hatte die gesamte Zugfahrt über nichts gegessen. Aus Angst, mir könnte trotz Tabletten übel werden.

Zögerlich beäugte ich die rostfarbene Tischdecke, das winterliche Gesteck mit den brennenden Kerzen, die gefüllten Wassergläser, die leeren Becher daneben, die dampfende Teekanne auf einem Stövchen und die dunkelgrünen Servietten. Jedes Detail des gedeckten Tisches sprach dafür, dass sich jemand große Mühe damit gegeben hatte.

Zu Hause hatte ich in letzter Zeit ausschließlich auf dem Sofa gegessen. Nudeln aus dem Topf oder Pommes mit den Fingern und immer hatte ich gekleckert. Ich war schlecht darin, ohne Kleckern zu essen, und hoffte, diese Mahlzeit ohne Peinlichkeiten zu überstehen. Die ersten Tage bei fremden Menschen, die plötzlich zu meinem engsten Umfeld werden sollten, hatte ich mir beklemmend vorgestellt. Nun entschied ich, dass *Beklemmung* die falsche Bezeichnung war. Es war schlicht entblößend, diese neue Person zu sein, die heimlich beobachtet und mit Fragen durchbohrt wurde. Bree versuchte, jede stille Sekunde mit lieb gemeinten Erkundigungen zu füllen, und wollte alles über mich und mein bisheriges Leben erfahren. Bis zu meinem Abschluss hatten wir noch genug Zeit. Ein halbes Jahr, in denen sie mich kennenlernen konnte. Warum versuchte sie es an einem Abend? Erst als sie meine Mutter erwähnte, gebot Dean ihr Einhalt und erklärte, dass dieses Thema unerwünscht sei. Danach kehrte ersehnte Ruhe ein und ich begann die Suppe zu essen, die inzwischen lauwarm war.

Bree verteilte kurz darauf große Stücke einer Quiche, und auch wenn die Würzung ungewohnt war, befand ich, dass sie eine gute Köchin war und das Essen mein geringstes Problem werden würde.

»Möchtest du, dass wir dir gleich das Haus und den Garten zeigen?«, fragte Dean und seine Finger zuckten kurz, als würde er nach meiner Hand greifen wollen, die auf dem Tisch lag.

»Ich bin noch mit Meagan zum Lernen verabredet«, bemerkte Dahlia.

»Ich fahr sie auf dem Weg zu Alec rum«, fügte Gabriel hinzu, der wieder sein Handy in der Hand hielt.

»Danke für das Angebot, Dean, aber lieber morgen. Die Fahrt war sehr anstrengend«, schlug ich sein Angebot aus. Draußen dämmerte es, sodass vom Garten sicher nicht viel zu sehen sein würde. Mir entging nicht, dass Dahlia aufsah, als ich meinen Vater bei seinem Vornamen nannte, und auch Gabriels Kopf hob sich leicht. Seltsam, dass sie ihn als *Dad* bezeichneten, obwohl er nicht ihr biologischer Vater war, und ich es nicht tat. Aber vieles an der Situation war seltsam.

»Natürlich.« Dean stand auf. »Dann zeige ich dir dein Zimmer, wenn du möchtest.« Er brachte mich in den ersten Stock und öffnete die Tür am Ende des langen Flurs.

»Es war ursprünglich unser Gästezimmer. Wenn du noch etwas brauchst, sag es uns und wir beschaffen es.« Nervosität stand ihm ins Gesicht geschrieben, als ich in den schlicht eingerichteten Raum trat. Mit meinen Füßen tastete ich über den polierten Holzfußboden. Dann besah ich den weißen Schrank, die ebenso weiße Kommode und das winterliche Gesteck darauf. Das große Bett war beladen mit Decken und Kissen und die Lampe verbreitete ein warmes, helles Licht. Mein Koffer und mein Rucksack standen bereits am Fußende.

»Es gefällt mir gut, danke«, beruhigte ich ihn und ging zum Fenster, von dem aus ich in den schummrigen Garten sehen konnte. Viele Obstbäume standen dort, ein gedrungener Schuppen und kahle Winterbeete.

»Bree liebt ihren Garten«, bemerkte Dean und ich hörte das Lächeln in seinen Worten.

»Direkt nebenan ist ein Badezimmer. Lia und Gabe haben ihr eigenes. Du hast es also ganz für dich.«

»Danke«, sagte ich wieder und drehte mich unschlüssig um.

»Bree und ich sind im Wohnzimmer, wenn du uns brauchst.«

»Ich werde jetzt schlafen gehen.«

»Dann sehen wir uns morgen beim Frühstück.«

Ich nickte.

»Gute Nacht, Rosa.« Dean fing meinen Blick ein und mein Herz wurde schwer bei der Hoffnung, die ich in seinem sah. Worauf hoffte er?

Nachdem sich die Tür hinter ihm geschlossen hatte, ging ich zu meinem Koffer, öffnete ihn und begann, meine Sachen in den Schrank und die Kommode zu räumen. Dabei fühlte ich mich seltsam verloren. Ein Teil war in Paxton zurückgeblieben und erinnerte mich unerbittlich daran, was ich zurückgelassen hatte.

KAPITEL 2

Rosa

Meine Füße fühlten sich eiskalt an, während ich den schmalen Gehweg entlangwanderte. Dabei hielt ich mein Handy vor mich, um Cat und Erin die glitschigen Holztreppen zu zeigen, die nach unten ans Wasser führten.

Ich hörte sie miteinander tuscheln und drehte das Display zu meinem Gesicht, um sie mit schmalen Augen zu mustern.

»Was ist?« Ein Windstoß erfasste mich und sicherheitshalber hielt ich meine Mütze fest. Meine besten Freundinnen saßen derweilen gemütlich auf dem Sofa in Erins Elternhaus und aßen Pizza.

»Es sieht aus wie in einem Gruselfilm.« Cat zog die Unterlippe zwischen die Zähne und sah an mir vorbei, was mich herumwirbeln ließ. Gleich darauf hörte ich sie auflachen. Hinter mir war nichts, keine Menschenseele.

»Vielen Dank«, murrte ich.

»Nein, es sieht toll aus. Verwunschen«, behauptete Erin und schob Cat beiseite.

»Wie war deine erste Nacht?«, fragte sie besorgt und kam der Kamera noch näher, sodass ihr goldener Nasenring aufblitzte.

21

»Es fühlt sich an wie in einem Hotel.« Ich feixte traurig. »Bree gibt sich wirklich zu viel Mühe. Zum Frühstück gab es alles! Von Pancakes über Omelette bis zu selbst gebackenen Brötchen.«

»Und deine Stiefgeschwister?«, rief Cat mit vollem Mund aus dem Hintergrund.

»Sie sind okay. Dahlia bleibt für sich und Gabriel hat mir bisher ein bisschen was über die High School erzählt. Er ist sehr nett.«

Paxton war keine große Stadt, doch Rivercrest schien dagegen ein Dorf zu sein. Bei dem Gedanken an die neue Schule drehte sich mir der Magen um. Ich stand nicht gern im Mittelpunkt und seit meiner Ankunft hier hatte ich das Gefühl, dass selbst ein Zucken meines kleinen Fingers nicht unbemerkt bleiben würde.

»Warst du schon in der Stadt? Gibt es eine Bar? Irgendeine Ausgehmöglichkeit?« Cat quetschte sich wieder neben Erin vor die Kamera. Sie hatte ihren Mund mit dunkelrotem Lippenstift geschminkt.

»Geht ihr heute noch weg?«, fragte ich, ohne ihr eine Antwort zu geben.

»Erst wenn die Pizza nicht mehr so schwer im Magen liegt.« Cat stand auf, um mir ihre geöffnete Highwaist-Jeans zu zeigen. Es gelang mir nur träge, einen Mundwinkel zu heben.

»Viel Spaß.« Meine Stimme klang belegt und ich schluckte, um das Gefühl der Enge in meinem Hals zu vertreiben. Fröstelnd zog ich die Schultern hoch, was weniger an dem rauen Wind als an einer inneren Kälte lag.

»Was hast du heute noch vor?« Erin legte den Kopf schief und lächelte mich aufmunternd an, was mich wegsehen ließ. Ich wollte kein Mitleid. Auch wenn ich wusste, dass es vielmehr Mitgefühl war.

Vor der nächsten Holztreppe blieb ich stehen und sah hinunter, wobei mir eine scharfe Böe Tränen in die Augen trieb.

»Ich weite meine Erkundungstour auf den Stadtkern aus«, antwortete ich und vergrub die Nase im Schal. »Mit dem Bus«, fügte ich wenig begeistert hinzu, als die Haltestelle nahte. Eigentlich war es von Anfang an mein Plan gewesen, in die Stadt zu fahren. Keineswegs hatte ich eine Wanderung an der Küste vorgehabt. Dean hatte mich gewarnt, dass die nächste Haltestelle einen guten Fußmarsch entfernt läge. Dabei hatte er nicht übertrieben, wie ich es insgeheim angenommen hatte.

»Hast du was von deiner Mum gehört?«

Ich merkte Erin an, dass es die rhetorische Schlussfrage war, auch wenn sie meine Antwort sicher interessierte. Cat deutete im Hintergrund wenig unauffällig auf ihre schmale Silberuhr.

»Ich rufe sie heute Abend an. Und jetzt muss ich auflegen, mein Bus kommt.« Ich lächelte flüchtig bei ihren Verabschiedungen und Cats lautem »Wir lieben dich!«. Den Bus betreffend hatte ich gelogen, um weniger das Gefühl zu haben, dass sie jetzt keine Zeit mehr für mich hatten und das Leben fortführten, das eigentlich genauso meins war.

Warum Rivercrest? Warum lebte Dean *hier*? Jeder andere Ort wäre mir vermutlich lieber gewesen. Jetzt, wo ich hier war, konnte ich mir nicht mehr einreden, dass es mir bestimmt gefallen würde. Am vergangenen Abend hatte ich lange wach gelegen, an mein Zuhause gedacht und irgendwann nicht verhindern können, dass ich weinte. Vieles, was ich mit aller Kraft unterdrückt hatte, war durch die Oberfläche gebrochen. Allem voran die Wohngemeinschaft dreier Frauen, die es nicht mehr gab. Grandmas Tod hatte diese Gemeinschaft nicht einfach schrumpfen lassen. Er hatte sie zerstört. Mum und ich waren zusammen nichts. Sie hatte uns zusammengehalten. Sie war der Kleber gewesen. Aus tiefstem Herzen hatte ich gehofft, dass ihre Abwesenheit mir hier nicht in dem Maße auffallen würde wie in Paxton. Aber ich stellte fest, dass keine andere Umgebung den Schmerz zu lindern vermochte. Alle Erinnerungen und alle Trauer waren in meinen Gedanken und in meinem Herzen. Ich trug sie mit mir und kein Ortswechsel würde daran etwas ändern können. Meine Lippen pressten sich von selbst fest aufeinander, während ich die verlassene Küstenstraße beobachtete und den Bus herbeisehnte, der laut Fahrplan in einer Viertelstunde kommen sollte.

Das klapprige Gefährt hielt pünktlich vor mir am Straßenrand, und als ich bei dem kahlköpfigen Busfahrer ein Ticket löste, konnte ich kaum geradeaus laufen – so gefühllos waren meine Zehen. Abgesehen von dem schlafenden Mann in einer der vorderen Reihen war der Bus leer und ich setzte mich auf einen Platz am Fenster nahe dem Ausgang. Die Fahrt konnte nicht lang dauern und trotzdem hatte ich Angst, dass mir schlecht werden würde. Erleichtert hielt ich meine Finger über den warmen Luftzug, der von den Heizungsleisten nach oben drang.

Die Haltestelle, an der ich ausstieg, lag vor einem Einkaufszentrum und eine Informationstafel wies ins Stadtzentrum. Anders als die vielen dunklen Waldstraßen fand ich die Gegend hier beinahe schön. Die vielen Fassaden mit den Verzierungen, die liebevoll eingerichteten Schaufenster und die schmalen Straßen bildeten einen starken Kontrast zu den heruntergekommenen Läden in Paxton, über denen Neonbuchstaben angebracht waren, von denen längst nicht mehr alle leuchteten.

Während ich ziellos umherstreifte, entdeckte ich einige kleine Geschäfte, die ich besuchen wollte, wenn sie geöffnet hatten. Mir war die Sinnlosigkeit meines Vorhabens, an einem Sonntag den Tag in der Stadt zu verbringen, durchaus bewusst. Doch alles, was mich davon abhielt, mit Dean und seiner Familie im Haus eingesperrt zu sein, war mir recht. Nachdem ich tatsächlich diesen Schritt gegangen war – nachdem ich nun hier war – brauchte ich

Zeit für mich. Gerade Bree schien sich mit meinen Abschottungs-versuchen schwerzutun. Ich hatte alles darauf gesetzt, ein geöffnetes Café zu finden. Sonst würde ich es nicht lang aushalten und müsste wieder zurückfahren. Zurzeit schien ich jedoch in eine wenig versprechende Richtung zu laufen. Die einzelnen Menschen, die mir begegneten, verloren sich, die Straßen verengten sich zu Gassen und nun stieß ich unerwartet sogar auf die ersten flackernden Neonlichter.

Ich schaute mich irritiert um. Eben hatte ich mich noch vor einer kleinen Buchhandlung befunden und einen Gewürzladen passiert, doch nun stand ich vor zugenagelten Türen und zerschlagenen Fenstern. Auch wenn auf den ersten Blick alles verlassen wirkte, wusste ich, dass es nur der erste Anschein war. Fortlaufend drangen Geräusche auf die Straße. Die aneinandergereihten Häuser wurden immer wieder von Fassaden durchbrochen, denen ich ansah, dass sich Kneipen und Clubs hinter den massiven Türen verbargen.

Nieselregen traf auf meine kalten Wangen und mit einem lautlosen Seufzen zog ich die Kapuze meines gelben Regenparkas tief ins Gesicht und sah mich weiter um, wobei ich mir erneut schmerzlich verloren vorkam.

Ein lauter Knall ließ mich zusammenfahren – in dem schmalen Durchgang vor mir schwang eine robust aussehende Tür auf. Sie war gegen das Mauerwerk geschlagen und abgesplitterte Backsteinstückchen fielen zu Boden. Die Person, die auf die Straße trat, schwankte bedrohlich hin und her. Am helllichten Morgen auf einen Betrunkenen zu treffen, hätte mir normalerweise nicht allzu viel ausgemacht. Ich sah nach links, dann nach rechts, nur um festzustellen, dass außer mir niemand in der Nähe war.

Diese Tatsache bohrte sich in mein Bewusstsein und augenblicklich fühlte ich mich doch unwohl. Meine tauben Füße bewegten sich nur widerwillig, während mein Verstand mir beruhigend zuredete, dass die Gestalt in die entgegengesetzte Richtung ging und mich nicht bemerkt zu haben schien. Wobei man das leichte Torkeln schwerlich als Gehen bezeichnen konnte. Die große breite Statur sprach für einen Mann, ebenso die Kleidung – bestehend aus einem schwarzen Kapuzenpullover, der den Kopf verdeckte, sowie einer dunklen Jeans, die eindeutig zu kurz war. Der Mann blieb stehen, stützte sich mit einem Arm an der Hauswand ab und spuckte aus. Ungeachtet der Entfernung konnte ich sehen, dass die Lache auf dem Asphalt rot leuchtete. Mein Herz stolperte kurz und meine Gedanken überschlugen sich so sehr, dass sie sich verknoteten und ich nicht wusste, was zu tun war. Mein Instinkt wollte, dass ich wegrannte, doch schon während ich einige Schritte rückwärts machte, meldete sich mein Gewissen. Was, wenn der Mann gar nicht betrunken war, sondern verletzt? War ich dann nicht verpflichtet, ihm zu helfen? War unterlassene Hilfeleistung nicht sogar strafbar?

»Hallo?« Meine Stimme verlor sich in der Gasse und die Gestalt hielt inne. »Ist alles in Ordnung?«

Ich entfernte mich noch ein wenig weiter von dem Durchgang, obwohl ich im Grunde wusste, dass sich der Mann kaum auf den Beinen hielt und mich noch weniger würde verfolgen können.

»Kann ich Ihnen helfen? Sind Sie verletzt?«, versuchte ich es erneut, da der Mann sich nicht rührte und keine Anstalten machte, zu reagieren.

Jetzt sah ich, wie er langsam den Kopf schüttelte und eine Hand hob. Eine schwache Geste, als würde er versuchen, eine Fliege fortzuscheuchen.

»Sind Sie sicher?« Mein Herz klopfte so laut, dass ich glaubte, es würde bis in die schmale Straße nachhallen.

Für wenige Atemzüge verharrte ich und beobachtete, wie der

Mann sich wieder in Bewegung setzte. Bei jedem dritten oder vierten Schritt stützte er sich von der Wand ab und ich wollte mir gerade einen Ruck geben, doch zu ihm zu gehen, als die Tür ein weiteres Mal aufging. Ein junger Mann mit kurzem Zopf stürmte heraus.

»West, warte!«, rief er und war mit wenigen Schritten bei dem anderen Mann. »Mein Auto steht unten.«

Das war der Moment, der mich dazu brachte, herumzuwirbeln und mit weichen Knien so schnell wie möglich die Gasse zu verlassen. *Er bekommt Hilfe. Er ist nicht allein.*

Ich vergrub meine zitternden Hände in den Jackentaschen und ruhelos suchten meine Augen ein Ziel, bis sie ein warmes Licht an der nächsten Straßenecke entdeckten. Darauf hielt ich zu.

Golden Plover stand in goldenen, verschlungenen Lettern über dem großen Sprossenfenster und vor Erleichterung lachte ich leise auf, als ich Besucher in dem Café entdeckte. Ohne einen Blick zurückzuwerfen, schlüpfte ich in die angenehme Wärme und der Geruch von gerösteten Kaffeebohnen liebkoste meine angestrengten Nerven. Ich atmete tief ein und steuerte auf den Tresen zu, hinter dem ein Mann stand und mir mit gerunzelter Stirn entgegensah. Vielleicht war mir der Schock noch vom Gesicht abzulesen.

»Hallo«, murmelte ich und wollte meine Aufmerksamkeit den Tafeln an der Wand widmen, auf denen das Angebot stand. Die Augen des Mannes lagen jedoch so eindringlich und spürbar auf mir, dass ich bei seinem Gesicht verharrte.

»Geht es dir gut?«, fragte er, als würden wir uns bereits lange kennen.

Ich wollte nicken, hob dann aber etwas irritiert die Brauen. Nicht verwundert über seine Frage, sondern mehr von dem plötzlichen Bedürfnis, zu erzählen, was ich gerade gesehen hatte.

»Ich war gerade dort …« Mein Finger hob sich bebend in die Richtung, aus der ich gekommen war. »… in einer Straße.« Schwer schluckte ich, vor allem wegen des verstehenden Ausdrucks, der auf das Gesicht meines Gegenübers trat.

»Mir ist ein Mann begegnet. Verletzt – und vermutlich betrunken. Aber er hat Hilfe bekommen, glaube ich.« Ich gab mir Mühe, so leise zu sprechen, dass die anderen Cafébesucher mich nicht hörten. »Ich weiß nicht, was passiert ist.«

Der Mann hinter dem Tresen schob die große Brille mit den in Gold eingefassten Gläsern höher auf seine Nase und schien zwar besorgt, aber wenig schockiert über meine Worte.

»Du bist neu in Rivercrest, oder?«

Ich nickte nur.

»Als langjähriger Bewohner dieser Stadt gebe ich dir den gut gemeinten Rat, einen Bogen um diesen Stadtteil zu machen.« Er sagte es nicht belehrend, es klang mehr wie der Ratschlag eines Freundes.

»Warum?«

»Für meinen Geschmack läuft dort zu viel illegales Zeug – gerade für eine Kleinstadt wie Rivercrest.« Er lächelte schief. »Aber wir wollen deinen Start hier nicht holpriger machen als nötig. Was hättest du gern? Geht aufs Haus, damit du dich von dem Schrecken erholst. Du bist weiß wie Milch.«

»Danke.« Sein Angebot freute mich, nur konnte ich es gerade nicht zum Ausdruck bringen. »Ich hätte gern einen Cappuccino.« Normalerweise würde ich aus Höflichkeit ablehnen, aber ich hatte gerade wenig Kraft für Widerworte.

»Kommt sofort.«

Ich sah mich nach einem freien Tisch um, als seine Stimme mich aufhielt. »Was verschlägt dich hierher? Das gute Wetter?« Über die Schulter zwinkerte er mir zu, während er sich an der

Kaffeemaschine zu schaffen machte.

»Mein Vater«, antwortete ich ehrlich und knapp. Seine lockere Art erleichterte es mir, mich nicht wie auf dem Präsentierteller zu fühlen.

»Die Familie ist ein guter Grund.« Der Mann ging zu dem Glaskasten, in dem Muffins und kleine Kuchenstücke auf runden Glasplatten angeordnet waren. »Ein bisschen Zucker würde dir bestimmt gut bekommen.« Einladend deutete er darauf und es war mir unangenehm, mich auch noch auf einen Kuchen einladen zu lassen. Andererseits hatte ich großen Hunger und die Apfel-Zimt-Muffins ließen mir das Wasser im Mund zusammenlaufen. Er schien meinem Blick gefolgt zu sein, denn mit einem Grinsen deutete er auf einen und ich nickte schließlich.

»Den Kuchen backe ich selbst«, bemerkte er nicht ohne Stolz und schob mir ein Tablett mit dem Kaffee und dem Muffin hin.

»Mein Name ist Arthur. Es freut mich …« Er machte eine bedeutsame Pause und ich beeilte mich zu antworten.

»Rosa. Danke für die Einladung, wirklich!«

Er winkte nur ab und lächelte, was ihn sehr jung wirken ließ. Zuerst hatte ich ihn auf Mitte dreißig geschätzt, nun war ich mir nicht mehr sicher, ob er nicht vielleicht doch Ende zwanzig war. Ich erwiderte das Lächeln und wählte einen Tisch vor den großen Sprossenfenstern. Als ich mich in die weichen Polster sinken ließ, unterdrückte ich ein wohliges Seufzen. Mit noch immer kalten Fingern schälte ich mich aus meinem Parka und sah mich währenddessen um. Alles hier half mir, den Vorfall in den schmalen Gassen zu vergessen. Ich schob das Erlebnis weit von mir und rief mir Arthurs Worte in Erinnerung. Vermutlich hatte ich richtig reagiert und hätte mich sonst in Gefahr begeben.

Viel zu hastig schlang ich den Muffin hinunter und schloss dabei genüsslich die Augen. Gebäck, jegliche Art von Gebäck, erinnerte mich an die vielen Tage, die ich mit Grandma gebacken hatte. Jetzt gerade war es das erste Mal, dass mir bei dem Gedanken nicht die Lust auf die süße Leckerei verging. Zu schnell war mein Teller leer und ich widmete mich dem Cappuccino, wobei ich meinen Blick interessiert umherschweifen ließ. Die Beleuchtung war warm und die Einrichtung wirkte liebevoll zusammengebastelt. Durch die großen Fenster hatte ich eine gute Sicht auf die Straße. An den Wänden hingen unzählige Fotografien, auf denen verschiedene Vogelarten abgebildet waren. Vom Tresen aus beobachtete der Mann, Arthur, wie ich sein Café begutachtete. Alles an ihm strahlte aus, dass es sich um *sein Café* handelte.

Mit beschwingten Schritten kam er zu mir und deutete an die Wände. »Gefallen sie dir?«

Ich sah auf ein Foto, das eine Wildgans im Flug zeigte.

»Ja«, versicherte ich. »Lass mich raten: Sie sind alle von dir?«

Arthur lachte und auch meine Mundwinkel hoben sich.

»Das sind sie«, bestätigte er. »Kennst du den Zwiespalt zwischen zwei gleichwertigen Leidenschaften? Ich versuche beides unter einen Hut zu bekommen. Das Café und die Fotografie – aber es gelingt mir mehr schlecht als recht.« Beinahe verträumt sah er sich um. »Zu Anfang habe ich den Zeitaufwand eines Cafébetriebs unterschätzt und öffnete jeden Tag, um den Start zu finanzieren. Nun könnte ich mindestens einen Tag, wenn nicht zwei schließen – das würden mir meine Stammkunden jedoch nicht verzeihen.« Er hob die Schultern. »Für manch einen wäre es eine Tragödie, wenn ich sie mit geänderten Öffnungszeiten aus ihrer Routine reißen würde. Menschen sind Gewohnheitstiere.«

Ich kicherte und wollte ihm antworten, als uns eine Cafébesucherin unterbrach.

»Arthur!« Eine ältere Dame im langen schwarzen Mantel tippte ungeduldig mit der Stiefelspitze auf und ab.

Arthur verdrehte leicht die Augen, wobei er jedoch weiterhin lächelte und zum Tresen zurückkehrte.

Normalerweise war ich froh, wenn man mich in Ruhe ließ, aber Arthurs Gesellschaft hatte mir nichts ausgemacht. Seine offene Art half mir, mich ein kleines bisschen angekommen zu fühlen. Er tat, als würden wir uns zumindest vom Sehen kennen. Ich ließ mich noch tiefer in den weichen Polsterbezug sinken und beschloss, dass das hier *mein Ort* in Rivercrest werden konnte. *Mein Zufluchtsort.*

»Ist Dean nett zu dir? Versteht ihr euch?« Mums Stimme war leise, sodass ich das Handy dicht an mein Ohr pressen musste, um sie zu verstehen.

»Ja, alles okay«, sagte ich mechanisch. »Lass uns nicht über mich sprechen. Wie geht es dir?« Ich wollte Mum nicht erzählen, dass ich mich draußen in der Kälte herumtrieb, um nicht bei Dean sein zu müssen.

»Es geht mir gut.« Der zwanghaft muntere Ton meiner Mutter ließ mich mit den Augen rollen.

»Mum, sag die Wahrheit! Ich bin es – du kannst ehrlich sein.«

»Was willst du hören?« Im Hintergrund raschelte es, als würde sie die Bettdecke über sich ziehen. »Ich fühle mich allein. Ich vermisse meine Mutter. Ich würde alles dafür geben, dass sie noch einmal hier sein könnte, um mich in den Arm zu nehmen –« Ihre Stimme brach und ich drückte die Knie fester an meine Brust, umklammerte einen meiner Füße und wünschte, sie hätte etwas anderes gesagt. Alles andere hätte ich besser verkraften können. Aber Grandmas Tod tat so sehr weh, dass es unerträglich schien zu wissen, dass Mum ebenso litt wie ich. Eine von uns musste stärker sein und der anderen Mut zusprechen. Ich wusste, dass ich diejenige sein musste. Lorelei war ihre Mutter gewesen, für mich *nur* meine Großmutter. Es fühlte sich jedoch so an, als wäre sie genauso meine Mutter gewesen und als hätte sie ihre zwei Kinder allein gelassen. Meine Mum fühlte sich seit Jahren nicht mehr wirklich nach meiner Mum an.

»Kann ich irgendetwas tun?« Ich hätte ihr gern gesagt, dass ich mich genauso allein fühlte. Einsam. Nur kam mir das egoistisch vor. Ich saß in keiner Klinik, ich war nicht ausgebrannt und am Ende meiner Kräfte. Mir stand es nicht zu, schwach zu sein.

»Nein, mein Schatz. Die Zeit wird es richten.«

Ich zuckte zusammen, als ich meine Lippen so fest zusammenpresste, dass ein Schmerz durch meinen Kiefer schoss. *Die Zeit wird es richten.* Woher sie diesen Satz hatte, wusste ich nicht. Er ging mir allerdings ziemlich auf die Nerven. Seit der Beerdigung hatte sie ihn immer wieder gesagt, als wollte sie ihn sich selbst eintrichtern. Für mich bedeutete er nur, dass es irgendwann leichter werden würde, weil wir begannen zu vergessen. Aber ich wollte meine Grandma nicht vergessen, nichts von ihr. *Lolli*. Als ich mir bewusst ihren Spitznamen ins Gedächtnis rief, traten mir Tränen in die Augen.

»Wie sind die anderen Patienten?«, brach ich irgendwann die Stille, in der wir uns beide fingen. So liefen unsere kurzen Telefonate seit ihrer Einweisung immer ab. Wir schwiegen uns viel an, weil wir einander nicht unseren Schmerz zeigen wollten, und stellten Fragen, die kaum von Bedeutung waren, nur um dann weiter zu schweigen und uns irgendwann wieder voneinander zu verabschieden.

»Mit niemandem will ich etwas zu tun haben. Schon gar nicht mit den Übermotivierten, die glauben, den goldenen Weg zu einem gesunden Leben gefunden zu haben und sich und andere unentwegt analysieren«, murmelte Mum.

»Klingt schlimm«, sagte ich lahm, während wir uns dem Punkt näherten, an dem wir das Gespräch beenden würden.

»Ich vermisse dich, meine Süße. Natürlich würde ich gern weiter mit dir sprechen, aber ich bin sehr müde.«

»Okay. Dann ruf mich an, sobald es dir besser geht.« Ich wollte es leichthin sagen, aber es hörte sich einfach nur niedergeschlagen an. Außerdem wusste ich, dass sie nicht anrufen würde. Ich würde diejenige sein und sie würde versichern, dass sie sich auch am gleichen Tag noch hatte melden wollen.

»Natürlich. Gute Nacht.« Sie legte auf. Zusammengekauert wie ich war, ließ ich mich zur Seite fallen und vergrub mich in den vielen Decken und Kissen, die so fremd rochen.

KAPITEL 2 ½

Lesh

Veit stellte ihm einen Eimer neben das niedrige Sofa.

»Sorry, Mann, aber ich muss wieder runter. In zwei Stunden hab ich Schichtende – dann werde ich ja sehen, ob du noch lebst.« Er klopfte ihm leicht auf die Schulter, was Lesh aufstöhnen ließ. Er sah seinem Freund hinterher, dessen Gestalt in unscharfen Umrissen hinter der Wohnungstür verschwand. Scheiße.

Er sackte zur Seite, die durchgesessenen Sprungfedern des Sofas quietschten laut und stachen in seine Rippen, was sich wie ein Messerstich anfühlte. Veits fehlendes Mitgefühl war verdient. Er hatte genauso gut wie Lesh selbst gewusst, dass er eine Pause brauchte. Eigentlich müsste er sich ausziehen, sich waschen und die Schwellungen kühlen. Stattdessen schaffte er es gerade so, sich bis zum Rand des Sofas zu rollen und einen weiteren kleinen Schwall Blut in den Eimer zu spucken. Von dem Geschmack der warmen Flüssigkeit auf seiner Zunge war ihm so verdammt übel, dass er am liebsten gekotzt hätte. Aber selbst dafür fehlte ihm die Kraft. Zwischendurch überkam ihn die Frage, wo all das Blut herkam. Der Rest seines logischen Verstandes wusste, dass es eine oberflächliche Wunde an seiner Innenwange war, die zwar heftig blutete, jedoch schnell verheilen würde.

Er schloss die Augen, ließ sich gegen die kratzigen Kissen sinken und versuchte, die dumpfe Musik auszublenden, die von der Wohnung unter ihm hochdrang. *Scheiße.* Sein Körper fühlte sich an, als wäre er unter die Reifen eines Trucks geraten.

Ein naiver, größenwahnsinniger Teil von ihm hatte bis zum Schluss geglaubt, er hätte alles im Griff – zumindest teilweise.

Sein Handy summte, aber selbst wenn er gewollt hätte, wäre er nicht imstande dazu, ranzugehen.

Dankbar atmete er auf, als es verstummte, und während er wegdämmerte, hörte er seinen eigenen rasselnden Atem und drehte sich mühsam in eine halbwegs erträgliche Position, in der ihm kein Blut die Kehle hinunterlief.

Er schlief die wenigen Stunden bis zum nächsten Morgen durch und wurde von dem Geruch starken Kaffees geweckt. Veit hockte in Boxershorts vor ihm und hielt die Tasse vor sein Gesicht.

»Guten Morgen«, sagte er gut gelaunt und gleichermaßen verärgert. Lesh wollte nach der Tasse greifen, fasste jedoch ins Leere.

»Geh vorher duschen und wasch dir das Blut vom Maul, dann schmeckt auch der Kaffee.« Veit half ihm auf die Füße und ohne Rücksicht stemmte Lesh sein gesamtes Gewicht auf ihn. Sein Freund war etwas kleiner, aber hatte ein ebenso breites Kreuz und nahm die Last stumm in Kauf.

In dem winzigen, schäbigen Badezimmer ließ Veit ihn allein und Lesh hörte ihn pfeifend in der Küche hantieren.

Es dauerte eine Ewigkeit, sich auszuziehen. Obwohl er nur die Sweatshirtjacke, eine kurze Stoffhose und Boxershorts trug. Ein Blick in den Spiegel ließ ihn erkennen, dass sein Gesicht weniger abbekommen hatte als befürchtet. Ein Bluterguss am Kinn, der größtenteils von Bartstoppeln überdeckt wurde, und ein schmaler

Riss in seiner Braue, der schnell verheilen würde. Mit gerunzelter Stirn spreizte er die Finger seiner rechten Hand und verfolgte das Brennen, das sich durch seinen Handrücken fraß. Die Narbe war zum Teil wieder aufgerissen und getrocknetes Blut klebte großflächig auf der Haut. *Scheiße.*

Lautlos fluchend stieg er in die beengte Dusche und stellte die Temperatur zuerst auf heiß, um seine verkrampften Muskeln zu lockern und sich umständlich mit Veits Duschgel zu übergießen, und dann auf kalt, um den Schwellungen verspätet entgegenzuwirken.

Als er in seinen Boxershorts aus dem Bad humpelte, war sein Kaffee nur noch lauwarm und er spuckte den Schluck, den er genommen hatte, zurück in die Tasse, bevor er zu Veit in die Küche ging, um sich einen neuen zu holen.

Dieser saß am Tisch bei geöffnetem Fenster und rauchte. Neben dem Aschenbecher stand ein Glas Wasser und auf der zerfurchten Tischplatte lag eine Tablette.

»Nur was gegen die Schmerzen.« Veits graue Augen musterten ihn eingehend, dann nahm er die Zigarette aus dem Mundwinkel. »Du siehst aus wie ein Aquarellgemälde, sehr gelungen.«

»Lass es.« Lesh schluckte die Tablette, griff nach der Kaffeekanne und setzte sich an den Tisch. Er fühlte sich wie ein alter Mann, dem jede Bewegung zusetzte, und in seinem Schädel hämmerte die Frage, wie er zu seinem Auto und nach Hause kommen sollte.

»Ich fahr dich gleich.« Veit hörte auf, sein Haar zu einem kurzen Zopf zu binden und sah ihn scharf an. »Klamotten bekommst du auch. *Wie immer*!«

»Tut mir leid.« Lesh meinte jedes Wort ernst und fuhr sich über einen rötlichen Fleck an seinen Rippen, der fies pochte.

»Du musst dich nicht bei mir entschuldigen. Nur bei dir

selbst.« Veits Augen wurden schmal. »Brock weiß schon Bescheid. Wenn du dich nicht bald zusammenreißt, schmeißt er dich raus.«

Lesh lachte auf. »Wenn er es wahrmachen würde, wäre ich mindestens ein Mal die Woche gefeuert.«

»Komm, Mann! Du bringst dich um.« Veit drückte aggressiv die Zigarette aus und stand auf. »Niemand verurteilt dich, wenn du einfach mal *aufgibst*!«

»Ich pass ab jetzt besser auf!«, rief Lesh ihm hinterher. »Versprochen.«

»Fick dich, West. Das hast du schon zu oft gesagt«, gab Veit zurück.

KAPITEL 3

Rosa

Die Cornflakes, die ich zum Frühstück gegessen hatte, lagen mir wie Steine im Magen. Verkrampft umklammerte ich mit der einen Hand den Türgriff und mit der anderen den Sicherheitsgurt. Gabriel fuhr schrecklich. In jeder Kurve schien er extra auf das Gaspedal zu treten, und obwohl die Fahrt keine zehn Minuten dauerte, glaubte ich, mich übergeben zu müssen, als er endlich auf dem Parkplatz der High School hielt.

Er drehte sich zu mir um und hatte die geschwungenen Lippen zu einem Grinsen verzogen. »Angst?«, fragte er, bevor seine Mimik in der nächsten Sekunde Besorgnis ausdrückte. »Scheiße, Rosa! Ist dir schlecht?«

Ich schüttelte den Kopf, nur ganz leicht, um meinen Körper nicht weiter zu provozieren.

Jetzt drehte sich auch Dahlia auf ihrem Autositz um und beäugte mich kritisch. »Du bist ganz weiß um die Nase«, bemerkte sie teilnahmslos, bevor sie sich wieder umwandte und ausstieg. Als sie die Autotür öffnete, fuhr kalter Wind ins Wageninnere und gierig sog ich die frische Luft durch die Nase ein.

Frische Luft. Ich griff meinen Stoffrucksack und stieg ebenfalls aus. Augenblicklich ließ die Übelkeit nach und erleichtert stützte ich mich gegen den silbernen *Buick Verano*, der den Zwillingen gehörte.

Ein hoher Pfeifton erklang, als Gabriel ihn verriegelte und um den Wagen herum zu mir kam.

»Angst?«, fragte er erneut. Dieses Mal vollkommen ernst.

»Nein«, antwortete ich, nachdem ich einige Male ein- und ausgeatmet hatte. »Ich vertrage das Autofahren nicht gut.«

Seine Brauen zogen sich zusammen. »Dad hat von deiner Reiseübelkeit erzählt. So schlimm, dass du nicht mal Autofahren kannst?«

»Ich denke, es lag an deiner Fahrweise«, gab ich ehrlich zurück und machte einen ersten Schritt auf die flachen Gebäudekomplexe zu.

»Fuck! Und du sagst nichts?!«, rief er und war gleich wieder neben mir.

»Lass es uns vergessen, ja?« Ich hoffte einfach, er hatte noch eine andere Fahrweise zu bieten.

»Ich zeig dir das Sekretariat.« Mit einer Hand auf meinem Rücken lotste er mich durch die Autos und Schüler. Vielleicht war ich noch so blass, dass er Sorge hatte, er müsste mich auffangen.

Es war der erste Tag nach den Winterferien und Gabriel wurde immer wieder von Mitschülern aufgehalten. Es nervte mich, dass er es sich nicht nehmen ließ, mich allen vorzustellen. Vor der ersten Stunde würde die halbe Schule meinen Namen kennen. Mein Gesicht glühte unangenehm berührt und ich begann allmählich zu schwitzen.

Hinter einem niedrigen Tresen in einem Raum mit verglaster Front saß die Schulsekretärin. In schwarzen Buchstaben stand *Mrs Shade* an der durchsichtigen Schwingtür. Diese hielt mir mit langen roten Fingernägeln mehrere Unterlagen hin und lächelte mit schmalen Lippen, die dieselbe Farbe wie ihre Nägel trugen.

»Ich habe noch keine Anmeldungen für die Freizeitkurse von dir«, bemerkte sie, als ich mich bereits wieder zum Gehen wandte.

»Ich habe mich für nichts eingetragen.«

»Die außerschulischen Aktivitäten sind von großer Wichtigkeit«, beharrte sie.

»Meine Collegebewerbungen sind abgeschickt und die nächsten Monate wird es nur um die Abschlussvorbereitungen gehen – brauche ich wirklich zusätzlich Kurse?« Es war nicht beabsichtigt, aber ich klang trotzig.

»Sieh es dir bitte an«, erwiderte die Sekretärin mit einem gemeißelten Lächeln und wandte sich wieder ihrem Computerbildschirm zu. Ihre Fingernägel verursachten ein klackendes Geräusch auf den Tasten, als sie zu tippen begann, ohne mir einen weiteren Blick zu schenken.

Ich drehte mich um und durchsuchte die aneinandergehefteten Zettel nach einem Stundenplan. »Keine Freizeitkurse?«, hörte ich Gabriel sagen.

»Wozu?« Zweifelnd sah ich ihn an und er lachte auf.

»Um sozialen Kontakt zu anderen Menschen aufzubauen. Das würde dir guttun.«

Ich hörte auf, die Seiten umzublättern und blickte zu ihm hoch.

»Wozu?«, fragte ich erneut. »In ein paar Monaten bin ich doch wieder weg. Warum soll ich Freundschaften knüpfen, wenn ich weiß, dass sie bald wieder zerbrechen?«

»Für jeden Abschnitt gibt es die richtigen Leute. Warum sie nicht finden?«

Mit zusammengepressten Lippen wich ich seinem Blick aus und konzentrierte mich wieder auf die Unterlagen. Wahrscheinlich hatte er ein bisschen recht, und wenn diese richtigen Menschen von allein in meinem Leben auftauchten, würde ich mich nicht dagegen sträuben. Aber ich wollte sie nicht aus Eigeninitiative suchen.

»Schau mal, ich bin erst zwei Tage hier. Reizüberflutung und so. Sonst bin ich wirklich umgänglicher«, murmelte ich mit heißen Ohren.

»Alles klar.« Sein Lächeln fiel verhältnismäßig schmal aus, und bis wir an einer breiten Steintreppe ankamen, hing ein unangenehmes Schweigen zwischen uns.

»In der ersten Stunde habe ich *Kultur und Geschichte*.« Am Treppenabsatz blieb ich stehen und sah mich nach einem Anhaltspunkt um, wo ich hinmusste.

»Wir haben fast denselben Stundenplan – komm mit!« Gabriel sprang die ersten Stufen hinauf. »Verrätst du mir, warum wir uns erst jetzt kennenlernen? Was ist zwischen Dad und dir vorgefallen?«

Auf diese Frage war ich nicht vorbereitet. Ich blieb stehen, was mir einen genervten Kommentar des Schülers hinter mir einbrachte. Langsam schloss ich zu Gabriel auf und holte tief Luft.

»Wir haben uns aus den Augen verloren.« Ich hob die Schultern. »Der Kontakt ist einfach abgebrochen.« Meine Schultern sackten wieder herab. »Ich finde nicht, dass man Kontakt erzwingen muss, nur weil man verwandt ist.« So über Dean zu reden, fühlte sich nicht ganz richtig an. Es stimmte nicht vollkommen. Natürlich hatte ich mich oft gefragt, wie mein Vater lebte und ob es eine Bindung geben könnte, wenn wir es nur versuchten. Er hatte jedoch eine neue Familie, die besser zu ihm passte. Mum hatte es nicht getan und ich ebenso wenig.

»Er ist verdammt glücklich, dass du da bist, weißt du das? Er sieht es als eine riesige Chance und zu wissen, dass es dir anders geht …« Gabriel verstummte und beendete das Thema mit einer wegwischenden Handbewegung. »Nicht meine Baustelle, sorry.«

Vor dem Unterrichtsraum stellte ich irritiert fest, dass alle Schüler warteten und noch kein Lehrer zu sehen war.

Ich ignorierte die neugierigen Blicke, die mir begegneten, und konzentrierte mich auf die Spitzen meiner braunen Stiefel. Dabei fiel mir auf, wie zerkratzt und hässlich der Bodenbelag war.

»Hey, Ivy«, hörte ich Gabriel neben mir sagen. Seine Stimme hatte sich vollkommen verändert, als würde er sie absichtlich leicht kratzig klingen lassen und seine blauen Augen waren fest auf ein Mädchen gerichtet, das uns gegenüber an der Wand lehnte. Ihre Augenbrauen verschwanden kurz unter dem glatten dunklen Pony, bevor sie sich zusammenzogen. Sie zeigte ihm den Mittelfinger, an dem ein auffallend großer Ring steckte, bevor sie die Hände in den Taschen ihres knielangen Samtmantels vergrub und wegsah.

Schnell biss ich mir auf die Unterlippe, um nicht zu schmunzeln. Gabriels Blick klebte weiterhin an ihr, während er seine Lederjacke auszog und über die Schulter warf. Das wellige Haar fiel ihm in die Stirn und in einer beiläufigen Geste fuhr er sich hindurch. Nun prustete ich doch in mich hinein, weil er viel zu offensichtlich auf ihre Aufmerksamkeit lauerte.

In diesem Moment trat ein hochgewachsener, schlanker Mann zu uns, der eine randvolle Kaffeetasse vor sich hertrug.

Er nickte knapp in die Runde, bevor er die Tür aufschloss und uns den Vortritt ließ. Im Schein der Flurbeleuchtung glänzten und schillerten seine zurückgegelten Locken, wann immer er den Kopf bewegte.

Gabriel und ich waren die Letzten und der Mann schüttelte kurz meine Hand und stellte sich als Direktor Alderidge vor. Überrascht blinzelte ich, denn auf meiner alten Schule hatte ich den Direktor nur bei feierlichen Veranstaltungen zu Gesicht bekommen. »Du kannst dich neben Ivy setzen.« Er deutete auf den freien Platz neben dem Mädchen mit dem Pony und ich glaubte, Gabriel neben mir zusammenzucken zu sehen.

»Danke.« Während ich mich setzte, ließ ich den Blick kurz umherschweifen und bei der vielen Aufmerksamkeit wurde mir ganz anders. Ich entdeckte Dahlia, die mir eben im Flur nicht aufgefallen war. Sie breitete sorgsam ihre Bücher und Stifte vor sich aus.

»Hey.« Ich lächelte Ivy flüchtig zu und schlüpfte aus dem Regenparka.

»Du gehörst zu den Silver-Zwillingen?«, fragte sie und ich hoffte, dass sie mich nicht allein dafür hasste. So nah neben ihr nahm ich wahr, dass sie leicht nach Weihrauch roch und nach Rosen.

»Rosa Frye«, sagte ich, um zu verdeutlichen, dass wir nicht miteinander verwandt waren.

»Aber du bist die Tochter von Pfarrer Silver?«, wollte sie weiterhin unverblümt wissen. Darauf nickte ich nur und lenkte das Thema von mir ab.

»Warum haben wir Unterricht beim Direktor?«

»Lehrer sind hier Mangelware.« Ivy strich sich den Pony zurück, der bereits etwas zu lang war und in ihre katzenartigen Augen fiel, die von dem Eyeliner noch betont wurden. Mir viel auf, dass der kunstvolle Strich am Ende mit einem gemalten Punkt verziert war. Ihre Lippen, in einem warmen braunrot geschminkt, verzogen sich zu einem bedauernden Lächeln und sie schnalzte leise mit der Zunge. »Die meisten, die dazukommen, gehen bald wieder. Einer war nur eine Woche hier …« Es schien, als wäre sie noch nicht fertig gewesen, doch der Direktor stellte laut seine Ledertasche auf dem Pult ab.

»Ihr habt sicher mitbekommen, dass wir eine neue Schülerin

haben.« Er wies auf mich und ich rutschte auf meinem Stuhl ein Stück tiefer. »Das ist Rosa – helft ihr, sich einzugewöhnen, und seid nett.« Damit klatschte er in die Hände und ich stieß erleichtert über seine knappe Information die Luft aus.

»Ihr steht kurz vor eurem Abschluss und wir werden die verbliebene Zeit nutzen, um wichtige Themen zu vertiefen, die euch bisher im Unterricht begegnet sind. Unter anderem die Entdeckung Amerikas – dazu habe ich eine Dokumentation herausgesucht.«

Während der Direktor den Beamer anschaltete und eine weiße Leinwand herunterließ, schoss Ivys Arm neben mir in die Höhe und sie schnipste ungeduldig.

Direktor Alderidge sah auf und ich konnte hören, wie er angestrengt Luft holte. »Ja, Ivy?«

»Ich hoffe, es ist nicht wieder einer dieser Filme, der die Amerikaner über den grünen Klee lobt und wo nur am Rande erwähnt wird, dass sie unzählige Ureinwohner ermordet und in Reservate gepfercht haben?!«

Eine Stimme erhob sich hinter uns. »O Mann, Ivy.«

Sie fuhr herum, wurde jedoch von der strengen Stimme des Direktors von einer Erwiderung abgehalten.

»Ivy!«

Langsam drehte sie sich wieder nach vorn und verschränkte die Arme vor der Brust.

»Entschuldigen Sie. Ich möchte nur, dass uns hier im Unterricht reale Werte vermittelt werden und keine Lügen.«

»Keine Sorge. Darauf bin ich bedacht.«

Ich warf ihr einen verstohlenen Blick zu. Sie hatte die Lippen zu einem festen Strich geschlossen.

Als sie bemerkte, dass ich sie ansah, hob sie die Mundwinkel zu einem entschuldigenden Lächeln. Ich tat es ihr gleich, denn trotz ihrer kratzbürstigen Art war sie mir sympathisch. Vielleicht gerade deswegen.

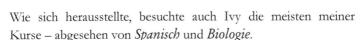

Wie sich herausstellte, besuchte auch Ivy die meisten meiner Kurse – abgesehen von *Spanisch* und *Biologie*.

Nach *Kultur und Geschichte* war sie an meiner Seite geblieben. Als Gabriel uns hatte folgen wollen, hatte sie sich zu ihm umgedreht. »Lass uns Luft, Silver.«

Er schien nicht im Mindesten darüber erfreut, dass Ivy und ich mehr miteinander zu tun haben könnten. Seine Augen waren schmal geworden vor Unmut, bevor er ein Lächeln aufgesetzt und mit erhobenen Händen einige übertriebene Schritte von uns weggemacht hatte.

»Ich bin vor zwei Jahren selbst neu in die Stadt gekommen«, sagte sie, als wir in der Mittagspause gemeinsam in der Schlange der Cafeteria standen. »Ich weiß genau, wie ätzend es ist, von allen angegafft zu werden.«

»Ich merke es kaum«, behauptete ich.

»Über das Essen hier kann man sich streiten, aber die Waffeln sind echt lecker. Die solltest du probieren.« Ihr Finger deutete auf das Schild mit dem Angebot.

Es schien, als würde sie immer impulsiv das sagen, was ihr in den Sinn kam, und oftmals sprang sie ohne Übergang von einem Thema zum nächsten.

Während sich die Schlange an der Essensausgabe langsam vorwärtsbewegte, entdeckte ich Gabriel und Dahlia mit zwei Jungs und einem Mädchen an einem der Tische. Er erwiderte meinen Blick und machte eine einladende Geste mit dem Kinn, die ich mit einem leichten Kopfschütteln beantwortete. Meine Hoffnung war, dass Ivy und ich uns abseits einen Zweiertisch suchen würden, damit ich mich während des Essens nicht unablässig vorstellen musste.

Als wir an der Reihe waren, tat ich es Ivy gleich und bestellte die gepriesenen Waffeln. Die schmale Frau mit dem Haarnetz, das dieselbe mintgrüne Farbe wie die Wände der Kantine hatte, lächelte mir freundlich zu, während sie mir das Tablett reichte.

Ivy steuerte leider nicht den gewünschten Zweiertisch an, sondern führte mich zu einem, an dem bereits drei Personen saßen. Sie kamen mir bekannt vor und vermutlich hatte ich sie in den vergangenen Stunden in den Kursen gesehen.

»Rosa isst mit uns. Macht kein großes Ding draus«, sagte Ivy neben mir und klopfte einladend auf den Stuhl neben sich.

»Diego, freut mich.« Ein breitschultriger Kerl mit blonder Löwenmähne hob eine Hand.

Das Mädchen neben ihm hatte rote, wilde Locken und lächelte etwas schüchterner. Die riesigen grauen Augen in Verbindung mit ihrer Porzellanhaut und den eher schmalen Lippen ließen eine verblüffende Ähnlichkeit zu einer Puppe entstehen.

»Ich heiße Nikki. Wir haben *Mathe* und *Spanisch* zusammen.«
»Oh ja, cool«, erwiderte ich ungewollt reserviert und lächelte, um nicht zu abweisend zu wirken.

»Silas. Willkommen an der *Rivercrest High School*.« Der dritte Schüler am Tisch reichte mir förmlich die Hand. Seine Haare hatten dieselbe Farbe wie mein Aquamarinring und um seine Augen lag ein dunkler Schimmer von Kajal. Eine Seite seiner Unterlippe wurde von Piercings durchbohrt, ebenso wie eine seiner Brauen. Um seinen Hals lag eine grobgliedrige Kette und er war vollkommen in schwarz gekleidet.

»Hast du eine erste Bilanz gezogen?« Seine Stimme war sehr weich, anders als erwartet.

»Von der Schule? Der Stadt?« Obwohl es unhöflich war, schnitt ich meine Waffeln klein, um sie essen zu können, bevor sie kalt wurden.

»Explizit von der Schule, wobei mich deine Meinung zu Rivercrest auch interessiert.«

»Ist ganz okay«, wich ich aus. »Es ist mein erster Tag. So viel kann ich noch nicht sagen.«

»Lasst sie ihre Waffeln essen«, bemerkte Ivy mit vollem Mund und feuerte mahnende Blicke in die Runde.

»Schon gut«, sagte ich aus Höflichkeit.

»Abgesehen von der Inkompetenz mancher Lehrkräfte kann man es hier gut aushalten«, mischte sich Diego ein. »Nicht wahr, Ivy?« Er schien sie unter dem Tisch mit dem Fuß anzustupsen, denn sie fuhr zusammen.

»Nur eine Unfähigkeit stört mich besonders, und zwar die des Direktors«, grummelte sie und trank von ihrem Wasser.

Während der Dokumentation hatte sie noch einige Male die Hand gehoben, doch Direktor Alderidge hatte sie irgendwann ignoriert.

»Wenn ich dich nicht beim Essen störe –, warum hast du die Schule gewechselt? So kurz vor dem Abschluss?« In Diegos Frage schwang unverhohlene Neugier mit.

»Das hat familiäre Gründe«, wich ich aus, woraufhin alle erwartungsvoll schwiegen. Meine Lippen pressten sich aufeinander und ich hatte Mühe, sie voneinander zu lösen. »Meine Mutter macht gerade eine Reha ... Burnout. Ich ... Sie braucht Zeit für sich und deshalb besuche ich meinen Vater.« Ich zuckte mit den Schultern und versuchte, unbekümmert zu wirken.

»Meine Tante hatte auch mal Burnout«, meldete Nikki sich leise zu Wort. »Das ist wirklich nicht lustig.«

Ich schüttelte nur den Kopf.

Demonstrativ biss ich in meine Waffel und Ivy riss ein neues

Thema an, das nichts mit mir zu tun hatte.

Nach meinem letzten Kurs saß ich in der Eingangshalle und wartete auf Gabriel und Dahlia. Ihr Stundenplan unterschied sich in der Hinsicht von meinem, dass sie jeden Tag einen zusätzlichen Freizeitkurs belegt hatten – immer, bis auf freitags. Das hieß für mich, ich würde die restlichen Tage hier auf sie warten müssen.

Ich hatte bereits über einen Spaziergang nachgedacht, um Zeit totzuschlagen, aber der Sprühregen vor den gläsernen Eingangstüren war wenig einladend. Deshalb blätterte ich die Schulbücher durch, die ich gemeinsam mit Ivy aus der Schulbibliothek geholt hatte. Sie waren ziemlich zerfleddert und lagen zwei Auflagen hinter denen in Paxton zurück. Die Hausaufgaben hatte ich bereits beendet, obwohl ich mir diese für den restlichen Nachmittag hatte aufheben wollen, damit ich einen Grund hatte, mich in meinem Zimmer zu verkriechen. Aber das Starren auf die große Uhr mit den unerträglich langsamen Zeigern hatte ich irgendwann nicht mehr ausgehalten.

Meine Aufmerksamkeit wanderte zu dem steinernen Block darunter, auf dem eine schmale Vase mit gelben Rosen stand. Zögerlich ging ich dorthin, wobei meine Schritte laut von den kahlen Wänden widerhallten.

Ich musste mich hinknien, um die Gravur lesen zu können. *Annie Robinson.* Darunter stand unverkennbar ein Todesdatum. Sie war am neunzehnten September des letzten Jahres gestorben. *Nicht einmal vier Monate ist es her.*

Ein seltsames Gefühl befiel mich und ich stand schnell wieder auf, ging zur Bank, auf der ich gesessen hatte, und zog meinen Parka über. Ich wollte nicht länger allein mit diesem Gedenkstein in der Halle sein und bis zum Ende der nächsten Stunde waren es noch zehn Minuten.

Kalte Luft und feiner Regen schlugen mir entgegen, als ich hinaustrat. Die Kapuze zog ich tief ins Gesicht und fröstelnd stülpte ich den Pullover, den ich unter der Jacke trug, über meine Hände und steckte sie in die Taschen.

Aber die Luft war klar, belebend und rein. Ein Hauch von Salz, der den naheliegenden Pazifik erahnen ließ, schwang darin mit. Ich schlenderte über den Parkplatz, bis ich den silbernen *Buick Verano* erreichte, und lehnte mich dagegen.

Das hell erleuchtete Gebäude bildete einen starken Kontrast zu den dunklen Bäumen ringsherum. Obwohl es nicht einmal drei Uhr nachmittags war, schien es dämmern zu wollen.

Ich ließ meinen Blick über die vielen Autos die Straße entlangwandern, die zwischen den Bäumen verschwand. Auch wenn sich der Gedanke, mit einem Fahrrad dort entlangzufahren, beängstigend anfühlte, würde ich Dean noch heute danach fragen. Ich hoffte inständig, dass sie irgendwo im Schuppen oder der Garage noch welche stehen hatten. Ein neues konnte ich mir gerade nicht leisten.

Ungeduldig wippte ich mit dem Fuß auf dem nassen Asphalt auf und ab. Irgendwann begann ich aus Langeweile mitzuzählen und war bei zweihundertsieben angelangt, als die Schulglocke ertönte.

Trotzdem musste ich noch eine ganze Weile warten, bis Gabriel und Dahlia bei mir am Wagen ankamen.

»Warum wartest du hier draußen?«, fragte Gabriel, während er aufschloss. »Erfrierst du nicht?«

»Ich wollte ein bisschen frische Luft schnappen.« Bevor ich ins Auto stieg, versuchte ich den Regen bestmöglich von meiner Jacke zu schütteln.

»Wer war Annie Robinson?« Wir waren noch nicht vom Parkplatz gefahren und Gabriel bremste etwas zu abrupt, bevor er auf die Hauptstraße abbog.

Das lange Schweigen der Geschwister verunsicherte mich.

»Sie ist bei einem Autounfall ums Leben gekommen«, sagte Gabriel schließlich und seine Finger trommelten auf das Lenkrad. Ich merkte, dass er sich große Mühe gab, eine ruhige Fahrweise beizubehalten, was ich ihm hoch anrechnete.

»Oh.« Ich räusperte mich leise und wehrte mich gegen das Gefühl, dass der Tod ein Tabuthema war. »Kanntet ihr sie gut?«

Wieder war es Gabriel, der antwortete. »Sie war eine von Lias besten Freundinnen.«

»Gabe«, fuhr ihn seine Schwester an. Sie klang gepresst, jegliche Gleichgültigkeit wich aus ihrer Stimme. »Wenn es dir nichts ausmacht, belassen wir es dabei. Okay, Rosa?!« Sie drehte sich nicht zu mir um.

»Klar.« Ich verzog die Lippen zu einem angestrengten Lächeln, als ich Gabriels Blick im Rückspiegel auffing. Wie hatte ich wissen können, dass ich mit meiner Frage einen wunden Punkt traf? Aber ich würde Dahlias Bitte akzeptieren. Schließlich wollte auch ich nicht über Grandma sprechen.

Den Rest der Fahrt schwiegen wir, bis wir ausstiegen.

»Ist Dean um diese Uhrzeit schon zu Hause?« Ich wollte ihn gern so schnell wie möglich nach einem Fahrrad fragen.

»Könnte sein, dass er in seinem Arbeitszimmer ist.« Gabriel machte einen Wink und ich folgte ihm. Dahlia zog ihre Stiefel aus und verschwand umgehend in den ersten Stock.

»Habe ich jetzt etwas in ihr wachgerufen?«, fragte ich leise. Dahlias und mein Start war holprig und bereits jetzt glaubte ich sagen zu können, dass wir keinen Draht zueinander finden würden. Trotzdem konnte ich ihren Schmerz nachempfinden, den der Verlust eines geliebten Menschen mit sich brachte. Grandmas

Tod lag ein knappes halbes Jahr zurück und dennoch fühlte es sich an, als wäre die Wunde wenige Wochen alt.

»Gabriel?« Er hatte nicht geantwortet, sondern sah seiner Schwester mit unverkennbarer Besorgnis hinterher.

»Gabe«, sagte er dann und wandte sich mir zu. »Bitte nenn mich Gabe. Was Dahlia angeht, musst du dir keine Gedanken machen. Annies Tod wird uns noch eine lange Zeit begleiten.«

Ich hörte, wie er tief Luft holte, bevor er wieder die Hand auf meinen Rücken legte und mich durch das Wohnzimmer zu einer Tür führte, deren Raum ich noch nicht kannte. Er klopfte kurz, bevor er öffnete.

Dean saß an einem massiven, dunklen Schreibtisch und hob den Kopf, wobei er sich eine Lesebrille in die Locken schob.

»Hey, Dean«, begann ich, nachdem ich mich damit abgefunden hatte, dass Gabriel neben mir stehen geblieben war. Das Thema hätte ich lieber ohne ihn angesprochen. Ich fürchtete, er könnte es falsch auffassen. »Habt ihr ein Fahrrad für mich?«

Deans Brauen rutschten etwas höher. »Ein Fahrrad? Wozu brauchst du ein Fahrrad?«

»Um zur Schule zu fahren —« Schnell wandte ich mich an Gabriel, der bereits die Lippen geöffnet hatte. »Du kannst nichts dafür, weder du noch Dahlia. Ich möchte einfach unabhängig sein und nicht jeden Tag in der Eingangshalle warten müssen. Wenn ich in die Stadt will, dann nicht mit dem Bus oder wenn ihr zufällig auch fahrt.«

»Hast du nicht auch einen Führerschein?«, fragte Dean und ich nickte knapp. »Dann nimm doch den *Buick*. Du hast genauso ein Recht auf ihn wie Gabe und Lia.«

Abwehrend hob ich die Hände. »O nein, das möchte ich nicht. Ich fahre nicht gern Auto. Nicht als Beifahrerin und auch nicht als Fahrerin. Ein Rad wäre mir am liebsten.« Hoffnungsvoll sah ich

Dean an, der sich an der Stirn kratzte.

»Wenn ich mich recht erinnere, könnte mein altes Rad noch im Schuppen stehen. Aber ob es fahrtüchtig ist, weiß ich nicht.« Er stand auf und legte seine Brille auf den Schreibtisch, bevor er zu uns kam.

»Sehen wir es uns mal an«, bot er an und ich nickte heftig, ehe ich ihm folgte. Schnell drehte ich mich noch mal zu Gabriel – Gabe – um und formte ein lautloses *Danke*. Er hob nur das Kinn, bevor er in der Küche verschwand und Brees Stimme erklang. Dean warf sich seinen Mantel über, während ich froh war, meinen Parka gar nicht ausgezogen zu haben, und zusammen gingen wir zu dem Holzschuppen im Garten. Das Vorhängeschloss war alt und verrostet. Es ließ sich nur unter Protest und mit einem lauten Quietschen öffnen, dann kam uns ein erdiger Geruch entgegen und eine flackernde Lampe glomm auf.

Dean befreite in der hintersten Ecke ein altmodisches blaues Fahrrad von einer Plane und zerrte es ins Freie.

Zum Glück war es kein Herrenrad mit einer hohen Stange. Ein Lächeln breitete sich auf meinem Gesicht aus. Zwar war es staubig, die Reifen platt und irgendetwas schleifte, während Dean es hin und her schob, aber das alles ließ sich bestimmt beheben.

»Hm, ich glaube, mit Aufpumpen ist es nicht getan.« Mit schmalen Augen untersuchte Dean die Reifen, probierte die Klingel aus, die keinen Ton von sich gab, und besah sich die Kette. »Wenn du möchtest, können wir später in die Stadt fahren und alles besorgen, um das gute Stück wieder in Schuss zu bekommen.«

»Das wäre toll.« Und mit ganz viel Glück wäre ich schon ab dem morgigen Tag frei.

In Deans Augen flackerte kurz Freude auf, bevor er besorgt wirkte. »Es hat aber wirklich nichts mit Gabe oder Lia zu tun?

Versteht ihr euch?«

»Alles in Ordnung. Es liegt nur an mir«, beschwichtigte ich.

»Die Selbstständigkeit hast du von deiner Mutter«, bemerkte er dann und ungewollt zog sich mein Inneres zusammen.

Die Vorstellung von meiner Mum und Dean zusammen war bisher zu surreal erschienen, aber jetzt schien er die Vergangenheit mit wenigen Worten zum Leben erweckt zu haben und ich fragte mich, was sie aneinander geliebt hatten.

»Und was habe ich von dir?«, fragte ich, um von meiner Mutter abzulenken. Erst im Nachhinein wurde mir bewusst, wie heikel diese Frage war und beschämt sah ich weg.

Dean schien ein wenig zu erröten und deutete verlegen auf seine Haare. »Zumindest die Locken. Alles andere müssen wir herausfinden.« Er zwinkerte unbeholfen und wir kehrten zum Haus zurück, wo Bree in der Terrassentür stand und bereits nach uns rief. Ich ließ seine Worte so stehen, wollte ihm die Hoffnung nicht nehmen, auch wenn ich nicht daran glaubte, dass ich ihm in irgendetwas ähnelte. Kinder übernahmen das meiste von ihren Eltern, weil sie sie nachahmten oder es ihnen gezeigt wurde. Das hatte wenig mit Veranlagung zu tun. Mein Vater hatte mir keine Möglichkeit gegeben, mir etwas abzugucken. Vermutlich hatten wir nicht mehr gemeinsam als die widerspenstige Haarstruktur.

Kapitel 4

Rosa

Abgesehen von neuen Reifen, Fahrradöl, einem neuen Sattel, einem Schloss und einer Klingel, hatten Dean und ich am vergangenen Tag noch ein paar Handschuhe gekauft, die ich jetzt dankbar überstreifte. Den Schal wickelte ich so oft es ging um mich und die grob gestrickte Wollmütze zog ich tief in meine Stirn.

Mit einem stillen Lächeln holte ich das blaue Fahrrad aus der Garage und stieg auf. Der Lack war etwas abgeblättert, aber das störte mich nicht. Es war schön gewesen, mit Dean daran herumzubasteln. Ich hatte mich darüber amüsiert, wie er krampfhaft versucht hatte, das Öl von seiner Jeans und seinem Wollpullover fernzuhalten, und mit Handschuhen bewaffnet die Kette geölt hatte, damit sie nicht von den Zähnen sprang. Ich war zweimal die Straße hoch- und runtergefahren und hatte dabei munter geklingelt, was Dean hatte schmunzeln lassen. Es überraschte mich, wie angenehm seine Gegenwart nach den wenigen Tagen bereits war. Bisher gab es nur kurze Momente, in denen ich mich gänzlich wohlfühlte. Aber vielleicht konnten sie bald länger werden.

Ich vergrub die Nase tiefer in dem Schal und ließ mich die

Straße entlangrollen. Erst auf der dunklen Waldstraße begann ich unermüdlich zu treten, und zwar so schnell ich konnte.

Es war nur eine lang gezogene Kurve, in der ich mich inmitten des dunklen Grüns verloren und bedroht fühlte. Aber nach wenigen Minuten sah ich das dämmrige Morgenlicht und konnte mich darauf konzentrieren.

Ich war so früh losgefahren, dass bei meiner Ankunft nur eine Handvoll Autos auf dem Parkplatz standen. Ich stieg ab und steuerte etwas außer Atem die wenigen Fahrradständer an. Die Tür eines froschgrünen, alten Wagens ging neben mir auf und ich zuckte zusammen, ehe ich Ivy erkannte.

»Hattest du schon am zweiten Tag keine Lust mehr, mit den Silver-Zwillingen zu fahren?«, fragte sie grinsend und sprang aus ihrem Auto. Eine warme Wolke aus Räucherstäbchen und Rosenduft begleitete sie. Umständlich knöpfte sie ihren schimmernden Mantel zu und schulterte zwei schwer aussehende Leinenbeutel mit ihren Schulunterlagen, während sie zu mir lief.

»Gabes Fahrstil setzt mir zu und sie haben fast jeden Tag länger Schule als ich. Das hier ist meine Unabhängigkeit.« Ich tätschelte den Sattel und ging weiter zu den Fahrradständern, wobei Ivy mich begleitete.

»Wieso haben sie länger Schule?«

»Ich habe keine Freizeitkurse belegt. Bisher hoffe ich noch, dass man mir das durchgehen lässt.«

»Also —« Ivy hob einen Finger. »Mrs Shade wird dir das *nicht* durchgehen lassen, das versichere ich dir. Aber wenn du ihr sagst, dass du dich für die Collegevorbereitungskurse interessierst, wird sie einverstanden sein.«

»Gehst du dort hin?«, fragte ich, während ich mühsam mein Schloss zusammendrückte. Trotz der Handschuhe waren meine Hände vor Kälte gefühllos, und als ich es geschafft hatte, versenkte ich sie schnell in den Taschen meines Parkas.

»Zweimal die Woche«, bestätigte sie. »Zugegeben, es ist nicht immer interessant, aber sinnvoll für eine erste Orientierung und Festlegung deiner Collegekurse.«

Während wir in das Schulgebäude traten, warf ich ihr einen zögerlichen Seitenblick zu.

»Ivy?« Ich versuchte, die Frage ganz beiläufig zu stellen. »Was hast du gegen Gabe?«

Sie plusterte die Wangen auf und blieb inmitten der großen Eingangshalle stehen. »Wo soll ich anfangen?«, fragte sie zynisch und musterte die Spitzen ihrer groben Ankle Boots. Das Braun ihrer Iriden wirkte eine Spur dunkler, als sie aufsah und die geschminkten Lippen sich langsam öffneten. Das erste Mal schien sie unsicher und um Worte verlegen.

»Um ehrlich zu sein, vielleicht solltest du ihn das fragen.«

»Okay«, sagte ich schnell, weil ich ihr nicht zu nah treten wollte.

»Weißt du, die Leute, mit denen er sich umgibt – zu denen er gehört –, haben Gefallen daran, anderen Menschen zu schaden. Das ist etwas, das ich nicht toleriere!« Ivy machte eine unterstreichende Handbewegung. »Jede Person, die nicht genauso schön und klug ist, ist ihrer nicht wert.«

Ich furchte die Stirn, wobei ich meinen Blick flüchtig über ihre Erscheinung gleiten ließ. Dass sie schön war, stand außer Frage.

Ihre Augen umgab ein Hauch Mystik und ihre Züge waren fast unheimlich symmetrisch. Goldschmuck schimmerte an ihrem Hals, den Fingern und Ohren. Schwarze Strumpfhosen zu einem übergroßen, langen Wollpullover unter dem Samtmantel waren vielleicht nicht die Standardkleidung der meisten Mädchen hier, doch Ivy stand es ausgezeichnet. Dass sie dazu auch noch klug war – daran bestand bereits nach einem gemeinsamen Schultag kein Zweifel.

»Bei mir ist es das Geld«, bemerkte Ivy, der mein Blick nicht entgangen war. »Meine Eltern haben nicht viel und wir leben bescheiden. Bis ich auf diese Schule kam, war das für mich nie ein Problem. Die Clique von Gabe, allen voran Annie, hat mir den Alltag hier zu meiner persönlichen Hölle gemacht.« Sie schüttelte sich den Pony aus der Stirn und hob das Kinn. Es wirkte, als wollte sie sich von den negativen Erinnerungen losmachen.

»Die tote Annie?«, fragte ich vorsichtig.

Trotzig sah Ivy mich an. »Dass man nicht schlecht über die Verstorbenen reden soll, da pfeif ich drauf. Es ändert nicht, wie sie zu Lebzeiten war.«

Ich schluckte mit trockener Kehle. Ivys Mimik wirkte unnachgiebig und hart, aber mir entging das leichte Zittern ihrer Unterlippe nicht.

»Guten Morgen!« Nikki tauchte fröhlich lächelnd neben uns auf. Ihre rote Mähne quoll unter der Mütze hervor und ihre Nase leuchtete von der Kälte in derselben Farbe.

Eifrig rieb sie ihre Hände aneinander.

»Wollen wir schon nach oben gehen? Dann entkommen wir dem da …« Bedeutungsvoll deutete Nikki über die Schulter durch die Glastüren auf den Parkplatz. Dieser füllte sich gerade sekündlich mehr mit Autos und Schülern.

»Unbedingt.« Ivy hakte sich bei Nikki unter und wir machten uns auf den Weg, bevor die Schülerflut uns erreichen konnte.

Am Nachmittag saß ich neben Ivy in ihrem Wagen, der durchgesessene Cordsitze hatte und nach Tabak gemischt mit Weihrauch roch. Sie bemerkte entschuldigend, dass das Auto ihrem Pfeife rauchenden Großvater gehört hätte, bevor es ruckelnd startete und auf die Straße holperte. Sie sicherte mir zu, mich später wieder bei der Schule und meinem Fahrrad abzusetzen.

Ivy hatte mich in der Mittagspause gefragt, ob ich Lust hätte, nach Schulschluss in der Stadt einen Kaffee zu trinken. Die Chance, nicht zu Dean zu müssen, hatte ich freudig ergriffen.

»Kennst du das *Golden Plover*?«, fragte ich Ivy, nachdem wir geparkt hatten.

»War ich ehrlich gesagt noch nie drin. Wir gehen immer ins *Arabica*, die haben einen Schülerrabatt.«

»Lust auf eine Veränderung?«

»Eine Chance!« Sie hob einen Finger.

Starke Windböen ließen mich die Schultern hochziehen. Zumindest regnete es nicht, und obwohl tiefe Wolken am Himmel hingen, schien alles ein wenig heller – fast, als könnte jeden Moment die Sonne durchbrechen.

Ivy zeigte mir die Bibliothek, zwei Secondhandläden, einen Buchladen und das Kino, wo wir uns die Programme ansahen und einen Film entdeckten, für den wir uns zu einem gemeinsamen Kinobesuch verabredeten. Auf dem Weg zum *Golden Plover* spürte ich einen Anflug von Wärme um mein Herz. Es schien mir, als hätte ich ab dem Moment, wo Direktor Alderidge mich neben Ivy gesetzt hatte, keine andere Wahl gehabt, als in ihr meine vielleicht erste Freundin hier zu finden. Zerknirscht dachte ich an meine Worte vom gestrigen Morgen, als ich Gabe deutlich gemacht hatte, dass ich keine Menschen kennenlernen wollte. Ich hatte allerdings auch gesagt, ich würde es annehmen, wenn mir ein Abschnittsmensch begegnete. Ivy war vielleicht so ein Abschnittsmensch, ein toller noch dazu.

Das einladend schimmernde Licht des Cafés leuchtete uns bereits von Weitem entgegen. Die Straße führte etwas bergauf und kurz musste ich daran denken, was sich auf der abfallenden anderen Seite befand.

»Ivy?«

Sie lachte neben mir auf. »Selbst nach zwei Tagen weiß ich, dass nun etwas Heikles kommt.«

»Nichts Heikles«, sagte ich leichthin, war mir dabei aber nicht sicher, ob das stimmte. »Die Gegend dort hinten —« Ich deutete die Straße entlang. »Was hat es damit auf sich?«

»Du meinst den *Blindspot*?« Sie runzelte die Stirn. »Dort soll es ein paar abgefahrene Etablissements geben.« Sie zögerte und ich spürte ihren scharfen Blick kurz auf mir. »Manchmal … sind wir im *Voodoo*. Das ist eine der ersten Kneipen. Weiter rein haben wir uns aber noch nie getraut.« Ivy grinste.

»*Voodoo*?«, wiederholte ich skeptisch. »Ist es dort so einladend, wie es klingt?«

»Jep.« Sie nickte heftig. »Der Besitzer ist ein alter, halb tauber Kerl, dem du nicht allein begegnen willst. Aber er schert sich nicht ums Alter seiner Kundschaft, solange sie zahlt. Deshalb …« Sie zuckt mit den Schultern.

»Es ist seltsam, dass Rivercrest *so etwas* hat. Es passt nicht hierher«, bemerkte ich.

»Ja, *so etwas*.« Sie wies auf das Ende der Straße, die sich zu einer schmalen Gasse zusammenzog.

»Vielleicht hat jede Stadt ihren blinden Fleck.« Schwungvoll zog sie die Cafétür auf. Sofort schlich sich ein Lächeln auf mein Gesicht, als wir eintraten und Arthur uns zuwinkte.

»Rosa, freut mich, dich wiederzusehen«, rief er und Ivy warf mir einen Seitenblick zu.

»Wie lange bist du hier? Drei Tage?«

»Und in diesen drei Tagen habe ich diesen perfekten Ort gefunden«, gab ich zurück und sah mich zufrieden um.

»Hey, Arthur.« Ich stützte mich auf dem Tresen ab und meine Augen klebten kurz an der Getränketafel, bevor ich einen Chai-

Latte bestellte. Ivy tat es mir gleich, während ich bereits vor die Gebäckstücke trat und die kleinen Tafeln studierte.

»Ganz neu, heute etwas mit Pekannüssen.« Arthur lächelte mir durch die Glasscheiben zu.

»Nehme ich«, erwiderte ich und meine Mundwinkel hoben sich ebenfalls.

»Etwas zu essen wäre himmlisch!« Ivy schob mich beiseite und deutete mit dem Finger auf ein eckiges Kuchenstück, das aus drei Schichten bestand.

»Setzt euch ruhig schon hin. Ich bringe euch gleich alles«, rief Arthur uns zu, während er die Kaffeemaschine bediente.

Ich lotste Ivy zum Tisch, an dem ich bereits letztes Mal gesessen hatte, und beobachtete, wie sie die Einrichtung musterte.

»Es ist ganz nett hier«, verkündete sie irgendwann und grinste. »Sehr nett.«

Die nächsten zwei Stunden saßen wir in die Polster gelehnt, tranken unseren Chai-Latte, teilten uns ein drittes Stück Kuchen und sahen durch die Sprossenfenster in den dämmrigen Nachmittag. Schon bald begann es zu regnen und ich mochte kaum an den Rückweg denken, den ich mit dem Fahrrad zurücklegen musste. Einen Nachteil hatte meine Freiheit doch. Es war aber auch unglücklich, dass ich in Rivercrest gelandet war, wo es beinahe jeden Tag zu regnen schien.

»Ist das Wetter hier im Sommer auch so furchtbar?«, wollte ich mit einem missmutigen Gesichtsausdruck wissen, als wir unsere Jacken überzogen.

»Abgesehen von gelegentlichen, angenehmen Schauern ist der Sommer toll. Letztes Jahr war es so warm, dass ich fast jeden Tag im Meer schwimmen war.« Sie zog sich die Mütze fast bis über die Brauen und warf einen verträumten Blick nach draußen, wo sich schnell Pfützen bildeten. »Ich versteh gar nicht, was alle am Regen hassen – es wäre doch langweilig, wenn immer die Sonne scheinen würde.«

»Ich habe nur etwas gegen den Dauerregen, der hier herrscht«, verteidigte ich mich.

Ivy zuckte mit den Schultern. »Auch den mag ich.«

Während sie auf den Tresen zuging, hielt ich bewusst ein bisschen Abstand und ließ sie zuerst bezahlen, während ich meinen Mut zusammenkratzte.

In den letzten zwei Stunden hatte ich Arthur beobachtet, der kaum einen Moment stillgestanden hatte. Es musste ziemlich anstrengend für ihn sein, dass alles hier zu stemmen, auch wenn er sich keine Sekunde etwas anmerken ließ. Außerdem war mir aufgefallen, dass er ein Babyfon in seiner Schürze dabeihatte, denn ab und zu war daraus ein Weinen zu hören gewesen, woraufhin er kurz verschwand.

Auch während Ivy zahlte, drang das Gequengel aus seiner Tasche und er lächelte entschuldigend.

»Meine Freundin ist gerade einkaufen und wir haben gehofft, dass das kleine Rubinköpfchen so lange durchschläft.« Er sah sich um.

»Geh ruhig«, sagte ich schnell und mit einem schuldbewussten Blick verschwand er wieder.

»Das hat man im *Arabica* nicht«, witzelte Ivy, schien aber genauso wenig wie ich ein Problem damit zu haben, zu warten.

Nach fünf Minuten erschien Arthur wieder und kämmte sich mit den Fingern fahrig durch die Locken, sodass sie zu allen Seiten abstanden. Sein Daumen hob sich zur Decke. »Die Wohnung befindet sich direkt hier oben. Denkt bitte nicht, ich hätte ein Baby in meiner Küche stehen.«

»Arthur«, begann ich ein wenig atemlos und nervös. »Vielleicht … k-könntest du ein bisschen Hilfe gebrauchen.«

»Ich wirke sehr bemitleidenswert, oder?«, erwiderte er lachend und ich presste kurz die Lippen aufeinander.

»Eigentlich wollte ich damit sagen … Nein, ich wollte dich fragen, ob … ich dir helfen kann«, wurde ich stammelnd deutlicher und errötete dabei. Wenn er jetzt ablehnte, würde es mir schwerfallen, wieder herzukommen. Das hatte ich nicht bedacht und ärgerte mich sofort über mein Angebot. Wie konnte ich ihm helfen? Ganz ohne Erfahrung?

»Ein Nebenjob kurz vorm Abschluss? Nicht schlecht«, bemerkte Ivy neben mir.

Arthurs Augen hinter der goldeingefassten Brille waren größer geworden.

»Fragst du mich gerade, ob du hier arbeiten kannst?«, wollte er wissen und ich nickte, unsicher, ob ich nicht doch wieder zurückrudern sollte.

»Das wäre großartig.« Die Worte waren nur gemurmelt und als ich zu ihm sah, konnte ich beobachten, wie es in seinem Kopf rotierte.

»Überleg es dir einfach in Ruhe«, sagte ich schnell und tat, als wäre mir seine sofortige Antwort nicht wichtig.

»Ich wüsste kaum, was es da zu überlegen gibt.« Er lachte und mir fiel polternd eine schwere Last vom Herzen. »Komm doch morgen um achtzehn Uhr hierher – dann schließe ich – und wir können die Möglichkeit besprechen.«

»Einverstanden.« Mit einem breiten Lächeln zückte ich mein Portemonnaie und bezahlte, bevor ich zum Abschied die Hand hob. »Dann bis morgen!«

»Bis morgen, Rosa.« Arthur winkte und beschwingt folgte ich Ivy in den Regen, der mir plötzlich nichts mehr ausmachte.

»Stoppe mich, wenn ich zu weit gehe, aber brauchst du einen Job oder machst du das … aus Spaß?«

»Weil ich es gern möchte.« Mum zahlte mir ausreichend Taschengeld und auch von Dean bekam ich jeden Monat eine Überweisung. »Ich glaube, es würde mir tatsächlich viel Spaß machen.«

»Ich habe mal in den Sommerferien im Supermarkt Regale eingeräumt. Das hat mir gereicht.« Abwehrend hob sie beide Hände und deutete dann auf das Einkaufszentrum, dessen Lichter hell im tristen Wetter strahlten.

Als sie mich wenig später an der Schule absetzte, dämmerte es bereits und dennoch schlug ich ihr Angebot aus, mich bis zu Dean zu fahren. Ihr Wagen war so klein, dass mein Fahrrad nicht in den Kofferraum passte, und ich wollte morgen früh nicht mit Gabe und Dahlia fahren müssen.

Also wischte ich notdürftig die Nässe vom Sattel und fuhr los, nachdem Ivys rot leuchtende Rücklichter hinter einer Kurve verschwunden waren.

KAPITEL 5

Rosa

4 Jahre zuvor

Ein himmlischer Duft hatte sich in der Wohnung ausgebreitet. Zimt, mein Lebenselixier. Ich hockte vorm Ofen und sah den Teigschnecken zu, wie sie immer mehr wuchsen. Die von Lolli waren perfekt, gleichmäßig und kreisrund, während meine eher einem verbeulten Haufen glichen.

»Das tut dem Geschmack keinen Abbruch«, hatte Lolli unbekümmert gemeint.

Ich fuhr herum, als ich hörte, wie ein Fenster geöffnet wurde. »Lolli, du wirst doch nicht den Zimtgeruch rauslassen?!«

»Nur in Charlenes Zimmer. Es gibt Ärger, wenn ihre Hosenanzüge nach einer Backstube riechen.« Lolli schloss die Schlafzimmertür meiner Mutter und kam zurück in die Küche. Sie setzte sich auf ihren festen Platz an dem kleinen Tisch und ich goss uns zwei Espressi in die winzigen Tassen. Mum sah es nicht gern, wenn ich Kaffee trank, aber ich fand, dass ich inzwischen alt genug dafür war. Immerhin wurde ich bald sechzehn.

64

»Ich könnte mir vorstellen, das immer zu machen«, sagte ich zufrieden mit einem Blick in den Regen, der gegen das kleine Küchenfenster fegte.

»Sonntags backen?«, hakte Lolli nach.

»Das auch.« Ich nahm einen Schluck vom Espresso, wobei ich den kleinen Finger abspreizte.

»Aber ich meine beruflich. Zimtschneckenbäckerin.« Ich grinste.

»Als Konditorin musst du sehr früh aufstehen«, bemerkte Lolli nur, die meine Idee offensichtlich nicht ganz ernst nahm. »Ich denke, es ist Zeit für eine Verköstigung.« Sie nickte lächelnd zum Ofen.

Mein Handy gab einen hohen Pfeifton von sich und ich griff danach. Auf dem zerkratzten Display las ich eine SMS von Mum. Sie würde es nicht zum Abendessen schaffen. Nichts anderes hatte ich erwartet. Verärgert drückte ich das Schiebehandy zusammen und ließ es auf den Tisch fallen.

Lolli hob fragend die Brauen.

»Sie kommt später.« Ich spuckte die Worte förmlich aus und presste dann die Lippen fest aufeinander, um nicht zu weinen. Waren wir ihr so wenig wert? Bedeutete ich ihr so wenig? Lolli war sofort zur Stelle, kam zu mir und nahm mich in den Arm. »Wir werden trotzdem die Ravioli machen, so bleibt mehr für uns.«

Der Traum, wie ich mit Lolli Zimtschnecken gebacken hatte, klebte an mir und wollte sich nicht abschütteln lassen. Ich hatte lang nicht mehr von ihr geträumt und ich suchte etwas, dass mich davon ablenken konnte. So fuhr ich bereits gegen sechzehn Uhr in die Stadt zum *Golden Plover*. Morgens war ich noch einmal zu

Mrs Shade ins Sekretariat gegangen und hatte mich für zwei Collegevorbereitungskurse eingeschrieben. Gemeinsam mit Ivy und Nikki hatte ich nach Unterrichtsende in der Eingangshalle gesessen und darauf gewartet, dass der Regen schwächer wurde. Jetzt hatte er nicht nur vollständig aufgehört, auch ein paar dünne Sonnenstrahlen kitzelten meine Nase, während ich mein Fahrrad an einem Laternenpfahl anschloss und dann aufs *Golden Plover* zusteuerte.

Arthur sah sofort zur Uhr, als ich eintrat, und ich lachte.

»Keine Sorge, ich vertreibe mir die Zeit mit Kaffeetrinken und einem Buch.« Ich warf einen Blick auf die Kuchenstücke und Muffins. »Und einem Muffin mit Pekannussstückchen«, fügte ich hinzu.

»Alles klar.« Arthur holte einen Teller hervor, während ich feststellte, dass es heute ziemlich voll war. Nur noch ein Tisch in der hintersten Ecke war frei, und nachdem ich einen Cappuccino bestellt hatte, sicherte ich mir den Platz. Der Stuhl war nicht so gemütlich wie die Polsterbänke, aber dafür saß ich dicht am Fenster und wurde von der schwachen Sonne beschienen.

Mein Herz fühlte sich heute leichter an als die letzten Tage. Der Abstand zu Mum tat mir gut, auch wenn ich deshalb ein schlechtes Gewissen hatte. Mit Cat und Erin tauschte ich nur kurze Textnachrichten und auch das tat gut, so vermisste ich Paxton weniger. Wenn ich im *Golden Plover* war, schien die Erinnerung an Grandma zwar noch gegenwärtiger, doch ich hatte das Gefühl, sie hier besser ertragen zu können.

Was mir hingegen nur wenig Ruhe ließ, war die Tatsache, dass Dean alles andere als gut auf meine Verkündung am gestrigen Abend reagiert hatte. Zum ersten Mal hatte ich mich nach dem Abendessen zu ihm und Bree aufs Sofa gesetzt und vom *Golden Plover* erzählt. Er schien sich der Zeit mit mir beraubt zu fühlen.

Ich hatte ein schlechtes Gewissen, weil genau das unter anderem ein Ziel von mir war.

Bree hatte irgendwann bemerkt, dass es ohnehin vorerst ein Versuch sei und ich allein merken würde, ob es zu viel neben dem Abschlussjahr sein würde.

Ich schob die Gedanken von mir, rührte im Schaum des Cappuccinos, aß ab und zu ein Stückchen Muffin und begann das Buch zu lesen, das ich mitgebracht hatte. Die vielen Stimmen der anderen Cafébesucher verschwammen zu einem dumpfen Hintergrundrauschen, nur unterbrochen von dem besonders schrillen Lachen des Mädchens einen Tisch neben mir.

Ich zog die kleinen Kopfhörer aus meinem Rucksack, drückte sie in meine Ohrmuscheln und startete eine Playlist mit Hintergrundmusik.

Nach einer Weile traten braune Schuhe in meinen rechten Blickwinkel und in der Annahme, es sei Arthur, hob ich den Kopf. Statt ihm sah ich mich jedoch einem fremden jungen Mann gegenüber und zog irritiert die Kopfhörer aus meinen Ohren. »Ja?«

Er neigte das Kinn zu dem freien Stuhl mir gegenüber. »Hast du etwas dagegen?«

Mein Herz sank ein Stück tiefer. Es war noch eine Stunde, bis das *Golden Plover* schloss, und diese Zeit hatte ich hier allein an meinem Tisch verbringen wollen. Schnell huschte mein Blick durch das voll besetzte Café und ich zwang ein verkrampftes Lächeln auf meine Lippen. Schließlich schüttelte ich den Kopf und schob mit dem Fuß den gegenüberliegenden Stuhl vom Tisch weg.

»Keine Sorge, ich habe nicht vor, dich in ein unfreiwilliges Gespräch zu verwickeln«, bemerkte der junge Mann, nickte mir knapp zu und zog seine Jacke aus, die er über die Stuhllehne warf, bevor er sich setzte und die dunkelgraue Mütze abstreifte, unter der schwarzes Haar zum Vorschein kam. Es war dem Kurzhaarschnitt bereits vor einer Weile entwachsen und stand nun unordentlich in alle Richtungen ab. Er schien sich dessen bewusst und fuhr sich mit beiden Händen hindurch, wodurch er es ein klein wenig besser machte.

Sobald seine dunklen Augen mich streiften, hörte ich unangenehm berührt auf, zu ihm zu blinzeln, und setzte erneut die Kopfhörer ein, als Arthur an unseren Tisch kam.

Da ich die Playlist noch nicht wieder fortgesetzt hatte, hörte ich die beiden miteinander reden. Sie tauschten ein paar Worte über das Wetter, dann über Probleme, die Arthur mit seinem Wagen hatte, und es schien, als würden sie sich bereits länger kennen.

Die Stimme meines Gegenübers war warm und dunkel. Wenn er lachte, klang sie etwas rau. Selten hatte ich eine so schöne Stimme gehört, musste ich mir eingestehen und starrte auf die Buchstaben vor mir.

»Und du kennst Rosa?«, fragte Arthur plötzlich und fast hätte ich erschrocken aufgesehen. Ein kleines Zusammenzucken konnte ich mir nicht verkneifen und vermutlich wussten sie nun beide, dass ich sie hören konnte, obwohl ich vorgab, eben dies nicht zu tun.

»Nein, sie war so freundlich, mir den Sitzplatz hier zu überlassen.«

Weil es mir furchtbar albern vorkam, weiterhin scheinbar vertieft zu lesen, sah ich auf und hob meine schweren Mundwinkel.

»Sobald ein anderer Tisch frei ist, weißt du, was zu tun ist«, sagte ich, und noch während ich den Satz aussprach, bereute ich es. Weder war es witzig noch charmant. Es klang einfach nur patzig, was nicht meine Absicht gewesen war, und meine Wangen fingen Feuer.

Arthur war so nett, herzlich zu lachen. »Du hast es gehört«, sagte er zu meinem Gegenüber, bevor er mir zuzwinkerte und zu seinem Tresen zurückkehrte.

»Entschuldige – ich wollte damit nicht sagen, dass du den Tisch wechseln musst, sobald ein anderer frei ist.«

»Du möchtest deine Ruhe«, entgegnete er. »Das verstehe ich.«

»Ja, ich möchte meine Ruhe, aber ...« Mein Gesicht fühlte sich noch immer viel zu warm an. »Es stört mich nicht, wenn du hier sitzt. Es ist wie in einem Zugabteil. Da sitzen sich auch fremde Menschen gegenüber und fühlen sich voneinander nicht gestört. Warum sollte es in einem Café anders sein?«

Seine Brauen hoben sich leicht und seine Mundwinkel zuckten. Nichts an meinen Worten stimmte. Auch in einem Zugabteil war ich froh, wenn ich es für mich hatte. Ich sollte still sein. Schnell tippte ich auf den Play-Button meines Displays und atmete auf, als Klavierklänge meinen Kopf füllten. Ich lehnte mich auf dem Stuhl zurück und hielt das Buch so auf meinem Schoß, dass ich nicht in Versuchung kam, zur anderen Seite des Tisches zu blinzeln. Einmal tat ich es doch und sah, dass auch er las.

Meiner Umgebung schenkte ich erst wieder Beachtung, als die Dämmerung einsetzte und das Café sich leerte. Ein Luftzug hatte mich erreicht und ich bemerkte, wie der junge Mann seine Jacke überwarf, das Buch in der Innentasche verschwinden ließ und die dunkelgraue Wollmütze aufsetzte.

Fast schien es, als wollte er ohne einen weiteren Blick gehen, aber dann hob er eine Hand und lächelte flüchtig, bevor er sich abwandte.

Ich sah ihm nach, während er sich von Arthur verabschiedete und das Café verließ. Meine wortlose Reaktion war mir unangenehm und ich hoffte, dass wir uns nicht wiedersehen würden.

Ich war mir sicher, dass ich einen seltsamen Eindruck bei ihm hinterlassen hatte.

Gleichzeitig ertappte ich mich dabei, wie ich noch immer in die Richtung starrte, in die er verschwunden war. Etwas an ihm hatte einen wunden Punkt in mir getroffen. Was genau es war, wusste ich nicht. Die Art, wie er mir entspannt gegenübergesessen hatte, und seine Finger, die anscheinend unbewusst über den Bartschatten an seinem Kiefer gefahren waren. Seine Iris musste in einem dunklen Braunton gefärbt sein, aber im gedämpften Licht des Cafés hatten sie fast schwarz geglänzt. Der dicke Wollpullover hatte weich ausgesehen und dazu eingeladen, sich dagegen zu lehnen ...

Ich stoppte meine Gedanken und klappte das Buch zu. Das Gefühl der Einsamkeit, das ich seit meiner Ankunft in Rivercrest verspürte, schien meine Emotionen in merkwürdige Richtungen zu lenken.

»Rosa?« Ich hörte Arthur trotz der Kopfhörer. Meine Playlist war bereits seit einer ganzen Weile verstummt.

Schnell verstaute ich meine Sachen im Stoffrucksack und lief zum Tresen. Alle Cafébesucher waren verschwunden, ohne dass ich ihren Aufbruch mitbekommen hatte.

»So.« Arthur stemmte die Hände in die Hüften und lächelte etwas erschöpft. »Ehrlich gesagt ... kam dein Angebot wie gerufen. Meine Freundin drängt mich schon lange dazu, eine Hilfskraft einzustellen. Bisher hatte ich jedoch weder Zeit noch Nerven, eine Annonce aufzugeben und eine passende Person herauszufiltern.« Er setzte sich auf den nächstbesten Stuhl und deutete einladend auf den gegenüberliegenden. »Was hast du dir denn vorgestellt?«

Plötzlich nervös ließ ich mich ihm gegenüber nieder. »Mein Angebot war für mich genauso überraschend wie für dich«, gab ich zu. »Ich bin im Abschlussjahr, wie wäre es mit dreimal die Woche nachmittags? Samstags kann ich auch den ganzen Tag und …« Meine Finger verschränkten sich fest ineinander. »Vielleicht … könnte ich ab und zu backen?«

»Das wäre großartig.« Arthurs Brille rutschte ein Stück nach unten und in einer aufgeregten Geste schob er sie wieder hinauf. »Gib mir ein paar Tage, um einen Vertrag fertigzumachen, und wenn du mit allem einverstanden bist …« Er deutete in einer großen Geste umher.

»Was heißt ein paar Tage?«, fragte ich vorsichtig.

Arthur überlegte kurz. »Zwei«, sagte er dann fest. »Aber komm mit, auf eine Führung sollst du nicht verzichten.«

Er stand auf und als ich ihm hinter den Tresen folgte, machte mein Herz einen kleinen Satz und ein warmes Gefühl breitete sich in mir aus. Hier roch es noch viel intensiver nach gemahlenen Kaffeebohnen und zu dem warmen Gefühl mischte sich Aufregung. Zeitgleich vielleicht sogar ein kleines bisschen Euphorie.

Als ich bei Dean ankam, waren sie bereits fast mit dem Abendessen fertig.

»Die Führung bei Arthur hat länger gedauert, entschuldigt«, erklärte ich und setzte mich.

»Und wann fängst du an?«, fragte Gabe, während ich mir mir Spaghetti auffüllte.

»In zwei Tagen werde ich den Vertrag unterschreiben«, erwiderte ich und begann die Nudeln um die Gabel zu wickeln, wobei prompt eine neben meinen Teller flog. Hastig klaubte ich sie von der Tischdecke.

»Und wie oft wirst du dort arbeiten?«, wollte Dean wissen.

»Schätzungsweise dreimal die Woche.« Ich schob die Gabel in

meinen Mund und hoffte, dass sie mein Kauen an weiteren Fragen hindern würde.

»Du lässt den Vertrag doch sicher prüfen, bevor du unterschreibst? Ich kann das für dich übernehmen.« Er meinte es sicher gut, aber in mir stieg Ärger auf.

»Ich vertraue Arthur, es ist nur ein kleiner Nebenjob und mir geht es nicht ums Geld.«

»Wie lange kennst du diesen Cafébesitzer?«, mischte Bree sich ein.

»Ich vertraue ihm«, wiederholte ich nachdrücklich und sträubte mich dagegen, mich so rechtfertigen zu müssen.

»Rosa —«, begann Dean, doch ich schnitt ihm das Wort ab.

»Ich bin neunzehn, Dean!«

»Neunzehn?«, kam es von der anderen Tischseite von Dahlia. »Dad? Sagtest du nicht, sie wäre in unserem Alter?«

»Fast in eurem Alter habe ich gesagt.«

»Müsstest du dann nicht schon auf dem College sein?«

»Ich wurde ein Jahr später eingeschult«, sagte ich kurz angebunden.

»Warum?«

»Weil ich einfach später eingeschult wurde.« Sie mussten nicht wissen, dass ich ein sehr schwieriges und verschlossenes Kind gewesen war. Ich hatte mich geweigert, in die Schule zu gehen, und Mum hatte es mit Hausunterricht versucht – was gescheitert war. Schließlich hatte sie mich doch dazu bekommen, auf eine normale Schule zu gehen.

»Für dich und deine Mutter war es ja auch nicht immer leicht«, sagte Bree mitfühlend.

Ich zuckte nur mit den Schultern und wandte mich wieder meinen Spaghetti zu. Als Bree und Gabe den Tisch abdeckten, wollte ich so schnell wie möglich in mein Zimmer flüchten, doch

Dean hielt mich auf.

»Hast du einen Moment für mich?« Er nickte bittend zum großen, cremefarbenen Sofa.

»Klar.« Mit Abstand zum Kater, der dort auf einer Decke lag, setzte ich mich.

»Ich würde gern wissen, wie es dir geht. Du bist jetzt ein paar Tage hier und ich habe dich kaum zu Gesicht bekommen.« Dean stellte die Frage bemüht locker. Er wusste, dass ich ihm entfliehen würde, sobald er bohrte oder mich festzuhalten versuchte.

»Ich freue mich auf den Job im Café«, sagte ich. »Und Paxton fehlt mir.«

Er nickte, ließ sich ein Stück in die Polster zurücksinken und sein Brustkorb hob sich, als er tief Luft holte.

»Der Tag, an dem wir das Fahrrad repariert haben – den fand ich sehr schön.«

»Ich auch«, pflichtete ich ihm bei und tatsächlich war es auch der einzige Tag gewesen, an dem ich eine Verbindung zu ihm gespürt hatte.

»Aber warum versteckst du dich dann seitdem vor mir? Ich sehe dich nur beim Frühstück und zum Abendessen. Es kommt mir vor, als würdest du dich hier nicht wohlfühlen.«

Stumm erwiderte ich seinen Blick und war nicht bereit, auf diesen Vorwurf einzugehen. Ich war seit vier Tagen hier. *Vier Tage.* Wie konnte er erwarten, dass ich mich jetzt schon in dem fremden Haus mit den fremden Menschen wohlfühlte?

»Ich erwarte zu viel«, erriet Dean meine Gedanken und hob die Hände. »Du hast so viel zu verarbeiten und du hegst sicher nach den vielen Jahren einen Groll gegen mich.« Wieder hob sich sein Brustkorb unter einem angestrengten Atemzug und ich konzentrierte mich schnell auf den dunklen Bildschirm des großen Fernsehers, um nicht die Traurigkeit sehen zu müssen, die Deans Züge nun überrollte. »Aber wenn du mir nur ein kleines Zeichen geben könntest, dass du mich überhaupt kennenlernen möchtest … Es kommt mir fast so vor, als wolltest du nur in diesem Café arbeiten, um nicht bei mir sein zu müssen.«

»Ich fühle mich dort wohl«, murmelte ich.

»Anders als hier«, ergänzte Dean leise. »Niemand von uns macht dir einen Vorwurf …«

In der Spiegelung des Fernsehers sah ich, wie Bree und die Zwillinge in den großen Türen zum Esszimmer hinter uns standen, was mich unbehaglich die Schultern hochziehen ließ.

»Ich habe nicht mehr damit gerechnet, diese Chance zu bekommen. Wir freuen uns alle so sehr, dass du hier bist, und möchten dir das Gefühl geben, dass du als Teil der Familie willkommen bist.«

»Das tut ihr«, sagte ich matt. »Es liegt nicht an euch. Ich bin noch nicht bereit, Teil dieser Familie zu sein.«

»Du hast alle Zeit der Welt«, hörte ich Bree sagen, was mich dazu brachte, mich umzudrehen.

Meine Lippen öffneten sich kurz in dem Impuls, sie zu berichtigen. Ich hatte ein halbes Jahr. Nicht mehr! Leicht schüttelte ich den Kopf und schwieg, während ich mich wieder Dean zuwandte und prompt seinem gebrochenen Blick begegnete.

»Es sind erst vier Tage … und ich bin nicht gut darin, mit Veränderungen umzugehen«, brach ich schließlich die unangenehme Stille. »Nach einer Weile wird es besser werden.« Meine Stimme hörte sich platt an und nicht so überzeugend wie erhofft.

»Aber du willst nicht in dem Café arbeiten, um uns aus dem Weg zu gehen, oder?«, kam Bree auf eine von Deans Fragen zurück.

»Nein«, sagte ich sofort und ahnte dabei, dass alle wussten, dass das gelogen war.

Als ich wenig später geduscht und mit geputzten Zähnen ins Bett kroch, wollte ich am liebsten lesen oder meinen Laptop anschalten und eine Serie gucken. Mit Cat und Erin telefonieren oder schlafen ... Ich wollte alles, aber nicht meine Mum anrufen. Dennoch tat ich es aus reinem Pflichtgefühl. Wie ich erwartet hatte, war ich diejenige, die sich nun meldete, obwohl sie versprochen hatte, mich bald anzurufen. Sie hatte versprochen, dass wir jeden Tag telefonieren würden. Bereits jetzt waren wir gescheitert.

Wir raubten uns gegenseitig die Energie. Wir erinnerten uns gegenseitig daran, dass wir nur noch zu zweit waren. Zwei Stückchen von etwas Zerbrochenem.

Mit schwerem Herzen wählte ich ihren Kontakt aus und lauschte auf das Freizeichen. Irgendwann ging ihre Mailbox ran und während ich ihr eine kurze Nachricht darauf sprach, schämte ich mich für die Erleichterung, die mich überkam, weil sie nicht abnahm.

Ich legte das Handy auf den kleinen Nachttisch und schaltete die Lampe mit dem weißen Schirm aus. Blasses Mondlicht erschuf bedrohliche Schatten in dem Zimmer, aber ich weigerte mich, mit Licht zu schlafen, so wie ich es als Kind getan hatte. Und oftmals auch noch als Jugendliche. Um der sichtbaren Dunkelheit zu entgehen, schloss ich die Augen und zog die dicke Bettdecke bis zum Kinn. Allmählich roch sie weniger nach dem fremden Waschmittel und mehr nach mir.

Während ich einzuschlafen versuchte, dachte ich an das Café und malte mir aus, wie es werden würde. Ich sah mich mit Arthur hinter dem Tresen, hatte die Geräuschkulisse von sich vermischenden Stimmen in den Ohren und den Geruch von gebackenem Teig in der Nase. Nein, der Job war nicht nur dazu da, um diesem Haus zu entkommen. Er war dafür da, mich wieder ein kleines bisschen glücklicher zu machen.

Die Begegnung mit dem jungen Mann schlich sich in meine Gedanken und anders als ein paar Stunden zuvor hoffte ich nun nicht mehr, ihn nie wieder zu sehen. Eher im Gegenteil. Er hatte einen unerklärlichen Hauch von *Heimat* an sich gehabt. Etwas an ihm hatte ein vertrautes Gefühl in mir ausgelöst. Vielleicht würde es mich ebenfalls ein kleines bisschen glücklicher machen, ihn ab und zu sehen zu können und mich in dieser Empfindung zu verlieren.

KAPITEL 5 ½

Lesh

Er hatte den beiden Frauen hinter sich ein Zeichen gegeben, vor ihm zu bestellen. Arthur hatte Probleme mit seinem Wagen und er wusste, es würde eine Weile dauern, bis er zum Punkt kam, an dem er einschätzen konnte, ob er helfen konnte oder nicht. Ohnehin würde er Arthur hinhalten müssen, bis er sich wieder wie ein normaler Mensch bewegen konnte. Jetzt gerade fühlte er sich beinahe gut – dank der Schmerztabletten, die er verteilt über den Tag genommen hatte.

An den Tresen gelehnt sah er gleichmütig zu, wie die beiden Frauen den letzten freien Tisch besetzten. Zur Not würde Arthur ihm auch einen Barhocker seitlich an die Theke stellen, doch sein Augenmerk lag auf einem kleinen Tisch im hinteren Teil des Cafés vor den Sprossenfenstern. Die junge Frau, die dort saß, versprach alles, was ihm helfen würde, in Ruhe seinen Kaffee zu trinken. Sie trug Kopfhörer, versteckte sich zeitgleich hinter einem Buch und jede Faser an ihr zeugte davon, dass sie nicht angesprochen werden wollte.

Lesh hatte Schwierigkeiten, Arthurs wirren Erzählungen von den seltsamen Motorgeräuschen zu folgen, und räusperte sich.

»Ich komme die nächsten Tage vorbei und sehe es mir an.«

Der Cafébesitzer streckte den Daumen in die Höhe und wechselte in den Modus eines guten Gastgebers.

Lesh bestellte seinen Kaffee und ging dann zielstrebig auf den kleinen Tisch am Fenster zu.

Es dauerte eine ganze Weile, bis sie auf seine Begrüßung reagierte und hochsah. Seine Schultern verspannten sich, als ihre hellen, blauen Augen sich fragend auf ihn richteten. Langsam zog sie die Kopfhörer aus den Ohren. Ihre Lippen öffneten sich und offenbarten ihre leise, helle Stimme.

»Ja?«

»Hast du etwas dagegen?« Lesh nickte zu dem freien Stuhl und die Bewegung mit dem Kinn wurde von einem stechenden Schmerz im Nacken bestraft.

Sie schwieg und ihre Ablehnung war so greifbar, dass er fast gelacht hätte. Es gab also eine Person in Rivercrest, die noch weniger Bock auf alle Menschen hatte als er. Mit dem Fuß schob sie den gegenüberliegenden Stuhl ein Stück vom Tisch weg, deutlich widerwillig.

»Keine Sorge, ich habe nicht vor, dich in ein unfreiwilliges Gespräch zu verwickeln«, versuchte er sie zu beruhigen und nahm die Mütze ab. Er konnte den Arm nicht ohne Schmerzen weiter als auf Brusthöhe heben, und nachdem er mit zusammengebissenen Zähnen die Jacke ausgezogen und sich auf den Stuhl gesetzt hatte, bereute er es, sein Haus verlassen zu haben.

Arthur brachte ihm den Kaffee und ließ es sich nicht nehmen, zu bemerken, wie ungewöhnlich der Kundenansturm bei dem Sonnenschein sei. Außerdem war ihm eingefallen, dass sein Wagen besonders bei niedrigen Temperaturen Ärger mache und er heute Morgen bei dem schönen Wetter wie ein Neuwagen gelaufen sei. Lesh lachte und beschloss, dass er sich auch trotz seines ramponierten Körpers möglichst bald um das Auto kümmern musste, wenn ihm daran gelegen war, in nächster Zeit seinen Kaffee im *Golden Plover* zu trinken.

»Und du kennst Rosa?«

Lesh folgte Arthurs Blick zu der jungen Frau, die bei der Erwähnung ihres Namens zusammengefahren und offensichtlich doch nicht ganz so taub für ihre Umgebung war, wie sie vorgab.

»Nein, sie war so freundlich, mir den Sitzplatz hier zu überlassen«, antwortete er langsam und wartete, ob sie aufsah. Das tat sie schließlich auch, wich aber seinem Blick aus und deutete nur kurz ein Lächeln an. Ihre Wangen hatten einen rötlichen Schimmer angenommen.

»Sobald ein anderer Tisch frei ist, weißt du, was zu tun ist.« Arthur lachte etwas zu laut dafür, dass ihr Tonfall wenig scherzhaft klang.

»Du hast es gehört«, sagte er und verschwand mit einem leisen Pfeifen hinter seinen Tresen.

»Entschuldige – ich wollte damit nicht sagen, dass du den Tisch wechseln musst, sobald ein anderer frei ist.« Sie vermied den direkten Augenkontakt so beharrlich, dass sein Blick immer länger auf sie gerichtet blieb.

»Du möchtest deine Ruhe.« Er betrachtete ihre Lippen, die sie fest aufeinandergepresst hatte. »Das verstehe ich.«

»Ja, ich möchte meine Ruhe, aber …« Die Färbung ihrer Wangen vertiefte sich. »Es stört mich nicht, wenn du hier sitzt. Es ist wie in einem Zugabteil. Da sitzen sich auch fremde Menschen gegenüber und fühlen sich voneinander nicht gestört. Warum sollte es in einem Café anders sein?«

Er hob die Brauen, schaffte es nicht ganz, sein Grinsen zu kaschieren, und beobachtete, wie sie auf das Display ihres Handys tippte und den Kopf senkte.

Er hatte genau wie sie vorgehabt zu lesen. Jetzt war das Buch nur ein Vorwand, um sie immer wieder über die Seiten hinweg zu betrachten.

Ihr widersprüchliches Verhalten, bestehend aus der ablehnenden Art und den verstohlenen Blicken, traf etwas in ihm. Sie wirkte interessant, war hübsch und seine Aufmerksamkeit galt immer wieder ihrem Mund und der kleinen Kerbe in der Mitte ihrer Unterlippe. Das lange blonde Haar umrahmte in unbändig scheinenden Wellen ihr Gesicht. Vielleicht war es auch nur der warme Schein der Cafébeleuchtung, doch es hatte einen roten Schimmer an sich. Feine Sommersprossen zierten ihre schmale Nase … Aber fuck, sie war jung. Jünger, als aus der Ferne vermutet. Er fragte sich, ob es an den Schmerztabletten lag, dass er seine Gedanken diese Richtung einschlagen ließ.

Er las dieselbe Seite immer wieder, während er fahrig seinen Kaffee trank und dann entschied, dass er gehen musste. Er konnte gerade nicht noch mehr Scheiße in seinem Leben gebrauchen. Ohne auf die stechenden Schmerzen zu achten, zog er seine Jacke an und setzte die Mütze auf, als er im Augenwinkel wahrnahm, dass sie ihn musterte – ohne sofort wieder wegzusehen. Lesh lächelte unverbindlich und verließ das Café, wobei er beschloss, dass es besser war, das *Golden Plover* in nächster Zeit zu meiden.

KAPITEL 6

Rosa

Die Zeit, die kurz wie eingefroren gewirkt hatte, schritt seit meiner Einstellung bei Arthur wieder voran. Zwei Tage nach unserem Gespräch hatte ich den Vertrag unterschrieben und bereits am nächsten Nachmittag angefangen. Wir hatten uns darauf geeinigt, dass ich montags und mittwochs fest am Nachmittag da sein würde und Freitagnachmittag oder Samstagmorgen im Wechsel.

Während der ersten Woche war ich vollkommen damit beschäftigt gewesen, mich mit der Kaffeemaschine und den Siebträgern anzufreunden und mich an den Kundenkontakt zu gewöhnen. In der zweiten Woche konnte Arthur bereits manchmal in die Wohnung, die über dem Café lag und über eine kleine Treppe hinter der Küche zu erreichen war. Dort wohnte er mit seiner Freundin Kiana und ihrer gemeinsamen Tochter Yasmin. Kiana hatte ihm vor der Geburt viel geholfen, war nun aber Tag und Nacht mit dem Baby beschäftigt. Arthur ließ immer wieder das schlechte Gewissen durchblicken, weil er so wenig Zeit für seine Familie hatte, und jedes Mal, wenn ich ihm versicherte, den Betrieb im Griff zu haben, flitzte er davon.

Bisher war das noch nicht oft vorgekommen – nur wenn der Kundenstrom so weit abflaute, dass lediglich eine Handvoll Tische besetzt waren.

Am Samstag zog ich mein gedankliches Fazit der vergangenen Wochen, während ich mit dem Ende des Bleistifts gegen meine Unterlippe tippte. Jetzt, da ich die Abläufe kannte, auch wenn ich sie noch nicht perfekt beherrschte, hatte Arthur sich einverstanden erklärt, dass ich ab nächster Woche backen durfte. Auch sein Rezeptbuch hatte er mir zur Verfügung gestellt, aber ich wollte lieber meine eigenen Ideen umsetzen. Bisher stand allerdings nicht mehr als karamellisierte Walnüsse und Vanille auf dem Notizzettel.

»Wie wäre es mit Pflaume?«, bemerkte Arthur, der einen Blick über meine Schulter warf. Ich strich die Locke hinter mein Ohr, die ständig in meine Augen hing, und schob die Unterlippe vor. »Wo soll ich jetzt frische Pflaumen herbekommen?«, entgegnete ich vielsagend.

Arthur warf sich das Geschirrtuch über die Schulter und hob unschuldig die Hände.

»Ich habe noch eingefrorene Restbestände, aber das genügt deinen Ansprüchen vermutlich nicht.«

»Richtig. Außerdem ist aufgetautes Obst unberechenbar, was das Verhältnis zum Teig angeht.« Ich lächelte und stützte die Ellbogen auf dem Tresen ab. Eigentlich war meine Samstagsschicht bereits seit einer halben Stunde vorbei, aber ich hatte Arthur überzeugt, für die Planung meines Vorhabens noch bleiben zu dürfen.

»Ich glaube, ich mache etwas ohne Frucht. Wir haben keinen Sommer. Winterlich muss es sein«, murmelte ich vor mich hin und klopfte mit dem Stift auf die hölzerne Tresenplatte. »Vielleicht eine Nussschicht mit Kokosblütenzucker oder Vanillecreme.«

Arthur brummte genüsslich neben mir und ich grinste.

»Und dunkle Schokoladenstückchen im Boden«, schlug er vor, woraufhin ihn mein mahnender Blick traf.

»Grundsätzlich werde ich keine deiner Ideen annehmen. Dann wäre es schließlich nicht mehr *meine* Idee.«

»Du bist aber streng ... zu dir selbst.« Er hielt sich eine Hand vor den Mund, aber ich konnte das Lächeln zwischen seinen Fingern erkennen.

»Wie wäre es, wenn du kurz nach oben gehst und mich in Ruhe überlegen lässt? Dann schreibe ich die Einkaufsliste und danach gehe ich wirklich.« Ich ließ meinen Blick durch den Verkaufsraum schweifen. »Heute ist ohnehin nicht viel los. Zu schönes Wetter.« Meine Augen brauchten einen Moment, um sich an die Helligkeit zu gewöhnen, als ich aus einem der Sprossenfenster sah. So einen heiteren Tag hatte ich seit meiner Ankunft in Rivercrest noch nicht erlebt.

»Alles klar, Chefin.« Arthur zog das Geschirrtuch durch die Bänder seiner Schürze, verbeugte sich vor mir, wobei er seine Brille festhalten musste, und dann hörte ich die laut knarrenden Treppenstufen ins Obergeschoss.

Die Idee mit den Schokostückchen war gar nicht schlecht, musste ich mir eingestehen und schrieb sie mit einem Fragezeichen auf. Wenn ich mich trauen würde, mich der Erinnerung zu stellen und auf Grandmas Rezepte zurückzugreifen, fielen mir augenblicklich mindestens zehn Ideen ein. *Die Zimtschnecken.* Ich seufzte lautlos. Dazu fühlte ich mich nicht bereit, noch nicht. Allein der Gedanke brachte mein Inneres dazu, sich zusammenzukrampfen, sodass es mir Mühe bereitete, aufrecht stehen zu bleiben.

Ich stützte mein Kinn auf den Handrücken und starrte auf

meine unordentlichen Buchstaben.

»Hallo.«

Aufgeschreckt fuhr ich hoch und ließ dabei den Stift fallen, der leise auf dem Steinboden landete.

»Ich hätte nicht gedacht, dass Arthur eine andere Person als sich selbst hinter dem Tresen duldet«, sagte der Kunde und schien damit mein Schweigen überspielen zu wollen.

Ich schüttelte schnell den Kopf und erinnerte mich daran, dass ich nun nicht mit ihm an einem Tisch saß und ihn anschweigen konnte. Er war ein Gast, den ich bedienen *musste*.

»Wie du siehst …«, sagte ich lahm und breitete leicht die Arme aus. »Was hättest du denn gern?« Mit dem Fuß schob ich den Bleistift auf dem Boden zur Seite und stopfte den Notizzettel in die Vordertasche meiner dunkelbraunen Schürze.

»Einen einfachen Kaffee.« Seine Mundwinkel hoben sich ein Stück. Meine Augen hefteten sich auf den Ansatz seines Pullovers, der unter der schwarzen Windbreaker-Jacke zu sehen war.

»Bringe ich dir gleich«, versicherte ich, wobei meine Kehle eng wurde. Da war es wieder. Dieses seltsame Gefühl, das Wärme und etwas Vertrautes in seiner Nähe versprach, obwohl das nicht sein konnte.

»Rosa, oder?«

Ich hatte mich bereits der Kaffeemaschine zugewandt und drehte mich mit zusammengepressten Lippen wieder zu ihm um. Sie voneinander zu lösen, fiel mir unheimlich schwer. Denn er entfachte auch Nervosität in mir. Vielleicht, weil ich selten einen Mann als so gutaussehend empfunden hatte. Attraktiv auf eine Weise, die nichts mit bisherigen Schwärmereien gemein hatte.

»Ja«, sagte ich kratzig.

»Lesh.« Seine dunklen Augen lagen abwartend auf mir und trotz des Tresens zwischen uns kam ich mir viel zu ungeschützt vor. Er war zu nah. So nah, dass er meine Ohren sehen musste, die heiß glühten.

»Du kommst nicht aus Rivercrest, oder?« Das Interesse in seinen Zügen verunsicherte mich.

»N-nein.« Wieder schob ich den runtergefallenen Bleistift mit dem Schuh hin und her. »Sieht man mir das so sehr an?«

»Ein wenig.« Als würde er spüren, dass ich mich unwohl fühlte, machte er ein paar Schritte rückwärts und ging dann zu dem Tisch, an dem ich bei unserer ersten Begegnung gesessen hatte.

Ich holte tief Luft und wandte mich der Kaffeemaschine zu. Dabei überlegte ich, ob ich Arthur holen und unter einem Vorwand gehen sollte. Im gleichen Moment entschied ich mich dagegen. In den letzten zwei Wochen war ich beinahe enttäuscht gewesen, weil es so schien, als würde ich ihn nicht wiedersehen. Dabei erhoffte ich mir nichts davon. Ich hatte nur wissen wollen, ob dieses zarte Aufflackern von Heimat erneut aufkommen würde. Und das tat es, sobald ich ihn länger als zwei oder drei Sekunden ansah. Aber das änderte nichts daran, dass er vermutlich zehn Jahre älter war und womöglich bereits verheiratet oder in einer Beziehung. Seine Freundlichkeit war kein Flirt. Mit Sicherheit nicht.

Es gibt keinen Grund, sich so seltsam zu verhalten.

Ich schnappte mir ein Tablett und stellte den Kaffee darauf. Zum Glück saß er mit dem Rücken zu mir, sodass er meinen zögerlichen Gang mit den vielen Unterbrechungen nicht verfolgen konnte. Ich räusperte mich, was in der Geräuschkulisse des Cafés sofort unterging, bevor ich den Kaffee auf den Tisch stellte und schwach lächelte, wobei ich das runde Tablett fest unter den Arm klemmte.

»Danke.« Er sah nur flüchtig zu mir, weil sein Handy auf dem Tisch dumpf zu summen begann.

Mit schnellen Schritten rettete ich mich wieder hinter den Tresen, kassierte zwei junge Mütter mit sperrigen Kinderwagen ab und hob endlich den Bleistift auf.

Arthur kam wenig später wieder und ich zog mich in die Küche zurück, wo ich mich mit einem hohen Hocker an die Arbeitsfläche setzte. Vorn im Café hatte ich immer wieder zum Fenster geblinzelt und beobachtet, wie er telefonierte. Das tat er auffallend lange und seine starre Haltung verriet, dass es kein angenehmes Gespräch sein konnte. Mit den Fingern seiner freien Hand klopfte er auf der Tischplatte einen unregelmäßigen Takt und ab und zu schüttelte er in einer frustrierten Geste den Kopf. Nun schüttelte ich den Kopf, um mich auf meine eigentliche Aufgabe zu konzentrieren, und begann das Ende des Bleistifts gegen meine Unterlippe zu tippen.

Eine Stunde später heftete ich eine Einkaufsliste für zwei halbwegs ausgereifte Gebäckideen auf das Magnetbrett, wo Arthurs geplante Besorgungen hingen. Dann nahm ich die Schürze ab und zog meinen dicken Pullover und den Parka über.

»Bis Montag«, verabschiedete ich mich, während ich die Mütze über mein Haar stülpte und Arthur im Vorbeigehen zuwinkte.

»Bis dann, Rosa.« Er nickte mir zu, wobei er dem Kunden vor sich das Wechselgeld hinschob.

Kurz vor der Tür wagte ich noch einen letzten Blick zu dem kleinen Tisch am Fenster. Er saß noch immer dort.

Die Sonnenstrahlen waren bereits schwächer geworden und trotzdem hob ich das Kinn, um meine Nase so dicht wie möglich an die Wärme zu bringen. Ein paar Mal atmete ich tief ein und aus, bevor ich den Weg zu meinem Fahrrad einschlug, das an einem Laternenpfahl lehnte.

Während ich das Schloss öffnete, war ich mir der Tatsache bewusst, dass ich für alle im Café gut sichtbar war. Aus dem

Augenwinkel linste ich zu den Sprossenfenstern und sah schnell wieder weg, als ich seiner Aufmerksamkeit begegnete, die auf mir lag. Er sah nicht weg, auch nicht, als ich noch einmal zum Café blickte. Meine Finger schlossen sich fest um den Lenker, während mir unter der Jacke zu warm wurde. Schnell stieg ich auf mein Rad und fuhr los. Kalte Luft ließ meine warmen Wangen prickeln, während ich mich die Straße entlangrollen ließ.

Dahlia und Gabe fuhren nach dem Abendessen zu Freunden und als er mich fragte, ob ich mitkommen wolle, lehnte ich ab. Dean und Bree erwarteten Besuch von einem befreundeten Paar und ich überlegte, wie ich den langen Samstagabend rumbekommen könnte, ohne viel zu früh schlafen zu gehen. Auf dem Weg in mein Zimmer fiel mir die hochfüßige Badewanne ein und ich schnappte mir ein Buch, bevor ich mich in das große Badezimmer zurückzog. Während ich das Wasser einließ, rief Erin an.

»Hast du Zeit?«, fragte sie und unterdrückte gleich darauf einen Hustenanfall.

»Hey, bist du krank?«

»Ja«, sagte sie kläglich und ich hörte ihr Bett leise quietschen. »Und ich brauche jemanden, mit dem ich den Abend verbringen kann.«

»Die ganze Nacht, wenn du willst«, bot ich an und sie lachte kratzig.

»Erzähl mir von deinem Leben im fernen Rivercrest. Was ist das für ein Café, wo du jetzt arbeitest?«

Mit ein paar knappen Nachrichten hatte ich Cat und Erin über meinen Job und den Alltag auf dem Laufenden gehalten, während von ihnen meistens Fotos kamen, die mehr sagten als unzählige Worte. In der Cafeteria, beim Lernen, beim Filmschauen und

Ausgehen. Ihre Gesichter und die vertraute Umgebung zu sehen, stach mir jedes Mal aufs Neue ins Herz.

Während ich mit den Fingern in dem Wasser umherrührte, erzählte ich ihr ausführlicher vom *Golden Plover,* und warum ich Arthur um den Job gebeten hatte.

»Dieser Cafébesitzer ist nicht irgendwie dein Traummann oder so? Cat war davon überzeugt«, schmunzelte Erin, als ich geendet hatte.

»Arthur?«, fragte ich schockiert. »Um Himmels Willen … *Nein*. Habe ich nicht eben von seiner Freundin und ihrem gemeinsamen Baby erzählt?«

Zwar konnte ich nicht bestreiten, dass Arthur sich bereits ein kleines bisschen in mein Herz geschlichen hatte, doch das fühlte sich an wie … eine Freundschaft. Als wäre er ein älterer Bruder oder sogar eine Art Vater.

»Ich habe es ihr von Anfang an gesagt. Du würdest nicht so offen über ihn sprechen, wenn er mehr als dein Chef wäre. Schließlich hast du bisher immer ein riesiges Geheimnis daraus gemacht, wenn du verliebt warst«, sagte sie gewichtig.

Ich brummte nur, weil ich das nicht leugnen konnte. Einhändig öffnete ich den Verschluss einer Flasche mit Badezusatz und kippte die nach Wald duftende Flüssigkeit in die halb gefüllte Wanne. In Sekundenschnelle breitete sich der Geruch nach Zedern und Kiefern im Raum aus.

»Gibt es einen anderen? Cat ist sich sicher, weil du dich so wenig meldest.« Wieder hustete Erin und ich war dankbar für diese Pause, in der ich versuchte, gedanklich einen Satz zu formen, der diesen Verdacht überzeugend abtat. Stille kam auf.

»Rosa?«

»Bin noch dran«, sagte ich schnell. »Nein, gibt keinen.«

»Lüge«, entgegnete sie und ich konnte ihr breites Grinsen

hören.

»Keine Lüge«, beharrte ich schwach.

»Du sagst es in demselben Ton, wenn du behauptest, nicht ab und zu auch Pornos zu sehen«, gluckste sie und ich gab einen gequälten Laut von mir. »Mehr Informationen bitte – nicht zu den Pornos.« Sie lachte. »Ist es jemand aus der Schule?«

»Nein«, murmelte ich und spürte meine Abwehr etwas bröckeln. Schließlich war es Erin und schließlich gab es kaum etwas zu erzählen. *Nichts* eigentlich.

Noch immer hockte ich vor der Badewanne und lehnte jetzt die Stirn an die kühle Kante.

»Im *Golden Plover* gibt es vielleicht einen Gast, der ab und zu kommt und … den ich vielleicht ein bisschen interessant finde. Das war's schon. E-es spielt gar keine Rolle.«

»Warum spielt es keine Rolle?«

Was stimmt nicht mit ihm?, schien sie damit fragen zu wollen.

»Er ist … keine Option.«

Vielleicht verkörperte er im ersten Eindruck das, was ich mir irgendwann wünschte, und ich verrannte mich in dem Gefühl, dass es einmal Heimat bedeuten könnte.

»Hä?«, machte Erin nur. Ich schwieg.

»Er sieht bestimmt gut aus, oder?«, fragte sie dann sanft. »So etwas kann einschüchternd wirken.«

»Ja«, räumte ich ein.

»Aber er ist auch nur ein Mensch und du hättest mir kein Wort von ihm erzählt, wenn du nicht etwas von seiner Seite vermuten würdest.«

Ich blickte zur Decke und seufzte leise. »Er ist nur nett zu mir. Small Talk – mehr nicht. Wir haben nicht einmal zehn Sätze gewechselt, glaube ich.«

»Du zweifelst zu sehr.« Erins Worte strotzten vor Sorge und

ich hörte ihr an, dass sie nun gern in meiner Nähe wäre, um mir einen kleinen Schubs geben zu können.

»Vielleicht ist das gut so. Hier will ich ohnehin nicht an so etwas denken, auf keinen Fall!« Ich schüttelte so sehr den Kopf, dass mich ein Anflug von Schwindel überkam. Meine Finger tauchten prüfend in den Schaum ein, bevor ich die Wasserhähne ausstellte und Erin auf Lautsprecher stellte, um mich ausziehen zu können.

»Das ist kein Argument«, bemerkte Erin.

»Ich will die Zeit hier hinter mich bringen und nur an das *Danach* denken. Weißt du, wenn wir gemeinsam aufs College gehen.«

»Yay«, quietschte sie und ich wusste, ich hatte sie erfolgreich abgelenkt. »Ich kann es kaum erwarten, mit dir und Cat auf einem Campus zu wohnen. Das wird die beste Zeit unseres Lebens werden!«

»Mhm.« Ein Lächeln legte sich auf meine Lippen, während ich mit meinem Pullover kämpfte, der sich mit der Haarklammer meines Zopfs verhakt hatte.

»Was meinst du? Wie lange müssen wir noch warten?«, fragte ich, nachdem ich mich befreit hatte.

Sie brummte nachdenklich. »Bestimmt noch über einen Monat. Die meisten Zusagen kommen erst Ende März. Cat und ich kontrollieren aber trotzdem jeden Tag auf dem Weg nach Hause euren Briefkasten, nur zur Sicherheit.«

In Unterwäsche stand ich vor der dampfenden Badewanne und schlang die Arme um mich selbst.

»Ich habe verdammt große Angst, dass wir es nicht zusammen schaffen.«

»Mach dir nicht zu viele Gedanken – irgendein College wird dabei sein.« Mit diesen Worten wiederholte sie nur das, was ich mir selbst unablässig einzureden versuchte. Aber keine von uns konnte wissen, was kam.

»Kommst du uns bald besuchen?«

Ich öffnete den Verschluss meines BHs und seufzte. »Die lange Zugfahrt war die Hölle. Ich weiß nicht, wann ich das wieder überstehe. Außerdem – so sehr ich euch vermisse – fürchte ich, die Rückkehr hierher wird dann noch schlimmer.«

Kurz herrschte Stille und ich konnte selbst kaum glauben, dass ich gerade quasi beschlossen hatte, meine besten Freundinnen monatelang nicht zu sehen.

»Hattest du es nicht versprochen?«, fragte Erin schließlich enttäuscht.

»A-aber ich schaffe das nicht«, entgegnete ich heftiger als beabsichtigt. »Ich kann zwischen diesen zwei Leben nicht hin- und herpendeln. Dann muss ich hier jedes Mal von vorn anfangen.«

»Es ist nur ein Leben«, widersprach Erin. »Genauso gut kann es sein, dass du hier neue Kraft schöpfst und Abstand von deiner Verbitterung bekommst. Denn das bist du! Merkst du das, Rosa? Wie verbittert du bist?«

»Du bist nicht in meiner Lage«, verteidigte ich mich stumpf und mit enger Kehle.

»Und das heißt automatisch, dass ich dich nicht verstehe?«

»Du weißt nicht, wie ich mich fühle«, murmelte ich. Mein Blick war auf den leise knisternden Schaum gerichtet.

»Ich denke, ich besitze so viel Empathie, dass ich es mir vorstellen kann«, bemerkte sie und holte laut Luft. »Ich mache dir einen Vorschlag: Cat und ich besuchen dich. Hat dein Vater nicht ein großes Haus, wo wir ein Wochenende übernachten könnten?«

Ich blinzelte einige Male, weil mir unvermittelt Tränen in die Augen traten. »Ich … kann ihn fragen.« Schwer schluckte ich.

»Das wäre schön«, fügte ich hinzu.

»Es geht darum, dass wir uns sehen. Es ist egal, wo. Vielleicht war es auch egoistisch, zu erwarten, dass du herkommst.«

»Nein.« Ich lächelte traurig. »Ich bin gerade nur ein Häufchen aus … vielen negativen Gefühlen.«

»Ich habe dich so lieb, Rosa. Frag deinen Vater, ob ein Besuch okay wäre, und Cat und ich setzten uns nächstes Wochenende in den Zug, versprochen!«

»Alles klar.«

Erins Stimme wurde immer heiserer, und kurz nachdem ich in das heiße Wasser eingetaucht war, verabschiedeten wir uns. Das Nass und der Schaum hüllten mich ein und die Wärme drang allmählich bis in meine Knochen. Vielleicht war ein langes Bad das Wundermittel, um dem unbehaglichen Wetter hier zu trotzen. Seit meiner Ankunft war mir kaum richtig warm gewesen und diese Badewanne war eine pure Wohltat. Ich rutschte so weit hinein, bis das Wasser mein Kinn erreichte, und verharrte reglos.

Am Sonntagmorgen überraschte ich mich selbst, als ich Brees Angebot, mit zu Deans Messe zu kommen, annahm. Ich musste gestehen, dass ich neugierig war, wie er den Gottesdienst abhielt. Zudem hatte ich absolut nichts vor und sehnte mich nach Ablenkung und Zerstreuung.

Auch Gabe lächelte mir erfreut zu. Er und seine Schwester wirkten heute Morgen malträtiert. Dahlias Augen waren rot gerändert, mit wenig Appetit zupfte sie an einem Croissant und trank einen Tee nach dem anderen.

Gabe hingegen aß drei Brötchen und eine Pfanne Rührei ganz allein. Zwar wirkte er geschafft, aber ziemlich gut drauf. Vielleicht war er auch noch etwas betrunken.

Nach dem Frühstück fuhren wir mit dem *Buick Verano* zur örtlichen Kirche. Dahlia saß neben mir auf der Rückbank, während Bree auf dem Beifahrersitz Platz genommen hatte. Sie lobte Gabes Fahrstil, der sich nach ihrer Beurteilung deutlich verbessert hatte.

»Liegt an Rosas Reiseübelkeit«, gab er zurück und sein Blick streifte mich im Rückspiegel.

»Danke«, murmelte ich und sah aus dem Fenster. Die grüne und graue Umgebung glitt an uns vorbei, bis wir in einer breiten Straße parkten, an deren Bordstein bereits viele Autos standen. Die Kirche *St. Clarence* war klein, mit weißem Holz verkleidet, einem schmalen Turm und spitzen Dächern. Zwei breite Treppen führten zu den geöffneten Türen in einem hellen Braun. Auf der Straße tummelten sich Einwohner in Sonntagskleidung.

Während Bree von vielen Bekannten aufgehalten wurde, schloss ich mich meinen Stiefgeschwistern an, die, ohne jemandem Beachtung zu schenken, die Treppen zur Kirche hinaufstiegen. Sie verhielten sich anders als in der Schule. Schwer zu sagen, ob es daran lag, dass sie verkatert waren, oder daran, dass das hier für sie eine lästige Pflichtveranstaltung war. Mit unbewegten Mienen gingen sie zielstrebig zur ersten Reihe und setzten sich. Gabe lächelte mir schmal zu und deutete mit einer Kopfneigung auf den Platz neben ihm.

Die Kirchenglocken setzten ein, während ich meinen gelben Parka abstreifte. Bree tauchte auf und setzte sich zu Dahlia, während die Geräuschkulisse allmählich verblasste.

Dean trat in einem schwarzen Talar auf das leicht erhöhte Podest und sah mit einem Lächeln auf den Lippen durch die Reihen. Als er mich entdeckte, wurde es noch breiter und er schien überrascht. Vermutlich hatte er noch nicht den Mut gehabt, mich zu fragen, ob ich zu seiner Messe kommen wolle.

Die Kirche war auffallend schlicht, was mir gefiel. Hier und dort glänzte etwas Gold und die Buntglasfenster waren aufwendig gestaltet, aber vor allem die Fenster hatte ich an Kirchen schon immer gemocht.

»Sollte ich einschlafen: Schnipp mir gegen das Knie«, bemerkte Gabe neben mir und ich war nicht sicher, ob er Dahlia oder mich meinte, bis er mich etwas träge ansah.

»Die vergangene Nacht ist wohl doch etwas länger geworden.«

»Das nächste Mal kommst du mit, ja?«, gab er zurück.

»Eher nicht.« Entschuldigend hob ich die Schultern.

Gabe verschränkte die Arme hinterm Kopf und unterdrückte ein Gähnen, bevor er sie auf der Lehne hinter Dahlia und mir ablegte.

Deans Messe war lebendig gewesen, er hatte die Livemusik an den passenden Stellen eingebaut und machte einen offenen, selbstbewussten und fürsorglichen Eindruck. Jede Unsicherheit, die ich bisher bei ihm hatte erkennen können, schien während der knappen zwei Stunden wie fortgespült. Die Bibelzitate und Dankesreden hielten sich im angenehm kleinen Rahmen und er sprach vor allem über den Alltag und das Stadtgeschehen. Er liebte Rivercrest. Das klang aus jedem seiner Worte. Könnte er mir einen Hauch von seiner Liebe zur Stadt abgeben, würde es mir leichter fallen, hier zu sein. Obwohl ich seine Messe gut fand, haftete ein dunkles Gefühl an mir, als wir die Kirche verließen. Gegen Ende hatte er der verstorbenen Annie Robinson gedacht. Ich hatte Dahlias Gesicht nicht sehen können, doch ich hatte gehört, wie Gabe ihr etwas zuraunte und wie sie zittrig einatmete.

Jetzt stand ich mit ihm etwas abseits von den Grüppchen, die sich vor der Kirche gebildet hatten, und wir warteten darauf, dass

Bree sich von ihren Freundinnen losreißen konnte. Über die Schulter hatte ich freie Sicht auf den kleinen Friedhof, der sich hinter einer niedrigen Mauer befand. Dahlia stand bereits eine Weile vor einem der Gräber – bestimmt vor Annie Robinsons. Neben ihr stand Meagan. Sie hatten die Hände fest verschränkt und bewegten sich nicht. Es erschien mir unpassend, zu ihnen zu sehen, und trotzdem warf ich immer wieder einen Blick über die Schulter, wobei sich mein Herz zusammenzog.

KAPITEL 7

Rosa

»Kommst du heute Nachmittag mit ins *Arabica*?« Ivy zupfte ein Stück ihrer Waffel ab und steckte es sich in den Mund.

»Ich habe Schicht im *Golden Plover*«, erklärte ich.

»Dann kommen wir dorthin, wenn es dir nichts ausmacht?« Ivy sah fragend in die Runde und Nikki nickte. Diego legte den Kopf schief. »Im *Arabica* gibt es Schülerrabatt.«

»Im *Golden Plover* schmeckt der Kaffee besser«, entgegnete ich überzeugt.

»Du warst doch nicht einmal im *Arabica*«, lachte Ivy. »Was ist mit dir, Silas?«

Er blickte auf. »Ich habe ein Video-Date mit Alex.«

Inzwischen wusste ich, dass Alex seine Freundin war, die bis vor einem halben Jahr ebenfalls die *Rivercrest High School* besucht hatte. Dann hatte ihr Vater ein Jobangebot in einer anderen Stadt bekommen und seitdem führten sie und Silas eine Fernbeziehung über dreihundert Meilen hinweg.

»Dann um vier im *Golden Plover*«, hielt Diego fest, bevor er wieder aufsprang, sich die Sporttasche über die Schulter warf und mit großen Schritten die Cafeteria verließ.

Mit vor Kälte tränenden Augen kam ich beim *Golden Plover* an, gerade rechtzeitig, bevor ein feiner Nieselregen einsetzte. Während ich zum Tresen ging, verschaffte ich mir einen kurzen Überblick. Es waren nur noch zwei große Tische frei und ich beschloss eines der kleinen Reservierungsschilder zu holen.

»Hey, Arthur«, begrüßte ich meinen Chef, der Schaum aus einer Tasse schlürfte. Er gönnte sich zwischendurch ziemlich oft einen Cappuccino.

In dem kleinen Flur neben der Küche zog ich Parka und Schal aus und band die dunkelbraune Schürze um.

»Gleich kommen ein paar Schulfreunde und ich würde gern einen Tisch reservieren«, sagte ich, nachdem ich meine Hände gewaschen und desinfiziert hatte, nach vorn trat und das kleine Körbchen mit den Schildern ergriff.

»Klar.« Arthur sah mich nicht an, sondern hielt die Lider gesenkt, während er einen weiteren Schluck aus seiner Tasse trank. Es wirkte mehr erschöpft als genüsslich und ich legte den Kopf schief.

»Alles in Ordnung? Hält Yasmin euch wach?« Seine Tochter hatte sehr wechselhafte Phasen, mal war sie unfassbar unkompliziert, mal forderte sie den ganzen Tag und die ganze Nacht Aufmerksamkeit.

»In letzter Zeit läuft es super mit ihr, das ist es nicht.« Er rieb sich über die Augen.

»Okay.« Ich rührte mich nicht von der Stelle und wartete, ob er mir erzählen wollte, was dann los war.

»Ich schlafe zurzeit nicht gut«, sagte er irgendwann und machte eine wegwerfende Handbewegung, als sei es nicht der Rede wert. »Ständige Kopfschmerzen«, fügte er hinzu, jedoch so leise, als würde er hoffen, ich könnte es überhören.

Er trank seine Tasse aus, bevor er die Brille, die er ins Haar geschoben hatte, wieder auf seine Nase setzte.

»Wenn du magst, kannst du nach oben gehen und ich hole dich, wenn es zu viel wird.« Inzwischen hatten wir ein Paar Babyfone umfunktioniert, sodass ich ihm von der Küche aus Bescheid geben konnte, wenn es im Café doch zu voll wurde. Bisher hatte ich diese Möglichkeit allerdings erst zwei- oder dreimal genutzt, weil ich ihm so viel Zeit wie möglich mit seiner Familie verschaffen wollte und es auch in Kauf nahm, wenn die Kunden einen kleinen Moment warten mussten. Außerdem war es mir vielleicht ein bisschen unangenehm, dass er darauf bestanden hatte, dass ich mich mit *Küken an Ente* meldete. Prüfend sah Arthur sich um und zögerte so lange, bis ich nachdrücklich den Zeigefinger zur Decke richtete. Eine stumme Aufforderung, zu gehen.

»Leshs Kaffee geht heute aufs Haus – vermutlich die ganze nächste Zeit. Er hat sich um mein Auto gekümmert.« Arthur grinste schief.

Mein Blick zuckte durch das Café und ich entdeckte ihn an dem kleinen Tisch vor dem Fenster. Warum war er mir eben noch nicht aufgefallen? Hatte ich absichtlich vermieden, in diese Richtung zu sehen?

»Geht klar.« Schnell griff ich eines der Holzschilder und suchte den Tisch aus, der möglichst weit weg von dem war, an dem er saß.

Eine knappe Stunde später tauchten Ivy, Nikki und Diego lautstark im Café auf und postierten sich vor mir am Tresen.

»Du machst dich gut als Barista«, bemerkte Diego und ich antwortete mit einem wenig eleganten Knicks, bevor ich auf die Tafel über mir deutete.

»Was darf ich den Herrschaften bringen?«

»Habt ihr was mit Geschmack?« Nikki kaute auf ihrer Unterlippe und warf immer wieder einen Blick zu der Glasvitrine mit dem Gebäck.

»Klar. Karamell, Vanille, Schoko, Ahornsirup, Zimt ...«

»Karamell«, wählte sie bedächtig. »In einem Latte Macchiato mit extra viel Schaum und ... einen von den Cookies.«

Ivy und Diego bestellten einen Milchkaffee und wollten sich eine Mohnschnecke teilen.

Ich zeigte ihnen den reservierten Tisch und sie setzten sich. Nikki blieb noch kurz am Tresen stehen. »Ich finde es hier viel schöner als im *Arabica*«, bemerkte sie lächelnd und ich erwiderte es.

Nachdem ich die Kaffeemaschine bedient hatte, balancierte ich das Gebäck zum Tisch.

Bei meiner Rückkehr stockte ich kurz und mein Magen drehte sich um. Das Herz schlug unangenehm fest in meinem Brustkorb, während ich mir eine Haarsträhne zu sorgsam hinters Ohr strich.

»Lesh.« Es war das erste Mal, dass ich seinen Namen aussprach, und er fühlte sich fremd auf meinen Lippen an. Er lächelte schmal und wirkte zurückhaltender als sonst.

»Ich würde gern zahlen.« Er streifte die Kapuze seiner Jacke über die Mütze und sein Gesicht lag halb im Schatten verborgen.

»Arthur sagt, es geht aufs Haus.« Mein Lächeln fühlte sich zu wackelig an und ich ließ es bleiben, während meine Finger die Platte des Tresens fest umfassten.

»Es geht ums Auto, oder?«, fragte er und es klang beinahe gereizt. Ich nickte stumm.

»Nicht nötig«, sagte er dann und schob mir einen Geldschein zu.

»Arthur hat darauf bestanden«, beharrte ich und versuchte, seinen Blick einzufangen, der bisher immer so offen auf mir gelegen hatte. Als er mich endlich ansah, schienen sich seine schwarz wirkenden Augen in meine zu graben und ich verstand nicht, womit ich seinen Unmut auf mich gezogen hatte.

Entschuldigend hob ich die Schultern und beobachtete, wie er tief einatmete und die Hand zurückzog. Allerdings ohne den Geldschein.

»Stimmt so.« Er wandte sich ab und verließ beinahe hastig das Café. Seine große Gestalt entfernte sich und innerhalb weniger Atemzüge verschwand er hinter einer Hausecke. Missmutig betrachtete ich den Geldschein, der ein unverschämt hohes Trinkgeld beinhaltete, und kassierte den Kaffee ab. Den Rest stopfte ich in die Kaffeekasse, einen Spatzen aus Keramik.

»Hey, Barista!«, rief Ivy. »Meine halbe Mohnschnecke ist gleich weg und ich habe nichts zum Stippen.«

Ihre Getränke hätte ich glatt vergessen und schnell widmete ich mich wieder ihrer Bestellung.

»Danke.« Nikki lächelte, als ich ihr den Latte Macchiato mit viel klebrigem Schaum vor die Nase stellte.

Tatsächlich war Ivys Mohnschnecke bereits verschwunden, doch Diego schob ihr bereitwillig seinen Teller hin, auf dem seine noch unangerührte Hälfte lag.

»Bist du sicher? Keine Bedingungen?« Ivy beäugte ihn skeptisch. Unschuldig hob er die Hände, aber das leichte Flackern in seinen Augen ließ Ivys Zweifel berechtigt wirken.

»Ihr könnt auch noch eine haben«, bemerkte ich und trommelte mit den Fingernägeln gegen das Tablett, das ich gegen meinen Bauch drückte.

»Passt schon.« Diego schubste den Teller noch näher zu Ivy, die schließlich mit den Schultern zuckte und herzhaft in das Gebäck biss.

Während der nächsten zwei Stunden war ich mir nicht sicher,

wie ich es finden sollte, dass meine Schulfreunde hier waren. Es machte zwar Spaß, ab und zu ein paar Worte mit ihnen zu wechseln und ihr Gelächter im Ohr zu haben, allerdings lenkten sie mich in den kleinen Pausen zwischen den Kunden ziemlich ab. Eigentlich hatte ich meine Rezeptideen ausweiten wollen. Am Mittwoch würde ich das erste Mal die Küche für mich haben und meine Ansprüche an mich selbst wuchsen mit jedem Tag. Ich wollte Arthur begeistern – die Scheu überwinden, die mich bei dem Gedanken erfasste. Seit Grandmas Tod hatte ich nicht mehr gebacken und fürchtete, das Gespür dafür verloren zu haben. Was, wenn es mir keinen Spaß mehr machte? Wenn es mich zu sehr an sie erinnerte?

Draußen war es fast dunkel, als Ivy, Nikki und Diego aufbrachen. Die letzte Stunde hatten sie damit verbracht, Hausaufgaben auf dem Tisch auszubreiten. Sie verabschiedeten sich lautstark und ich winkte, bis die Tür hinter ihnen ins Schloss fiel und eine angenehme Stille über mir hereinbrach. Ich mochte sie alle drei wirklich – mehr, als ich es nach so kurzer Zeit für möglich gehalten hätte. Doch ich war erleichtert, als ich endlich wieder mit dem *Golden Plover* allein war. Die meisten Gäste bemerkte ich kaum, sondern nahm sie als Teil meines liebsten Orts wahr. Als ich mich jetzt umsah, stellte ich überrascht fest, dass niemand mehr da war. Und ein Blick auf die Uhr verriet mir, dass das Café nur noch zehn Minuten geöffnet hatte. Ich ging nach hinten in die Küche, um ein letztes Mal den Spülautomaten anzuschalten. Arthur war sehr darauf bedacht, dass bis zum Schluss Kaffee verfügbar war, und daher musste ich mit der Reinigung der Kaffeemaschine noch warten.

Mit einem Lappen bewaffnet, begann ich, die Tische abzuwischen und zu desinfizieren.

Ich hatte knapp die Hälfte geschafft, als die Türglocke leise erklang und ich mich umdrehte.

Regentropfen glitzerten auf Leshs Jacke und er hatte die Kapuze tief in die Stirn gezogen, streifte sie jedoch ab, als er am Tresen stand. Wortlos verzogen sich seine Mundwinkel zu der Andeutung eines Lächelns.

»Willst du dein Geld wiederhaben?«, fragte ich bemüht locker und machte ein paar zögerliche Schritte auf ihn zu. Ich musste dicht an ihm vorbei, um zur offenen Seite des Tresens zu gelangen. Während ich mich vorbeischob, roch ich den kalten Regen, der an ihm haftete und seinen warmen Geruch beinahe überdeckte.

»Nein«, entgegnete er und sah auf die Uhr über den Tafeln.

»Machst du mir noch einen Kaffee?«

»Hoffentlich zum Mitnehmen«, rutschte es mir raus und ich räusperte mich schnell. »W-was möchtest du denn?«

»Kaffee ohne alles.« Er lächelte. »Und ja, zum Mitnehmen.«

»Ist gut.« Ich nahm den obersten Pappbecher des kleinen Turms und die Kaffeemaschine zerbrach die Stille, als sie die Bohnen zermahlte. Währenddessen wandte ich Lesh den Rücken zu und versuchte, mein Gesicht dazu zu zwingen, nicht heiß zu werden. Doch dadurch wurden meine Wangen nur noch schneller von der Wärme geflutet und ich war mir überdeutlich bewusst, dass ich allein mit ihm in dem schwach beleuchteten Café war.

»Kannst du überhaupt schlafen, wenn du jetzt noch Kaffee trinkst?«, fragte ich irgendwann, obwohl ich wusste, wie schlecht ich in Small Talk war.

»Ich werde heute Nacht nicht viel schlafen«, entgegnete er und holte ein schwarzes Portemonnaie aus der Innentasche seiner Jacke.

»Stopp!« Ich schüttelte den Kopf. »Du hast vorhin mindestens vier Kaffee bezahlt.«

»Und?« Er zückte einen Geldschein und unüberlegt schoss meine Hand vor. Meine Finger umschlossen seine und schoben sie bestimmt von mir. Dabei hörte ich, wie er scharf Luft holte. Über mich selbst und über seine Reaktion erschrocken, zuckte ich wieder zurück. Sein Jackenärmel war hochgerutscht und ich erhaschte einen Blick auf eine halb verheilte Narbe. Plötzlich fühlte ich die Erhebung, die eben an meinen Fingerkuppen gelegen hatte, und ich drückte meine Faust fest gegen den Bauch.

»Oh, entschuldige«, murmelte ich und er lächelte beruhigend, was nicht ansatzweise überzeugend wirkte.

»Kein Problem.«

Meine Augen klebten an seiner Hand, die er sinken ließ, sodass sie aus meinem Sichtfeld verschwand.

»Entschuldige«, sagte ich erneut, wobei ich beobachtete, wie er das Portemonnaie wieder in seiner Jacke verschwinden ließ. In dem Moment näherten sich Schritte.

»Alles in Ordnung?« Arthur kam mit besorgter Miene aus der Küche. Sobald er Lesh erblickte, entspannten sich seine Züge und er hob zwei Finger an die Stirn zu einem Gruß.

»Noch einen Gratis-Kaffee für den Weg?«

»Er hat heute Nachmittag schon bezahlt«, bemerkte ich und sah flüchtig zu Lesh, dessen Augen sich verdunkelten.

»Natürlich.« Arthur seufzte theatralisch. »Dann kann ich die Kasse wohl für die Abrechnung mitnehmen?«

Ich nickte und machte einen Schritt zur Seite, um ihm den Zugang zur Kassenschublade zu ermöglichen.

»Bist du mit dem Fahrrad da? Dann wartest du gleich auf mich, ja? Rosa?«, fragte er, während er die Geldschublade unter den Arm klemmte.

»Musst du noch einkaufen?«

»Ja ... Ja, genau. Eine Menge.« Arthur war ein furchtbar

schlechter Lügner. Als er verschwunden war, seufzte ich leise und spürte Leshs fragenden Blick auf mir.

»Er macht sich Sorgen, wenn ich am Abend allein losgehe«, erklärte ich.

»Zu Recht.« Tiefe Linien waren auf seiner Stirn entstanden.

Meine Brauen zogen sich allmählich zusammen.

Machte ich wirklich den Anschein, mehr ein Kind zu sein als eine eigenständige, junge Frau?

Rivercrest war eine behütete Kleinstadt – außer meiner grundlegenden Angst bei Dunkelheit gab es hier nichts zu fürchten.

»Ich passe auf«, versicherte ich und kehrte zu dem Tisch zurück, wo mein Lappen lag.

»Auf Wiedersehen«, sagte ich schließlich bemüht höflich.

»Auf Wiedersehen, Rosa«, sagte er leise und ich hörte nach ein paar Sekunden das Quietschen und Klingeln der Tür.

Verkrampft beendete ich meine Runde durch das Café, stellte die Stühle hoch, räumte die Kuchenvitrine aus, reinigte die Kaffeemaschine und trocknete das Geschirr des letzten Spülgangs ab. Arthur half mir zum Schluss und als ich meinen Parka überstreifte, sah ich ihn misstrauisch an.

»Du hast heute keine Besorgungen mehr zu erledigen, oder?«

Er rieb die Hände aneinander, verschränkte die Finger und schüttelte schließlich den Kopf.

»Als dein Chef trage ich eine gewisse Verantwortung für dich und ich denke nur daran, dass nicht weit entfernt ein Stadtteil liegt, der alles andere als freundlich ist.«

»*Blindspot*?«, hakte ich skeptisch nach. »Aber ich fahre doch in die entgegengesetzte Richtung.«

»Du hast ja recht«, pflichtete Arthur mir bei. »Ich möchte dich nicht bevormunden. Wenn du keine Begleitung möchtest und umgehend zum Einkaufszentrum fährst, werde ich nicht deinen

Bodyguard spielen.«

»Versprochen.« Ich lächelte zuversichtlich. »Wir sehen uns Mittwoch.«

»Mittwoch«, wiederholte Arthur bestätigend und brachte mich zur Tür, um hinter mir abzuschließen.

Er blieb in dem hellen Rahmen stehen und ließ es sich nicht nehmen, mir dabei zuzusehen, wie ich mein Fahrradschloss öffnete. Ich winkte ihm zu, wobei ich die Augen verdrehte, und klappte den altmodischen Dynamo gegen den Hinterreifen. Unruhige Muster wurden auf den Asphalt geworfen, sobald ich das Rad die Straße entlang schob. Stumm bedankte ich mich bei Arthur, dass er ein Unwohlsein in mich gepflanzt hatte und meine Schritte viel zu laut in meinen Ohren widerhallten.

Ich wollte gerade aufsteigen und losfahren, als ich den Schatten sah, der sich aus der Dunkelheit löste und dicht neben mir war. Ein kleiner Aufschrei entwich meiner Kehle.

»Hey«, rief eine Stimme, die mir schwach bekannt vorkam. »Rosa —«, sagte Lesh beinahe beschwörend und mit wild klopfendem Herzen hielt ich inne.

»W-was soll das?« Ich wollte wütend klingen, aber aus meinem Tonfall sprach vor allem Panik. Schnell atmend starrte ich ihn an, während er mein Rad auffing, das ich unbeabsichtigt losgelassen hatte.

»Willst du mir damit etwas beweisen? Wie leicht ich zu überwältigen bin? Das ist krank!« Heftig schüttelte ich den Kopf. »Im Ernst?«

Auf seinem Gesicht lagen Schatten, aber ich sah dennoch, dass auch er ärgerlich wurde. »Das war nicht meine Absicht«, entgegnete er beherrscht. »Ich wollte dich nicht erschrecken.«

»Das glaube ich dir nicht!«

»Ich will dir nichts beweisen«, beharrte er.

»Ich brauche keinen Begleiter«, sagte ich überzeugt.

»Mit dem *Blindspot* ist nicht zu spaßen.« Leshs Blick ließ mich nicht los.

»Der *Blindspot* ist da.« Ich zeigte hinter uns. »Ich gehe dort entlang.« Mein Finger richtete sich auf den hellen Punkt, der den Supermarkt im Einkaufszentrum verriet.

»Rosa, ich will mich nicht als Beschützer aufspielen. Das hier kommt gerade sehr falsch rüber.« Mit einer Hand fuhr er sich flüchtig über das Kinn. »Können wir es als Gelegenheit sehen, uns zu unterhalten? Ist es okay, wenn ich dich begleite, um einfach zu reden?«

Überrumpelt schwieg ich und griff langsam nach meinem Lenker. »Okay«, murmelte ich, obwohl ich nicht wusste, ob es das wirklich war.

Mit viel Abstand voneinander setzten wir uns langsam in Bewegung. Ich bemerkte, wie Lesh ab und zu einen Blick über die Schulter warf und kaum aufhörte, die Umgebung zu mustern, anstatt sich wie angekündigt mit mir zu unterhalten.

»Was ist am *Blindspot* so schlimm?«

Endlich kam seine Aufmerksamkeit bei mir an.

»Warst du schon einmal da?«, fuhr ich fort. »In Paxton gibt es mehrere solcher Gegenden und ich musste tagtäglich an ihnen vorbei.«

»Wieso bist du von Paxton nach Rivercrest gekommen?«

»Das war kein eleganter Übergang«, bemerkte ich leise.

»Es bleibt nicht mehr alles hinter verschlossenen Türen, nicht mehr in den Straßen«, sagte er kurz angebunden.

»Kurz nach meiner Ankunft war ich dort. Da ist mir nur ein Betrunkener begegnet«, bemerkte ich bemüht gelassen und schulterzuckend.

»Du warst da?« Unglaube unterstrich seine Worte.

»Nicht mit Absicht«, verteidigte ich mich und hielt den Blick auf das flackernde Licht meiner Fahrradlampe gerichtet.

»Warum Rivercrest?«, fragte Lesh nach einem kurzen Moment der schweren Stille.

»Ich besuche meinen Vater«, umschrieb ich ausweichend.

»Für wie lange?«

»Ein paar Monate – nur noch fünf, fast.«

Sein Blick brannte auf mir und ich senkte den Kopf etwas mehr, um den unsicheren Ausdruck meines Gesichts zu verbergen. Waren es reine Höflichkeitsfragen? Oder ging sein Interesse ein Stück weiter? Ich vermochte es nicht zu deuten.

»Wie alt bist du?«

Diese Frage erwischte mich kalt und verwirrte mich zugleich.

»Neunzehn«, antwortete ich langsam. »Und … du?« Ich blinzelte zu ihm, wusste nicht, ob ich eine Antwort haben wollte. Ich wollte nur, dass er etwas sagte und es nicht wieder still zwischen uns wurde.

»Sechsundzwanzig.«

Kurz schwiegen wir und ich suchte fieberhaft nach etwas, um die Stille zu füllen.

»Ich mag Rivercrest nicht«, hörte ich mich dann sagen und biss mir auf die Innenseite der Wange.

»Hat das einen bestimmten Grund?«

»Mehrere«, gab ich zu. »Ich habe eine Abneigung gegen diese Wälder – sie sind einfach zu dunkel und … trostlos. Seit ich hier bin, hat es fast jeden Tag geregnet und mir ist ständig kalt. Vielleicht ist die Kälte das Schlimmste.« Ich schluckte angestrengt. »Außerdem gefällt es mir nicht, bei meinem Vater zu wohnen.«

»Warum bist du dann hier?«

Das Einkaufszentrum kam immer näher und meine Schritte wurden langsamer.

»Wegen … einer Reihe von Umständen.« Meine Ambitionen, ihm von meiner Mutter und meinem Schulabschluss hier zu erzählen, hielten sich in Grenzen.

»Möchtest du mir mehr darüber erzählen?« Seine warme Stimme war verlockend, einladend und trotzdem schüttelte ich den Kopf.

»Nein.«

Bis zum Parkplatz des Einkaufszentrums schwiegen wir, und als ich mich ihm zuwandte, wurde ich plötzlich wieder nervös. Während des Wegs hatte ich ihn kaum angesehen und dieses seltsame Gefühl, dass ich bei ihm manchmal verspürte, erwischte mich unvorbereitet. Er hatte erneut die Kapuze über seine Mütze gezogen, aber unter dem Kragen seiner Jacke lugte ein Stück des dunklen Pullovers hervor. Während meine Zähne bereits leicht klapperten, schien ihm der schneidende Wind nichts auszumachen. Ich stellte mir vor, wie es wäre, bei ihm Zuflucht finden zu können. Vor der Kälte, vor der Dunkelheit und vor Rivercrest. Obwohl er zu alldem dazugehörte.

»Versprichst du mir, dass du es dir überlegst, dich weiterhin von Arthur hierherbringen zu lassen, wenn es dunkel ist?«

Möglichst unbekümmert begegnete ich seinen dunklen Augen. »Das kann ich nicht versprechen.«

Überraschend breitete sich ein Lächeln auf seinen Zügen aus und ich sah schnell weg.

»Dann tauche ich vielleicht öfter abends im *Golden Plover* auf, um mich mit dir zu unterhalten.«

»Wirklich, Lesh, diese Eskorte ist unnötig.«

Bei dem Wort *Eskorte* verzog er leicht das Gesicht. Er schien sich alle Mühe zu geben, mich davon überzeugen zu wollen, dass es ihm nicht nur um die kurze Strecke in der Stadt ging, aber ich glaubte ihm nicht wirklich.

»Bis dann, Rosa.« Er lächelte kurz, ging wenige Schritte rückwärts und drehte sich dann in die Richtung um, aus der wir gerade gekommen waren.

Mit zusammengepressten Lippen sah ich die Straße hinauf, wo er bereits mit den Schatten verschmolz.

KAPITEL 7 ½

Lesh

Seine Stirn traf dumpf die kalte Tür. Mit geschlossenen Augen wünschte er sich, die letzte halbe Stunde ungeschehen machen zu können. Nicht nur, dass er sich wie ein prolliger Wichser verhalten hatte, der den starken Mann markieren musste. Er hatte auch noch angekündigt, dass es sich wiederholen würde. Wäre er nicht so wütend, hätte er schallend über sich selbst gelacht. Sein Versagen – Schritt für Schritt – war lächerlich.

Er war wieder in den *Golden Plover* gegangen. Zweimal heute, *fucking zweimal*. Was den *Blindspot* anging, hatte er übertrieben. Lesh wollte sich nicht vorstellen, was sie jetzt von ihm dachte. Sie hatte quasi all seine Argumente entkräftet, indem sie gesagt hatte, sie kenne solche Viertel aus ihrer Heimatstadt. Im *Blindspot* gab es viel Scheiße, ja. Aber gab es die nicht überall?

Es ging ihm einzig und allein darum, dass sie nicht auf die Idee kam, dort aufzutauchen. Diesen Ort würde sie ihm nicht auch noch nehmen. Das letzte Loch, wo er sich verkriechen konnte. Dafür würde er ihr alles erzählen, was sie davon abhalten könnte, einen Fuß in den Stadtteil zu setzen.

Lesh knirschte mit den Zähnen. *Neunzehn.*

Er hatte sichergehen wollen, dass sie wirklich volljährig war. Sie war es gerade so. Hundertprozentig glauben würde er es allerdings nur, wenn er es auf ihrem Ausweis sah.

»Code vergessen?« Veit riss die Metalltür auf, vor der Lesh stand. Er versuchte sich von den Gedanken an Rosa zu befreien und sie vor der Tür zurückzulassen, während er sich wortlos an Veit vorbei und in den schmalen Gang schob. Der vertraute Geruch nach Alkohol, Schweiß und Moder stieg ihm in die Nase.

»Du bist zu spät«, bemerkte der Mann, der dicht hinter ihm ging.

»Ich weiß.«

»Du hast Glück, dass Brock sich seit Stunden in seinem Büro verbarrikadiert hat.«

Lesh stieß die Tür zu dem tristen Raum auf, der als Umkleide diente, und entriegelte seinen Spind. Achtlos warf er die Wertsachen hinein. Kein Dollar war oben sicher, selbst hinter der Bar nicht.

Veit lehnte an den Metallschränken und sah zu, wie Lesh sein T-Shirt auszog.

»Hast du nichts zu tun?«, fragte Lesh gereizt.

»Ich find dich so geil, dass ich mir gerade eine Wichsvorlage für nachher besorge«, gab er unbeeindruckt zurück.

»Veit!«

»Ich soll nachsehen, wie du in Schuss bist.«

»Sollte das nicht meine Entscheidung sein?«

»Brock fühlt sich für dich verantwortlich. Er will nicht, dass du abkratzt. Du solltest dich glücklich schätzen.« Veit verzog das Gesicht.

»Bis Freitag bin ich wie neu.«

»Du kannst absagen, West! Der Kleine ist ganz wild drauf, für dich einzuspringen.«

»Er ist noch ein halbes Kind.« Lesh schlug die Spindtür mit der flachen Hand so fest zu, dass sie zurücksprang und an den Spind daneben krachte. Er würde den Jungen nicht einspringen lassen. Er war zu jung ... und für Lesh war es zu wichtig. Er würde sich das nicht wegnehmen lassen.

Veit beobachtete ihn ernst, während er eine Packung Zigaretten aus der Jeans holte, eine herauszog und zwischen den Fingern hin und her wendete.

»Eine kranke Sache mehr, was macht das für einen Unterschied?«

Lesh streifte eines der schwarzen Shirts über, die er nur hier trug. »Was macht das Stipendium?«, fragte er, bemüht, die Atmosphäre zu entzerren.

Veits Miene wurde noch finsterer. »Abgelehnt«, murmelte er und klemmte sich die Zigarette hinters Ohr. »Ich steck hier fest. Vielleicht bin ich geboren, um im Dreck zu leben.«

Er versetzte der schweren Tür im Vorbeigehen einen Tritt und verschwand auf einer der Steintreppen.

Lesh sah durch das hohe Gitterfenster auf den Gehweg und eine dumpfe Hoffnungslosigkeit schien ihn ersticken zu wollen.

Veit war ein paar Jahre jünger als er, aber je älter er wurde, desto schwieriger wurde es, für ein Collegestipendium infrage zu kommen. Er war ohne jeden Zweifel gut genug. Er war nur nicht das, was sich ein College als Musterstudent wünschte.

Manchmal ekelte Lesh sich vor sich selbst. Veit war hier, weil er nicht viele Optionen hatte. Er hingegen war aus freien Stücken hergekommen, aus purer Dummheit und Selbstzerstörung, weil er alles weggeworfen hatte, worauf er jahrelang hingearbeitet hatte.

KAPITEL 8

Rosa

Mit tauben Fingern verschloss ich den Schuppen, nachdem ich mein Fahrrad hineingeschoben hatte. Die Gestalt auf der Terrasse hielt mich davon ab, den Weg zur Haustür einzuschlagen. Mit schmalen Augen beobachtete ich das aufflammende Feuerzeug.

»Gabe?« Das gefrorene Gras knirschte unter meinen Stiefeln, als ich zu ihm ging. »Was sagen Dean und Bree dazu?«, wollte ich mit einem Blick auf das glühende Etwas in seiner Hand wissen.

Er trat in das Wohnzimmerlicht, das durch die große Glastür nach draußen fiel.

»Sie sind nicht da.« Er grinste und stieß den Rauch aus.

Ein süßlicher Geruch stieg mir in die Nase, der verriet, dass er kiffte.

»Darf ich dich etwas fragen?«

»Klar.«

Ich kratzte ein bisschen Mut zusammen, denn dies fiel mir nicht leicht. Aber ich merkte, dass mir Ivy in der kurzen Zeit schnell wichtiger geworden war, und es war ein seltsames Gefühl, immer wieder Zeugin von ihrem Hass auf Gabe zu werden, aber den Grund nicht zu kennen.

»Warum mag Ivy dich nicht?«

Seine Hand mit dem Joint hielt auf dem Weg zu seinem Mund inne und sank wieder herab.

Schnell sprach ich weiter. »Sicher, es geht mich überhaupt nichts an. Aber warst du in der Vergangenheit vielleicht unfair zu ihr?«

»Richtig«, entgegnete er. »Es geht dich nichts an.«

Gabe drückte den Joint an der Hauswand aus und wandte sich ab.

»Gabriel«, rief ich, wobei meine Zähne vor Kälte aufeinanderschlugen. Er drehte sich nur kurz um, bevor er die Terrassentür aufstieß. Schnell folgte ich ihm.

»Ich wollte dir nicht zu nahetreten! Ich hätte nicht fragen sollen«, entschuldigte ich mich.

»Rosa …« Er war im Flur stehen geblieben und breitete die Arme aus. In einer Hand hielt er den erloschenen Stummel. »Das ist vergangen – vorbei. War ich scheiße? Ja. War sie scheiße? Verdammt, ja!«

Reglos sah ich ihn an und Mitgefühl wallte in mir auf, als ich das Schimmern in seinen Augen bemerkte, das er schnell wegblinzelte. »Ihr seid jetzt beste Freundinnen, was?«, stieß er zwischen den Zähnen hervor, bevor er sich umdrehte. Sekunden später schlug seine Tür im ersten Stock laut ins Schloss. Ich schluckte gegen das enge Gefühl in meiner Kehle an und beschloss, das Thema zu ignorieren, auch wenn es mir zu schwer und gegenwärtig dafür vorkam.

Leise seufzte ich. Die scheinbare Offenheit zwischen Gabe und mir war verpufft. Wie Rauch im Wind.

Lustlos füllte ich mir ein Stück des Auflaufs vom Vortag auf einen Teller und erwärmte mein Essen in der Mikrowelle. Ich saß allein an dem großen Esstisch, inmitten von inzwischen fast ungewohnter Stille. Während ich aß, schaute ich immer wieder auf die Fotowand mir gegenüber. Die Augen von Dean, Bree, Dahlia und Gabe schienen mich zu beobachten. Während ich ihre lächelnden Gesichter betrachtete, fragte ich mich, ob Dean auch ein Bild von mir besaß. Wahrscheinlich nicht. Und das war auch okay so. *Mehr als okay.*

Mit zusammengepressten Lippen räumte ich meinen Teller weg und ging in den ersten Stock. Inzwischen hatte ich mich halbwegs an meine neue Abendroutine gewöhnt. Ich ging ins Badezimmer, duschte, putzte Zähne und las ein paar Kapitel, bevor ich mit Cat oder Erin telefonierte und manchmal versuchte, Mum zu erreichen. Unser letztes Telefonat war inzwischen fast zwei Wochen her und ich machte mir allmählich Sorgen. Eine Zeit lang hatte ich es noch gut von mir schieben können, doch als ich diesen Abend die Nachttischlampe ausschaltete, holte es mich ein.

3 Jahre zuvor

Das alte Antennenradio spielte leise Musik, während ich Kaffee in die geblümte Tasse goss. Dünne Sonnenstrahlen wärmten meinen Nacken, als ich ungeduldig auf den Pfannkuchen in der Pfanne starrte. Zu der Musik gesellte sich gedämpft Lollis Schnarchen, während ich den dünnen Teigfladen wendete und Apfelkompott, Ahornsirup und das Zimt-und-Zucker-Gemisch auf einem Tablett arrangierte. Den Kaffee stellte ich dazu, ebenso wie einen kleinen Stapel Pfannkuchen. Vorsichtig hob ich das Tablett hoch und schlich zu Mums Zimmer, wobei ich die knarzenden Dielen so leise wie möglich überschritt. Mit dem Fuß langte ich nach der Klinke und die Tür schwang knarrend auf. Mum lag auf einer Seite ihres großen Betts, während die andere mit schweren Ordnern bedeckt war. Innerlich seufzend stellte ich das Tablett auf den Hocker, dicht an ihre Nase, damit der Kaffeeduft sie weckte. Dann ging ich um das Bett herum und räumte ihre Arbeitsunterlagen auf den Schreibtisch. Sie sah es nicht gern, wenn ich das tat, und trotzdem ließ ich mich nicht davon abhalten. Eine Grenze wurde überschritten, wenn sie ihre Unterlagen auch noch mit ins Bett nahm. Eine Grenze, die sich nicht gesund für meine Mum anfühlte.

Ich hörte die Decke rascheln und wandte mich zu ihr um. Müde rieb sie sich über die Augen, unter denen leichte Schatten lagen. Ihre Brauen zogen sich unwillig zusammen, als sie mich entdeckte, aber sie sagte nichts, sondern setzte sich im Bett auf. Die Tage, wenn sie morgens Zeit für ein kurzes Frühstück hatte, waren überschaubar, weshalb ich es mir nicht nehmen ließ, ihr an jedem dieser Tage das Frühstück ans Bett zu bringen.

»Morgen, Mum«, sagte ich möglichst gut gelaunt und setzte mich auf die freigewordene Seite ihres Bettes.

»Morgen, meine Süße«, nuschelte sie und griff nach der Tasse Kaffee. Ich stellte das Tablett zwischen uns und schnappte mir einen Pfannkuchen, den ich pur zusammenrollte, ehe ich ein großes Stück abbiss.

»Du bist die beste Pfannkuchenmacherin«, bemerkte Mum und strich mir kauend eine Haarsträhne aus der Stirn. Ich lächelte stolz, auch wenn sie es jedes Mal sagte, und beugte mich vor, um mir noch einen zu nehmen. Dabei fiel mein Blick auf den Nachttisch, auf dem eine geöffnete Packung Tabletten lag.

»Was ist das?« Ich deutete mit dem Kinn darauf und musterte Mum besorgt.

»Nur etwas, damit ich besser schlafen kann«, winkte sie ab.

»Schlaftabletten?« Ein Knoten bildete sich in meinem Magen. War sie nicht erschöpft genug von ihren langen Arbeitstagen?

Weshalb brauchte sie auch noch Tabletten, um schlafen zu können?

Sie hob in einer machtlosen Geste die Schultern und ich hätte sie am liebsten in den Arm genommen, wusste aber, dass mein Trost ihr nichts brachte. In mir kroch das schlechte Gewissen hoch, das von Tag zu Tag größer wurde. Sie arbeitete für mich, für meine Zukunft und damit wir irgendwann in eine Wohnung ziehen konnten, die nicht jedes Mal erzitterte, wenn ein Bus vorbeifuhr. Lolli und ich taten alles, damit hier zu Hause keine Arbeit auf sie wartete. Ich wollte ihr nicht zur Last fallen, doch das schien ihr nicht zu helfen.

Am Nachmittag des folgenden Tages rang ich mich endlich dazu durch, Dean zu fragen, ob meine Freundinnen mich für ein Wochenende besuchen konnten.

»Hallo, Rosa.« Bree trat auf die Terrasse und winkte, während ich den Schuppen verschloss.

»Hallo, ist Dean da?« Bei ihr angekommen, schlüpfte ich aus meinen Stiefeln und trat ins warme Haus.

Die letzten Tage war es noch einmal spürbar kälter geworden und mit Pech schneite es bald, sodass ich mit Gabe und Dahlia zur Schule fahren musste.

»Er ist in seinem Arbeitszimmer. Möchtest du Grießbrei mit heißen Kirschen?«

Ich lächelte angespannt. »Gern.«

Bree strahlte und ging zu Deans Bürotür, hinter der sie verschwand. Kurz darauf saßen wir zu dritt an dem großen Esstisch.

»Dean? Ich würde gern wissen, ob es ein Problem wäre, wenn … meine besten Freundinnen über das Wochenende zu Besuch kommen.« Ich konzentrierte mich darauf, die Kirschen mit dem

Grießbrei zu vermischen.

»Nein, natürlich nicht«, kam Bree ihm eilig zuvor. Sie bedachte mich mit einem liebevollen und gleichzeitig besorgten Blick. Offensichtlich spürte sie sehr genau, dass ich hier noch immer nicht glücklich war.

»Natürlich nicht«, sagte nun auch Dean und griff kurz nach meiner Hand. Seine warmen Finger drückten sacht meine, bevor er sie wieder losließ.

»Wir haben noch zwei Klappbetten auf dem Dachboden, wenn ich mich richtig erinnere«, überlegte Bree laut und wollte schon aufstehen, doch Dean hielt sie auf.

»Ich mache das gleich.« Dann wandte er sich noch einmal mir zu. »Sag mir nur Bescheid, wann sie Freitag ankommen, dann holen wir sie gemeinsam vom Bahnhof ab.«

»Danke.« Ich meinte es aus vollem Herzen.

Kurz vor der Abenddämmerung zog ich mir mehrere Wollpullover an, streifte den Parka darüber und wickelte den Schal so um mich, dass ich leicht die Nase darin vergraben konnte, bevor ich die Mütze über meine Ohren zog. Ich wollte zur Küste, um mit Cat und Erin per Video zu telefonieren.

Nachdem ich die Haustür hinter mir zugezogen hatte, sah ich den silbernen *Buick Verano* in die Einfahrt rollen.

Kurz hob ich die Hand, ehe ich mich an dem Auto vorbeischob und auf die Straße trat. Es war nicht zu bestreiten, dass mein Verhältnis zu Gabe nach dem gestrigen Abend einen Kratzer abbekommen hatte. Er schien mir abwechselnd Facetten von sich zu zeigen, die ich mochte und die mich verstörten. Im Gegensatz zu Dahlia, die noch seltsam grau für mich war, strotze er vor Farben. Hellen sowie dunklen.

Auf dem schmalen Gehweg ging ich die Fahrbahn entlang zu den Holztreppen. Ich war mir noch nicht sicher, ob ich mich auf die glitschigen Stufen trauen würde. Aber die Aussicht von oben würde mir vielleicht schon genügen.

Auf meinem Handydisplay drückte ich bei Erins Kontakt auf das Videosymbol und nach wenigen Sekunden erschien ihr Gesicht vor mir.

»Hey«, begrüßte sie mich in einem vielsagenden Singsang. »Warte kurz, Cat ist auch hier.«

Ich nickte und schob dabei den Schal unter mein Kinn, damit sie mich verstehen konnten.

Als Cat sich neben Erin vor den Bildschirm drückte, grinste ich. Sie hatte eine Plastikhaube auf dem Kopf und ein Handtuch, um die Schultern gelegt, auf dem dunkle Schlieren zu sehen waren.

»Ein Experiment?«, fragte ich und sie feixte.

»Misslungen.« Erin deutete mit dem Daumen nach unten. »Wir haben versucht, ihr violette Highlights zu setzen – jetzt werden die Haare schwarz.«

Cat zuckte mit den Schultern. »Einen Versuch war es wert.«

»War es nicht«, widersprach Erin. »Die blondierten Strähnen, die violett werden sollten, waren wie Stroh. Ohne Witz – ich konnte die Haare abbrechen.« Erin hielt sich eine Hand über die Augen, während Cat schnaubte.

»Nur weil du dich nicht an die Einwirkzeit gehalten hast.«

»Aber du hättest auch auf die Uhrzeit achten können!«

»Wann könnt ihr Freitag hier sein?«, unterbrach ich sie, bevor eine handfeste Diskussion aus ihrem Wortwechsel wurde. Zwei Augenpaare richteten sich auf mich.

»Echt?« Cat quietschte auf. »Dein Daddy hat nichts gegen Besuch?«

Daddy? Unwillig verzog ich den Mund, schüttelte dabei aber den Kopf.

»Wenn wir uns direkt nach Unterrichtsschluss in den Zug setzen —« Erin hielt kurz inne. »Gegen Abend. Ich check kurz die Strecke.« Ihr Gesicht verschwand.

»Und dann gehen wir drei gemeinsam aus, endlich wieder.« Cat klatschte in die Hände und ich lächelte schmal, wobei ich für mich behielt, dass mir ein Filmabend mit ihnen lieber wäre als eine Partynacht.

Ich war bei der ersten Treppe angekommen und sah die glänzenden Stufen hinunter. Ein eisiger Wind ließ die Haut meiner Wangen kribbeln und mit plötzlicher Entschlossenheit griff ich nach dem Geländer, das ein wenig wackelte.

»Was machst du da?«, hörte ich Cat fragen und ich drehte das Handy so, dass sie das Meer sehen konnte.

»Wow«, rief sie aus. »Das ist ziemlich schön.«

Mein Blick richtete sich auf den warmen Schimmer, der auf dem Meer lag und von der untergehenden Sonne verursacht wurde, die durch eine etwas dünnere Wolkenschicht blinzelte. *Ziemlich schön.*

Kurz darauf hörte ich auch Erin staunen und wandte das Display wieder mir zu.

»Ganz so düster und gruselig ist es hier wohl doch nicht«, sagte ich kühn und beide kicherten, bis Cat an Erins Arm zerrte, die sich lautstark beschwerte.

»Dreh dich mal um«, flüsterte Cat und ich verdrehte die Augen.

»Wirklich?« Trotzdem drehte ich mich um, weil das Unbehagen in meinen Nacken kroch.

Ein erschrockener Laut blieb in meiner Kehle stecken, als ich einen Schatten im Augenwinkel sah. Meine Füße drohten auf dem glatten Holz wegzurutschen und bei dem Versuch, nicht zu fallen, entglitt mir das Handy. Zum Glück landete es auf der Stufe hinter mir und nicht einmal der Anruf wurde unterbrochen, sodass eine panische Cat und Erin zu mir hochstarrten.

Die Gestalt stand nicht mehr so dicht hinter mir wie zuvor, doch als ich ans Geländer geklammert den Blick hob, hämmerte mein Herzschlag weiterhin schmerzhaft in meinem Brustkorb.

»Rosa.« Lesh hatte beide Hände gehoben und machte gerade noch einen Schritt rückwärts.

Mühsam atmete ich ein und während ich mich mit einer Hand noch immer am Geländer festhielt, schnappte ich mir mein Handy und beendete den Anruf hastig, was die aufgeregten Stimmen meiner Freundinnen ersterben ließ.

»Ich wollte dich nicht erschrecken«, sagte er ernst und ein kurzes Lachen entwich mir.

»L-langsam glaube ich dir das nicht mehr.« Ich war mir der glitschigen Stufen unter meinen Sohlen deutlich bewusst und scheute mich davor, meine Füße auch nur einen Zentimeter zu bewegen, weil ich fürchtete, dann sofort zu fallen.

»Ich wollte dich warnen. Die Stufen sind zu dieser Jahreszeit lebensgefährlich.«

Ertappt linste ich zu dem weißen Schild, das an jeder Treppe vor der Rutschgefahr warnte.

Lesh trat einen Schritt näher und hielt mir eine Hand hin. Es war wohl kaum zu übersehen, dass ich nur mit Mühe auf dem glatten Untergrund mein Gleichgewicht halten konnte. Mit bebenden Fingern steckte ich das Handy in meine Jackentasche, bevor ich nach seiner Hand griff. Mit einem leichten Ruck zog er mich von den Stufen zurück auf den rauen Asphalt.

»Danke«, murmelte ich. »Du musst den Eindruck haben, ich wäre lebensmüde.«

Ein Lächeln zupfte an seinen Mundwinkeln. »Oder risikofreudig.«

Weder das eine noch das andere.

»Ich fand den Sonnenuntergang schön und wollte ihn mir vom Strand aus ansehen.« Über die Schulter sah ich in den Himmel, dessen orangefarbener Schein an Intensität zugenommen hatte.

Seine Augen folgten meinen und für einen Moment war nichts außer den tosenden Wellen zu hören.

»Neben der nächsten Treppe gibt es einen Steinpfad«, sagte er.

Mit gerunzelter Stirn wandte ich mich ihm wieder zu und er erwiderte den Blick eine Weile schweigend.

»Vermutlich möchte ich dich damit fragen, ob du mitkommst.« Diese Einladung klang eher erzwungen. Finster musterte ich ihn, bis sich langsam ein Lächeln auf sein Gesicht schlich. Er neigte den Kopf, schätzungsweise in Richtung des besagten Steinpfades, und ging los. Zögerlich schloss ich zu ihm auf.

»Es ist … nicht immer leicht, Gesagtes oder Gesten von Menschen zu deuten«, bemerkte ich mit warmen Wangen.

»Verständlich.« Seine dunklen Augen streiften mich. »Du kannst immer fragen.«

Meine Finger zupften nervös an der Innenverkleidung meiner Jackentaschen. »Manchmal will ich es auch gar nicht wissen.«

»Auch verständlich.«

Bis zur nächsten Treppe schwiegen wir uns an, und als wir davor stehen bleiben, sah ich, dass die Sonne bereits ein ganzes Stück gesunken war.

»Was machst du eigentlich hier?«

Er hatte mir den Rücken zugewandt und war auf einen abfallenden Felsen neben den Stufen getreten. Jetzt drehte er sich halb zu mir um. Da er ein Stück unter mir stand, waren wir fast auf Augenhöhe und ich konnte nicht anders, als dem direkten Blickkontakt auszuweichen.

»Bist du nicht diejenige, die plötzlich überall auftaucht? Du vermittelst sehr gelungen den Eindruck, als müsste ich meine Anwesenheit erklären.«

»In Rivercrest ist es bestimmt üblich, dass sich die Wege immer wieder kreuzen«, versuchte ich, über meine Verlegenheit hinwegzutäuschen.

»Nicht unbedingt«, erwiderte er tonlos und wandte sich erneut ab. Der Pfad aus Geröll, den er nahm, sah wenig vertrauenserweckend aus.

»Ich bezweifle, dass das hier weniger gefährlich ist«, bemerkte ich leise. Er schien mich nicht gehört zu haben, denn er stoppte erst, nachdem er fast die Hälfte hinter sich gelassen hatte, und stützte sich mit einer Hand an einem Felsen ab.

»Komm.« Ich las das Wort mehr von seinen Lippen ab, als dass ich es vernahm, und mein Herz schlug immer schneller, je näher ich dem Pfad kam. Trotz der Kälte war mir unter dem Parka viel zu heiß.

Der erste Abschnitt war gut zu bewältigen, doch der zweite bestand aus viel losem Geröll, auf dem ich schlecht Halt fand.

Lesh stand bereits auf dem Kies der Bucht und beobachtete mich bei dem Versuch, ihm zu folgen.

Kleine Steinchen bohrten sich in meine Handinnenflächen, während ich mich von dem großen Felsen langsam hinabließ. Nachdem ich es geschafft hatte und mich an allem in meiner Umgebung festhielt, was nicht gleich wegbröckelte, glitt mein Blick zu Lesh, der wieder etwas höher, auf einem der unteren Felsen stand und erneut eine Hand nach mir ausstreckte. Bei dem Gedanken, erneut danach zu greifen, wurde mein Magen flau. Er begegnete meinem Blick mit ernster Miene, und als ich mit meinen Fingern seine umschloss, bemerkte ich, dass er die rechte Hand in einem anderen Winkel hielt, und erinnerte mich wieder an die Narbe. Ich versuchte, sie nicht erneut zu berühren und landete mit einem wenig eleganten Sprung dumpf neben ihm.

Seine Jacke war offen und er war so nah, dass mich sein leicht herber Geruch erfasste. Konzentriert holte ich erneut Luft und versuchte die Versprechungen zu greifen, die er in mir auslöste. War es eine Ahnung, eine Wunschvorstellung, eine Möglichkeit? Etwas in mir flüsterte, dass ich diesen Geruch oft und nah bei mir wissen wollte. Ich blinzelte, wobei ich die Augen länger als sonst geschlossen hielt. Ich mochte es, dass er nach keinem erdrückenden, atemnehmenden Aftershave roch. Sie hatten alle dieselbe Grundnote und etwas an sich, das mich fast zum Erbrechen brachte.

»Rosa?« Die Wärme, mit der er meinen Namen sagte, ließ meine Kehle trocken werden und ich öffnete die Augen.

»Wir haben den Sonnenuntergang verpasst«, stellte ich fest, als ich das dunkle Grau bemerkte, das sich über alles gelegt hatte. Ein letzter schwacher Schimmer lag über dem unruhigen Meer.

Mit einer fließenden Bewegung zog Lesh die Kapuze seiner Jacke über die Mütze, als uns ein kalter Wind erfasste.

Die Hände vergrub er in den Jackentaschen und hob mit einer leicht bedauernden Miene die Schultern. Kleinere und größere Steine knirschten unter meinen Stiefeln, als ich hinter ihm auf die Gischt zuging, und mich überkam die Lust, mit den Fingerspitzen über die glatt gespülten Oberflächen zu streifen. Ich ging in die Knie und legte eine Handfläche auf den Kies, spürte die nassen Steinchen, die sich gegen meine Haut drückten. Ein paar von ihnen blieben kleben, als ich wieder aufstand, und ich wischte sie an meiner Jacke fort.

»Ehrlich gesagt, sind mir die Sonnenaufgänge ohnehin lieber«, sagte Lesh, der so dicht am Wasser stand, dass die heranrollenden Wellen seine Schuhspitzen benetzten.

Mir auch, dachte ich. *Nach dem Sonnenuntergang kommt die*

Dunkelheit.

Leshs Miene war ausdruckslos, während er auf das Meer sah, und ich überlegte angespannt, was ich sagen könnte. Bisher hatte zumeist er einen Anfang geschaffen, doch gerade schien er dies nicht vorzuhaben. Fast glaubte ich, er hatte mich vergessen.

»Wie kam es dazu? Deine Arbeit im Café, meine ich«, fragte er unerwartet.

»Ich … dachte, es könnte mir gefallen.« Unschlüssig hob ich die Schultern. »Arthur kam die Hilfe gerade recht.«

»Er ist wirklich glücklich, nicht mehr allein zu sein«, bestätigte Lesh. »Und dich macht es auch glücklich?«, fragte er fast zögerlich.

»Ich glaube, es gibt kaum etwas, das mich hier glücklich machen könnte«, sagte ich langsam. »Aber wenn es etwas gibt, dann ist es die Arbeit im Café.« Ich linste zu ihm hoch und sah, wie seine Augen schmal wurden.

»Es war deine freie Entscheidung herzukommen?«

Ich nickte leicht, log wortlos. Nein, wirklich frei war meine Entscheidung nicht gewesen.

»Aber du stehst nicht hinter diesem Entschluss«, folgerte er.

»Doch.« Ich klang genauso wenig überzeugt, wie ich mich fühlte.

»Warum lehnst du dann alles und jeden hier ab?«

»Das tue ich nicht.«

Er lachte.

»Mir ist kaum eine andere Wahl geblieben, weißt du.« Ich spürte, wie ich ein Stück einknickte und mich an die Wahrheit heranpirschte, weil ich sein Verständnis wollte.

»Das widerspricht sich«, bemerkte er nur.

»Ich weiß.«

Stumm sahen wir einander an und Leshs sonst so ruhiger Blick wirkte aufgewühlt.

»Ich beneide Arthur darum, wie nah du ihn an dich heranlässt.«

Hitze schoss mir in die Wangen und kollidierte mit der kalten Luft. *Was wollte er mir damit sagen?* Würde ich mich trauen, ihm ins Gesicht zu sehen, könnte ich es vielleicht erraten.

»Arthur war ein Ausrutscher.« Mein Versuch, mit Humor aus der Situation zu fliehen, scheiterte an seinem Schweigen. »Ergibt es Sinn, Gefühle und Kraft in etwas Zwischenmenschliches zu investieren, was schon bald wieder zerbricht?« Ruhelos schob ich mit einem Fuß kleine Kiesberge vor mir hin und her. »Ergibt es Sinn, es absichtlich zu tun?«

Lesh antwortete noch immer nicht.

»Vielleicht schaffe ich es, eine Verbindung zu meinem Vater aufzubauen. Vielleicht auch zu seiner Familie. Vieles ist möglich. Aber das wird passieren, weil ich bei ihnen wohne und ein Gefühl der Vertrautheit mit Gewohnheit einhergeht.«

Ich biss mir kurz auf die Unterlippe, wollte mich zwingen, ihn anzusehen, schaffte es dann aber doch nicht.

»Was genau machst du dann hier?« Sein eindringlicher Tonfall ließ mein Herz schneller schlagen und langsam hob ich das Kinn, nur um in seinen dunklen, schmalen Augen Unverständnis zu erkennen. Er musterte mich, als wollte er mich analysieren. Das Ergebnis schien ihm nicht zu gefallen. Dann blinzelte er und sein Blick wurde vollkommen ruhig.

»Trotz allem – ich sträube mich nicht gegen irgendjemanden«, wollte ich meine vorherigen Worte abmildern. Vielleicht konnte ich das Thema so unverbindlich beenden. Unerwartet machte Lesh den Abstand zwischen uns zunichte. Er berührte mich nicht, er war nur einen Schritt näher gekommen, was mich jedoch dazu gebracht hatte, abwehrend die Hand zu heben, die gegen seinen Brustkorb prallte.

Ich betrachtete meine hellen Finger auf dem schwarzen, glatten

Stoff seiner Jacke. Langsam holte ich tief Luft und erwiderte seinen wissenden Blick.

»W-warum tust du das?«, fragte ich mit unsteter Stimme. Warum überschritt er absichtlich meine Grenzen? Was wollte er mir damit beweisen? »Was erwartest du?«

Er machte im gleichen Moment wie ich einen Schritt zurück, sodass uns ein noch größerer Abstand trennte als zuvor. Meine Hand fiel herab und Kälte strich über meine Handinnenfläche.

»Nur eine Chance.« Er sagte es, als wäre es das Einfachste auf der Welt. Für mich bedeutete es etwas fast Unüberwindbares. Wenn ich ihm eine Chance gäbe, fühlte es sich an, als würde ich damit auch Rivercrest eine Chance geben – eine viel größere als zuvor.

Langsam glaubte ich nicht mehr daran, dass seine Worte an mich bedeutungslos waren. Das machte mir Angst, obwohl ich mich freuen wollte. Ich fühlte mich dazu nicht ganz bereit. Alles in meinem Leben war haltlos, nichts war gefestigt. Irgendwie war der Prozess, zu einem erwachsenen Menschen zu werden, unterbrochen worden.

Den Grund dafür kannte ich sehr genau. Grandmas Verlust hatte solch tiefe Wunden in mich geschlagen, dass ich kaum verstand, warum sie nicht für ihn zu sehen waren.

Einen Schritt auf ihn zuzugehen, fühlte sich an, als würde ich den innehaltenden Prozess wieder zum Laufen bringen.

Will ich das?

Das Raunen des Meeres hallte in meinen Ohren wider, während ich ins trübe, graue Wasser sah.

»Wir kennen uns nicht«, kam es nach einer Ewigkeit über meine Lippen und damit schien ich eine Entscheidung getroffen zu haben. Hier mit ihm am Meer zu stehen, war verwirrend und surreal. Denn eigentlich waren wir Fremde füreinander.

»Frag mich etwas«, forderte er kühl, seine Züge hingegen wirkten offen.

Ich zögerte. Lange.

»Bist du … bist du hier aufgewachsen?«

»Nein.« Er wartete, bis ich ihn wieder ansah, bevor er fortfuhr. »Eine Zeit lang habe ich hier als Kind bei meinen Großeltern gewohnt. Vor zwei Jahren bin ich wieder hergezogen.«

»Zu deinen Großeltern?«

»Das Haus gehört der Familie. Meine Großeltern leben nicht mehr.«

Mein Herz zog sich zusammen, als er unbefangen den Tod erwähnte. In seinem Gesicht waren keine Anzeichen von Trauer oder Bedauern.

»Wohnst du da allein?«

»Ja.«

»Ist es einsam?«

»Manchmal.« Seine Mundwinkel zuckten nach oben.

»Was machst du?«

»Wie meinst du das?«

»Was arbeitest du?«

»Definierst du Menschen darüber, was deren Tätigkeit ist? Lernst du mich dadurch besser kennen?« Er hob leicht die Augenbrauen und ich presste die Lippen aufeinander.

»Wenn es etwas ist, was du gern tust … dann ja. Dann zeigt es einen Teil deiner Persönlichkeit«, beharrte ich.

»Es sagt nichts über mich und mein Leben aus.« Feine Linien durchzogen seine Stirn.

Kälte kroch durch meine Jacke, meine Zehen spürte ich kaum noch. Eine Weile beobachtete ich unruhig die Schatten, die überall hervorkrochen und die Nacht ankündigten.

»Ich würde gern wieder gehen.«

»Rosa —«, setzte Lesh an, doch ich unterbrach ihn.

»Ich fühle mich bei Dunkelheit nicht wohl.« Ich hob das Kinn, um meinen Worten mehr Nachdruck zu verleihen. »Deshalb *muss* ich jetzt gehen.«

»Hast du mir gerade etwas über dich verraten?« Einer seiner Mundwinkel verzog sich zu einem angedeuteten Lächeln.

Ich nickte verlegen und ging mit steifen Beinen zurück zum Pfad, ließ Lesh dann jedoch den Vortritt, um zu sehen, wo er hintrat. Als ich unter ihm stand und er mir wortlos die Hände hinhielt, ergriff ich sie – fast ohne ein Zögern.

Kapitel 9

Rosa

Arthurs kleines Radio lief in der chaotischen Küche und meine Füße wippten im Takt. Seine gut gelaunten Gespräche mit den Kunden drangen aus dem Verkaufsraum und es gefiel mir, seinem unbeschwerten Gerede zu lauschen. Arthur war einer der wenigen Menschen, die die Gabe besaßen, Small Talk zu führen, ohne dass es sich danach anfühlte. Er stellte seine Fragen geschickt so, dass es beinahe unmöglich war, mit Ja oder Nein zu antworten.

Ich sah dem elektrischen Rührgerät zu, wie es den Teig für die Muffins vermengte. Es hatte eine Weile gedauert, bis ich tatsächlich angefangen hatte. Zuvor hatte ich eine lange Zeit vor der Arbeitsfläche gestanden und die aufgereihten Zutaten angestarrt. Meine Finger bebten noch immer leicht und ich legte sie auf die kühle Steinplatte. Ich war nervös, und das aus mehreren Gründen. Seit Grandmas Tod hatte ich alle Schüsseln, Backformen und Teigschaber gemieden. Außerdem machte ich es nicht nur für mich, sondern es musste auch Arthur und seiner Kundschaft zusagen.

Mein Chef hatte meine heutige Anspannung gespürt, sobald ich einen Fuß hinter den Tresen gesetzt hatte. Mithilfe seiner

Gabe hatte er es irgendwie geschafft, dass ich ihm von meiner Grandma erzählte und was es für mich bedeutete, heute das erste Mal wieder zu backen. Die Worte hatten es nur holprig über meine Lippen geschafft, doch Arthur hatte geduldig gewartet und mir Zeit gegeben.

»Das ist wirklich schrecklich«, hatte er mitfühlend gesagt und mir eine große, warme Hand auf die Schulter gelegt. Er sparte sich die standardmäßigen Beileidssätze, die mir meine Grandma auch nicht wiederbrachten, und rief mir in Erinnerung, dass er mir immer zuhören würde, sollte ich darüber sprechen wollen.

Während ich dem Rührgerät weiter zusah, dachte ich daran, dass Arthur wohl der Mensch hier in Rivercrest war, der am meisten über mich wusste. Bereits letzte Woche hatte ich ihm von Mum erzählt. Ein erster großer Schritt und nun wusste er auch über Grandma Bescheid.

»Wie kommst du voran?« Wie aus dem Nichts stand er neben mir und ich zuckte zusammen. Mit einem Blick in die Schüssel stellte ich fest, dass der Teig nicht fertiger sein könnte, und stellte das Rührgerät aus.

»Hab geträumt«, bemerkte ich.

»Wovon?«

»Den Muffins«, log ich und Arthurs Brummen sagte mir, dass er mir das nicht glaubte. Ich hörte ihn Luft holen, doch die Türglocke ließ ihn aufhorchen und schnell war ich wieder allein.

»Lesh, schön dich zu sehen! Kaffee ohne alles?« Seine Worte stachen in meine Ohren und mit einem lauten Knall riss ich die Rührschüssel aus dem Gerät und stellte sie auf die Arbeitsplatte. Ich begann mit dem Dattelkaramell, das ich als flüssigen Kern vorsah, und konzentrierte mich darauf, die Steine aus dem Inneren der Früchte zu lösen. Während der nächsten Stunde schob ich Muffins in den Ofen, stellte das Karamell fertig und entkernte die

Gebäckstücke, um sie zu füllen. Dabei verspürte ich eine andauernde Leere, die vollkommen gegensätzlich zu der freudigen Aufregung war, die ich früher bei der Probe eines neuen Rezepts gehabt hatte.

Ohne die vertraute Umgebung unserer Küche in Paxton und Grandma an meiner Seite war es anders. Das war gut und schlecht zugleich. Vielleicht sollte ich mich doch darauf beschränken, Kaffee zu kochen und die Kundschaft zu bedienen. Die Idee des Backens war vielleicht überstürzt gewesen.

Lolli. Ich hörte mich selbst angestrengt atmen. Es war leichter, wenn ich ihren Kosenamen verbannte, sie nur Grandma nannte. Auch wenn ich es früher selten getan hatte.

Ich schnitt einen Muffin auseinander und sah zu, wie das Karamell hinausfloss. Dann schob ich eine Hälfte in den Mund und schloss die Augen, um mich auf den Geschmack zu konzentrieren. Dabei ließ ich zu, dass ich mir vorstellte, Grandma würde neben mir stehen und sah ihr Gesicht mit den hundert kleinen Lachfalten aufleuchten. Ihre Augen hatten bis zum Schluss so unglaublich jung gewirkt und klar gestrahlt. Ihr hätten diese Muffins sicher geschmeckt. Vielleicht konnte ich vorsichtig entscheiden, dass der Versuch gelungen war, auch wenn das Karamell nicht ganz so süß war wie beabsichtigt. Ich blinzelte die Tränen weg, bevor ich den Teller schnappte und mit der zweiten Hälfte nach vorn ging, um Arthur probieren zu lassen.

Die Trauer, die sich an diesem Nachmittag in mich geschlichen hatte und wieder größer geworden war, ließ sich in den nächsten Tagen kaum verbannen. Mein Lichtblick war der Freitagabend, an dem ich mit Dean Cat und Erin abholen würde. Mit jeder vergehenden Stunde fieberte ich ihnen mehr entgegen.

»Du bist so still. Ist alles in Ordnung bei dir?«, fragte Nikki in der Mittagspause am Freitag. Auch wenn sie mich nicht mit Namen angesprochen hatte, musste sie mich meinen, denn alle anderen redeten munter durcheinander.

»Heimweh.« Diese Erklärung hatte ich bereits öfter benutzt und teilweise stimmte sie.

Sofort wurde ihr Blick mitfühlend. »So ein Mist.«

Ich lächelte mühsam. Ivy sah mich von der Seite an. »Wir können dich ablenken. Wir wollen heute Abend ins *Voodoo* ...« Sie wackelte mit den Brauen.

»Danke fürs Angebot, aber ich bekomme heute Besuch von meinen besten Freundinnen. Sie bleiben übers Wochenende.«

»Du kannst sie mitbringen«, mischte Diego sich ein, die anderen nickten eifrig.

»Ich frage sie«, behauptete ich und stand auf, als die Klingel schrillte. Nein, dieser Abend war verplant mit vielen Filmen, Popcorn, Chips und einer ungesunden Menge Limonade und Kakao.

Auf dem Weg zu *Biologie* tauchte Gabe vor mir auf. Mit einem schiefen Lächeln ging er rückwärts vor mir her und ignorierte Ivy und Nikki, die sich dicht neben mir hielten.

»Ich habe noch keine Antwort von dir. Kommst du heute Abend mit?«

»Nein, danke. Immer noch«, gab ich mit einem entschuldigenden Lächeln zurück.

»Darf ich dich daran erinnern, dass du einem Wochenende zugestimmt hast? Du hast es sozusagen versprochen.«

»Aber ein Versprechen kannst du nicht einlösen, wie und wann du möchtest. A-außerdem kommen meine Freundinnen. Wenn wir etwas unternehmen, dann mit Ivy, Nikki und Diego.« Während ich das sagte, spürte ich die Begeisterung meiner Begleiterinnen und seufzte lautlos. Darin hatte ich mich nun selbst verstrickt.

»Du schleppst Rosa aber nicht in diesen abgefuckten Schuppen, oder?« Sein Blick traf Ivy, die nur schnaubte und den Pony aus ihrer Stirn schüttelte.

»Nicht dieses Wochenende, wirklich«, sagte ich nachdrücklich und er nickte.

»Sicher«, lenkte er ein und ich wollte erleichtert sein, doch etwas an seinem Blick hielt mich davon ab.

Ruckartig drehte er sich um und verschwand in einem der Gänge. Ich runzelte die Stirn, weil er eigentlich jetzt mit uns *Biologie* hatte. Ivy zog mithilfe ihrer Handykamera ihren rostfarbenen Lippenstift nach.

»Wir treffen uns um neun am Einkaufszentrum, wenn ihr wirklich möchtet«, sagte sie, nachdem sie fertig war, und lächelte.

»Ich schreib dir später. Vielleicht haben meine Freundinnen auch gar keine Lust«, behauptete ich und verzog ebenfalls die Mundwinkel, allerdings etwas gezwungen.

In der Abenddämmerung holten Dean und ich Cat und Erin am Bahnhof ab. Die Aussicht, für ein Wochenende ansatzweise mein altes Leben zurückzubekommen, beflügelte mich. Selbst die vielen unheimlichen Schatten kümmerten mich nicht, als ich meine Freundinnen in der schwachen Bahnhofsbeleuchtung warten sah. Sobald Dean den Wagen stoppte, riss ich die Autotür auf und sprang hinaus.

Ich weinte ein bisschen. Und dabei lachte ich, sobald ich ihr vertrautes Parfum roch und ihre Arme spürte, die mich in ihre Mitte zogen.

Dean blieb währenddessen am Wagen stehen und ich dankte ihm stumm, dass er diesen Moment nicht störte.

»Oh Mann, dieser Zug«, rief Cat, als wir allmählich voneinander abließen. »Die ganze Zeit dachte ich nur, er bleibt gleich stehen.«

Ich lachte, während Erin die Augen verdrehte und mir einen Blick zuwarf, der sagte: *Ganz so schlimm war es nicht.*

Während ich noch immer von jeder eine Hand hielt, trat ich einen Schritt zurück. Sie kamen mir verändert vor. Obwohl ich sie regelmäßig auf meinem Handybildschirm gesehen hatte und ich erst einen Monat hier war, erschien es mir, als wäre es ewig her.

Cats glatter Long Bob war nun schillernd schwarz und sie trug eine eng anliegende, für die Temperaturen zu kurze Jacke zu einer Leggins. Ihre blauen Augen und die helle Haut bildeten einen auffälligen Kontrast zu ihrer dunklen Kleidung. Erins dunkelbraune, feine Locken waren zu zwei langen Zöpfen geflochten und ihr karierter Mantel sowie die sandfarbene Jeans waren bedacht aufeinander abgestimmt.

»Ist das dein Vater?«, fragte Cat neugierig und nickte zu Dean.

»Das ist Dean«, sagte ich nachdrücklich, bevor wir zu ihm gingen. Er begrüßte meine Freundinnen höflich und winkte ihre vielen Dankesbekundungen für die Übernachtungsmöglichkeit ab.

»Alles, was Rosa glücklich macht, ist mir recht.«

Als er das sagte, spürte ich deutlich, wie rot ich wurde.

Cat und Erin unterhielten sich die Fahrt über größtenteils mit Dean. Ich beneidete sie um die Lockerheit, mit der sie das taten – als würden sie ihn heute nicht zum ersten Mal sehen. Auch mit Bree hatten sie keine Schwierigkeiten, ins Gespräch zu kommen, sodass ich sie beinahe in mein Zimmer zerren musste, um sie endlich für mich haben zu können.

»Wie schick.« Cat pfiff, als sie sich umsah. »Nicht annähernd so chaotisch wie zu Hause.«

Sie grinste und stieß dann einen gerührten Laut aus. »Bree hat schon unsere Betten gemacht. Sie ist wirklich süß.«

Neben meinem Bett vor den Fenstern standen die beiden Feldbetten. Bree hatte auf beide bereits bezogene Bettwäsche drapiert und bei der Schokoladenpraline auf dem Kopfkissen zuckten meine Mundwinkel verdächtig. Sie gab sich so viel Mühe.

»Sie scheinen wirklich nett zu sein«, bemerkte Erin und griff nach einer meiner Hände.

»Sie sind nett. Ich habe nie etwas anderes behauptet.«

Kurz sahen wir drei einander an, bis Cat ihr glattes Haar hinter die Ohren schob.

»Die wichtigste Frage: Was machen wir heute Abend?«

»Cat«, begann ich gequält und sie unterbrach es, den Reißverschluss ihres kleinen Koffers zu öffnen. »Wie bereits gesagt … Rivercrest bietet absolut keine Ausgehmöglichkeiten und ich würde viel lieber mit euch hierbleiben.«

Sie schob beleidigt die Unterlippe vor. »Komm schon, was machen denn die anderen alle hier? Irgendwo muss doch was laufen.«

»Keine Ahnung.«

»Ist okay«, mischte Erin sich schlichtend ein. »Oder, Cat? Wir haben auch noch den morgigen Abend und heute bleiben wir hier. Filmeabend – wie früher.«

»Wie vor Ewigkeiten oder an einem Sonntag. Aber heute ist nicht Sonntag, sondern Freitag. *Freitag!*« Cat schnalzte mit der Zunge.

»Was haben wir denn für Pläne?« Erin setzte sich auf mein Bett und klopfte mit beiden Händen auffordernd neben sich, wobei sie Cat ignorierte.

Ich ließ mich gegen die Kissen sinken und nahm mir eines, um das ich die Arme schlang.

»Morgen früh muss ich im Café arbeiten – aber nur drei Stunden. Vielleicht könnt ihr euch währenddessen die Stadt ansehen?

Oder ihr bleibt hier?«

»Oder«, begann Cat langgezogen, »wir trinken einfach einen Kaffee in deinem Café. Vielleicht kommen wir in den Genuss, diesen netten Kerl kennenzulernen.« Sie kicherte. »Jetzt, wo wir wissen, dass er kein Mörder oder so ist.«

Ich atmete schnaufend aus. »B-bitte nicht.«

Nachdem Lesh am Dienstag gegangen war, hatte ich auf dem Weg zu Dean noch einmal Cat und Erin angerufen. Um sie zu beruhigen und vor allem, um mit der aufkommenden Dunkelheit nicht allein zu sein. Sie waren bereits dabei gewesen, durchzudrehen, weil sie gefürchtet hatten, mir wäre etwas passiert.

Der Gedanke, sie könnten Lesh kennenlernen, gefiel mir nicht. Vor allem nicht nach unserem letzten Wiedersehen. Am Mittwochabend hatte ich Arthur erneut überzeugen können, mich nicht bis zum Supermarkt zu bringen. Lesh allerdings hatte ein weiteres Mal vor dem *Golden Plover* gewartet.

Ich starrte auf meine Finger, die sich ins Kissen krallten. »Wie gesagt, er ist nur … ein Stammgast aus dem Café. Es wäre äußerst seltsam, wenn ich ihn euch vorstellen würde.«

Cat zog kurz die Unterlippe zwischen die Zähne.

»Du musst ihn uns ja nicht vorstellen. Wenn er da ist, spreche ich ihn einfach an.«

Stumm sah ich sie an, während mir heiß und kalt wurde. Das war der schlimmste Grund, aus dem ich nicht wollte, dass sie ihn kennenlernten. Die Angst, er würde mir keinen einzigen Blick mehr schenken, wenn Cat ihn haben wollte. Es hatte mal einen Jungen in einem meiner Kurse gegeben, für den ich eine Zeit lang ziemlich geschwärmt hatte. Auf einer Party hatte ich das erste Mal in meinem Leben Eigeninitiative zeigen wollen, doch Cat war schneller gewesen. Monatelang war ich unterschwellig wütend gewesen, dabei hatte sie es kaum wissen können. Auch jetzt würde ich es nicht über mich bringen, ihr zu sagen, dass ich Lesh mochte und sie mich damit verletzen könnte.

Meine Lippen pressten sich so fest aufeinander, dass sie taub wurden. Ich mochte Lesh viel mehr, als ich mir eingestand.

»Der Stammgast ist tabu, hörst du?« Erin sah Cat streng an, die irritiert die Brauen hob.

»Wieso?«

»Er ist *Rosas* Stammgast«, sagte Erin nur und streichelte beruhigend meinen Arm. Obwohl mir die Situation unangenehm war, dankte ich Erin im Stillen. »Die Küste war doch so schön. Die musst du uns unbedingt in *Real-Life* zeigen.«

Erin lächelte aufmunternd und ich schaffte es, mich ein Stück weit wieder zu entspannen. »Gute Idee.«

Kapitel 10

Rosa

Das *Voodoo* war von außen nicht mehr als eine schmale Tür und ein winziges Fenster, in dem in roten Neonbuchstaben OPEN flackerte. Die Fassade war rissig und einzelne Backsteine fehlten. Die Holztür war über und über bedeckt mit abgewetzten Stickern und vergilbten Plakaten. Ich schluckte unbehaglich, während ich zwischen Cat und Ivy stand.

Filme sehen. Süßigkeiten essen. Im Bett liegen. In Ruhe reden. Das alles war beim Abendessen in sich zusammengefallen. Cat hatte förmlich gebettelt, den geplanten Abend über Bord zu werfen, und auch Erin hatte schließlich gestanden, dass sie Lust hätte, den ersten Abend unter Leute zu gehen. Ich war überstimmt. Wie so oft. Also hatte ich mich dazu entschieden, an meiner morgendlichen Äußerung festzuhalten, und hatte Ivy geschrieben, dass wir mitkommen würden. Dabei war ich wütend gewesen. Auf Cat und Erin. Auf mich. Auf die Situation, die ich bereits in Paxton gehasst hatte.

»Auf geht's«, hörte ich Ivy neben mir munter sagen und sie zog die laut knarrende Tür auf, die bedrohlich in den Angeln wackelte.

Cat, Erin, Nikki und Diego folgten ihr sofort. Als Letzte setzte

ich zögerlich einen Fuß in den schummrigen Raum und hätte bei
dem beißenden Rauchgeruch gern wieder kehrtgemacht. Die
Kneipe war winzig. Nur ein paar Tische und Stühle standen wahl-
los verteilt darin. Der Tresen war gedrungen, die drei Barhocker
davor waren alle besetzt. Eine junge Frau tippte beschäftigt auf
ihrem Handy und rauchte. Neben ihr kauerte ein kleiner Mann
mit kahlem Kopf, der uns über die Schulter einen langen Blick
zuwarf, bevor er sich wieder über sein Glas beugte. Ganz rechts
hing ein Mann, die Cap tief ins Gesicht gezogen, schlafend auf
der Theke. Dahinter lehnte ein Greis mit eingefallenem Gesicht,
einem dünnen, grauen Zopf und dicken Tränensäcken unter den
trüben Augen. Er nickte Ivy kaum merklich zu, als sie knapp die
Hand hob und zielsicher den größten Tisch in der hintersten
Ecke ansteuerte. Träge Musik bildete die Hintergrundkulisse.
Während wir uns setzten, war Diego bereits zum Besitzer
gegangen und brüllte ihm zu, dass er gern sechs Bier hätte. Vier
Mal schrie er es dem alten Mann entgegen, bevor dieser sich wie
in Zeitlupe zu bewegen begann. Auch von dem Ecktisch aus
konnte ich sehen, wie stark seine Hände beim Zapfen zitterten
und dass er zwischendurch selbst von einem halb leeren Bierglas
trank.

»Netter Laden.« Cat prustete. Sie zupfte am Ausschnitt ihres
funkelnden Jumpsuits, der hier nicht wirklich hergehörte, und
steckte sich ein paar glatte Haarsträhnen hinter die Ohren. Auch
Erin wirkte nicht ganz überzeugt von der Wahl unseres Etablissements.

Ihr wolltet ausgehen, dachte ich nur. Ich hatte mir keine Mühe
mit meinem Outfit gegeben und trug eine dicke Strumpfhose,
einen Jeansrock mit Knopfleiste und einen weiten Wollpullover.
Gedanklich freute ich mich bereits auf mein Bett und munterte
mich mit dem Gedanken an das restliche Wochenende auf.

Diego stellte jedem ein großes Bierglas vor die Nase und ich warf einen skeptischen Blick zu dem Mann hinter dem Tresen, der sich gerade mit einem Taschentuch über die Stirn wischte. Nicht ganz sicher, ob ich hier etwas trinken sollte, nippte ich am Schaum. Ivy hatte auf dem Weg hierher erzählt, dass sie seit über einem Jahr öfters hier waren, und das ermutigte mich doch zu einem ersten großen Schluck.

»Auf den Abend!«, rief Nikki aus und gleich darauf klirrten sechs Gläser aneinander.

Während Cat und Erin Geschichten aus Paxton erzählten und sich bestens mit Ivy, Nikki und Diego verstanden, konnte ich nicht aufhören, mich im *Voodoo* umzusehen. Mir entging nicht, dass der kahlköpfige Mann uns immer wieder Blicke zuwarf.

Die holzvertäfelten Wände waren schäbig. Ein paar schief aufgehängte Bilder schmückten sie. Allesamt zeigten eine aufgewühlte See oder die Küste. Mal mit Schiff, mal ohne. Auch eine Galionsfigur ragte neben dem Eingang aus der Wand – der Besitzer der Kneipe musste ein alter Seemann oder begeisterter Schiffsliebhaber sein. Allerdings sah er in seiner Lederkutte wenig danach aus. Eher wirkte er wie ein Mitglied einer Motorradgang. All das ergab zusammen mit dem Namen Voodoo eine seltsame und undurchsichtige Mischung.

»Machst du mit?« Diego stupste mich an und deutete auf die Karten in seiner Hand.

»Klar, sicher«, erwiderte ich etwas geistesabwesend und kippelte auf dem wackeligen Stuhl umher. Je länger ich hier saß, desto weniger biss der Zigarettengestank in meiner Nase. Nach einem Dutzend Schlucke hatte ich mich ebenfalls an den bitteren Geschmack des Biers gewöhnt, das ich eigentlich nicht mochte. Ich hielt es jedoch für besser, das zu trinken, was auch die anderen tranken. Nur um sicherzugehen. Diego erläuterte die Regeln des Trinkspiels und Nikki vergrub das Gesicht in den Händen, während sie erklärte, dass sie immer verliere und Diego sie stets nach Hause tragen müsse. Er lachte auf und nickte, wobei er glucksend die Karten verteilte.

Es stellte sich allerdings heraus, dass ich noch weniger Glück hatte als Nikki. Denn darauf kam es bei dem Spiel an. Mein Glas leerte sich in wenigen Minuten und Diego holte mir augenblicklich ein neues. Gerade hatte ich auch daraus einige Schlucke nehmen müssen, als das laute Knarren der Tür erklang.

Ivy, die mir gegenübersaß, holte zischend Luft. »Das. Ist. Nicht. Sein. Ernst!« Mit schmalen Augen taxierte sie die Neuankömmlinge.

Ich drehte mich um, wobei ich bereits deutlich die wattig trübe Wirkung des Alkohols im Kopf verspürte. Beim Anblick von Gabe und Dahlia runzelte ich überrascht die Stirn. Neben ihnen standen ihre besten Freunde Meagan und Alec.

»Was wollt ihr hier?«, fuhr Ivy sie an, noch bevor sie unseren Tisch erreichen konnten.

Gabe hob die Hände zu einer beruhigenden Geste. »Entspann dich. Ich bin nicht wegen dir hier.«

»Habe ich auch nicht angenommen.«

»Bei Benji wurde uns langweilig und wir dachten uns: Warum nicht nachsehen, wo Rosa sich rumtreibt?« Er lächelte mich an und ich bekam einen Schluckauf.

»Dass du dich in einem Loch rumtreibst, wusste ich. Aber das hier?« Gabes Aufmerksamkeit richtete sich wieder auf Ivy, die ihm den Mittelfinger zeigte und nichts mehr sagte. Sie nippte an ihrem Bier und ich glaubte ihr anzusehen, wie sie stumm betete, dass die Neuankömmlinge wieder gingen. Mein Blick huschte zu Dahlia und Meagan, die sich skeptisch umsahen und nicht den Eindruck erweckten, hierbleiben zu wollen. Alec hingegen ließ sich nicht anmerken, was er von der Location hielt. Mir fiel auf, dass sich die junge Frau am Tresen umgedreht hatte und Gabe fixierte.

Dieser steuerte die winzige Bar an, von der aus der alte Mann das Geschehen teilnahmslos beobachtete. Sobald Gabe am Tresen stand, ließ sich die Frau, die bei genauerem Hinsehen nur ein paar Jahre älter als wir sein konnte, vom Hocker gleiten. Sie stellte sich dicht neben Gabe und sie begannen, sich zu unterhalten. Von meinem Bier schlürfend beobachtete ich das Ganze und Gabe drehte sich schließlich wieder um, ohne eine Bestellung aufgegeben zu haben.

»Das ist Kimmy«, stellte er sie vor und sie grinste, wobei ein Glitzerstein auf einem ihrer Eckzähne funkelte.

»Ich kann euch in den *Blindspot* bringen«, erklärte sie.

Irritiert verzog ich das Gesicht, weil wir bereits im *Blindspot* waren. *Oder nicht?*

»Viel Spaß«, bemerkte Ivy.

»Viel Spaß«, wiederholte ich und winkte.

»Wollen wir nicht mit?« Cat schob bittend die Unterlippe vor.

»Arthur hat gesagt, dass es wenig klug ist, mit Absicht in den *Blindspot* zu gehen. Ich habe keine Lust auf Schwierigkeiten.« Obwohl meine Zunge schwer war, gab es in meinem Kopf einen Rest Verstand. Bereits hier im *Voodoo* hatte ich ein mulmiges Gefühl und bei dem Gedanken, weiter in die Gassen einzutauchen, fuhr ein kalter Schauer meinen Rücken hinunter.

»Ich glaube …«, begann Erin. Cat und ich sahen sie erwartungsvoll an. Sie war oft diejenige, die gezwungen war, eine Entscheidung zu treffen und sich auf eine Seite zu stellen, wenn Cat und ich uns uneinig waren.

»Nein, dieses Mal bin ich Rosas Meinung. Wir können hier einen schönen Abend haben. Mir ist nicht wohl dabei, dieser wildfremden Frau zu folgen.« Sie sprach so leise, dass die besagte Frau uns nicht hören konnte. Cat seufzte und zupfte wieder an ihrem Jumpsuit. Vermutlich fragte sie sich, warum sie sich so viel Mühe mit ihrem Outfit gegeben hatte.

Indessen tauschten Diego, Nikki und Ivy kurze Blicke.

»Wir setzen auch aus«, verkündete Diego.

Einstimmig schüttelten wir an Gabe gewandt den Kopf und kurz blitzte Enttäuschung in seinen Zügen auf, bevor er mit den Schultern zuckte.

»Wie ihr wollt.« Er lächelte träge, hob eine Hand und die vier folgten der Frau, Kimmy, nach draußen.

»Müssen wir uns Sorgen machen?«, fragte ich, unterbrochen von dem stetigen leisen Schluckauf, der nicht verschwinden wollte.

»Weshalb?« Nikki lächelte mit geröteten Wangen und etwas glasigen Augen.

»Weil sie in den *Blindspot* gehen.«

»Kommt drauf an, wo sie hingehen«, bemerkte Ivy. »Wenn sie in die Kneipe gehen, die der Gegend hier ihren Namen gibt, eher nicht. Die üblen Schuppen sind weiter unten.«

»Du weißt gut Bescheid, oder?« Cat hörte Ivy interessiert zu und hatte offensichtlich die Hoffnung noch nicht ganz aufgegeben, mehr vom *Blindspot* zu sehen zu bekommen.

»So gut ich muss.« Ivy zuckte mit den Schultern.

»Mach dir keine Sorgen.« Erin legte eine Hand auf meine. »Gabe macht den Anschein, als könnte er gut auf sich selbst aufpassen. Außerdem sind sie zu viert. Wir können sie später einfach mal anrufen. Was hältst du davon?«

Ich nickte wenig überzeugt und konnte nicht verhindern, ab und zu einen Blick zur Tür zu werfen. In der Hoffnung, sie würden gleich wieder ins *Voodoo* spazieren, weil sie es sich anders überlegt hatten.

Kapitel 10 ½

Lesh

»Gut gemacht.« Brocks Hand traf schwer gegen Leshs Kiefer, während er ihn tätschelte, bevor er seinen Weg zur Bar fortsetzte.

Schweiß lief Lesh in die Augen, als er sich halb blind durch die Menge kämpfte. Er schlug Hände beiseite, ignorierte das Stimmengewirr und Gebrüll, das mit der Musik verschmolz und zu einer hässlichen Melodie in seinen Ohren wurde. An der schweren Eisentür stand Ari, die ihm ein Glas hinhielt. Er nahm es, trank von der scharfen Flüssigkeit, während er in die angenehme Stille und Kühle der unterirdischen Gänge eintauchte. Erst nach einigen Schritten merkte er, dass Ari ihm gefolgt war.

»Was hast du zu dem Kerl gesagt?«

Er warf ihr einen fragenden Seitenblick zu.

»West!« Ihr Stiefel traf die Wand in dem beengten Gang und mit ausgestrecktem Bein versperrte sie seinen Weg. »Es ist verboten, sich abzusprechen.« Ihre braunen Augen bohrten sich in ihn.

»Wir haben uns nicht abgesprochen«, erwiderte er ruhig und wischte sich mit dem bandagierten Handgelenk Schweiß von der Stirn.

»Sondern? Hast du ihn bestochen, damit er aufgibt?«, fragte sie schneidend.

Er sah auf ihr Bein und dann in ihr Gesicht.

»Ari —«

»Du bist so ein Wichser!«

Ihr Knie begann zu beben und sie presste die Schuhsohle noch fester gegen die Wand, sodass es knirschte.

»Er wäre in der nächste Runde K.o. gegangen. Das ist alles, was ich ihm gesagt habe.«

Ihr ebenmäßiges Gesicht verzog sich zu einer wütenden Grimasse. »So läuft das nicht!« Sie sagte es so eindringlich, als hätte er ein Gesetz gebrochen.

»Er hätte ohnehin verloren«, fuhr er sie an, griff um ihr Fußgelenk und zwang sie, das Bein zu senken, was ihr einen ärgerlichen Laut entlockte.

Lesh ging an ihr vorbei, nahm die Treppe, die noch weiter unter die Erde führte, und stieß die Tür zu den Spinden und Umkleiden auf. Einem Schatten gleich folgte sie ihm.

Ihre Augen waren feurig, während sie ihn an den Schultern auf eine der Holzbänke drückte und einen seiner Arme nahm. Stumm sah er ihr dabei zu, wie sie mit schnellen Bewegungen die schmutzigen Bandagen von seinen Händen und Gelenken schnitt. Seltsame Gefühle kamen in Aris Nähe auf. Er vertraute ihr, weil sie bisher immer auf seiner Seite gestanden hatte. Genauso misstraute er ihr, weil sie zu nah an Brock war. Er konnte nicht ignorieren, dass sie seine Nichte war, und so sehr er Ari mochte – sie war Brock gegenüber grundlegend loyal und nicht so unschuldig, wie sie aussah.

»Streck deine Finger durch«, befahl sie vor ihm hockend und er gehorchte. Er ließ die Untersuchung der gelernten Krankenschwester stumm über sich ergehen. Mit einstudierten Handbewegungen tastete sie seine Knöchel und Fingerglieder ab.

»Zumindest hast du richtig zugeschlagen«, bemerkte sie und drückte absichtlich auf seine Knöchel, was ihn ärgerlich brummen ließ. Ungerührt warf sie das lange, hellbraune Haar über die Schulter, bevor sie nach seiner anderen Hand griff.

Ari warf die Bandagen, an denen dieses Mal nicht sein Blut klebte, in den Mülleimer und betrachtete ihn dann eingehend.

»Untersuchung beendet?«, bemerkte Lesh.

»Hast du deine Rippen weiter gekühlt?« Sie deutete auf die verfärbte Stelle unter seiner Brust.

Lesh stand auf und warf sich ein großes Handtuch über die Schulter. »Ich kümmere mich«, gab er nüchtern zurück und verschwand hinter der Tür, die zu den Duschen führte.

»Danke für die Untersuchung, Ari«, rief sie ihm nach. »O bitte, West. Hab ich gern gemacht!«

Während er die dreckigen Shorts auszog, knallte die Tür zu den Umkleiden zu. Mit dem Handrücken schlug er leicht gegen den Knopf der Dusche und heißes Wasser prasselte auf ihn nieder. Kurz fühlte es sich auf seiner von Adrenalin durchzogenen Haut wie unzählige Nadelstiche an und er begann mit den Schultern zu kreisen, seine Muskeln zu lockern, während Dreck an seinem Körper hinablief und als graues Rinnsal im Abfluss verschwand.

Kapitel 11

Rosa

Tageslicht flimmerte durch meine Lider, doch ich öffnete sie nicht. Reglos verharrte ich und wünschte, ich könnte so liegen bleiben. Bereits jetzt konnte ich die Übelkeit erahnen, die mich überkommen würde, wenn ich aufstand. Ich hatte viel Bier getrunken. Zu viel. Das passierte mir oft, wenn ich Alkohol trank. Ich kam auf den Geschmack und mit jedem Schluck schien der Abend besser zu werden. Dann trank ich viele Schlucke.

Am nächsten Tag bereute ich es jedes Mal. Wenigstens gab es heute nur das zu bereuen. Ein bisschen zu viel Bier. *Nicht mehr.*

Schon eine ganze Weile drang das gedämpfte Flüstern meiner Freundinnen an mein Ohr. Ich brauchte quälend lange Minuten, bis ich es schaffte, meine Augen zu öffnen. Schmerz flammte in meinem Kopf auf.

»Rosa?«, hörte ich Erin fragen und spürte gleich darauf ihre Hand, die auf meinem Unterarm lag. Angestrengt blinzelte ich und wunderte mich kaum, dass ausgerechnet dieser Tag mit blassem Sonnenschein begann. Ich rollte mich auf die Seite, beschattete meine Sicht mit einer Hand und sah zu meinen Freundinnen, deren Feldbetten nicht ganz so hoch wie mein Bettgestell waren.

»Endlich, es ist schon fast elf«, bemerkte Cat und deutete auf ihren Bauch. »Ich bin halb verhungert.«

»Fast elf?«, wiederholte ich matt. Um halb zwölf begann meine Schicht bei Arthur. Obwohl mich Panik überkam, konnte ich mich nur schwer aus dem Bett erheben.

»Ich muss zur Arbeit.« Ich flüsterte, obwohl ich gehetzt und laut sein sollte.

Cat prustete und Erin zischte sie leise an.

»Ich zeige euch, wo ihr Frühstück findet.«

Der trockene, pelzige Geschmack in meinem Mund ließ mich beinahe würgen. Viel zu fit und gut gelaunt folgten mir meine Freundinnen nach unten. Dort trafen wir auf Bree, die auf der Couch saß und las.

»Guten Morgen.« Sie sah müde aus, lächelte jedoch. »Hattet ihr einen schönen Abend?«

Nachdem beide bejaht hatten und ich nur schwieg, hörte ich Bree seufzen. Ich war in der Zwischenzeit in die Küche geschlurft.

»Cat? Erin?« Ich warf einen Blick in den gefüllten Kühlschrank und wusste nicht, was ich ihnen anbieten sollte.

Mit ihnen kam auch Bree in die Küche. »Lass nur, Rosa. Ich mache euch gerne Frühstück.«

»Musst du nicht«, wehrte ich ab, doch sie hatte mich bereits sanft zur Seite geschoben.

»Wollt ihr ein Omelett?« Sie holte eine Packung Eier aus dem Kühlschrank.

Cat und Erin waren begeistert, doch ich lehnte ab – jegliche Art von Frühstück. Meine Freundinnen waren bei Bree in guten Händen und für mich war oberste Priorität, pünktlich bei Arthur zu sein. In meinem jetzigen Zustand ein Ding der Unmöglichkeit.

Um viertel nach elf hatte ich geduscht, Zähne geputzt und stand fertig angezogen im Flur.

Cat und Erin saßen mit Bree am Frühstückstisch. Auch Dahlia und Gabe waren inzwischen aufgestanden.

»Ich fahre jetzt«, rief ich mit kratziger Stimme, die in meinen eigenen Ohren schmerzte.

»Viel Spaß«, kam es von Cat.

»Wir warten hier auf dich«, ergänzte Erin.

Als ich die Haustür hinter mir zuziehen wollte, wurde sie festgehalten. Eine Sekunde später stand Gabe vor mir.

»O Mann, du siehst echt fertig aus«, bemerkte er glucksend und musterte mich von oben bis unten.

»Danke.« Meine Lippen drückten sich von selbst fest aufeinander und ließen sich kaum wieder voneinander lösen.

»Was willst du? Ich muss wirklich los!«

»Soll ich dich fahren?«, bot er an.

»Du weißt, dass mir beim Autofahren schlecht wird?« Es fehlte jetzt bereits nicht mehr viel, bis ich mich übergab. Was passieren würde, wenn ich in einem fahrenden Wagen saß, wollte ich mir gar nicht ausmalen. Ich wandte mich ab und steuerte den Schuppen im Garten an, als Gabe mich mit wenigen großen Schritten einholte. In Jogginghose, T-Shirt und Sneakern mit offenen Schnürsenkeln stand er vor mir. »Ich fahre ganz vorsichtig, versprochen.« Ich sah den Autoschlüssel in seinen Händen. Kurz zögerte ich, sträubte mich und gestand mir dann ein, dass ich mit großer Wahrscheinlichkeit zu spät kommen würde, wenn ich sein Angebot nicht annahm. Also ließ ich mich widerwillig zum *Buick Verano* führen.

»Im Handschuhfach sind Tüten, falls dir schlecht wird«, bemerkte er, während er mir die Tür aufhielt.

Irritiert sah ich ihn an und er lächelte.

»Ich will vorbereitet sein.«

Sobald Gabe den Motor startete, umklammerten meine Finger den Türgriff im Wageninneren.

Ich hätte ihn gern nach seinem Abend im *Blindspot* gefragt. Wie war es gewesen? Wann war er nach Hause gekommen? Wie ging es ihm?

Allerdings war ich zu sehr damit beschäftigt, den Blick angestrengt auf die Umgebung hinter dem Autofenster zu richten. Als wir auf dem Parkplatz des Einkaufszentrums hielten, sog ich erleichtert die Luft ein und erlaubte es mir, für wenige Sekunden die Augen zu schließen und meinen rasenden Puls zu beruhigen.

»War es okay?« Gabe betrachtete mich aufmerksam und strich mir eine wirre Strähne meines Haars aus der Stirn. Ich nickte und wollte aussteigen, als er mich am Arm zurückhielt. »Ruf an, wenn du Feierabend hast, und ich hole dich ab.«

»Danke fürs Fahren«, murmelte ich, bevor ich die Tür zuschlug und mich auf dem Weg zum *Golden Plover* machte. Ich senkte den Blick, um nicht zu sehr von der blassen Sonne geblendet zu werden. Die bloße Tageshelle löste anhaltende Schmerzen in meinem Kopf aus.

Das dämmrige Licht des Cafés war eine Wohltat und aufgrund des schönen Wetters war es nur spärlich besucht, sodass mir vielleicht eine ruhige Schicht bevorstand.

»Oh, da hat es wohl jemand letzte Nacht gut gemeint.« Arthur beobachtete mich, während ich zu ihm hinter den Tresen schlüpfte.

»Steht es mir auf die Stirn geschrieben?«, fragte ich unangenehm berührt und er hob bedauernd die Schultern.

»Für dich gibt es erst mal einen starken Kaffee.« Sofort machte er sich an der Maschine zu schaffen, und nachdem ich meine Jacke gegen eine Schürze getauscht hatte, lugte ich aus der Küche zu ihm.

»Tut mir leid. Ich weiß, dass es ziemlich unprofessionell ist.«

Über die dünnen Goldränder seiner Brille sah er zu mir. »Sehe ich so alt aus, als würde ich das nicht verstehen?« Er machte eine flapsige Handbewegung. »Solange es nicht jede Woche vorkommt, habe ich damit kein Problem. Meine beiden Mädchen sind heute zu einem Ausflug aufgebrochen und ich hatte dich ohnehin für die Küche eingeplant. Vielleicht könntest du ein paar einfache Gebäckstücke für die kommende Woche vorbereiten. Ich hatte an Nussecken- oder taler gedacht. Die halten sich gut ein paar Tage.«

»Alles klar.« Jetzt lächelte auch ich, aus purer Erleichterung.

Arthur hielt mir die große Tasse mit dem Kaffee hin und damit bewaffnet zog ich mich in die Küche zurück.

Er hatte bereits Gläser mit Nüssen bereitgestellt, dunkle Kuvertüre und Zutaten für eine Karamellcreme. Ich schob alles eine Weile hin und her, bevor ich anfing. Unsicher, was Arthur davon halten würde, entschied ich mich, die Nussecken so gesund und vollwertig wie möglich zu gestalten. Er hatte bereits öfter erwähnt, dass viele seiner Gäste nach veganen oder glutenfreien Alternativen fragten, er aber wenig Lust und vor allem wenig Zeit hatte, sich damit auseinanderzusetzen. Dabei wollte ich ihm jetzt unter die Arme greifen.

Das Backen mit Grandma hatte vor allem darauf abgezielt, dass das Ergebnis süß, fluffig und meistens ziemlich klebrig war. Wenn sie nicht hingesehen hatte, hatte ich nicht selten noch ein bisschen mehr Zucker in den Teig gekippt. Nun würde ich meine gewohnte Vorgehensweise ändern müssen. Ich schlürfte von dem Kaffee, der so stark war, dass sich mein Mundinneres vor Bitterkeit kurz zusammenzog. Tapfer würgte ich die heiße Flüssigkeit hinunter.

Mir gefiel der Gedanke, anders zu backen. Es würde immer einen Bezug zu Lolli haben, aber wenn ich meine Muster abstreifte, würde es mich vielleicht nicht mehr so traurig machen.

Ein paar Stunden später ging es mir deutlich besser als am Morgen. Nachdem die Nussecken fertig waren, hatte Arthur eine ganze Weile gekaut, bis er grinsend meinte, dass gesundheitsbewusste Menschen sie lieben würden. Ich aß die andere Hälfte der Ecke, die wir uns teilten, und gab ihm recht. Sie schmeckten etwas herb durch die dunkle Schokolade, hatten viel Biss durch die Nüsse, die Saaten und den Buchweizen, doch zwischendurch stießen wir auf die Süße der Karamellcreme.

Je mehr ich aß, desto besser schmeckte es mir. Dazu trank ich meinen dritten Kaffee. Nach der ersten Tasse war ich allerdings auf Cappuccino umgestiegen.

»Holt dich jemand ab?« Nachdenklich fuhr Arthur sich durch die wilden Locken. Ihm war bereits bei meiner Ankunft aufgefallen, dass mein Fahrrad fehlte.

»Sicher mein Stiefbruder. Allerdings fahre ich lieber mit dem Bus.«

»Mhm«, machte Arthur nachdenklich und ich runzelte die Stirn.

Die Schürze hängte ich an den geschwungenen Eisenhaken und streifte meinen Parka über.

»Wir sehen uns Montag«, verabschiedete ich mich und ging zum Ausgang. Aus dem Augenwinkel sah ich Lesh an einem Tisch am Fenster sitzen, was meine Schritte noch schneller werden ließ. Er sollte mich nicht so sehen. Zwar saß er mit dem Rücken zu mir, hatte jedoch freie Sicht auf die Straße. Wenn ich in die andere Richtung ging und einen Bogen um das *Golden Plover* machte, lief ich in den *Blindspot*. Über mich selbst den Kopf schüttelnd, schlug ich den gewohnten Weg zur Haltestelle am Einkaufszentrum ein.

Das bisschen Sonne ließ die Temperaturen so mild erscheinen, dass ich meinen Parka öffnete und den Weg durch die Stadt sogar ein wenig genoss. Nur der letzte dumpfe Nachhall der Nacht in meinem Kopf störte. Versunken beobachtete ich meinen eigenen Schatten, der über das Kopfsteinpflaster glitt. Nach ein paar Sekunden gesellte sich ein zweiter dazu. So nah, dass ich herumfuhr.

Leshs Brauen schoben sich etwas zusammen, als er mich betrachtete.

»W-was willst du?« Die Worte rutschten mir heraus, unsicher und überrumpelt.

»Arthur hat angedeutet, dass du eine Mitfahrgelegenheit gebrauchen könntest. Ich wollte ohnehin jetzt nach Hause fahren.« Als ich nicht antwortete, trat ein wissender Ausdruck in seinen Blick. Seine Worte waren weiterhin freundlich, besaßen jedoch eine unüberhörbare bittere Note. »Los! Schick mich zum Teufel.«

»Das wäre nett.« Diese drei Worte kosteten mich so viel Mühe, aber ich fürchtete, dass er keinen Satz mehr mit mir wechseln würde, wenn ich ihn abwies. Das wollte ich nicht riskieren.

Ohne sich die Überraschung anmerken zu lassen, führte er mich schweigend zu einem dunkelgrauen, älteren *Volvo*. Mit nervös klopfendem Herzen stieg ich ein.

Im Wageninneren roch es nach ihm, nach dem alten Leder der Sitze und nach dem Meer. Interessiert begutachtete ich das altmodische Lenkrad und die Armaturen.

Mit einem lauten Stottern startete er den Motor und mein Blick blieb an Leshs Hand hängen, die auf der Automatikschaltung lag. Er hatte die Jacke ausgezogen und ich konnte die Narbe sehen. Sie war inzwischen ein ganzes Stück mehr abgeheilt. Es war aber auch nicht die Narbe, die mich schlucken ließ, sondern die blauen Verfärbungen um seine Fingerknöchel herum, die sich deutlich von seiner gebräunten Haut abzeichneten.

»Was ... hast du da gemacht?«, fragte ich leise.

Flüchtig folgte er meinem Blick. »Missgeschick«, erwiderte er ebenso leise wie ich. Unruhig spielte ich mit dem Aquamarinring an meiner rechten Hand und versuchte die offensichtliche Lüge zu akzeptieren.

Nur wenige Sekunden später hatte ich seine ramponierte Hand vergessen, weil Übelkeit durch meinen Körper zu jagen begann. Lesh fuhr nicht wie Gabe, das war es nicht. Es war die Nervosität, die ich in seiner Nähe verspürte, in Verbindung mit den Kurven der Straße. Es schien mein Untergang zu sein. Ich schaffte es bis zur Waldstraße, dann wurde das Gefühl, mich gleich übergeben zu müssen, zu übermächtig.

»K-kannst du kurz halten, Lesh?«, hauchte ich. Kalter Schweiß zog sich über meine Haut und meine Atemzüge gingen angestrengt und flach.

Ohne Fragen zu stellen, hielt er in einer der breiten Seitenbuchten und strauchelnd stieg ich aus dem Wagen.

Die Ränder meines Sichtfelds flimmerten, mein Körper fühlte sich seltsam an, wie in Watte. Das Blut schien zu schnell durch mich hindurch zu rauschen. In meinem Kopf hämmerte es gnadenlos und ich traute mich kaum zu atmen.

Schritt für Schritt setzte ich meine Füße voreinander, bis mich die letzte Kraft verließ und ich auf den kalten Boden sank. Meine Kehle fühlte sich eng an und brannte, während ich meinen Körper bekämpfte und ihm panisch befahl, mich nicht vollkommen im Stich zu lassen. Mein Magen krampfte sich zusammen, schien gewillt, den wenigen Inhalt aus mir herauszupressen, und ich schaffte es nur mit Mühe, ein Würgen zurückzuhalten. *Nicht vor ihm. Nicht jetzt.*

»Rosa.« Lesh klang sachlich und ruhig, als er neben mir in die

Knie ging und mir eine Wasserflasche hinhielt.

Das Zittern meiner Finger, als ich nach ihr griff, machte es mir kaum möglich zu trinken. Ein kleines Rinnsal lief über mein Kinn und versickerte in meinem Pullover.

»Hast du Drogen genommen?«, fragte er plötzlich leise und mein Kopf fuhr zu ihm herum, was meine Sicht leicht verschwimmen ließ.

»Nein. Himmel … nein«, brachte ich kratzig hervor. »I-ich werde schnell reisekrank.«

»Reisekrank«, wiederholte er mit schmerzlich viel Zweifel.

»Und ich habe gestern jede Menge Bier getrunken«, setzte ich hinzu. Durch die frische Luft und das Wasser flaute die Übelkeit ein bisschen ab. Meine Beine schienen mir dennoch nicht gehorchen zu wollen.

»Okay.«

Seine Finger berührten meine Stirn, schoben lose Haare zur Seite, die daran klebten. Ich hielt die Luft an, während er mir prüfend in die Augen sah.

»Okay, keine Drogen.« Er lächelte schwach.

Ich wandte den Kopf ab. Seine Nähe machte es nicht leichter, die Kontrolle über mich wiederzuerlangen. Seine Wärme drang bis zu mir, eine seiner Hände lag auf meinem Rücken und brannte sich durch den Stoff meiner Jacke.

Eine gefühlte Ewigkeit hockte ich am Boden, Lesh kniete neben mir und wartete. Wartete, bis ich mich wieder gefangen hatte.

»Wir können weiter«, sagte ich irgendwann und erhob mich langsam. Es war nicht mehr weit und die wenig befahrene Straße erlaubte es Lesh, langsam zu fahren. Er hatte mein Fenster geöffnet und ich trank die Wasserflasche leer.

»Bitte halte hier«, stoppte ich ihn, nachdem er in Deans Straße eingebogen war.

Er tat wie geheißen und warf mir in der folgenden lauten Stille einen langen Blick zu. »Würdest du einen Kaffee mit mir trinken?«

Ich blinzelte. Sah ihn dann stumm an. Ich musste anmuten wie ein erschrockenes Reh im Scheinwerferlicht. Nach den letzten Minuten war ich überzeugt, er wollte mich möglichst schnell aus seinem Auto haben ... Vielleicht auch aus seinem Leben.

»Gibt es jemanden, der etwas dagegen haben könnte?«, fragte er plötzlich und schnell schüttelte ich den Kopf.

»Einen Kaffee bin ich dir wohl schuldig«, murmelte ich und mein Gesicht fühlte sich glühend heiß an.

»Nein.« Lesh sah mich ernst an. »Nein, bist du nicht.«

»Wäre es eine richtige Verabredung? Ein Date?«

»Nein. Nicht, wenn du es nicht willst.« Der Blick aus seinen dunklen Augen lag schwer und warm auf mir. Sein entspanntes Auftreten wurde nur von seinem Kiefer verzerrt, der starr wirkte.

»E-einfach ein Kaffee. Das wäre okay, denke ich.« Es hatte eine kleine Ewigkeit gedauert, bis ich die Worte über die Lippen brachte. »Danke, dass du mich gefahren hast«, fügte ich leiser hinzu und stieß die Autotür auf.

Nachdem ich wenige Schritte gegangen war, drehte ich mich noch einmal um und hob eine Hand. Lesh hatte die Unterarme auf das Lenkrad gestützt und sah mir nach

KAPITEL 12

Rosa

Das restliche Wochenende fühlte sich an wie eine kleine Seelenheilung. Mit Cat und Erin verbrachte ich die Tage vor allem mit Filmen, die wir uns, zu dritt in mein Bett gekuschelt, ansahen. Bree hatte uns Zimtpopcorn und heiße Schokoladen gebracht. Ich konnte die Rührung nicht unterdrücken, als sie vorsichtig lächelnd mit dem Tablett in mein Zimmer gekommen, für ein paar Momente stehen geblieben war und einen neugierigen Blick auf den Laptop geworfen hatte, der gerade eine romantische Komödie abspielte. Cat hatte den Bildschirm mit Popcorn beworfen, als die beiden Protagonisten sich endlich küssten und die Kamera vor pikanten Details wegschwenkte.

»In jedem Gespräch mit ihren Freundinnen ging es um Sex und jetzt, wo es endlich zur Sache geht, sind sich die Filmemacher zu schade, es auch zu zeigen«, hatte sie geschimpft und die Unterlippe vorgeschoben.

Erin hatte ihr ein wenig recht gegeben und von ein paar Filmen geschwärmt, die intime Szenen zwar zeigten, aber auf eine feministische und ästhetische Weise. Mir war es ehrlich gesagt ganz lieb gewesen, dass nicht mehr zu sehen war. Der Sex in

Filmen wirkte immer so berauschend, perfekt und … Es spiegelte für mich eine falsche Realität wider.

Am Sonntag hatten wir das Bett zwischenzeitlich verlassen, um einen Ausflug an die steinige Küste zu unternehmen. Viel zu schnell war der bedrohliche Abend und damit die Abreise meiner Freundinnen gekommen. Nachdem ich sie mit Dean wieder zum Bahnhof gefahren hatte, herrschte in mir eine stumpfe Leere. Der Gedanke an mein leeres Zimmer im ersten Stock ließ mich am Abend länger als gewöhnlich bei Dean und Bree ausharren. Ich wollte keine Stille, wollte nicht allein in dem Raum sein, der noch nach Cats Parfum und Erins Haaröl roch. Ich hockte auf dem großen Sofa und sah mit Dean die Nachrichten, während Bree bereits zu Bett gegangen war, um zu lesen.

»Es war schön, deine Freundinnen kennenzulernen. Sie sind zwei tolle Mädchen.« Er drückte kurz meine Hand, die zwischen uns auf dem Sofa lag. Das machte er neuerdings öfters und ohne Unsicherheit. Mich störte es nicht und ich zuckte nicht mehr zurück.

Ich nickte und konzentrierte mich auf die leuchtend pinke Farbe des Lippenstifts der Reporterin, die gerade eingeblendet wurde.

»Sie können gern häufiger herkommen. Bree freut sich, wenn so viel Trubel im Haus ist.« Er lächelte.

»Danke.« Sein Angebot war nett, aber ich wusste nicht, wie oft sich Cat und Erin die Zugfahrt leisten konnten. Außerdem hatten sie ihr Leben in Paxton. Ihr Leben, das bis vor ein paar Wochen ebenso noch meines gewesen war. Diese Zeit kam mir seltsam unwirklich und fern vor. In Rivercrest fühlte ich mich wie in einer anderen Welt, die mich geschluckt hatte und kaum an Paxton denken ließ.

»Wenn du ein Wochenende nach Hause möchtest, ist das auch

kein Problem. Ich bezahle dir das Ticket«, hörte ich Dean sagen. Er sprach vorsichtig und einfühlsam. Er gab sich so viel Mühe und ich schaffte es nicht, mit mehr als einem Wort zu antworten. Ich rang mich zu einem Lächeln durch und lehnte meinen Kopf für eine kurze Weile an seine Schulter. Ich hoffte, dass ich damit sehr viel mehr sagte, als ich es mit Worten konnte. Kurz schien er nicht zu atmen, bevor sich seine Hand auf mein Haar legte.

Schweigend sahen wir die Nachrichten, danach einen Krimi. Ich saß neben Dean und starrte auf den Bildschirm, bis mir die Augen zufielen und ich irgendwann doch nach oben tapste. Ein kleines Licht an meinem Handy blinkte und mein Herz zog sich zusammen, als ich den verpassten Anruf meiner Mutter bemerkte. Schlechtes Gewissen fraß sich in mich, und obwohl es bereits nach elf war, wählte ich ihre Nummer. Zu meiner Überraschung nahm sie ab.

»Hey, meine Süße.« Sie klang etwas verschlafen.

»Hallo, Mum, habe ich dich geweckt?«

»Nein. Nein, keine Sorge«, behauptete sie. »Ich dachte, *du* würdest schon schlafen.«

»Ich habe mit Dean ferngesehen.«

»Mhm.« Irgendwie schaffte sie es, dass dieser Laut verletzt klang.

»Ich hatte das Handy nicht dabei und habe das Klingeln nicht gehört«, erklärte ich, damit sie nicht dachte, mir wäre Dean wichtiger als ihr Anruf.

»Aha.«

Ich biss mir fest auf die Unterlippe und kurz herrschte Schweigen zwischen uns.

»Wie ist es in der Klinik?«, fragte ich irgendwann matt.

»Es wird besser«, erwiderte sie zu meiner Überraschung. »Ich habe nur Angst vor der Entlassung.«

»In zwei Wochen, oder?« Es fühlte sich unwirklich an, dass sie nun schon ein Monat dort war. Die Behandlung dauerte sechs Wochen, allerdings war bei meiner Mum bereits zu Anfang klar gewesen, dass sie danach nicht einfach wie zuvor weitermachen konnte.

»Zwei Wochen«, wiederholte sie andächtig.

»Was passiert dann?«, wollte ich mit unterdrückter Hoffnung wissen. In mir flackerte der leise Wunsch, dass sie mich vielleicht doch wieder bei sich in Paxton haben wollte. Mum kam mir immer weiter entfernt vor, und wenn ich erst auf dem College war, würden wir uns mit Sicherheit auch nicht oft sehen. Sie sollte mich nur schnell wieder bitten, zu ihr zurückzukommen, damit wir unsere eingestürzte Bindung wiederfinden konnten.

»Ich weiß es nicht. Viele Mitpatienten hier gehen auf Reisen und haben es mir auch empfohlen.«

Kerzengerade saß ich auf meinem Bett und bekam Angst, dass meine Mutter bald noch weiter weg sein könnte, obwohl das kaum einen Unterschied machen würde.

»Hat das einen therapeutischen Hintergrund?«, wollte ich wissen.

»In gewisser Weise schon. Es ist nicht ungewöhnlich, auf Reisen zu gehen, um ein Burnout zu verarbeiten.« Sie seufzte leise. »Neue Dinge sehen und erleben. Keine Mauern von Alltagsroutinen und keine Verpflichtungen. Ins Unbekannte eintauchen und sich von den selbstauferlegten Fesseln lösen.«

»Ziehst du es in Erwägung? Auf Reisen zu gehen?« Meine Finger ballten sich um meine Bettdecke fest zu einer Faust.

»Es ist nichts entschieden. Nicht mehr als ein Ansatz und eine Idee. Ich zweifle, dass ... ich den Mut dazu habe.«

»Okay«, murmelte ich.

»Ich weiß, du willst wieder nach Hause«, hörte ich sie sanft sagen. »Aber bitte – ich möchte nicht das Gefühl haben, mich beeilen zu müssen.«

»Natürlich. Ich wollte nicht –«

»Zeit, mein Schatz«, unterbrach sie mich. »Die Zeit wird es richten.«

»Ich lass dir so viel Zeit, wie du brauchst«, flüsterte ich.

»Lass uns ein anderes Mal länger darüber sprechen, ja? Dann habe ich auch mehr Antworten für dich. Es ist spät.«

Ich drängte meine Enttäuschung zurück. Eigentlich hätte ich ihr gern von Arthur, dem Café und meinem Job dort erzählt, wusste aber, dass sie mir kaum noch zuhören würde.

»Okay. Schlaf gut.«

»Ich hab dich lieb, meine Süße. Bis bald.« Es knackte in der Leitung und dann war sie weg.

Während meiner Schicht am Montag im *Golden Plover* wartete ich bis zum Abend vergeblich darauf, dass Lesh auftauchte. Betrübt schob ich es auf den beständigen Nieselregen, der vor den Sprossenfenstern fiel.

Nach Feierabend wedelte Arthur mit seiner Einkaufsliste umher und begleitete mich bis zum Supermarkt. Abgesehen von den Besorgungen für das Café brauchte er dringend einen beruhigenden Tee für seinen Magen, der bereits den ganzen Tag verrücktspielte.

Ich sträubte mich nicht, sondern ließ mich auf seine angenehme Gesellschaft ein. Mit Arthur schien alles so viel leichter und ich wünschte mir, ich könnte mir einen Teil davon ausborgen, nur bis ich wieder in Paxton oder auf dem College war. Die Wochen in Rivercrest waren bisher schneller vergangen als befürchtet und allmählich dachte ich an die Zeit, die danach kommen würde. Nach meinem Abschluss blieben mir noch zwei Monate bis zum College. Nur zwei Monate würde ich in Paxton sein, bevor ich erneut aufbrach.

Vielleicht störte es mich vor allem deshalb, dass Lesh heute nicht aufgetaucht war. Wir hatten so wenig Zeit. Obwohl … es kein *Wir* gab. Ich wusste zudem nicht einmal, wofür ich diese Zeit wollte. Vielleicht nur dafür, um ihn anzusehen. Anzusehen und ein bisschen Wärme zu spüren. Ein bisschen *Heimat*.

Am Dienstag, nach einem Kinobesuch mit Ivy, machte ich unter dem Vorwand, mir einen Kaffee zu holen, einen Abstecher zum *Golden Plover*. Kein Lesh. Ebenso wenig wie am Mittwoch. Manchmal dachte ich, dass er seine Frage nach einer Verabredung noch einmal überdacht hatte und dass das seine Art war, mir seine Ablehnung zu zeigen. Nach der katastrophalen Autofahrt würde ich es verstehen.

Als ich jedoch meine Freitagsschicht antrat, erspähte ich ihn sofort an dem kleinen Tisch am Fenster. Er telefonierte, sah jedoch in meine Richtung, und während er sprach, verzogen sich seine Mundwinkel zu einem angedeuteten Lächeln. Arthur stand hinterm Tresen und beobachtete mich, während ich zu ihm stieß. Er sagte nichts, obwohl ich ihm ansehen konnte, dass ihm Worte auf der Zunge lagen, die ich gar nicht hören wollte.

»Wenn du nichts dagegen hast, würde ich dich heute allein lassen«, sagte er in der Küchentür lehnend, während ich mir die Schürze zuband.

»Klar.« Ich nickte. *Du bist der Chef*, fügte ich in Gedanken hinzu. »Ist alles okay?«

»Ja«, sagte er wenig überzeugend und ich hob die Brauen. »Bis auf die Magenkrämpfe. Ich muss etwas Falsches gegessen haben.«

»Die hast du doch seit drei Tagen, oder? Vielleicht solltest du das untersuchen lassen.«

»Unsinn«, winkte er ab. »Ich habe Kiana versprochen, mit ihr und Yasmin an die Küste zu fahren. Meine Kamera ist schon ganz verstaubt.« Er lächelte leicht matt. »Nur zwei Stunden, höchstens.«

»Viel Spaß.« Ich sah zu, wie er seine Schürze über einen Haken warf und im schmalen Flur verschwand. Dabei bemerkte ich deutlich seine schwerfälligen Schritte. Er sollte sich lieber die zwei Stunden aufs Sofa legen und ausruhen.

Als ich nach vorn ging, zog Lesh gerade seine Jacke an. Enttäuschung machte sich in mir breit. War es Zufall, dass er in dem Moment das Café verließ, in dem meine Schicht begann? Meine Fingernägel trommelten nervös auf das Holz des Tresens und ich fokussierte mich auf den Keramikspatzen neben der Kasse, während er auf mich zukam.

»Geht es dir besser?« Vertrautheit lag in seiner Stimme und ich schluckte das Unbehagen hinunter, das mich bei der Erinnerung an den vergangenen Samstag überfiel.

»Ja.« Ich nickte knapp, suchte dann geschäftig seine Tischnummer heraus und kassierte ihn ab, bevor wir uns in angespanntem Schweigen gegenüberstanden.

»Heute Abend?«

Heute Abend?

»Morgen fahre ich für ein paar Tage weg.«

»W-wohin?«, fragte ich, ohne darüber nachzudenken, dass mir diese Frage nicht zustand.

Er zögerte. »Zu meiner Familie nach Aelview.« Seine Haltung wirkte ungewohnt angespannt. »Mein Bruder hat ein paar Probleme.«

Du hast einen Bruder? Ich weiß nicht das Geringste über dich. Dieses Gefühl der Vertrautheit war Illusion, denn eigentlich war Lesh ein fremder Mann.

Er beobachtete mich aufmerksam. »Ist es dir zu kurzfristig?«

164

Ja, eigentlich war es das. Aber ich hatte bereits den Kopf geschüttelt. »Um fünf habe ich Feierabend.«

»Dann hole ich dich ab?«

Meine Wangen wurden etwas warm bei seinem eindringlich fragenden Blick. »Okay.«

Er hob einen Mundwinkel. »Bis später.«

Leichte Panik schlug in mir Wellen, während er bereits das Café verließ. Sein Aufbruch war so plötzlich, dass ich nicht einmal hatte fragen können, ob er wirklich vorhatte, am Abend einen Kaffee zu trinken.

Ein Kichern drang an mein Ohr und mein Kopf ruckte zu einem Tisch in der Nähe des Tresens, an dem zwei junge Frauen saßen. Offensichtlich hatten sie uns beobachtet. Flammende Hitze stieg in mein Gesicht und ich wandte mich wieder von ihnen ab, um die Gruppe Mädchen zu begrüßen, die gerade das Café betraten.

»Hallo, was darf es für euch sein?« Ich setzte mein inzwischen eingeübtes Barista-Lächeln auf.

Arthur löste mich pünktlich zu meinem Feierabend ab. Die Schicht war ungewohnt anstrengend gewesen. Daran war ziemlich sicher die Mischung aus Aufregung und Bestellungen mit Sonderwünschen schuld. Während ich meine Jacke überstreifte, beobachtete ich, wie Arthur sich seine Tasse nicht wie üblich mit Kaffee füllte, sondern einen Teebeutel hineinwarf.

»Geht es deinem Magen noch nicht besser?«

Arthur lächelte und zuckte mit den Schultern.

»Ein wenig besser ist es schon. Kiana hat mir geraten, meinen Kaffeekonsum etwas zu reduzieren und es mit Tee zu probieren.« Bei den letzten Worten verzog er leidend das Gesicht.

»Ich kann länger bleiben«, bot ich an. Sogar mit einem gewissen Eifer, weil ich die Nervosität unangenehm deutlich in jedem Winkel meines Körpers spüren konnte.

»Kommt nicht infrage. Wenn ich an deine Überstunden denke, möchte ich vor Schande im Boden versinken.« Auffordernd deutete er auf die Tür und ich unterdrückte ein ergebenes Seufzen.

Lesh hatte dem Café bereits eine Weile gegenübergestanden und wieder telefoniert. Jetzt sah er in meine Richtung und beendete innerhalb weniger Sekunden das Gespräch.

»Hey«, sagte ich atemlos. Der schnelle Herzschlag ließ meine Kehle eng werden. Es war das erste Mal, dass wir geplant und beabsichtigt Zeit zusammen verbrachten. Diese Veränderung schwebte wie eine bedrohliche, dunkle Wolke über mir.

»Wenn … du wirklich noch einen Kaffee trinken möchtest – das Arabica soll gut sein«, plapperte ich los. Um nichts in der Welt würde ich unter Arthurs Blicken mit Lesh im *Golden Plover* sitzen.

»Vielleicht eher ein frühes Abendessen?«, erwiderte er.

»Okay«, stimmte ich nach kurzer Überlegung zu. Nach meiner Schicht war meine Lust, etwas zu essen, definitiv größer, als einen Kaffee zu trinken und noch hibbeliger dadurch zu werden. Selbst in meinen Taschen vergraben, bebten meine Finger deutlich vor Aufregung.

»Kennst du das *Glashaus*?«

Ich schüttelte den Kopf.

»Wir müssen ein Stück die Küste hoch.« Er setzte sich in Bewegung und ich runzelte die Stirn.

»Willst du zu Fuß gehen? Mein Fahrrad –« Ich brach ab, als ich das fremde Rad sah, das neben meinem am Laternenpfahl lehnte. Lesh drehte sich im Gehen zu mir um und ein Grinsen, das ihn unerwartet veränderte, huschte über seine Züge. »Dachtest du, du wärst die einzige Person in Rivercrest, die ein Fahrrad besitzt?«

»Ehrlich gesagt, glaube ich das schon manchmal«, gab ich zurück und öffnete umständlich mein Schloss.

Er lachte leise, während wir losfuhren und uns durch die breite Straße rollen ließen.

Sobald wir am Einkaufszentrum angekommen waren, übernahm er die Führung. Nach einer schweißtreibenden Fahrt die Küstenstraße hinauf bog er in einen breiten Weg ein, der zwischen hohen Tannen zu einem Parkplatz führte.

Mein Atem ging schwer, als wir die Räder abstellten. Vor uns ragte ein Restaurant in die Höhe, das vornehmer als erwartet aussah. Unsicherheit beschlich mich, als ich Lesh durch die schwere Holztür folgte, die er aufhielt.

Sobald wir den hellen Eingangsbereich mit den vielen Grünpflanzen erreicht hatten, kam eine Kellnerin auf uns zu. Lesh wechselte ein paar leise Worte mit ihr, bevor sie uns quer durch den Raum führte. Der Geruch von Essen, das Klirren von Gläsern und Klappern von Besteck nahmen meine Sinne ein und ich stellte fest, dass ich mich nicht mehr erinnern konnte, wann ich das letzte Mal essen gegangen war. Die Kellnerin öffnete geräuschlos eine Schiebetür und ich schluckte schwer, als wir in eine Art gläserne Kuppel traten. Es war wie ein großer Wintergarten mit Runddach. Der Boden war mit kleinen Mosaiksteinen gepflastert und es herrschte eine angenehme Wärme. Die aus Weidenruten geflochtenen Stühle waren Sesseln nicht unähnlich. Das helle, warme Licht bildete einen starken Kontrast zum grauen Himmel und den dunklen Bäumen hinter den Glaswänden.

Die Kellnerin führte uns zu einem Zweiertisch am hinteren Ende des Raumes und zupfte ein Reservierungsschild von der weißen Tischdecke. Meine Augen weiteten sich, als ich sah, dass ein Stück hinter dem Glashaus die steinige Küste abfiel und wir direkt aufs Meer sehen konnten, das wild hin und her wogte.

»Ich bringe gleich die Karte.« Die Kellnerin rückte mir den Stuhl zurecht und ich lächelte schmal, während mich ein Hauch Verzweiflung beschlich.

»Hast du reserviert, Lesh?« Vorwurf lag in meiner Stimme. »Ich dachte, wir gehen in ein Diner.«

Er zog gerade seine Jacke aus und hielt in der Bewegung inne. »Gefällt es dir nicht?«

»Doch«, sagte ich schnell. »Aber es ist ziemlich gehoben und …« *Ich passe hier nicht rein.* Um uns herum stachen mir Hemden, polierte Schuhe und gebügelte Blusen ins Auge. Ich dagegen trug staubige Stiefel, Leggins und einen weiten Wollpullover, der schon bessere Tage gesehen hatte.

»Du musst nichts bezahlen.« Lesh hob fragend die Brauen, als wollte er wissen, ob das meine Sorge war.

An die Preise hatte ich noch gar nicht gedacht, die wären mein geringstes Problem. Im *Golden Plover* verdiente ich genug, außerdem hatte ich in Rivercrest bisher kaum etwas von meinem Taschengeld ausgegeben, das ich sowohl von Mum als auch von Dean bekam.

»Ich meine damit eher das hier.« Mit warmen Wangen zupfte ich an dem Ausschnitt meines Oberteils.

Lesh sah kurz auf seinen eigenen Pullover. »Mach dir darüber keine Gedanken.« Er warf einen kurzen Blick zu den anderen Tischen und lächelte milde, als wären es die anderen Gäste, die unpassend gekleidet waren.

»Ich möchte gern für mich selbst zahlen – wirklich.«

Kurz stahl sich eine feine Linie zwischen seine Augenbrauen, aber er nickte. »Wie du möchtest.«

Dankbar lächelte ich und begann, mich etwas wohler zu fühlen. Es half mir, mich der Welt hinter der Glasscheibe zu widmen. Die

Aussicht auf die schroff abfallenden Klippen und die blassgrünen Nadelbäume, die in den unvorstellbarsten Winkeln am Abhang wuchsen, war atemberaubend. Geschützt in der hellen Blase des Glashauses lösten die Wälder kaum Unbehagen in mir aus. Nur flüchtig dachte ich daran, dass ich in der Dunkelheit zwischen diesen Bäumen zu Dean fahren musste. Wenn ich spät vom *Golden Plover* kam, war die Waldstraße jedes Mal wieder eine Überwindung, die einen kalten Schauer über meine Haut trieb.

Ich ließ mir Zeit damit, die Eindrücke in mich aufzunehmen, und mir war das Schweigen an unserem Tisch kaum bewusst, weil es von der Geräuschkulisse des Restaurants übertönt wurde. Erst als Lesh sich leise räusperte, huschte mein Blick zu ihm. Er hatte bereits die Karte aufgeschlagen und ich hatte nicht mitbekommen, wie sie uns gebracht worden war. Während ich zu blättern begann und die Preise studierte, besserte sich augenblicklich mein Gefühl, denn sie waren überraschend erschwinglich. Nach einiger Überlegung wählte ich eine kleine Gnocchipfanne und einen alkoholfreien Sanddornpunsch.

»Ich hätte nicht gedacht, dass du einer Verabredung zustimmst.« Bei Leshs offenen Worten zuckte ich leicht zusammen und lächelte schief.

»Ich ... ehrlich gesagt auch nicht«, gestand ich.

»Was hat sich geändert?«

»Weiß nicht.« Meine Füße wippten unter dem Tisch unruhig auf und ab. »Nachdem ich mich fast in deinem Wagen übergeben habe, haben sich vielleicht die Grenzen verschoben.« Ich versuchte es mit Humor, konnte jedoch selbst nicht einmal darüber lächeln.

»Und das ist okay für dich?« Lesh lehnte entspannt in dem geflochtenen Sessel, aber sein Blick war so aufmerksam, dass er fast auf meiner Haut brannte.

»Ja und nein«, gab ich zu. »Aber ein bisschen mehr ja«, sagte ich schnell, als ich bemerkte, wie sich etwas in seinem Gesicht veränderte.

Seine Brauen schoben sich ein Stück zusammen. Er sah zweifelnd, beinahe *verzweifelt* aus.

»Das ist gut, schätze ich«, sagte er leise und ich nickte schwach. Meine Ohren wurden heiß und ich wandte mich der Glaswand zu, in der ich die Umrisse meines Spiegelbilds erkennen konnte.

Nur wenige Atemzüge später kam die Kellnerin und nahm unsere Bestellung auf. Lesh nahm ein Wasser zu den gefüllten Teigtaschen und ich war froh, dass er keinen Alkohol wollte. Vielleicht tat er es aus Rücksicht, weil ich keinen trinken konnte. Nachdem sie wieder verschwunden war, blieben wir in einer seltsamen Stimmung zurück.

»Wenn sich die Grenzen verschoben haben, erzählst du mir die Reihe von Umständen, die dich nach Rivercrest geführt haben?«

Ich blinzelte, reflexartig wollte ich ablehnen. Aber in mir war eine Stimme, die lauter wurde und mir gut zuredete, dass der Anfang doch schon geschehen war. Ich saß mit ihm in einem Restaurant. Er war nicht mehr nur der Mann im *Golden Plover*, der seinen Kaffee pur trank und stets ein sehnsuchtsvolles Gefühl in mir hinterließ, wenn er ging.

Immer wieder spürte ich Leshs Augen auf mir. Zu lange, zu intensiv. Und dass er nichts sagte, verunsicherte mich am meisten.

»Okay«, knickte ich ein. »Meine Mutter hatte ein Burnout und ich musste für eine Weile gehen, damit sie gesund werden kann. Ohne mich als Last.«

Mit gefurchter Stirn erwiderte Lesh meinen Blick, sagte jedoch nichts.

»E-es war Ende letzten Jahres. Sie hat als Eventplanerin gearbeitet.« Ein bitteres Lächeln zupfte an meinen Mundwinkeln.

»Die Arbeit war das Wichtigste in ihrem Leben. Sie hat alles andere zurückgestellt. Ausnahmslos.«

»Auch dich«, sprach er es leise aus und ich nickte knapp.

Die Kellnerin brachte das Essen und unterbrach so unser Gespräch. Eine kurze Weile war mein kleiner Anfang vergessen und wir konzentrierten uns auf das Essen, bevor ich fortfuhr.

»In der ersten Zeit war ich sehr wütend und verstand es nicht. Je älter ich wurde, desto besser lernte ich, mich damit zu arrangieren. Außerdem tat sie es für mich. Immer für mich. Sie wollte mir ein gutes College ermöglichen – auch ohne ein Stipendium. Sie hat immer davon gesprochen, in eine größere Wohnung zu ziehen, die nicht bei jedem vorbeifahrenden Bus oder Truck erzittert. Wenn sie erst einmal genug für meine Bildung gespart hätte, würden wir womöglich sogar in ein eigenes Haus ziehen. Mum, Grandma und ich …«

Meine Finger spielten mit dem zarten Porzellanbecher, in dem der Sanddornpunsch schwappte.

»Aber sie hat sich selbst verloren. Müdigkeit durch Schlafstörungen, depressive Episoden und Appetitlosigkeit …« Ich trank einen Schluck und hob kurz die Schultern. »Im letzten Jahr hatte sie viele … Wutattacken und Schwächeanfälle. Hätte ihr Körper nicht irgendwann versagt, hätte sie vermutlich den Absprung noch immer nicht geschafft. An einem Morgen ist sie im Flur ohnmächtig geworden und ich habe den Krankenwagen gerufen.« Meine Finger trommelten ruhelos auf die weiße Tischdecke und ich konzentrierte mich auf das dumpfe Klopfgeräusch, das ich erzeugte.

»Warst du allein mit deiner Mutter?«, hörte ich Lesh schließlich fragen.

Ich schüttelte heftig den Kopf. Nein, allein war ich nie gewesen. Grandma hatte alles darangesetzt, immer bei mir zu sein. »Ich hatte meine Großmutter, die für uns gesorgt hat. Sie hat bei uns gewohnt.« Flüchtig warf ich einen Blick auf die andere Seite des Tischs und in Leshs Miene stand eine stumme Frage.

»Sie ist vor ein paar Monaten gestorben und … dann ist alles kaputtgegangen.« Meine Mundwinkel weigerten sich, mir zu gehorchen, und ich spürte, wie sie zuckten, während ich versuchte, eine kühle Maske zu bewahren.

»Meine Großeltern haben immer nah bei uns gewohnt. Seit Dean – mein Vater – meine Mutter verlassen hat. Als mein Grandpa starb, ist Grandma bei uns eingezogen. V-vorher hatte Mum nur wenige Stunden gejobbt, aber sobald Grandma für mich da war, ist sie Vollzeit eingestiegen.« Ich erinnerte mich an die letzten Jahre, tat jedoch so, als gehörten die Bilder jemand anderem. Vielleicht waren sie auch ein Film, aber sie gehörten nicht zu mir. Jetzt gerade durften sie nicht mir gehören, damit Lesh nicht sah, wie weh sie mir taten.

»Sie hat sich gut gekümmert, um uns beide.« Ich kniff mir selbst ins Bein, um meine Beherrschung um keinen Preis zu verlieren. Obwohl das Treiben um uns herum nicht abbrach, kam es mir zu still vor.

»Dein Verlust tut mir leid.« Leshs Worte legten sich schützend um mich und rissen zeitgleich eine halb geschlossene Wunde auf.

»Es war L-Leukämie.« Ohne ihre Krankheit hätte sie noch viele Jahre haben können, die ihr genommen worden waren.

»Sie hat es beinahe bis zum Ende vor uns geheim gehalten. Eine Therapie kam für sie wegen der geringen Genesungschancen nicht infrage. Sie wollte ihre verbleibende Zeit so normal und glücklich wie möglich verbringen.«

»Hat sie es geschafft?«

Ich brachte ein schwaches Nicken zustande. *Bis zu ihrem letzten Tag.*

Es hatte in einer Nacht angefangen, ganz plötzlich. Morgens hatte ich mich gewundert, dass sie nicht in der Küche bei einer Tasse Kaffee an dem runden Tisch saß und aus dem Fenster auf die Straße sah. Sie war zwar eine Langschläferin, doch so lang hatte sie noch nie geschlafen. Damit hatte ich sie aufziehen wollen, als ich mit einem Grinsen in ihr Zimmer gelaufen war. Doch sofort hatte ich gespürt, dass etwas nicht stimmte. Dieses Gefühl war noch immer so greifbar, dass eine Gänsehaut über meinen gesamten Körper kroch und Übelkeit meine Kehle hinaufstieg.

So viel hatte ich mit ihrem Tod bald darauf verloren. Die unendliche Liebe, den Mut und die Stärke, meine beste Freundin, meine zweite Mutter. Sie war mein Fels gewesen, an den ich mich jederzeit hatte klammern können. Nun schwamm ich haltlos im Meer. Der Dunkelheit und Tiefe ausgesetzt.

Meine Fingernägel gruben Halbmonde in meine Handinnenflächen, während ich beobachtete, wie Leshs Lippen sich bewegten. Ich hatte ihm doch nur von Mum erzählen wollen. Warum gab es in meinem Kopf jetzt die Bilder von Grandma, an deren Bett die Sterbebegleiterin saß und ihre knochigen Hände sanft mit Öl einrieb?

Angestrengt konzentrierte ich mich auf seine Worte und drängte die Erinnerung bis in den hintersten Winkel meines Verstands.

»Wie bitte?«, fragte ich schuldbewusst und Lesh hob mitfühlend einen Mundwinkel.

»Was ist dazwischengekommen, dass du hier und nicht auf dem College bist? Sagtest du nicht, du seist neunzehn?«

»Ich …« Es war mir unangenehm, ihm zu erzählen, dass ich zur High School ging, aber lügen wollte ich noch weniger. »Ich mache diesen Sommer meinen High-School-Abschluss. Ich wurde später eingeschult und – wieder eine Reihe von Umständen – ich werde erst diesen Herbst aufs College gehen.« Nichts war in meinem Leben bisher gerade gelaufen. Alles voller Knoten und Abstecher, die meinen Weg kreuzten und erschwerten.

Leshs Miene war seltsam ausdruckslos geworden. Er sah mich an und ich glaubte zu erkennen, dass er leicht den Kopf schüttelte.

»Was ist? I-ist das ein Problem?« Wieso sollte es ein Problem sein? Und wobei?

»Nein«, sagte er zu schnell und ich wusste, dass er log. Ich verstand es irgendwie. Er war kein Mann, dem es in den Sinn kommen konnte, Nähe zu einer High-School-Schülerin aufzubauen. Das anfängliche Gefühl, ihm niemals das Wasser reichen zu können, erfasste mich mit neuer Wucht.

»Wollen wir zahlen?« Er lächelte angestrengt.

»Sicher«, murmelte ich und bereute es allmählich, dieser Verabredung zugestimmt zu haben. Sie hatte die Blase platzen lassen, in der ich mir vorgestellt hatte, er könnte mehr für mich sein. Mehr … als Lesh, der Mann im *Golden Plover*.

Nur wenige Minuten später standen wir vor unseren Fahrrädern und ich fühlte mich schwer und verloren. Ich wollte nicht, dass sich unsere Wege trennten. Denn ich glaubte zu ahnen, dass es nicht nur für den heutigen Abend sein würde.

»Es tut mir leid«, hörte ich Lesh sagen und blickte überrascht hoch.

»Was meinst du?«

»Ich wollte dich nicht dazu drängen, über etwas zu sprechen, wozu du nicht bereit bist.«

»H-hast du nicht«, entgegnete ich leise und verwirrt.

Eine tiefe Linie erschien zwischen seinen Brauen. »Ich sehe aber, wie sehr es dich mitgenommen hat.«

Darauf wusste ich nichts zu erwidern, denn ich wollte und konnte es nicht leugnen. Also blieb ich stumm.

»Würde es dir etwas ausmachen, allein zurückzufahren?« Lesh wich meinem Blick aus und räusperte sich, dennoch klang seine Stimme weiterhin kratzig. »Ich habe noch etwas vor und muss in die entgegengesetzte Richtung.«

»Macht mir nichts aus.« Ich schluckte schwer, weil er mich zu offensichtlich loswerden wollte.

Überrascht spürte ich seinen Daumen, der meinen Kiefer streifte, eine Locke beiseiteschob und dann mein Kinn anhob. Mit angehaltenem Atem sah ich zu ihm hoch und mein Herz geriet aus dem Takt, als er den Kopf senkte. Er neigte ihn zur Seite und seine Lippen legten sich für einen flüchtigen Moment auf meinen Wangenknochen, bevor er wieder von mir abließ. Das tat er so vorsichtig, als fürchtete er, ich könnte zerbrechen oder vor ihm davonlaufen. Das Gefühl seiner rauen Bartstoppeln und seines Mundes blieb auf meiner Haut zurück und ließ keinen Zweifel daran, was geschehen war, auch als er einen Schritt von mir zurücktrat. Mein scharfes Einatmen klang viel zu laut in der abendlichen Stille.

Für den Bruchteil einer Sekunde flammte Hoffnung in mir auf, bis ich den Ausdruck auf seinem Gesicht wahrnahm und erkannte, dass es mehr ein Abschied war als das, was ich mir wünschte.

»Gute Nacht, Rosa«, sagte er leise und ich wandte den Blick ab, spürte körperlich, wie er sich entfernte und die Wärme mit sich nahm. Ich sah ihm nicht nach, sondern kämpfte gegen das an mich heranschleichende Unbehagen an, während das Bewusstsein in meinen Verstand sickerte, dass ich mit der dämmrigen Straße und den aufragenden Bäumen allein war.

KAPITEL 13

Rosa

Den Vormittag verbrachte ich am Meer. Nach dem Frühstück war ich mit einer Wolldecke zu den Holztreppen aufgebrochen. Es war ein seltsames Gefühl, den Steinpfad allein zu gehen. Als ich auf losem Geröll den Halt verloren hatte, hatte ich mir eine meiner Handflächen aufgeschürft. In die Decke gehüllt saß ich lange auf einem flachen Stein, fing ein paar dünne Sonnenstrahlen ein und genoss, dass hier niemand war außer mir und dem Meer.

Die Gedanken an Lesh verfolgten mich. Mit sehr viel mehr Intensität als bisher und ich redete mir ein, dass es am Abschied lag, der sich so endgültig angefühlt hatte. Nur manchmal suchte ich nach dem Gefühl, dass ich kurzzeitig gehabt hatte, als ich ihm im *Glashaus* gegenübergesessen hatte. Mir hatte der Gedanke gefallen, dass andere Menschen im Restaurant gedacht haben könnten, wir gehörten zusammen. Mir hatte die Idee gefallen, dass es nicht das letzte Mal sein könnte. Doch diese Sehnsucht schien mir immer hoffnungsloser.

Er war gefestigt, hatte sich selbst und seine Emotionen im Griff. Zurzeit fühlte ich mich wie ein Stück Treibgut, das vom Meer hin- und hergeworfen wurde, haltlos und verloren. Die Tatsache, dass

176

er mich dennoch entdeckt hatte, machte mir Angst. Und seit gestern hatte ich Angst, er würde mich zurück ins Meer werfen.

Trotz der Decke war ich durchgefroren, als ich mich auf den Rückweg machte und erschrocken stellte ich fest, dass ich über drei Stunden auf dem kalten Stein verbracht hatte. Alle saßen bereits am Mittagstisch und aßen, als ich mich mit einer halbherzigen Entschuldigung dazusetzte. Bree füllte mir einen großen Teller Eintopf auf, und als ich den ersten Löffel in meinen Mund schob, seufzte ich zufrieden. Ich konnte mir nichts Besseres vorstellen, um mich wieder aufzuwärmen. Die würzige, cremige Textur stieg mir fast zu Kopf.

»Das ist himmlisch, Bree«, nuschelte ich, während ich gierig einen zweiten Löffel aß. Ihre Augen leuchteten auf und eine verlegene Röte schlich sich auf ihre Wangen.

»Das freut mich, Rosa.«

»Hast du heute Abend etwas vor? Pläne fürs Wochenende?«, fragte Dean und ich schüttelte den Kopf.

»Du musst wissen, wir erwarten heute Abend Besuch und wollen nur sichergehen, dass du dich nicht gestört fühlst.« Dean sah mich fragend an, während Bree leise lachte.

»Natürlich könntest du dich auch dazusetzen, wenn du magst.«

Gabe machte ein abfälliges Geräusch. »Rosa hat bestimmt mächtig Bock, mit einem Haufen Kirchenmitgliedern Brettspiele zu spielen und Wein zu saufen.«

»Gabriel.« Das erste Mal nannte Dean seinen vollen Namen und er lächelte entschuldigend.

»Ich werde in meinem Zimmer sein und lesen«, bemerkte ich.

»Wenn es das ist, was du möchtest.« Mir entgingen Deans Sorgenfalten auf der Stirn nicht und meine Lippen pressten sich unwillkürlich aufeinander.

Mein Handy klingelte und verwundert langte ich zu meinem Nachttisch. Heute Morgen hatte ich mit Cat und Erin sowie kurz mit meiner Mutter telefoniert. Von ihnen konnte es eigentlich niemand sein. Überrascht stellte ich fest, dass es Ivy war.

»Hallo?«

»Hey, Rosa. Kommst du mit ins *Voodoo*?«

Überrumpelt blinzelte ich und brauchte ein paar Sekunden, um meine Sprache wiederzufinden.

»Eher nicht, tut mir leid. Ich liege schon im Bett.«

»Es ist gerade mal acht Uhr«, prustete sie entgeistert.

»Ich wollte lesen.«

»Und das ziehst du einem Abend mit mir vor?«

»Mir ist nur nicht danach, wegzugehen«, entschuldigte ich mich. Dabei hörte ich, wie sich im Flur viele Stimmen erhoben, die verrieten, dass Dean und Brees Besuch angekommen war.

»Okay«, sagte sie sofort. »Ich hatte gehofft … Ach, vergiss es. Hab einen schönen Abend.«

»Warte«, warf ich ein. »Brauchst du jemanden zum Reden?«

»Vielleicht.«

»Wegen einem *Vielleicht* komme ich nicht«, bemerkte ich.

»Was ist mit Diego und Nikki?«

Es war auffällig lange still, bis sie antwortete.

»Sag es ihnen nicht, aber manche Gedanken … und manche Sorgen verstehen sie nicht. Sie sind Billard spielen, aber ich habe heute absolut keine Lust auf viele Leute und Spaß. Ich will mich in eine dunkle Ecke verkriechen. Am liebsten mit dir.« Ich hörte ein kleines Lächeln in ihren Worten.

»Daraus schließe ich, dass du mit mir keine Gefahr läufst, Spaß zu haben«, schlussfolgerte ich.

»Richtig erkannt.« Ivy lachte auf. Auch ich lachte, wobei ihre Worte kurz stachen. Vermutlich war ich tatsächlich nicht die fröhlichste Gesellschaft.

»Wenn du mich abholen kannst, komme ich mit«, willigte ich ein, wobei ich nicht daran dachte, was es bedeutete, wieder ins *Voodoo* zu gehen. Erst als ich eine Stunde später mit Ivy an meiner Seite in den dämmrigen, verrauchten Raum schlüpfte, erinnerte ich mich, wie unangenehm ich es hier gefunden hatte.

»Ich hole uns etwas zu trinken.« Ivy hatte sich bereits umgewandt, als ich sie aufhielt.

»Kannst du mir nur ein Wasser oder so mitbringen? Ich möchte keinen Alkohol trinken.«

»Klar.« Sie nickte.

Heute waren außer uns nur zwei ältere Frauen da, die an einem Tisch saßen, Wein tranken und beide ein Wollknäuel und Stricknadeln in Händen hielten. Meine Mundwinkel zuckten, während ich sie beobachtete und befand, dass das hier hundertmal besser war als jede High-School-Party, die ich zutiefst verabscheute.

Mit einem lauten Seufzer ließ Ivy sich mir gegenüber nieder und stellte mir eine gekühlte Wasserflasche vor die Nase, die ich sogleich aufschraubte.

»Worüber wolltest du reden?«, begann ich und musterte sie aufmerksam. Ivys Augen waren das erste Mal, seit ich sie kannte, nicht geschminkt und ihre ganze Erscheinung wirkte müde und abgeschlagen.

»Mein Vater hat seinen Job verloren«, murmelte sie so leise, dass ich Schwierigkeiten hatte, sie über die Folkmusik hinweg zu verstehen.

»Oh.« Ich verzog das Gesicht. »Das tut mir leid.«

»Er war bei so einer blöden Vertriebsfirma und hat seinen Job gehasst. Schon lange hat er etwas Neues gesucht, aber das ist gar nicht so leicht ohne Collegeabschluss oder Ausbildung.«

Ivy nippte an ihrem Bier und betrachtete konzentriert den

Schaum. »Meine Mutter ist Migränepatientin und bereits seit einem Jahr dauerhaft krankgeschrieben. Sie ist Krankenschwester und muss jetzt wieder arbeiten, obwohl sie dazu eigentlich nicht in der Lage ist.«

Weil ich nicht noch einmal sagen wollte, wie leid mir das tat, griff ich über den Tisch nach ihrer Hand und hielt sie fest.

»Seit ich denken kann, ist die Existenzangst ein fortwährendes Thema. Ich würde gern eines Morgens aufwachen und mich nicht fragen müssen, wie lang wir unsere Wohnung noch bezahlen können. Du kannst dir nicht vorstellen, wie sehr ich mich vor den Collegeantworten fürchte. Ich brauche unbedingt ein volles Stipendium. Meine Eltern könnten sich kein einziges Semester leisten. Wenn ich weg bin, müssen sie eine Person weniger durchbringen. Und wenn ich meinen Abschluss habe und einen gut bezahlten Job, müssen sie sich nie wieder Sorgen machen. Dann können sie einfach mal *leben*.« Nach ihrem kleinen Monolog zog sie hörbar die Luft ein und in ihrem Blick sah ich blanke Angst.

»Du lädst die gesamte Verantwortung für deine Eltern auf deine Schultern«, bemerkte ich vorsichtig und sie nickte schwach.

»Kann nicht anders«, entgegnete sie nur. Ihre Hand drückte meine und so hielten wir uns aneinander fest, saßen uns gegenüber und sprachen uns mit Blicken Mut zu.

»Diego und Nikki sind immer so unbeschwert, weißt du?«, brach sie irgendwann wieder das Schweigen. »Natürlich würden sie mir zuhören, natürlich würden sie mir helfen wollen, aber ich spüre, dass sie es nicht nachvollziehen können, weil bei ihnen vieles so leicht ist. Du … verstehst mich besser.«

Ich bin nicht leicht. Auch für die Welt bin ich schwer. Ivy kennt mich erst wenige Wochen und sieht es.

Obwohl sie es nicht beabsichtigt hatte, schmerzte ihre Äußerung.

»Es hilft, sich zu sagen, dass alles einen Sinn hat. Ja, es klingt immer so einfach, aber dein Vater mochte seine Arbeit nicht. Jetzt seid ihr in der Schwebe und dennoch stehen die Chancen gut, dass er etwas findet, was er lieber macht.« Ich hob die Mundwinkel und Ivy runzelte die Stirn.

»Wenn nur meine Mutter jetzt nicht einspringen müsste. Sie verbringt so schon oft mehrere Tage im abgedunkelten Schlafzimmer und die Arbeit im Krankenhaus ist purer Stress für sie. Mein Vater fühlt sich dafür verantwortlich, dass es ihr schlechter geht, und macht sich damit selbst kaputt. Ich habe das Gefühl, zurzeit keine Sekunde zu Hause sein zu können, ohne von alldem erstickt zu werden.«

»Du kannst eine Weile mit zu mir kommen. Zumindest für eine Nacht?«

»Wirklich?«

»Wirklich! Wenn es dich nicht stört, mit Gabe in einem Haus zu sein.«

Ihre Miene verdüsterte sich, doch trotzdem nahm sie mein Angebot an. »Ich muss durchatmen. Ansonsten habe ich das Gefühl, bald unterzugehen.«

Das kenne ich. Stumm sagte ich dies Ivy mit den Augen und sie lächelte. Mit ihrer typischen Kopfbewegung schüttelte sie sich den Pony aus der Stirn, der ihr mittlerweile fast die Sicht nahm. Mit der Hand, die ich nicht hielt, schrieb sie ihren Eltern, dass sie die Nacht bei mir verbringen würde.

3 Jahre zuvor

Ich wusste nicht, wie spät es war, als plötzlich das Licht in meinem Zimmer angeschaltet wurde. Es musste jedoch ziemlich spät sein, denn Lolli hatte bereits das Nachtlicht auf dem Tischchen neben meinem Bett gelöscht und vor meinen Fenstern herrschte vollkommene Schwärze. Mum stand in ihrem Pyjama in der Tür, sie schien noch keine Sekunde geschlafen zu haben.

Verwirrt setzte ich mich auf, mein erster Gedanke galt Lolli. Irgendetwas könnte passiert sein.

»Grandma —«

»Deine Großmutter schläft.« Mum schloss die Tür hinter sich, trat in mein Zimmer und begann wie eine eingesperrte Raubkatze hin und her zu laufen.

»Bis jetzt habe ich darüber nachgedacht, wie meine Tochter in zwei Kursen nicht genug Credits zusammenbekommen kann – meine Tochter.« Sie warf die Arme in die Luft, schlaff fielen sie wieder an ihre Seiten. »Ich arbeite hart, Rosa! Weißt du das?«

Ja, wollte ich sofort sagen. Ich wusste, wie viel sie arbeitete, und das vor allem für mich. Aber sie ließ mir keine Möglichkeit, zu antworten.

»Jeden verfluchten Tag, damit es uns gut geht und du eine gute Bildung erhältst. Was ... was habe ich falsch gemacht, dass du nicht einmal versuchst, mich darin zu unterstützen. Das ist gedankenlos. So habe ich dich nicht erzogen!«

Ihre Worte waren laut, scharf wie Peitschenhiebe und ich brauchte einige Anläufe, um mich von meiner Befangenheit zu befreien.

»Tut mir leid, Mum. Wirklich! Aber können wir nicht morgen früh darüber sprechen? Wie spät ist es?«

»Bist du noch ein kleines Kind? Muss ich persönlich jeden deiner Tests überprüfen? Reicht es nicht, dass Lorelei das tun sollte – was sie offensichtlich gründlich versäumt hat. Ich stehe jeden Tag kurz vor einem Zusammenbruch, es gibt keinen Tag, an dem ich nicht vor Erschöpfung weine, und meine eigene Tochter lässt es sich gut gehen und investiert keinen Funken Mühe in ihre Zukunft! Willst du in einem Diner enden? Fetten Menschen fettiges Essen servieren?« Die Arme in die Hüften gestemmt, starrte sie auf mich herab und ich entdeckte kaum meine geliebte Mum in der beinahe hysterischen Frau vor mir.

»Im Diner zu arbeiten ist nichts Schlimmes. Fett sagt man nicht. So kannst du nicht reden «, murmelte ich nur und zog sitzend die Bettdecke bis zu meinem Kinn. Vielleicht hoffte ich, sie würde mich vor den verletzenden Worten beschützen.

»Klugscheißern, das kannst du!«, fuhr sie mich an. »Du stellst dir nicht vor, wie wütend ich bin.«

Mit zusammengepressten Lippen erwiderte ich ihren Blick und wollte mir nicht anmerken lassen, wie sehr mich ihre Worte getroffen hatten.

»Ich arbeite und arbeite und … arbeite«, murmelte sie, schüttelte den Kopf und rieb sich dann grob mit den Händen über das Gesicht. »Ich habe keine Nerven für deine Schulprobleme, keine Zeit, um dich zu kontrollieren. Du bist sechzehn – du musst selbstständiger werden. Ich brauche keine weitere Belastung.«

Meine Hände ballten sich unter der Bettdecke zu Fäusten, aber ich zwang mich, ruhig und stumm sitzen zu bleiben.

»Alles, was ich zu hören bekomme, sind Vorwürfe. Mum, warum arbeitest du so lang?«, äffte sie mich nach.

Meine Zähne schlugen fest aufeinander und ich wandte den Blick ab, weigerte mich, sie länger anzusehen.

»Mum, warum bist du so müde? Mum, du musst mehr Zeit für mich haben! Alles, was ich von dir bekomme, sind Anschuldigungen und Ansprüche. Ich erfülle meinen Teil hier, ich verdiene das Geld für uns alle. Was tust du? Es dir mit Lorelei gut gehen lassen und auf deine Bildung pfeifen. Ich verlange, dass du auf ein gutes College gehst, aber dank dir darf ich mir Gedanken machen, was passiert, wenn meine Tochter zu faul dafür ist. Muss ich dich dann für immer und ewig durchfüttern? Ist das fair?«

Ich wollte sie fragen, was mit dem Frühstück war, das ich ihr so oft zubereitete. Seit über einem halben Jahr hatte ich sie nie wieder weinend gebeten, nur einen Tag zu Hause zu bleiben. Stattdessen hatte ich gehofft, sie zu unterstützen, indem Lolli und ich uns um den Haushalt kümmerten. Meine Kehle war staubtrocken, meine Sicht verschwommen, und obwohl ich wusste, dass Mum gerade von ihrer Wut geleitet wurde, schmerzten ihre Anschuldigungen so sehr wie ein Messerstich.

»Ich spreche mit dir! Warum antwortest du jetzt nicht einmal?« Unvermittelt stand sie über mir und schüttelte mich. Ihre Finger bohrten sich in meine Schultern und ein hoher Laut kam über meine Lippen.

»Rosa! Du bist mir eine Antwort schuldig, eine Entschuldigung … zumindest das!«, schrie sie mich an, während ich mich gegen ihren Griff zu wehren begann, mich wie ein Fisch aus ihren Fingern zu winden versuchte.

»Lass mich«, bat ich. »Lass mich los.«

Das laute Brüllen meiner Mutter verwandelte sich in meinen Ohren zu einem Rauschen und irgendwann begann auch ich zu schreien. Ein bisschen vor Schmerz, ein bisschen aus Angst und ein bisschen aus Trotz.

Dann hörte ich nur noch mich selbst und der eiserne Griff um meine Arme war verschwunden. Ich blinzelte und wischte Tränen aus meinen Augen, als ich Lolli bemerkte, die mit einer Kraft, die ich ihr nicht zugetraut hatte, Mum von mir wegzerrte.

»Komm zur Besinnung, Charlene!«, befahl sie mit ruhiger Stimme. Wenige Sekunden verharrten sie regungslos, bevor Mum sich losriss und meine Zimmertür hinter sich zuknallte.

Mit großen Augen sah ich zu Lolli, flehte, dass sie nicht sauer sein würde. Ein trauriges Lächeln umspielte ihre Mundwinkel, als sie mit plötzlich müden Schritten zu mir kam und sich auf meine Bettkante setzte.

»Zeig her.« Behutsam nahm sie meine Arme und schob die Ärmel meines Schlafanzugs hoch. Rote Fingerabdrücke leuchteten uns entgegen und sofort begannen Tränen über meine Wangen zu fließen. Es tat nicht besonders weh. Nur der Gedanke, dass meine Mum sie verursacht hatte, war unerträglich. Lollis raue Finger streichelten über die Stellen.

»Kannst du hierbleiben?«, fragte ich flüsternd und rutschte in meinem Bett zur Seite.

Lolli lächelte. »Mein sechzehnjähriges Mädchen möchte, dass ihre Großmutter bei ihr schläft?«

»Um auf mich aufzupassen«, wisperte ich. *Um mich vor Mum zu beschützen.* Der Gedanke verursachte einen bitteren Kloß in meinem Hals. »Bitte.«

»Natürlich.« Lolli stand auf, verschwand in ihrem Zimmer und kam kurz darauf mit ihrer Decke und dem Kopfkissen zurück. Mein Bett war groß genug, sodass wir bequem nebeneinanderliegen konnten. Sobald Lolli das große Licht ausgeknipst hatte und der schwache Schein der Nachtlampe aufflammte, griff ich nach ihrer Hand und hielt sie fest.

»Deine Mum wird sich entschuldigen. Sie ist zurzeit nicht sie selbst – du darfst böse auf sie sein, aber trage es ihr nicht allzu lange nach«, hörte ich sie irgendwann sagen.

»Okay.«

Lolli hatte unrecht, denn Mum sollte sich nie bei mir *entschuldigen.*

Meine Wangen waren tränennass, als ich aufwachte. Der Mond schien hell in mein Zimmer und ich rutschte in eine sitzende Position, rieb mir über das Gesicht und schüttelte mich dann, um den Traum loszuwerden. Träume und Erinnerungen. Ich hasste es, wenn sie kamen. Noch während ich mich davon befreite, entsann ich mich, dass Ivy bei mir schlief, und hörte augenblicklich auf, um sie nicht zu wecken. Ein Blick auf die andere Seite meines großen Betts zeigte mir jedoch, dass sie nicht da war. Verwirrt tastete ich nach dem Schalter der Nachttischlampe und blinzelte in deren Schein durchs Zimmer.

Konnte es sein, dass sie nach Hause gefahren war? Aber warum hätte sie das tun sollen?

Langsam schob ich die Beine über die Bettkante und tapste zur angelehnten Tür, die ich am Abend auf jeden Fall geschlossen hatte. Mit der Klinke in der Hand lauschte ich in das nachtstille Haus und glaubte, leise Stimmen ausmachen zu können.

Mein Blick glitt bis zu Gabes Tür und nachdem ich noch einige weitere Schritte den Gang entlang gemacht hatte, vernahm ich das Gespräch deutlicher, das aus seinem Zimmer drang. Unwillkürlich furchte ich die Stirn und hatte Mühe zu begreifen, dass Gabe und Ivy sich zu unterhalten schienen. Sie schrien sich nicht an, stritten nicht. Sie redeten im leisen, vertrauten Ton miteinander. Einigen Wortfetzen konnte ich entnehmen, dass es wohl um Ivys Eltern ging. Bei dem Gedanken, weiter zu lauschen, bekam ich Bauchschmerzen und zog mich leise in mein Zimmer zurück.

Dankbar für das helle Mondlicht, das die Schatten bekämpfte, schaltete ich die Nachttischlampe wieder aus. Während ich einzuschlafen versuchte, fragte ich mich, ob Ivy am nächsten Morgen wieder neben mir liegen oder ob sie bei Gabe bleiben würde.

KAPITEL 13 ½

Leah

Es fühlte sich vertraut an, als er die kleine Seitentür der Werkstatt *Kenneth's Garage* aufstieß. Das Quietschen der Scharniere ließ fast ein Gefühl der Melancholie in ihm aufkommen. Schwerer noch wog das Gewissen, das ihm fast den Boden unter den Füßen nahm. Er hasste es, nach Aelview zu fahren. Er hasste das Gefühl, dass die endlose Reihe an Fehlern, die er beging, hier seinen Anfang genommen hatte. Der Geruch von Schmieröl, Metall und Benzin stieg ihm in die Nase. Radiomusik hallte scheppernd von den hohen Wänden, gemischt mit dem Klirren von Werkzeugen und dem Zuschlagen einer Motorhaube. Das Geräusch der Hebebühne, die summend das Auto in die Höhe stemmte, ließ seine Schritte beinahe zögerlich werden.

Er spürte seine angespannten Gesichtszüge, die Furchen, die sich in seine Stirn gruben und nicht verschwinden wollten.

Schmale schwarze Stiefel tauchten hinter dem Wagen auf, der sich Richtung Decke bewegte. Eine Latzhose mit öligen Flecken, die die schmale Silhouette darin beinahe verbarg. Das kurze Top war nur noch stellenweise weiß, die Hände steckten in großen Handschuhen. Der Schraubenschlüssel darin fiel zu Boden, als

Keiras graue Augen ihn erfassten.

Sie schüttelte die Handschuhe von ihren Fingern, während sie auf ihn zulief. Lesh hatte kaum gemerkt, dass er stehen geblieben war. Mit all ihrem Körpergewicht warf sie sich in seine Arme, die er sofort um sie schlang. Keiras Herz schlug schnell gegen seine Rippen. Er presste die Lippen auf ihr kurzes Haar, roch das Motoröl, den Staub und darunter ihr leicht blumiges Parfum.

»Du bist so ein Arsch, Lesh«, murmelte sie und ihre schlanken Arme drückten mit erstaunlicher Kraft zu. Er sagte nichts darauf, denn vermutlich hatte sie recht.

»Ich sage Kenneth, dass ich Pause mache.«

Behutsam ließ Lesh sie wieder zu Boden gleiten.

»Willst du Hallo sagen?«, rief sie im Weggehen. Die großen, dünnen Creolen schaukelten im Takt ihrer Schritte hin und her. Lesh reagierte nicht und Keira drehte sich um, um ihm einen Blick zu schenken, der ihn als *Feigling* betitelte. Auch damit hatte sie recht. Er hatte keine Lust, dem Mann entgegenzutreten, dem er versichert hatte, er würde für Keira da sein. Er hatte auch versprochen, er würde für Chay da sein. Bei beiden hatte er vor langer Zeit versagt. Lesh brachte es kaum fertig, auf die Ansammlung schäbiger Ledersofas und Sessel zu sehen. Mit hämmernden Kopfschmerzen wandte er sich um und trat durch die Werkstatttür zurück in den trüben Nachmittag.

»Was versprichst du dir davon?« Mit schmalen Augen musterte er den kastenartigen Bau, vor dem sie hielten. »Er wird dich nicht einmal reinlassen, wenn ich bei dir bin.«

»Muss er nicht.« Keira griff in die Brusttasche ihrer Latzhose und holte einen Schlüsselbund hervor. Ihre Augenbrauen zogen sich finster zusammen. »Ich hoffe, dass er irgendeine andere

Reaktion außer Gleichgültigkeit oder Spott zeigen wird. Mehr scheint nicht mehr übrig zu sein – er ist leer. Manchmal muss ich nach dem letzten bisschen Leben in ihm suchen.«

»Keira, ich sollte mich da nicht einmischen.« Leshs Finger auf dem Lenkrad zuckten, um den Schlüssel im Zündschloss wieder zu drehen und weiterzufahren, aber Keira stieß die Tür auf und stieg aus.

Ich bin es ihr schuldig.

Er beobachtete, wie sie zielstrebig auf die Tür zu lief und sie mit wenigen Handgriffen öffnete. Mit verspannten Muskeln schlug er die Wagentür hinter sich zu und folgte ihr. Das Treppenhaus war fast steril und still. Keiras und seine Schritte hallten im Gebäude wider, während sie mehrere Stockwerke hinter sich ließen und dann vor einer weißen Tür standen. Er glaubte zu sehen, wie Keira den Atem anhielt und angespannt lauschte. Angst glänzte in ihren Augen.

»Ist es so schlimm?«, fragte er leise und fuhr beruhigend mit den Fingern über ihren Nacken.

»Vielleicht schlimmer«, gab sie zurück und in diesen Worten lag unermessliche Erschöpfung. »Es hat nichts mehr mit ein bisschen wilder Feierei zu tun.«

Ihre Finger bebten unübersehbar, als sie die Wohnungstür aufstieß und mit immer schneller werdenden Schritten durch den Flur lief. Als hätte sie Panik, was sie erwarten würde, und wollte es möglichst schnell hinter sich bringen.

Lesh war noch nie im Loft seines Bruders gewesen. Eine traurige Tatsache. Das letzte Mal hatte er ihn vor vielen Monaten auf dem Geburtstag ihrer Mutter gesehen. Grundsätzlich sprachen sie fast kein Wort miteinander. Lesh glaubte nicht, dass sich das nun ändern würde.

Der große Raum war abgedunkelt und Keira drückte auf einen

Lichtschalter. Auf dem Boden lagen Kleidungsstücke, neben dem Bett eine fast leere Flasche Hochprozentiges und aufgerissene Kondomverpackungen. Auf dem Nachttisch waren mehrere saubere Reihen weißen Pulvers auf einem schwarzen Brett drapiert. Daneben lag ein Vorrat an kleinen Tüten.

Lesh hob angewidert die Brauen. Der Raum war leer, aber nach wenigen Sekunden öffnete sich eine Tür und Chay kam mit einem Handtuch um die Hüften aus dem Badezimmer.

»Fuck! Ich dachte, ich hab Einbrecher.« Er ging zu Keira und gab ihr einen Kuss auf die Stirn. Dabei streiften seine Augen nur kurz Lesh.

»Was macht der Wichser hier?«, fragte er ohne einen zweiten Blick und ging zu dem schmalen Kleiderschrank.

Stumm sahen Keira und er dabei zu, wie Chay das Handtuch fallen ließ und sich Boxershorts überstreifte.

Keiras nervöses Fußtippen drang an sein Ohr und er spürte, dass sie die Situation nicht einschätzen konnte. Lesh hatte damit gerechnet, seinen Bruder im Bett oder vielleicht auch auf dem Boden liegend zu finden. Apathisch und weggetreten.

»Du warst heute nicht auf der Arbeit«, sagte sie irgendwann und spielte unruhig an einem ihrer Ohrringe.

»Urlaub«, erwiderte Chay und zog Laufshorts über die Hüften.

»Das stimmt nicht.«

»Komm schon, Keira. Was weißt du von meinen Vereinbarungen mit Kenneth?«

»Alles«, sagte sie fest.

Chay warf sich ein ärmelloses Shirt über die Schulter, verschränkte die Arme vor der nachlässig abgetrockneten Brust und starrte Keira nieder. »Was machst du hier?«

»Erinnerst du dich an die letzten Tage?«

»Vage.« Er grinste.

»Ich hätte fast den Notarzt gerufen.« Ihre Stimme bebte vor unterdrückter Wut.

»Wäre unnötig gewesen.« Er ging zu ihr, fuhr mit den Fingern über ihre Wange und ignorierte Lesh. »Kommst du mit zu Isaiah?«

»Nein.«

»Okay.«

»Chay!« Keira griff nach seinem Arm und er ließ sich widerwillig von ihr umdrehen. Einige zähe Sekunden sah sie ihm unablässig in die Augen. »Wann hast du das letzte Mal eine Pause gemacht?«, fragte sie flüsternd.

»Keira, du nervst«, erwiderte er ebenso leise. »Ich kann auf mich aufpassen. Hör auf, mir einen Kontrollverlust unterjubeln zu wollen. Ich nehm mir nur 'ne kleine Auszeit.«

»Erklär mir, wie es dazu gekommen ist.« Sie drehte die Innenseite seines linken Arms nach oben, über die sich ein langer Schnitt zog. Die Wundränder nässten noch.

»Missgeschick«, sagte Chay tonlos und entwand sich ohne Mühe ihrem Griff. Er trat zwei Schritte zurück, breitete die Arme aus und ein groteskes Lächeln verzog seine Mundwinkel. »Scheiße – was willst du von mir? Komm mit zu Isaiah! Hör auf, dich wie eine kranke Stalkerin zu benehmen! Verpiss dich einfach! Mach alles, aber lass endlich dieses Drama um *nichts*«, rief er. Er klang nicht wütend. Seine Worte waren unbeteiligt, als ginge es nicht um ihn. Keira starrte ihn nur an und er legte den Kopf in den Nacken, wobei ein unwirkliches Lachen tief aus seiner Kehle kam. »Es ist *nichts*.«

»Es ist nicht einmal vier Uhr am Nachmittag und man könnte nicht zugedröhnter sein als du!«

Lesh trat einen Schritt näher zu Keira, als er das Wackeln ihrer Stimme hörte, und legte ihr eine Hand auf den Rücken. Hitze drang durch ihr Top gegen seine Handinnenfläche. Obwohl es nicht heiß im Loft war, schwitzte sie.

»Wochenende«, knurrte Chay und zog sich mit unkoordinierten Bewegungen das Shirt über den Kopf.

Keira sah hoch zu Lesh und in ihren geröteten Augen stand der unmissverständliche Befehl, dass er etwas sagen sollte. Lesh hätte beinahe gelacht. Nach ihren Erzählungen hatte er damit gerechnet, Chay in seiner eigenen Kotze zu finden und ihr dabei helfen zu müssen, ihn in den Entzug zu schaffen. Bis auf seinen leblosen Blick wirkte er ziemlich lebendig und nicht gewillt, auch nur daran zu denken, clean zu werden. Für Lesh stand außer Frage, dass sein Bruder noch lange nicht an dem Punkt war, an dem er dafür sein musste.

»Chayton –«, begann er langsam, wohlwissend, dass er der letzte Mensch war, der ein Recht hatte, ihm ins Gewissen zu reden.

»Was soll das, Keira?« Chays Blick wanderte unruhig zwischen ihnen hin und her. »Was läuft bei dir falsch, dass du denkst, du könntest ihn mit in meine Wohnung bringen?« Er griff nach einem schwarzen Hoodie, zerrte ihn über den Kopf.

»Du hast ein Problem, Chay«, hörte Lesh sich sagen und Keiras Rückenmuskulatur verkrampfte sich bei seinen Worten.

Chay wandte sich ihm zu, ohne zu fokussieren, während er langsam auf ihn zuging.

»Richtig. Du bist es.« Sein Bruder stellte sich so dicht vor ihn, dass er den Wodka in seinem Atem riechen konnte. »In Aelview und in meinem Leben hast du nicht zu sein.«

Leshs Augen wurden schmal, während er Chay musterte und sich fragte, was passiert war, dass dieser so hatte abstürzen können. Er wusste, dass sein Bruder seit fast einem verschissenen Jahrzehnt gelegentlich Drogen nahm. *Gelegentlich.* Vielleicht hatte er es absichtlich abgemildert, um sich nicht damit auseinanderzusetzen zu müssen. Die Behauptungen seiner Ex-Freundin Grace, Chay wäre längst abhängig, hatte er als eine weitere Lüge abgetan.

»Keira, ich glaube, das hier hat keinen Sinn«, sagte er langsam und Chay hob einen Mundwinkel.

»Sehe ich genauso.« Er trat einen Schritt zurück, zog die Kapuze über das kurze Haar und wollte an ihnen vorbei zur Haustür.

»Chay!« Keiras verzweifelter Klang schnitt in Leshs Herz, als sie nach seinem Arm griff. Chay fuhr herum und stieß sie unsanft weg. Keira war zäh, aber körperlich unterlegen. Mit einem erschrockenen Laut stolperte sie zurück. Es war ein Reflex, der Leshs Hand vorschnellen und Chays Unterarm greifen ließ. Sobald er ihn berührte, wurde ihm der Fehler bewusst und er zog die Hand zurück. Einen Atemzug zu spät, denn Chays Faust traf ihn am unteren Rippenbogen. Heißkalter Schmerz flutete Leshs Oberkörper, als das Brennen einer noch nicht verheilten Prellung aufflammte. Mit gesammelter Kraft schaffte er es, aufrecht stehen zu bleiben und durch einen unsteten Schleier der Gestalt seines Bruders nachzusehen, die im Treppenhaus verschwand.

»Lesh?« Keiras Hand legte sich auf seine, die er gegen die pochenden Rippen gepresst hielt.

»Ist okay.« Er brachte ein schmales Lächeln zustande. »Er ist noch nicht so weit.«

Keira drückte eine Faust gegen ihren Mund, hielt die Augen geschlossen und Lesh schlang seinen freien Arm um ihre Schultern.

»Irgendwann wird er übertreiben und sich überschätzen. Was, wenn er sich dabei umbringt?«, fragte sie angestrengt.

Lesh antwortete nicht. Jedes beruhigende Wort wäre gelogen.

Er zog Keira mit sich aus der Wohnung und schlug die Tür hinter ihnen zu fest ins Schloss.

KAPITEL 14

Rosa

Vor meiner Schicht im *Golden Plover* war ich mit Ivy im Einkaufszentrum gewesen. Interessiert hatte sie mir dabei zugesehen, wie ich Datteln, Kakao, Buchweizen und eine Menge anderer Zutaten in meinen Korb gepackt hatte. Sie hatte laut bezweifelt, dass das alles ein leckerer Kuchen werden könne, und das bestärkte mich nicht gerade in meinem Vorhaben.

Während unseres kleinen Einkaufs überlegte ich ab und zu, ob sie ihren nächtlichen Besuch in Gabes Zimmer ansprechen würde. Morgens hatte sie schlafend neben mir gelegen und bisher keinen Ton über ihren Ausflug verloren. Von mir aus würde ich nichts sagen. Wenn sie über etwas sprechen wollte, würde sie es tun. Wenn nicht, war es ebenso okay.

»Hast du etwas dagegen, wenn ich im Café lerne?«, fragte sie, während wir durch den Nieselregen liefen.

»Natürlich nicht.« Ich lächelte, was zu einem Grinsen wurde. »Was ist mit dem *Arabica*?«

Ivy feixte. »Ehrlich gesagt, gefällt es mir ganz gut, dass das *Golden Plover* nicht voller Leute aus der Schule ist. Der Geräuschpegel ist deutlich niedriger, sodass zumindest die Chance besteht, tatsächlich zu lernen.«

»Ich habe heute allerdings Küchenschicht«, bemerkte ich.

»Das ist in Ordnung. Ich möchte dich ohnehin nicht von der Arbeit abhalten. Ich fahr schnell nach Hause und hole meine Ordner.«

Wir verabschiedeten uns und ich steuerte auf das Café zu. Bei unserer Begrüßung begutachtete Arthur interessiert die Papiertüte in meinen Händen. Ich balancierte sie vorsichtig vor mir, weil sie vom Regen durchweicht war und ich Sorge hatte, sie könnte jederzeit reißen.

Nachdem ich mir die Hände gewaschen und die Schürze umgebunden hatte, packte ich alles aus und holte den Notizzettel aus meinem Stoffrucksack. Ich hatte den Entschluss gefasst, etwas Neues auszuprobieren. Etwas, das nicht viel mit dem Backen zu tun hatte, das ich von Grandma kannte. Etwas, bei dessen bloßer Erwähnung Arthur die Nase krauszog. *Rohkostkuchen*. Nach den gesunden Nussecken bestand meine neue, selbstauferlegte Aufgabe darin, eine gesunde Kuchenalternative zu schaffen, die frei von möglichst vielen Allergenen, tierischen Produkten und Gluten war und die dazu auch noch schmecken sollte. Ich plusterte die Wangen auf. Es würde absolut nicht einfach werden.

Die letzten Tage hatte ich immer wieder im Internet recherchiert, um mir verschiedene Inspirationen zusammenzusuchen. Mein Ehrgeiz hinderte mich daran, ein bestehendes Rezept zu verwenden, obwohl das vielleicht klüger gewesen wäre. Diese Kuchen schienen aus den teuersten Zutaten überhaupt zu bestehen, und wenn ich nicht Arthurs Zorn auf mich lenken wollte, sollte ich meinen ersten Versuch nicht vollkommen in den Sand setzen. Als hätte er meine Gedanken gehört, schlenderte er in die Küche. Hinter seinem Lächeln sah ich die Bedenken, während er meine Einkäufe inspizierte.

»Ich hoffe nur, dein Mixer macht das mit.« Besorgt klopfte ich gegen das Glasgehäuse.

»Lesh und du – habt ihr euch zerstritten?« Arthurs Frage erwischte mich kalt. Er stellte sie munter nebenbei, aber sein aufmerksamer Blick lag schwer auf mir.

»Wie kommst du darauf?«, fragte ich mit klopfendem Herzen und überlegte, ob Lesh und ich so weit waren, Streit haben zu können. *Nicht wirklich*, dachte ich.

»Er war das Wochenende in Aelview.«

»Ach, natürlich.« Arthur schien augenblicklich beruhigt. »Sein Besuch bei Keira«, setzte er hinzu und ging nach vorn, wo ein Kunde die kleine Tischglocke benutzt hatte. Mit einer Tüte Datteln in den Händen sah ich ihm nach. *Keira?*

Meine Lippen pressten sich aufeinander.

Rohkostkuchen, befahl ich mir selbst und klemmte energisch eine Locke hinter mein linkes Ohr. Die nächsten zwei Stunden verbrachte ich damit, verschiedene Schichten zu mixen und zusammenzurühren, um daraus so etwas wie einen Kuchen herzustellen.

Der Boden bestand größtenteils aus gemahlenen Nüssen, Kakao, Buchweizen und Datteln. Damit hatte der Mixer kein Problem gehabt und ich hatte ihn dankbar getätschelt. Ein paar Minuten später hätte ich ihn dann am liebsten auf den Boden geschmissen.

Ich hatte Arthur gestern Abend per Textnachricht darum gebeten, eine Packung Cashewnüsse über Nacht in Wasser einzuweichen. Diese hatte ich mit Kokosöl, Zitronensaft und Vanille zu einer glatten Masse pürieren wollen. Der Mixer allerdings überhitzte schnell und ich musste viele nervenaufreibende Pausen machen. Die gleiche Prozedur wiederholte ich mit der obersten

Himbeerschicht. Irgendwann hatte ich es geschafft, alles in die verstellbare Form zu schichten, und stellte den Kuchen in den Kühlschrank. Es war seltsam, das Ergebnis nicht sofort probieren zu können, sondern auf den nächsten Tag warten zu müssen, bis alles fest war. Auf Arthurs Frage, ob der Kuchen gelungen wäre, konnte ich nur die Schultern heben. Ivy saß noch immer an einem großen Fenstertisch vor einem Stapel Unterlagen und mich überkam so etwas wie schlechtes Gewissen, dass ich, im Gegensatz zu ihr, nur das Nötigste für den Abschluss tat.

Arthur bot mir an, früher Feierabend zu machen, da ich morgen außerplan kommen würde, um nach meinem Kuchen zu sehen. Ich nahm sein Angebot an und war selbst ein wenig überrascht, dass es mir nicht so viel ausmachte, früher zu Dean zu fahren.

Ivys Schnaufen begleitete mich, während wir über den roten Kies liefen, der ein schmatzendes Geräusch unter unseren Schuhen von sich gab. Hohe Nadelbäume umgaben den Sportplatz und wogten im Wind hin und her. Das Mittagslicht nahm ihnen etwas von ihrer Bedrohlichkeit, aber in einiger Entfernung sah ich ein Stück Himmel, das dunkelgrau war und sich unaufhaltsam, wenn auch langsam, in unsere Richtung bewegte. Bevor uns das Gewitter erreichte, hoffte ich im *Golden Plover* zu sein.

Der Coach pfiff ab, nur Sekunden, bevor die Schulglocke ertönte und wir uns auf den Weg zu den Umkleiden machten. Gabe lief ein Stück vor uns, ließ sich aber zurückfallen, bis er auf unserer Höhe war.

»Wir wollen am Freitag wieder in den *Blindspot*. Kommt ihr mit?« Sein Blick verharrte auf Ivy.

»Weiter als bis ins *Voodoo* gehe ich nicht«, sagte diese.

»Die schlimmen Schauermärchen sind nicht wahr. Das kannst du mir glauben!« Er grinste und Ivy schüttelte nur den Kopf, wobei ihr langer Zopf umherflog.

»Rosa?« Gabe richtete sich an mich und verwirrt hob ich die Brauen.

»W-was soll mit mir sein? Schon das *Voodoo* ist mir eigentlich zu gruselig.«

Ivy kicherte. »Das stimmt. Es hätte nicht mehr viel gefehlt und du wärst vor lauter Unbehagen mit der Wand verschmolzen.«

»Dann komme ich eben ins *Voodoo*.« Gabe lächelte Ivy so herz-zerreißend hoffnungsvoll und zugleich von sich überzeugt an, dass meine Mundwinkel zu zucken begannen.

»Wie du meinst«, brummte sie und wedelte ihn mit hektischen Handbewegungen weg.

Gabe verschwand in den Umkleiden und Ivy warf mir einen Seitenblick zu. »Frag nicht«, bat sie.

»Hatte ich nicht vor«, beruhigte ich sie und kurz huschte Über-raschung über ihre Züge, bevor sie dankbar lächelte.

Wenige Minuten später hastete ich durch den strömenden Regen zu meinem Fahrrad. Schon bald hörte ich jedoch auf, mich zu beeilen, denn so bald würde sich das Wetter nicht bessern und ich war bereits nass.

Im *Golden Plover* lieh Arthur mir kurzerhand eine trockene Leggins von Kiana, während mein Regenparka zum Glück stand-haft geblieben war und meinen Pullover vor Nässe geschützt hatte.

Nachdem ich mich aufgewärmt hatte, holte ich den Kuchen aus dem Kühlschrank und löste vorsichtig den Tortenring. Arthur stand gespannt neben mir, was meine Nervosität steigerte.

»Sieht super aus«, bemerkte er und drückte meine Schulter.

»Wenn der Kuchen schmeckt und wir so etwas anbieten, muss

er viel teurer sein als normales Gebäck. Das ist dir klar, oder?« Kritisch sah ich zwischen seinem begeisterten Gesichtsausdruck und dem Kuchen hin und her. Ich war mir nicht sicher, ob Arthur mir ehrlich sagen würde, wenn mein Versuch furchtbar war. Er musste wirklich überzeugt sein, wenn wir um die sechs Dollar pro Stück verlangen wollten. Denn das wäre das Mindeste, um die Zutaten und den Aufwand auszugleichen. Bevor ich mich an den Kuchen gewagt hatte, hatte ich grob kalkuliert.

»Du kennst mich doch – ich werde hundertprozentig ehrlich sein.«

Ich hielt den Atem an, während ich ein Messer in den drei Schichten versenkte und dann zwei Stücke auf die bereitstehenden Teller balancierte. Arthur schob mir nachträglich noch einen dritten zu.

»Drei Meinungen sind sicherer als zwei.« Er lächelte in die Richtung, wo die Küchentür in den Flur führte, und als ich mich umdrehte, sah ich Kiana, die mit Yasmin vor der Brust auf uns zukam.

Ihr glattes schwarzes Haar umgab sie wie ein Schleier und wie immer umspielte ein fröhlicher Zug ihre Mundwinkel, während ihre dunklen Augen neugierig funkelten. Als sie bei uns ankam, begegnete ich Yasmins schläfrigem Blick. Sie hing ausnahmsweise sehr entspannt in dem Tragetuch und ihr kleiner Kopf fiel immer wieder gegen Kianas Hals. Von ihrem Kopf stand ein lockiger, dunkler Flaum ab und ich lächelte das müde Baby an, woraufhin es nur herzhaft gähnte.

»Dann los.« Wir drei hielten alle unsere Teller vor uns und ich stach die Gabel in die Creme. Zumindest die Konsistenz war schon sehr gut. Eine weiche Textur, die nicht zerfloss und sich leicht trennen ließ.

Ich hielt den Kuchen unter meine Nase, bevor ich zögerlich

meinen Mund öffnete. Arthur und Kiana kauten bereits, was mich veranlasste, es ihnen eilig gleichzutun. Die leichte Säure der Himbeeren breitete sich auf meiner Zunge aus, gefolgt von der vollmundigen Cashewcreme, die vordergründig nach Vanille schmeckte. Alles vermischte sich mit dem herben, kernigen Boden.

»Das ist unglaublich«, bemerkte Kiana mit vollem Mund. »Es hat so gar nichts mit Kuchen gemein und trotzdem erfüllt es alles, was ich davon erwarte.«

Arthur nickte langsam. »Deine Zweifel waren unberechtigt. Fantastisch!« Er schloss kurz die Augen und ich war dankbar dafür, denn meine Wangen wurden vor Verlegenheit warm.

Meine perfektionistische Seite bemerkte, dass es nächstes Mal noch eine kleine Prise mehr Salz im Boden sein könnte. Die Cashewcreme könnte noch mehr Zitronensaft vertragen, um die Vanille auszugleichen und in die Himbeerschicht noch etwas mehr Kokosöl, damit sie noch fester wurde. Denn je wärmer der Kuchen wurde, desto weicher wurde die oberste Schicht und das Verhältnis stimmte nicht mehr so vollkommen wie zuvor.

»Rosa.« Kianas weiche Finger strichen über meine Wange. »Mach dir keine Gedanken. Es schmeckt toll.«

Mühsam schob ich meine Zweifel beiseite und nickte. Gemeinsam aßen wir auf, wobei ich zweimal unterbrechen musste, um nach vorn zu gehen und To-go-Bestellungen entgegenzunehmen.

Jede Minute, die ich Arthur und Kiana zusammen ermöglichen konnte, war wertvoll für sie. Vor allem seit Yasmins Geburt hatten sie einen vollkommen gegensätzlichen Tagesablauf und kamen kaum dazu, bewusst Zeit miteinander zu verbringen. Nachdem Kiana wieder nach oben gegangen und Arthur hinter den Tresen zurückgekehrt war, bereitete ich ein Glastablett mit dem Rohkostkuchen für den Verkauf vor. Mein Herz schlug nervös, als ich es in die Vitrine stellte und das Schild schrieb. Arthur und ich einigten uns fürs Erste auf fünf Dollar, um die Annahme der Kunden am Anfang zu erleichtern. Eine Art Einführungspreis.

Danach setzte ich mich in die Küche und stellte einen Entwurf für einen zweiten Rohkostkuchen zusammen. Die Einkaufsliste hängte ich an das Metallbrett, fotografierte sie jedoch auch ab. Für den Fall, dass Arthur es nicht schaffte, einzukaufen. Als ich die fortgeschrittene Zeit bemerkte, war es bereits kurz vor sechs. Eilig band ich die Schürze los. Arthur sah vorwurfsvoll auf seine Armbanduhr, als ich mich verabschiedete. »Bald brauche ich ein Rosa-muss-draußen-bleiben-Schild.«

Zur Antwort verdrehte ich nur die Augen, während ich meinen Parka überzog, der in der Zwischenzeit getrocknet war. Als ich zur Tür ging, sah ich den unverändert starken Regen, der in der Abenddämmerung auf die Straße prasselte. Ich seufzte und zog die Kapuze über den Kopf, als ich ins Freie trat.

Der Geruch der Person, in die ich im nächsten Moment hineinlief, ließ mein Herz für einen Schlag aussetzen.

»Rosa.« Mein Name, der heiser und überrascht über seine Lippen kam, war stechend. Bevor ich den Kopf hob, wusste ich, dass er nicht darauf vorbereitet gewesen war, mich hier zu treffen. Er schien auch nicht erfreut darüber. Lesh hatte an einem Dienstag wohl nicht mit mir hier gerechnet. Ich hob das Gesicht und sah ihm in die dunklen Augen.

Auch er hatte die Kapuze über seine Mütze gezogen und trotzdem liefen ihm Wassertropfen über die Stirn und das Kinn, die er jetzt mit dem Handrücken wegwischte.

»Hallo«, sagte ich leise.

»Wie geht es dir?« Er neigte den Kopf, suchte meinen Blick.

»G-gut.« Auf seinen Lippen suchte ich vergeblich ein kleines Lächeln. »Du gehst mir aus dem Weg, oder?« Mein Gesicht glühte und am liebsten hätte ich einen Schritt nach vorn gemacht, unter dem Vordach des Cafés hervor in den strömenden Regen. Nur um die Hitze in meinen Wangen abzukühlen.

»Wie kommst du darauf?« Lesh klang ehrlich verblüfft. »Ich bin heute erst zurückgekommen.«

»Wirklich?« Irgendwie glaubte ich ihm nicht.

»Wirklich«, wiederholte er und hob eine Hand. Doch eine Sekunde später zog er sie schnell wieder zurück und sein Lächeln hatte etwas von dem trüben Regen, der Zentimeter von uns entfernt fiel. »Hör zu —«

»Lesh …« Ich schüttelte langsam den Kopf und bat ihn stumm, nicht das zu tun, was ich befürchtete. Was ich aus seiner Stimme herauszuhören glaubte.

»Rosa, ich kann dir nicht sagen, warum es ein Problem für mich ist, dass du noch zur High School gehst, aber es ist eins!« Die Ablehnung in seinen Augen tat mit einer überraschenden Heftigkeit weh.

»Du musst es mir auch nicht sagen.«

»Wie bitte?« Lesh hatte zweifelnd die Brauen erhoben und sah mich an, als wäre ich dabei, den Verstand zu verlieren. Möglich, dass ich es sogar tat. Ein gesunder Verstand würde nicht auf die Idee kommen, alle Warnzeichen zu ignorieren und in einer Lügenwelt leben zu wollen, nur um einen Menschen weiterhin in der Nähe zu wissen.

»In wenigen Monaten bin ich wieder weg.«

»Es geht trotzdem nicht.«

»Du wolltest eine Chance und —«

»Das war, bevor ich wusste, dass du noch zur Schule gehst«, schnitt er mir leise und zugleich scharf das Wort ab.

»Wie kann das eine so große Rolle spielen? Ich bin neunzehn und es sind nur noch wenige Monate …«

»Das ist egal«, beharrte er fest.

»Was wäre die Bedingung, dass wir uns weiterhin sehen können?«

»Das kann nicht dein Ernst sein?« Plötzlich wirkte er erschöpft.

»Ich erwarte nichts. Ich will nicht, dass du etwas von mir erwartest.« Mein Blick heftete sich auf das Stück Pullover, das unter seiner Jacke hervorblitzte. Wenn ich mich nur für kleine Momente bei ihm vor der Welt verstecken könnte. Mehr brauchte ich nicht.

»I-ich mag dich, Lesh.« Die Worte waren nur gehaucht, aber sein Gesichtsausdruck verriet, dass er sie trotz des lauten Regens gehört hatte.

»Rosa«, stieß er hervor und schloss fest die Lider, als wollte er nicht riskieren, mir ins Gesicht zu sehen.

»Wenn du da bist, fühle ich mich anders. Auf eine gute Art.« Während meine Lippen die Worte formten, wusste ich nicht, woher ich den Mut nahm. Vielleicht war es das Wissen, dass ich nichts zu verlieren hatte. Nur gewinnen zu können.

»Und ich mag dich, Rosa. *Sehr*«, sagte er leise. Langsam öffnete er die Augen und begann den Kopf zu schütteln, wobei ich Wut in seinem Blick zu sehen glaubte. »Ich will das nicht.« Im großen Kontrast zu seinem Gesichtsausdruck klang er brüchig. »Ich will dir nicht sagen, dass wir aufhören müssen, uns zu sehen. Es ist das Letzte, was ich will …«

Ich schaffte es nicht einmal, den Mund aufzumachen, als er meine Erwiderung bereits von meinem Gesicht abgelesen hatte.

»Ich habe keine Wahl. Diese Idee ist gedankenlos!«

»Manchmal ist gedankenlos richtig«, flüsterte ich und streckte eine Hand aus. Mit den Fingern fuhr ich über seinen rechten Handrücken, den er mir sofort entzog.

»Genau so etwas geht nicht«, bemerkte er bitter. Betroffen machte ich einen kleinen Schritt zurück.

»Lesh —«

»Ich will nicht länger hier in der Öffentlichkeit mit dir darüber sprechen«, unterbrach er mich.

Stumm und abwartend sah ich Lesh an, der mit jeder Sekunde zerrissener wirkte. Schließlich kniff er sich kurz in den Nasenrücken, senkte das Kinn und holte tief Luft.

»Wir könnten uns sehen – bei mir.«

»Okay.« Ich nickte schnell, zog mein Handy aus der Tasche und rief meine Nummer auf, bevor ich es ihm reichte. »Sag Bescheid, wenn ich kommen kann«, bemerkte ich sanft, während er mit fahrigen Bewegungen die Ziffern abspeicherte und mir das Telefon wieder in die Hand drückte.

»Wir finden eine Lösung, oder?« Ungewollt bebte meine Stimme.

»Ich weiß es nicht.« Er lachte leise, aber es war bitter. Kurz schien es, als wollte er noch etwas sagen, doch dann wandte er sich ab und ging ins Café.

KAPITEL 15

Rosa

»Zum Wochenende werde ich entlassen.« Die Stimme meiner Mutter klang, als würde sie zusammengedrückt werden. Entweder hielt sie ihre Freude zurück, oder ihr Weinen – so genau konnte ich das nicht sagen.

»Das freut mich, Mum«, sagte ich, so euphorisch ich konnte.

»Zu Hause habe ich dann ein paar Dinge zu regeln.« Sie atmete laut und zittrig, etwas zu panisch.

»Fühlst du dich sicher genug?« Während des spärlichen Kontakts in der letzten Woche hatte sie viel von möglichen Reisen gesprochen, sich dann jedoch auf Rat ihrer Therapeutin erst mal dagegen entschieden. Allein die Rückkehr nach Hause würde eine Herausforderung für sie sein. Ich war über die Neuigkeit mehr als erleichtert gewesen, was sie mir spürbar übelgenommen hatte.

»Als Erstes werde ich mir einen neuen Job suchen«, sagte sie, ohne auf meine Frage einzugehen.

»Einen neuen Job?« Irritiert lachte ich auf.

»Ich will nicht wieder für *Mckenna THOMAS Events* arbeiten. Ich werde mir ein kleineres Unternehmen suchen und mit einem schonenden Arbeitsmodell langsam einsteigen. Damit werde ich eine Zeit lang nicht viel verdienen, doch die Reha sieht keine längere Krankschreibung vor.«

Ich schwieg. Wusste nichts zu sagen. Bisher hatte ich angenommen, sie würde sich auch danach noch viel Zeit nehmen, bis sie wieder ganz gesund war. Sechs Wochen Reha schienen deutlich zu wenig.

»Hast du nicht Ersparnisse, mit denen du alle Kosten finanzieren kannst, bis du wirklich bereit bist?«

»Meine Süße, alle Ersparnisse stecken in deinem Collegefond.« Sie sagte dies nicht liebevoll, sondern spitz, als hätte ich das wissen müssen. Darum hatte ich sie nie gebeten. Es war ihre Entscheidung gewesen.

»Du bist wichtiger. Du kannst das Geld nehmen«, murmelte ich schließlich, doch sie schien mich nicht zu hören. Oder nicht hören zu wollen.

»Es gibt einen Mitarbeiter der Reha, der mir bei der Jobsuche helfen kann. Das wird schon alles«, überging sie meine Worte. »Lass uns auflegen, ja? Ich melde mich, wenn ich wieder zu Hause bin.«

»Sicher.« Ich versuchte, sie nicht hören zu lassen, wie sehr es mir wehtat, dass sie mich wieder abwürgte, ohne dass ich ihr vom *Golden Plover* hatte erzählen können oder von irgendetwas, was Rivercrest und mich betraf.

»Sei mir nicht böse.« Vermutlich bemerkte sie meine Stimmung. »Vergiss nicht, wie sehr ich dich liebe«, sagte Mum weicher als sonst.

»Ich liebe dich auch«, murmelte ich und legte auf.

Mit tauben Fingern steckte ich das Handy in die Tasche meines Parkas und versuchte dabei, die Enttäuschung hinunterzuschlucken. Langsam schob ich mein Fahrrad zum Laternenpfahl, an dem ich es immer anschloss.

Jedes Telefonat hinterließ ein schales Gefühl in mir und ich wünschte, ich könnte meine Mutter nur einmal sehen, um diese Distanz zu brechen, die zwischen uns Stück für Stück größer wurde. Sie entglitt mir immer mehr und dieses Gefühl war bei der eigenen Mutter schrecklich. Wir hatten solche Phasen schon öfter durchlebt, uns aber bisher jedes Mal wieder zusammenraufen können. Jetzt war ich mir nicht so sicher.

Das leise Klingeln der Türglocke erlöste mich von meinen schweren Gedanken und meine Augen wurden ein wenig größer, als ich sah, dass Arthur gerade dabei war, ein Stück Rohkostkuchen auf einem Teller anzurichten. Der Verkauf schien trotz des Preises gut voranzugehen, denn ich erspähte, dass bereits über die Hälfte der schmalen Stücke fehlte. Arthur nickte mir lächelnd zu, als er mich entdeckte und hob den Teller andeutungsvoll in die Höhe, was mir ein leichtes Grinsen entlockte.

Ich wusste, dass er heute mit Kiana und Yasmin einen lang aufgeschobenen Baumarkteinkauf hinter sich bringen wollte, weil in ihrer Wohnung so einiges in den letzten Jahren vernachlässigt worden war. Deshalb stand für mich heute Tresendienst an und ich gab mich gar nicht erst der Versuchung hin, mich in die Küche zurückzuziehen.

»Bis auf eine ältere Dame waren alle Kunden begeistert von deinem Kuchen«, bemerkte Arthur, als ich neben ihn trat.

»Was hatte sie auszusetzen?«

Auf meine Frage antwortete er mit einem lauten Lachen. »Die Kundin hätte ich nicht erwähnen sollen. Ihr Gebiss hatte Schwierigkeiten mit den Nüssen im Boden – eigentlich war es mein Fehler, weil ich sie nicht vorgewarnt habe. *Alle* waren begeistert. Wenn du Lust hast, darfst du dich weiter austoben.«

»Okay.« Ich nickte und meine Mundwinkel hoben sich, als ich die letzten Stücke in der Vitrine zählte.

»Aber nicht heute. Kiana wartet bestimmt schon auf dich.«
Mein Daumen deutete zur Decke und Arthur machte ein leidendes Gesicht.

»Ich kann Baumärkte nicht ausstehen«, seufzte er. »Schon gar nicht mit meinem heutigen Brummschädel.« Widerstrebend nahm er das Geschirrtuch von seiner Schulter, das dort immer sorgfältig gefaltet lag, und hängte es über einen Schubladengriff. »Bis später«, verabschiedete er sich mit einem weiteren theatralischen Seufzer.

Er ließ mir damit keine Gelegenheit mehr, zu bemerken, dass er fast jedes Mal unter Kopfschmerzen litt, wenn ich hier war. Ich winkte kurz, bevor ich mich dem Mann im knitterfreien, dunklen Anzug zuwandte, der an den Tresen getreten war. Wie von selbst glitt das höfliche Lächeln auf meine Lippen, das ich mir antrainiert hatte und mir inzwischen gar nicht mehr schwerfiel. Während ich die Kaffeemaschine betätigte, um den bestellten Cappuccino zuzubereiten, wanderte mein Blick durch das Café.

Es war ein wunderbarer Anblick, die Gäste zu sehen, wie sie entspannt in den Polstern lehnten, sich gedämpft unterhielten oder auch nur durch die großen Sprossenfenster nach draußen schauten. Vielleicht bildete ich es mir ein, aber die Einwohner von Rivercrest schienen ein ruhigeres, entspannteres Leben zu führen als die Menschen in Paxton. Ob es der Kleinstadtcharme war, konnte ich nicht sagen. Aber die Hektik und der Lärm in meinem eigentlichen Leben fehlten mir hier nicht. Während ich den Milchschaum in die Tasse goss, wurde mein Herz etwas schwerer. *Mein eigentliches Leben.* Ich vermisste Menschen, kleine Gegenstände oder Gewohnheiten. Aber in diesem Moment gestand ich mir ein, dass es auch sehr viel gab, das ich nicht vermisste und an das ich bisher kaum gedacht hatte. Das war ein deutliches Zeichen, dass ich es nicht in meinem Leben brauchte. Wären Cat, Erin und meine Mum hier, vielleicht noch unser Antennenradio und die große Blumentasse mit dem abgeplatzten Rand – dann könnte ich mich an Rivercrest gewöhnen.

Etwas zu laut stellte ich die Edelstahlkanne auf dem polierten Holz der Arbeitsfläche ab. Tatsächlich hatte ich mich vor meinen eigenen Gedanken erschreckt.

Am nächsten Nachmittag hatte ich das Haus für mich. Gabe und Dahlia waren noch in der Schule, Dean in der *St. Clarence* und Bree hatte auf einem Zettel die Nachricht hinterlassen, sie wäre bei einer Freundin zum Kaffeetrinken. Nur Gonzales war da, der ausgestreckt auf dem hellen Sofa lag und ab und zu leise schnarchte. Die Ruhe, die um mich herum herrschte, war das genaue Gegenteil von der Rastlosigkeit in mir. Lesh hatte sich gestern Abend gemeldet und bei dem Gedanken, jetzt zu ihm zu fahren, kam ein flaues Gefühl in meinem Magen auf.

Mit langsamen Bewegungen zog ich eine schwarze Strumpfhose über die Beine, schob einen locker fallenden, kurzen Rock über die Hüften und stopfte den Saum der Bluse hinein. Meine Haare fielen offen über meinen Rücken und nur die vorderen Strähnen versuchte ich eher erfolglos hinter meinen Ohren zu fixieren.

Auf der untersten Treppenstufe sitzend, gab ich Leshs Adresse in meinem Handy ein, um sehen zu können, wohin ich musste. Als ich registrierte, wie nah sein Haus war, holte ich tief Luft. Ich musste ein Stück die Küstenstraße entlangfahren und in die letzte Wohnstraße einbiegen, bevor nur noch eine grüne Fläche auf meinem Bildschirm folgte.

Dieses Grün entpuppte sich als ein windschiefer Nadelwald, der sich bis in die Unendlichkeit hinzuziehen schien. Ich schloss mein Fahrrad an einem Laternenpfahl an und mein Herz klopfte wild, während ich meine Umgebung betrachtete. Die Häuser hier hatten nicht viel mit denen in Deans Nachbarschaft gemein. Sie waren deutlich älter, manche von ihnen fast baufällig. Außerdem standen sie noch weiter voneinander entfernt und den Gärten war anzusehen, dass sie im Sommer wild wucherten und nicht nur aus einer glatten Rasenfläche bestanden.

Langsam ging ich auf das erste Haus zu. Im dämmrigen Nachmittagslicht leuchteten die Backsteine in einem matten Rot. Die Farbe war von den Fensterrahmen abgeplatzt, auch die Haustür sah aus, als müsste sie ausgetauscht oder zumindest neu lackiert werden. Der salzige Wind, der hier noch deutlicher zu spüren war, musste den Häusern zusetzen.

Das niedrige Holztor knarrte leicht, als ich es aufstieß. Bevor ich auf die Klingel drücken konnte, hielt ich inne. *Muscowe*. Ein ungewöhnlicher Nachname, wie ich fand. Wenige Sekunden nachdem ich den kleinen Metallknopf gedrückt hatte, öffnete sich die Tür.

»Lesh Muscowe?«, fragte ich nervös lächelnd und deutete auf das Klingelschild.

Er war bereits einen Schritt beiseitegetreten, als er meinem Blick folgte. »Nicht ganz, ich heiße West. Der Nachname meiner Großeltern.«

Noch einmal sah ich zur Klingel und entdeckte ein provisorisches, verblichenes Schild, das mir zuvor nicht aufgefallen war. Darauf stand *West*.

»Es hat einen emotionalen Wert für mich, erklärte er, während ich einen vorsichtigen Schritt in den Flur machte.

»Du hast keine Uhrzeit geschrieben …« Ich verspürte das dringende Bedürfnis, keine Stille zwischen uns aufkommen zu lassen.

»Ich weiß.« Er lächelte schmal. »Ich habe heute nichts vor.«

Noch während ich meine Stiefel auszog und meine Jacke abstreifte, ging er durch den schmalen Flur zu einer großen Holztür. Als er sie öffnete, erreichten mich ein warmer Luftzug und der unverkennbare Geruch nach brennendem Holz. Ich folgte ihm, wobei ich die alten Holzdielen unter meinen Füßen sehr genau spürte, da sie sich an manchen Stellen rau oder aufgequollen anfühlten.

In dem großen Wohnzimmer stand ein Ledersofa vor dem Kamin, der vom vielen Gebrauch verrußt war. Die Holzdielen waren nackt, im Gegensatz zu den Wänden, die von vielen Regalen verborgen wurden.

Alles hier roch nach Lesh, vermischt mit einer holzigen, dunklen Note. Unentschlossen stand ich inmitten des Zimmers und sah mich langsam um. Die Bücherregale waren etwas zu mächtig. Ein starker Kontrast zu dem sonst so minimalistisch eingerichteten Raum. Auch der große Schreibtisch vor zwei Fenstern war begraben unter Papieren, Unterlagen und noch mehr Büchern – vor allem Geschichtsliteratur. Durch eine schmale Glastür konnte ich auf eine hölzerne Terrasse sehen, hinter der sich ein weitläufiger Garten erstreckte.

Links von mir führte eine breite Treppe mit ausgetretenen Stufen ins nächste Stockwerk. Dort an den Wänden hingen viele Fotos. Mein Blick suchte Lesh, der die Arme vor der Brust verschränkt hatte und mich sichtlich angespannt beobachtete.

»Möchtest du etwas trinken?« Seine Stimme war dunkel und belegt.

Ich schüttelte den Kopf und ging langsam zu dem Sofa, auf das ich mich niederließ. Meine Finger und mein Gesicht, die noch kalt von der Fahrradfahrt waren, schmerzten leicht, als ich sie dichter an die Wärme des Kamins hielt.

»Was erwartest du, Rosa?« Lesh kam zu mir und setzte sich ans andere Ende des Sofas, sodass eine große Lücke zwischen uns blieb. Ich glaubte, seinen ruhigen und zugleich eindringlichen Blick auf meiner Haut zu spüren, während ich nach der richtigen Antwort suchte.

»I-ich habe keine Erwartungen.« Das war nicht gänzlich gelogen. Er musste mir keine Versprechungen machen und keine Hoffnung. Nur ein Hier und Jetzt.

»Es muss einen Grund geben, warum du das hier auf dich nehmen willst.«

»Du sagst das, als wäre es eine Bürde.« Verwirrt schüttelte ich den Kopf. »Es hilft mir. *Du* hilfst mir, mich leichter zu fühlen. Etwas an dir … wirkt sehr anziehend auf mich.«

Mit heißen Wangen konzentrierte ich mich auf den obersten der drei Holzknöpfe, die den Ausschnitt seines Pullovers zierten. »Was erwartest du, Lesh?«

Unentschlossenheit und Zweifel glitten über seine Züge. Ein Muskel an seinem Kiefer zuckte und er schien etwas mit den Zähnen zu knirschen.

»Lesh?«

»Alles, was du mir geben kannst«, sagte er langsam. »Oder nichts.«

Ich blinzelte, während ich seine Worte zu entschlüsseln versuchte. »Heißt das, du möchtest mich weiterhin sehen?«

»Mehr als alles andere.«

Bei seinen Worten hielt ich den Atem an. *Mehr als alles andere.* Aus einem für mich unerfindlichen Grund wollte dieser Mann in meiner Nähe sein, obwohl es ihn beinahe zu viel zu kosten schien. Dieser Gedanke löste ungezügelte Hitze in meiner Brust aus.

»Ich will nicht über meine Arbeit reden. Ich will nicht über deinen Abschluss reden —«, holte Lesh mich zurück in die Realität.

»Du musst über gar nichts sprechen«, unterbrach ich ihn. »Das gilt für uns beide.«

»Das hier kann nur funktionieren, wenn es für niemanden außer uns existiert. Keine Außenstehenden.«

»Nein«, bestätigte ich.

»Wir halten die Grenzen des anderen ein?«

»Ja!«

Eine tiefe Sorgenfalte hatte sich zwischen seinen Augenbrauen gebildet. »Das Ganze fühlt sich unmöglich an.«

»Aber es ist diesen Versuch wert, oder?«

»Ich hoffe, ich kann dir geben, was du dir wünschst.« In Leshs Züge stand bereits jetzt so viel Reue und Traurigkeit, dass es mir wehtat. »Ich bin viel zu gut darin, Menschen zu enttäuschen.«

»Du gibst mir das Gefühl, im Moment zu existieren. Hier in Rivercrest angekommen zu sein und ... es nicht einmal sonderlich schlimm zu finden.« Ich lachte leise. »Dafür musst du nicht mehr tun, als hier zu sitzen. Wenn du das schaffst, kannst du mich gar nicht enttäuschen.«

Lesh sah konzentriert ins Kaminfeuer und ich beobachtete seine Finger, die sich langsam zu einer Faust schlossen, um sich gleich darauf wieder zu öffnen.

»Ist das seltsam?« Seltsam, weil wir uns kaum kannten? Weil ich nicht benennen konnte, warum ich hier mit ihm *sein* wollte.

»Keine Ahnung«, wisperte er. »Vielleicht. Vermutlich sogar.«

Unsere Blicke trafen aufeinander und er lachte leise. Kein Lachen der Freude und trotzdem nahm es mir einen Teil meiner Angst und meine Mundwinkel hoben sich zu einem kleinen Lächeln.

»Was machst du mit dem vielen Platz hier?«, fragte ich nach einer Weile des Schweigens, in der ich mich genauer im Wohnzimmer umgesehen hatte.

»Nichts.« Ich hörte deutlich das Bedauern in diesem einen

Wort.

»Ist hier vieles noch von deinen Großeltern?«

Er nickte leicht. »Sehr viel.«

»Und das ist okay für dich? Vermisst du sie nicht, wenn dich so viel an sie erinnert?«

»Ich erinnere mich gern, ihren Tod habe ich akzeptiert. Menschen sterben.« Bevor ich etwas erwidern konnte, sprach er weiter. »Ich weiß, dass es ein sensibles Thema für dich ist und dass du anders darüber denkst.«

Ich sah in die tanzenden Flammen und holte tief Luft, wobei ich die Knie fest an meine Brust zog. »Ich wünschte, ich könnte so etwas auch mal sagen.«

»Wirst du«, sagte er sofort und dennoch leise.

»Das Schlimmste ist, dass ich das Gefühl habe, nicht so trauern zu dürfen, wie ich es gewollt habe. Immer wieder sehe ich, dass das Leben eines älteren Menschen weniger wertgeschätzt wird als das eines jungen. Das ist so verkehrt.«

»Bei einem jungen Menschen wird vor allem um das Leben getrauert, das dieser noch vor sich gehabt hätte. Ich denke, es ist eine andere Art der Trauer«, hörte ich Lesh ruhig sagen. Ich starrte auf meine Finger, die ich auf meinen angewinkelten Knien verschränkt hatte.

»Dennoch mindert das nicht den Verlust deiner Großmutter. Du solltest dein Erlebnis mit nichts anderem vergleichen oder auf eine Stufe stellen wollen. Jeder Tod ist so individuell wie das Leben.«

Ich blinzelte zu ihm und glaubte, in seinen fast schwarzen Iriden Wärme und Verständnis zu sehen. Ein leises Seufzen kam über meine Lippen, als er langsam eine Hand nach mir ausstreckte. Ich ließ zu, dass seine Finger meine fest umschlossen, und ein überraschtes Keuchen entwich mir, als er mich über die glatten

Polster zu sich zog. Mein Herz klopfte laut und nervös, als ich ihm unerwartet so nah war und mein Blick seine Lippen streifte, bevor ich ihm in die Augen sah, die schwer auf mir lagen.

Ich hörte seine leicht unregelmäßigen Atemzüge und meine Lider schlossen sich wie von selbst, als sein Daumen langsam über meinen Kiefer strich und dabei an meiner Unterlippe entlangfuhr.

Lesh. Zum ersten Mal konnte ich einen bevorstehenden Kuss kaum erwarten. Zum ersten Mal glaubte ich, dass es mir gefallen und mich mit sich reißen würde.

Aber Lesh küsste mich nicht. Seine Arme legten sich vorsichtig und zugleich fest um mich, und als ich mich bereitwillig in die Umarmung ziehen ließ, drückte ich meine Wange gegen seinen weichen Pullover, der warm und herb nach ihm roch.

Ich schluckte, holte Luft und vergrub die Nase noch tiefer in dem Stoff. Leshs spürbar schnelle Herzschläge verrieten, dass hinter seiner Ruhe so viel mehr verborgen lag. Aufmerksam verfolgte ich, wie seine Hände langsam über meinen Rücken fuhren, mich noch etwas fester an ihn gedrückt hielten. Meine Arme schlangen sich um seine Mitte und er atmete hörbar aus. Das hier war es, was ich mir vom ersten Moment an gewünscht hatte, als ich ihm im *Golden Plover* gegenübergesessen hatte.

KAPITEL 16

Rosa

Gabe hielt sich am Freitagmorgen dicht neben mir, während ich mir einen Weg zu meinem Spind bahnte. Er hatte einen Arm um meine Schultern gelegt und redete tröstend auf mich ein. Morgens hatte mich eine Nachricht von Erin erreicht, in der sie kurzfristig ihren und Cats Besuch für dieses Wochenende abgesagt hatte. In mir waberte die vage Ahnung, dass sie lieber ihre Zeit in Paxton verbrachten als hier bei mir. Ich wollte es ihnen nicht vorwerfen, sondern es akzeptieren. Aber es stach. Es stach fies und unerbittlich. Sie hatte geschrieben, dass die Schule dazwischengekommen sei. Doch sie waren meine besten Freundinnen. Ich kannte sie und wusste, dass vor allem Cat am Wochenende nicht einen Gedanken an so etwas verlor. Der starke Regen, der gegen die Fenster peitschte, passte zu meiner Stimmung.

»Ich kann dich wohl nicht damit aufmuntern, dir noch einmal anzubieten, den Abend mit Lia und mir zu verbringen?« Wir waren vor meinem Spind stehen geblieben und er nahm mich fest in den Arm.

»Nein«, nuschelte ich gegen seinen Hoodie. »Wohl nicht.«

»Alles okay?«

Ich blinzelte an Gabes Pullover vorbei und sah Ivy, die mit wippendem Zopf und besorgter Miene auf uns zu lief. Dabei befreite sie sich von ihren Bluetooth-Kopfhörern, die sie ins Etui packte.

»Wer hat dir den Morgen vermiest? Soll ich Gabe verscheuchen?« Bei ihren Worten verzogen sich ihre dunkel geschminkten Lippen zu einem winzigen Lächeln und ihre Stimme hatte nicht die gewöhnliche Schärfe. Es klang nahezu wie ein Scherz.

Meine Finger hoben sich zu meiner Stirn und mit einem verkniffenen Lächeln strich ich die spürbare Sorgenfalte zwischen meinen Brauen glatt.

»Meine … Freundinnen haben ihren Besuch abgesagt«, seufzte ich und löste mich aus Gabes Umarmung, als die Schulglocke durch die Gänge hallte.

»Das tut mir leid.« Ivy schloss schnell und sanft ihre Finger um meine und drückte vorsichtig zu. »Willst du heute Abend Gesellschaft oder für dich sein?«

»Hm, weiß noch nicht«, sagte ich ehrlich.

»Melde dich einfach und ich bin da«, versprach sie und ich nickte. Dankbar, dass sie mir ihre Gesellschaft nicht aufzwingen wollte.

Mit meinen Büchern im Arm folgte ich ihr zum Geschichtsraum. Dabei klebte ein Gefühl an mir, das ich nicht haben wollte. Allmählich spürte ich zu Erin und Cat dieselbe Distanz wie zu meiner Mutter. Zwischen uns baute sich eine Mauer auf, die es nicht geben sollte und durfte. Wir waren beste Freundinnen. Nie hatte ich daran gezweifelt, dass das für immer so bleiben würde. Doch seit ich in Rivercrest war, schien die Kluft mit jedem Tag größer zu werden. Ich setzte all meine Hoffnungen in die baldigen Rückmeldungen der Colleges. Wenn ich erst wieder jeden Tag mit ihnen verbringen würde, wäre die Zeit hier schnell vergessen.

Langsam setzte ich mich auf meinen Stuhl und hätte fast traurig gelacht, als ich spürte, dass auch der Gedanke, alles hier zu vergessen, Verlust in mir auslöste. Wie war das bereits möglich? Das war falsch.

Den Nachmittag verbrachte ich mit Ivy im *Golden Plover.* Ich wollte nicht zu Dean, nicht von ihm und Bree getröstet werden, weil meine Freundinnen nicht kamen. Ich wollte nicht in meinem Zimmer sitzen und mir vorstellen, dass ich jetzt ebenso gut freudig ungeduldig sein könnte, weil ich mit Dean bald zum Bahnhof fuhr, um Cat und Erin abzuholen. In die Polster gelehnt tranken wir viele Gläser Chai-Latte, Ivy probierte meinen Rohkostkuchen und bei ihrer Begeisterung wurde mir warm ums Herz. Ich wusste, sie war immer ehrlich und würde keine Unwahrheiten behaupten, um mich nicht zu verletzen. Während sie ihr Stück aß und dabei so wild nickte, dass ihre Ohrringe klimperten, sah ich kurz zum Tresen, wo Arthur mir einen zuversichtlichen Blick mit dem dazugehörigen Lächeln schenkte. Er hatte viel mehr als ich daran geglaubt, dass der Rohkostkuchen der Kundschaft schmecken könnte. *Das habe ich geschaffen. Ich habe etwas Neues probiert und nun wird es hier verkauft und viele Menschen mögen es.* Ich glaube, ich war selten so stolz auf mich gewesen.

Ein stilles Lächeln hatte sich auf meine Lippen geschlichen, das einen Hauch verblasste, als mein Blick auf den leeren Tisch am letzten Fenster fiel. Obwohl ich Lesh erst gestern gesehen hatte, wünschte ich mir, dass er dort saß. Vielleicht hätte ich mir dann eine kurze Berührung stehlen können. Nur einen winzigen Moment, in dem er meine Hände mit seinen umschloss oder noch besser mein ganzes Ich mit seinen Armen. Dabei wusste ich um diese Unmöglichkeit. So etwas würde er nicht mehr in der Öffentlichkeit tun.

»Rosa?«

»Hm?« Ertappt blinzelte ich zu Ivy, die mich bereits mehrmals angesprochen haben musste.

Ihre schlanken Finger zwirbelten an einer langen schwarzen Haarsträhne, während sie darauf wartete, dass ich ihr meine Aufmerksamkeit schenkte.

»Ich muss dir noch etwas erzählen«, begann sie leise. »Als ich bei dir übernachtet habe, habe ich mit Gabe geredet.«

Sie schien die Luft anzuhalten und darauf zu warten, dass ich erschrocken oder gar fassungslos sein würde.

»Weiß ich.«

Ihre Lippen öffneten sich zu einem verwirrten O.

»In der Nacht bin ich aufgewacht und habe gehört, wie ihr miteinander gesprochen habt. Aber ich habe nicht gelauscht, das verspreche ich dir.« Über den Tisch hinweg strich ich sanft mit den Fingerspitzen über ihren Handrücken.

Ivy sah unterdessen nahezu beschämt auf ihr halb leeres Chai-Latte-Glas. »Warum hast du nichts gesagt?«

»Ich wollte dich zu nichts zwingen. Es hätte ja sein können, dass du es für dich behalten willst.«

»So war es eigentlich auch. Aber ich habe irgendwie das Gefühl, dass ich mit *dir* darüber sprechen möchte.«

»Das freut mich«, entgegnete ich ehrlich. Es zeigte ihr Vertrauen und ihre Wertschätzung mir gegenüber. Das Gefühl war mehr als schön.

»Weil … du der Grund dafür warst, dass ich dieses Gespräch überhaupt zugelassen habe.« Ivys Wangen waren leicht gerötet und sie zog die Unterlippe zwischen die Zähne.

»Wie meinst du das?«, hakte ich vorsichtig nach.

»Ich habe Gabe verteufelt. Bis zuletzt war ich mir sicher, dass

nichts und niemand meine Meinung über ihn ändern könnte.«
Ihre Mundwinkel zuckten. »Doch du magst ihn.«

»Meistens.« Ich lachte leise. Dabei war ich mir allerdings noch
immer nicht sicher, worauf sie hinauswollte.

»Du würdest ihn nicht mögen, wenn er ein schlechter Mensch
wäre. Wir kennen uns noch nicht lange, aber ich vertraue dir und
deinem Urteil. Wenn ich dich und Gabe zusammen sehe, frage ich
mich, ob er eine zweite Chance verdient hat.«

Langsam nickte ich. Sollte ich sie fragen, wofür diese zweite
Chance wäre? Sollte ich sie fragen, warum er die erste offensichtlich gründlich gegen die Wand gefahren hatte?

»Hat er dir erzählt, was er gemacht hat?«

»Nein.« Noch deutlich erinnerte ich mich an das Gespräch mit
Gabe. Dort hatte ich meinen Grundsatz gebrochen, alle Menschen einfach sein zu lassen und mich nicht in ihre Angelegen-
heiten einzumischen.

»Vielleicht ist es besser so.« Ivy verzog die Lippen zu einem
traurigen Lächeln. »Denn eigentlich ist genau das das Problem
gewesen. Dass er nichts gemacht hat.« Langsam trank sie einen
Schluck Chai-Latte und umfasste das hohe Glas dann fest mit
beiden Händen.

»Nachdem ich nach Rivercrest gezogen bin, habe ich ein paar
wenige Wochen zu Anfang mit Gabe verbracht. Mit ihm, Lia,
Meagan, Alec und Annie. Letztere hat schnell Wind davon
bekommen, dass meine Familie wenig Geld hat. Das habe ich nie
verheimlicht.« Wieder zog sie die Unterlippe zwischen die Zähne.
»Annie hat mich von Anfang an nicht gemocht und eines Tages
beschlossen, mich wie eine Aussätzige zu behandeln, wie Dreck.
Und … Gabe hat es zugelassen und nichts getan.«

Waren du und Gabe ein Paar?, hätte ich gern gefragt und
musste mich erneut daran erinnern, dass Ivy selbst entscheiden

sollte, was sie erzählte und was nicht.

»Ich mochte Gabe sehr, weißt du?«, sprach sie nach nur wenigen Sekunden weiter. »Wir haben Tage und Nächte damit verbracht, zu reden. *Nur zu reden*. Aber als er sich dann auf Annies Seite geschlagen hat, mit seiner Wortlosigkeit –« Ivy holte schnaufend Luft. »Das war mehr als ein Schlag ins Gesicht für mich. Es war entblößend, weil er so viel von mir wusste. So viel hatte ich ihm preisgegeben.«

»Und hat er dir auch etwas von sich erzählt?«

»Ja. Ja, natürlich. Wir haben viel über seinen Vater geredet und über sein Verhältnis zu Dean, bis er ihn als neuen Vater akzeptiert hat. Wir haben über Lia geredet. Gabes Sorge um sie. Da war so vieles. Trotzdem hat es sich nicht ausgeglichen angefühlt. Er hatte seine Leute um sich herum und ich war allein. Zumindest bis ich Nikki, Diego und Silas gefunden habe.« Ivy hob entschuldigend die Schultern. »Dann sah ich in meiner scheinbaren Verletzlichkeit keinen anderen Weg, als ihn aus meinem Leben zu verbannen und ihm damit hoffentlich ebenso zuzusetzen. In den letzten anderthalb Jahren haben sich Frust, Wut und Trauer zwischen uns aufgestaut und plötzlich haben wir angefangen zu streiten und uns zu hassen. Das alles ist wie von allein passiert. Vielleicht hätten wir es verhindern können, wenn jemand von uns eingegriffen hätte. Aber wir haben es beide nicht getan.« Ivy lächelte mich schwach an. »Seit ich dich mit ihm sehe, habe ich mich immer öfters gefragt, ob er so schlimm ist, wie ich es mir einzureden versuche. Gabe hat seine Fehler, doch die haben wir alle. Bei dir habe ich lange wach gelegen, und als ich hörte, wie er nach Hause gekommen ist, habe ich es einfach getan. Ich bin aufgestanden, zu ihm gegangen und wir haben geredet.«

»Wie sind deine Gefühle jetzt?« Ich wusste zu gut, dass Dinge im Schein des Tageslichts anders aussahen als im Mantel der

Nacht.

»Ein seltsames Durcheinander. Wenn ich Gabe sehe, sind die alte Wut und Ablehnung noch immer präsent. Nur kämpft ein kleiner Teil dagegen an.«

»Kleine Schritte«, schlug ich leise vor. »Damit hast du schon begonnen. Du warst heute Morgen nur noch halb so angriffslustig wie sonst.« Ich grinste leicht und Ivy kicherte leise.

»Mit viel Mühe ist mir das gelungen.« Während sie das sagte, wurde sie schnell wieder ernst. »Aber ich weiß nicht, ob ich es zulassen möchte.«

»Ich glaube, das hast du bereits.«

»Vielleicht.« Ivys Blick senkte sich auf die Tischplatte.

Wir schwiegen, tranken den Rest aus unseren Chai-Latte-Gläsern, bis Ivy sich räusperte.

»Danke«, sagte sie in die nicht unangenehme Stille zwischen uns.

»Wofür?«

»Dafür, dass du mir zuhörst und meine Freundin bist.«

Das Lächeln auf meinen Lippen fühlte sich schwer an, das selbstverständliche Nicken gezwungen. Ich hatte hier keine Freundschaften schließen wollen. Ich war keine Person, die schnell Freundschaften schloss. Darüber könnte ich beinahe lachen. Denn in nur wenigen Wochen hatte ich Ivy gefunden, Arthur, Gabe … Lesh. *Oder haben sie mich gefunden?*

»Willst du wirklich nicht mit ins *Voodoo*? Nikki und Diego werden da sein. Selbst Silas kommt mit.« Ivy sah auf ihr Handy und machte Anstalten, sich ihren Mantel überzuziehen.

»Nein, danke«, lehnte ich kopfschüttelnd ab. »Meine Schicht fängt morgen früher an als gewöhnlich. Vielleicht bald mal wieder«, fügte ich hinzu, als sie ein bisschen enttäuscht wirkte. »Ich kann dich aber dorthin begleiten, wenn du möchtest?«

Ivy nickte erfreut und gemeinsam verließen wir das *Golden Plover*, nachdem wir uns von Arthur verabschiedet hatten und er darauf bestand, dass unser Kuchen und die Getränke aufs Haus gingen. Die Dämmerung hing in den Straßen und ich war dankbar für mein helles Fahrradlicht, das munter über die Pflastersteine flackerte. Meine beklemmende Angst bei Dunkelheit war inzwischen fast einem auszuhaltenden Unbehagen gewichen und ich war geradezu stolz, Ivy zum *Voodoo* bringen zu können – ohne heißkalten Schweiß.

Vor dem Eingang machte ich bereits von Weitem Nikki, Diego und Silas aus. Ich musste ihre Freude, mich zu sehen, sogleich im Keim ersticken.

»Ich fahre nach Hause, entschuldigt.«

»Warum?« Nikki sah mich mit großen Augen an und ich hob die Schultern.

»Sie hat einen Job und einfach keine Lust. So etwas soll vorkommen«, sprang Ivy mir bei.

»Manchmal brauche ich eine Pause von Gesellschaft. Das nächste Mal wieder.«

»Du brauchst dich nicht zu entschuldigen oder zu rechtfertigen, Rosa«, bemerkte Silas, der sich das blaue Haar sorgfältig aus der Stirn schob.

»Mach dir einen ruhigen Abend«, bekräftigte Diego und seine große Hand drückte kurz meine Schulter.

»Ich wünsche euch viel Spaß«, sagte ich aus vollem Herzen und war froh, dass sie mich nicht zu etwas überreden wollten, wozu ich nicht bereit war. Anders … als Cat und Erin manchmal. Der Gedanke erschreckte mich. Schnell schob ich ihn beiseite und umarmte alle kurz zum Abschied.

Während sie ins *Voodoo* gingen, warf ich einen Blick die schmale Straße entlang. Sie wurde nur vereinzelt von halb blinden

Lampen erleuchtet. Verloren wirkende Schemen von Menschen hoben sich vom Dämmerlicht ab. An einer Ecke, kurz vor dem breiten Eingang zu einer Kneipe mit mehreren rauchenden Frauen davor, stand ein Mann.

Ich war bereits dabei, mich abzuwenden, bevor das Unbehagen doch in Angst umschlug, als ich stockte. Unsicher riskierte ich einen zweiten Blick auf den Mann, der ebenfalls in meine Richtung sah.

Lesh?

Die hochgewachsene Gestalt, die Gesichtslinie, die vom Neonlicht verraten wurde … Die Eindringlichkeit, mit der sein Blick auf mir lag. Nur eine Sekunde, bis er sich abwandte und mit der Schwärze der Gasse verschmolz.

Mein Herz klopfte laut und schnell, während ich wie verrückt blinzelte und zu einer Entscheidung kommen wollte, ob ich ihn mir gerade eingebildet hatte oder nicht.

Lesh im *Blindspot?* An dem Ort, vor dem er mich so beharrlich gewarnt hatte? *Selbst wenn er es ist, Rosa. Du hast kein Recht, ihn danach zu fragen. Das habt ihr euch beide zugesichert. Er darf seine Geheimnisse haben. Wir sind nur jetzt für den Moment.*

KAPITEL 16 ½

Lesh

»Wenn ich die Person erwische, die hier schlechtes Zeug vertickt«, knurrte Ari. Sie knallte die Biergläser so fest auf die hölzerne Tresenfläche, dass Lesh fast damit rechnete, dass sie zu Bruch gingen.

»Komm schon, Ari.« Er stützte einen Arm an der Bar ab und lehnte sich dichter zu ihr. »Du weißt, wer es ist.«

Sie schüttelte so heftig den Kopf, dass ihre Haarspitzen seinen Kiefer streiften.

»Sie nicht. Sie hat es geschworen!«, wehrte sie mit eiserner Überzeugung ab und warf dem älteren Mann, der seine Bestellung über den Tresen in ihre Richtung brüllte, einen wütenden Blick zu.

Lesh legte kurz seine Hand auf ihren Unterarm – eine stumme Warnung, dass sie sich nicht provozieren lassen sollte. Brock gestand seinem Personal hinter der Bar grundsätzlich zu, unverschämten Gästen gegenüber eigenverantwortlich zu handeln, und so ignorierten sie den Mann.

Lesh ließ es sich nicht anmerken, aber ihm gefiel eine Tatsache noch weniger als der unreine Stoff, der hier die Runde machte.

Und das war die Anwesenheit von einer Gruppe, die er auf den ersten Blick als zu jung erkannte. Mit Pech gingen sie sogar auf die *Rivercrest High School*. Schweiß stand ihm auf der Stirn und das nicht, weil es hinter der Bar unter den Scheinwerfern so heiß war. Schon eine Weile waren sie aus seinem Sichtfeld verschwunden. Doch entspannen konnte er sich dennoch nicht. Vor allem nicht, nachdem er Rosa am Rand des *Blindspots* gesehen hatte.

Anscheinend hatte er es gründlich versäumt, sie so sehr abzuschrecken, dass sie keinen Fuß weiter als bis zum *Golden Plover* setzen würde. Er hätte nicht lockerlassen, größere Lügen erzählen sollen – irgendetwas, das sie zu hundert Prozent von hier fernhalten würde.

Scheiße. Sie war zu nah.

»Hey, Mädchen! Ich rede mit dir«, brüllte der Betrunkene und Ari setzte ein boshaftes Lächeln auf.

»Warte wie jeder andere, bis ich Zeit für dich habe, oder verpiss dich.«

»Mach mir mein verschissenes Bier«, entgegnete er grunzend und sie legte den Kopf schief.

»Schade.« Damit drehte sie sich um und ging zur anderen Seite der Bar, wo ein Typ per Handzeichen auf sich aufmerksam machte.

Veit gab Lesh ein Zeichen, dass er sich gleich um die Bestellung kümmern würde, wenn er den Kerl absichtlich unverschämt lange hatte warten lassen.

»Was kann ich dir geben?«, fragte Lesh angespannt die junge Frau, die sich über den Tresen beugte.

»Hast du süßen Wein da?«, rief sie und lächelte breit.

Er musste sie enttäuschen. »Nur halbtrocken.« Es gab ein paar Getränke, die Brock nicht duldete. Dazu gehörte süßer Wein. Sie schob ihre Unterlippe vor und überlegte. Lesh gab ihr Zeit, sein

Blick wanderte erneut durch die triste Kneipe und blieb an einem schmächtigen Kerl hängen. Leshs Augen wurden schmal, als er im Scheinwerferlicht die tätowierte Rose auf dessen Kehle erkannte. Er hatte ihn bereits auf mehreren Überwachungsvideos gesehen. Vor allem Ari war scharf darauf, ihm den gestreckten Stoff zuschreiben zu können, damit ihre Schwester Kimmy aus dem Spiel war. Wer auch immer es war, musste sich vor Brock verantworten, und das würde vermutlich mehrere gebrochene Knochen oder Schlimmeres bedeuten.

»Hallo?« Die Frau vor ihm winkte mit einer Hand vor seinem Gesicht und er blinzelte unwillig. »Könntest du mir den Wein mit Limonade mischen, damit er süßer ist?«

»Veit!« Lesh achtete nicht darauf, ob dieser ihn gehört hatte, sondern verließ die Bar und hielt auf den Dealer zu. Seine Augen folgten dem gemächlichen, schleichenden Gang. Kurz vorm Eingang holte er den Mann ein und packte ihn am Oberarm.

»Alter, erst fragen, dann anfassen«, sagte der mit einem Kieksen in der Stimme und wollte sich losmachen.

»Du hast nur diese eine Chance!« Lesh fing den anderen Arm ein, bevor die Hand zu einer Tasche der zu weiten Hose gelangen konnte. Mit leichter Gewalt schleifte Lesh den Kerl zum Seitenausgang, öffnete umständlich die schwere Tür und gab dem Mann einen Stoß, sodass dieser auf die Straße stolperte. Er murmelte unablässig vor sich hin und schüttelte wieder und wieder den Kopf, als würde ihm gerade großes Unrecht geschehen.

»Was ist dein Problem?«, rief er hoch und breitete die Arme aus. An der nächsten Straßenecke standen vereinzelt Gruppen, von denen einige Augenpaare zu ihnen hinübersahen.

»Mein Problem ist, dass du hier Stoff verkaufst, und ich denke, nicht gerade den besten!«

»Eine haltlose Unterstellung.« Der Dealer grinste und strich sich mit zwei Fingern über den kaum existierenden Bart unter seiner Nase.

»Der Laden ist voller Kameras und Brock hat keine Toleranz, wenn es um Halbstarke geht, die seine Gäste vergiften.«

»O ja, ich hab von diesem Brock gehört.« Der Kerl nickte und lachte dann, wobei er zwei Reihen gelber Zähne entblößte. »Halte ihn für ein Gerücht.«

Leshs Brauen rutschten in die Höhe. Dieser Mann hatte sich jeglichen Verstand aus dem Hirn geschossen.

»Wenn du noch einmal hier auftauchst –«

»Dann wirfst du mich dem großen Brock zum Fraße vor?«, unterbrach er ihn lachend und schlug sich mit den Händen auf die Knie.

Leshs Verstand setzte kurz aus. Lang genug, um den Mann an der übergroßen Jacke zu packen und ihn gegen die nächste Häuserwand zu werfen. Mit dem Unterarm presste er den Hals seines Gegenübers an das raue Steinwerk, damit dessen glasiger Blick endlich den Ernst in seinem Gesagten sah.

»Und vorher breche ich dir deine durchgezogene Nase.«

Hass troff dem Mann, den er um zwei Köpfe überragte, aus jeder Pore. »Du spielst dich auf, als würdest du die Regeln machen. Ich bin schon länger im Geschäft als du, Junge!« Der faulige Atem ließ Lesh das Gesicht verziehen, aber sein Griff lockerte sich nicht. Der Kerl lachte schnarrend, was zu einem Rasseln wurde, als Lesh kurz fester zudrückte.

Dann überkam ihn Abscheu. Abscheu vor dem Mann, vor der Situation, vor sich selbst. Er trat mehrere Schritte zurück. »Lass dich hier nicht mehr sehen.«

»Schon wieder!« Der Dealer gluckste. »Im richtigen Befehls-haberton.«

Lesh zuckte nicht mit der Wimper, als der Kerl ihm vor die

Füße rotzte.

»Bis zum nächsten Mal!«, rief er vergnügt und schlich die Gasse entlang zu der Gruppe von Rauchern.

Mit starrer Miene sah Lesh ihm nach und verfolgte, wie der Dealer ohne Zögern seinem Geschäft nachging.

Dann hast du es nicht anders verdient.

Lesh gab den Tür-Code ein und mit jedem Schritt zu dem Gang, der in die Kneipe führte, wurden seine Bewegungen schwerfälliger.

KAPITEL 17

Rosa

An diesem Samstag begann ich bereits um sieben im *Golden Plover*. Arthur hatte im Laufe der Woche einen Schwung Reservierungen reinbekommen und ich wollte ihm Luft verschaffen, sich um die Vorbereitungen zu kümmern, während ich die morgendliche Routine übernahm. So früh war ich noch nie hier gewesen und es gab mir einen unbekannten Einblick. Ich wickelte die Lieferung mit der Bäckerin Meredith Collier ab. Sie brachte die bestellten Donuts, Croissants und Brötchen mit Rosinen und Schokostückchen. Morgens war so etwas mehr gefragt als Muffins oder gar richtiger Kuchen. Arthur würde wohl am liebsten auch das alles selbst backen, doch hatte schnell gemerkt, dass es seine Kapazitäten und sein Können überstieg.

Ich genoss die Ruhe vorm geschäftigen Betrieb. Arthur hatte die melodische Hintergrundmusik etwas lauter gestellt als sonst und pfiff vor sich hin. Ich stellte fest, dass er heute zum ersten Mal seit Langem weder Kopfschmerzen noch Magenkrämpfe erwähnte. Inzwischen hatte ich mir wirklich Sorgen gemacht, doch während ich seinen beschwingten Gang verfolgte und das kleine Dauerlächeln auf seinen Lippen sah, kamen Ruhe und

Zuversicht in mir auf.

Nachdem die Kaffeemaschine einsatzbereit und die gesamte Theke aufgefüllt war, lief ich mit der kleinen Kupfergießkanne umher und goss die Pflanzen, die Arthur mit viel Hingabe pflegte. Sie gaben dem Café noch mehr von der Wohnzimmeratmosphäre, die ich so liebte. Gerade als ich auf einem Stuhl stand und eine hängende Kletterpflanze goss, fiel mir auf, dass Arthurs Pfeifen verstummt war und er auch in seinen geschäftigen Bewegungen innegehalten hatte. Ich drehte mich leicht zu ihm um. Er hatte den Blick auf die Straße gerichtet, seine Gesichtszüge hatten einen Teil ihrer Heiterkeit verloren.

»Alles in Ordnung?«, wollte ich wissen und sah ebenfalls in die Richtung, die ihn so brennend zu interessieren schien.

Sofort wünschte ich, ich hätte es nicht getan. Viel zu deutlich hob sich die hochgewachsene Gestalt von den tristen Fassaden des *Blindspot* ab. Bereits von Weitem konnte ich erkennen, wie müde Lesh aussah. Die Uhr über der Eingangstür verriet mir, dass es kurz vor acht war. In wenigen Minuten würde das *Golden Plover* öffnen. Arthur hatte nicht auf meine Frage reagiert, sondern ging um den Tresen herum und betätigte die Kaffeemaschine. Anschließend steuerte er die Eingangstür an und schloss auf.

»Morgen, Lesh«, hörte ich ihn sagen. Er machte ein paar Schritte nach draußen und lehnte sich gegen die Mauer.

Durch das große Sprossenfenster verfolgte ich aufmerksam, wie Lesh den Blick hob, nickte und etwas sagte, was ich durch die inzwischen zugefallene Tür nicht hören konnte.

Noch immer auf dem Stuhl stehend überlegte ich, ob es besser wäre, wenn ich mich in die Küche zurückzog. Doch es war bereits zu spät, denn Arthur betrat gefolgt von Lesh das Café und beide gingen zum Tresen. Jeder jeweils auf eine Seite. In meiner Überraschung brauchte ich einen Moment, bis ich begriff, dass Arthur ihm lediglich einen Kaffee machte.

Der Stuhl knarrte, als ich von ihm heruntersstieg und Leshs Kopf ruckte in meine Richtung. Bis jetzt hatte er mich noch nicht bemerkt, was seltsam war. Lesh war immer aufmerksam, hatte seine Umgebung stets im Blick. Nur heute wirkte er unausgeglichen und fahrig und dazu deutlich missgelaunt.

»Hey«, kam es kleinlaut über meine Lippen, als müsste ich mich dafür entschuldigen, hier zu sein.

»Hey«, erwiderte er tonlos und wandte sich wieder Arthur zu, der ihm gerade einen To-go-Becher hinstellte.

»Stimmt so, Arthur«, meinte er, wobei er ihm ein paar Dollarscheine hinschob. Zögerlich kehrte ich mit der Kupferkanne zum Tresen zurück und überlegte, was ich sagen könnte oder ob ich überhaupt etwas sagen *durfte*. Jetzt, da Arthur neben uns stand. Mit meinen Überlegungen kam ich nicht weit, denn Lesh wandte sich ohne Abschied um und verließ das *Golden Plover* mit unübersehbarer Eile. Obwohl uns zwei Meter getrennt hatten, konnte ich den Geruch des *Blindspots* an ihm wahrnehmen. Alkohol, Zigaretten und zugleich ein herbes Duschgel, das ich noch nie an ihm gerochen hatte. So, als hätte er versucht, den *Blindspot* abzuwaschen, doch es war misslungen. Laut fiel die Tür ins Schloss und die kleine Türglocke bimmelte wild. Schweigend sahen wir ihm nach. Erst als er verschwunden war, wandte ich mich langsam Arthur zu.

Keine Fragen. Keine Fragen. Keine Fragen.

So sehr ich mich davon überzeugen wollte, so sehr ich an die Abmachung zwischen uns dachte – war ich imstande, das zu ignorieren?

»Passiert das öfter?« Die Worte purzelten aus meinem Mund, bevor ich zu einer Entscheidung gekommen war.

»Mhm«, machte Arthur bedrückt. »Ich weiß nicht, was er dort

macht, aber es bereitet mir Sorgen.«

»Warum? Ist die Gegend wirklich so schlimm?« *So schlimm, dass du um einen erwachsenen Mann bangst?*

»Allein die Tatsache, dass er dort seine Zeit zu verbringen scheint, ist es nicht. Aber ...« Arthur sah mich mit gerunzelter Stirn an. »Mische ich mich da gerade in etwas ein?« Er wirkte unsicher, ob er weitersprechen sollte.

»Aber was?«, hakte ich leise nach.

»Ich mache mir einfach etwas Sorgen. Lesh ist ein vernünftiger Kerl, scheint jedoch hin und wieder in eine Kneipenschlägerei verwickelt zu sein ... oder Ähnliches. Ich weiß es nicht. Es sind nur Vermutungen. Es geht mich gar nichts an. Am besten vergisst du alles, was ich gesagt habe. Ich will keine Behauptungen anstellen und seine Privatsphäre verletzen.«

Kneipenschlägereien? Dachte Arthur das, weil Lesh ... verletzt war? Ich dachte an seine geschwollenen, verfärbten Fingerknöchel. Arthurs Annahme schien mir gar nicht abwegig, obwohl ich so etwas nicht mit dem Lesh in Verbindung bringen konnte, den ich kennengelernt hatte.

Teilweise kennengelernt. Oberflächlich kennengelernt. Es durfte mich nicht überraschen, wenn es da noch viel mehr in seinem Leben gab, was ich mir nicht auszumalen vermochte.

»Bin ich zu neugierig, wenn ich frage, warum es dich so sehr interessiert? Ich tue zwar oft überzeugend so, als wäre ich ahnungslos und würde nichts mitbekommen, aber ich habe durchaus gesehen, dass ihr ...« Arthur hob wild ein paar Mal die Schultern und grinste fast schelmisch.

»Du tust aber nicht überzeugend so«, bemerkte ich mit warmen Wangen. »Ich sehe deine Blicke.« Meine Finger spielten mit dem dünnen Griff der Gießkanne, während ich um eine richtige Antwort verlegen war.

»Weißt du was? Erzähl es mir einfach, wenn du es möchtest, Rosa. Wenn das nie so ist, ist das auch in Ordnung.« Arthur trat einen Schritt zurück und schüttelte den Kopf. »Ich bin viel zu neugierig.«

Ich wollte ihm sagen, dass das nicht stimmte, und mich vielleicht zu ein paar Worten durchringen. Zu einer vagen Umschreibung, dass Lesh und ich uns mochten, aber es auf nichts ... *Großes* hinauslaufen würde.

In diesem Moment ging jedoch erneut die Cafétür auf und eine Gruppe lautstark redender Männer strömte herein.

»Ein anderes Mal«, sicherte ich Arthur noch leise zu, bevor wir die Kundschaft begrüßten.

Die Stimmung zwischen Lesh und mir war angespannt, als ich drei Tage nach der morgendlichen Begegnung im *Golden Plover* bei ihm war. Wir beide versuchten, diesen Moment totzuschweigen. Trotzdem musste ich ständig an Arthurs Vermutung denken. Sie kam mir abwechselnd vollkommen irrsinnig und viel zu naheliegend vor. Als würde Lesh versuchen, mein Augenmerk auf etwas anderes zu richten, war er mir bereitwillig zu den Fotos im Treppenhaus gefolgt. Er verriet mir heute ungewöhnlich viel. Über seine Vergangenheit und seine Familie. Die ganze Zeit wartete ich darauf, dass er irgendwann seine Grenze zog, doch das tat er nicht. Gerade erzählte er mir, wie es zu der Namenswahl von ihm und seinem Bruder gekommen war. Dabei hatte seine Großmutter Haiwee durchgesetzt, dass sie keine amerikanischen Namen bekommen sollten, sondern welche mit Verbindung zu ihren Vorfahren. Einem kleinen indigenen Volk, das an der naheliegenden Küste gelebt hatte.

»Lesharo«, sagte er. »Das war eine pure Einladung zu Schulzeiten, sich über mich lustig zu machen. Chayton hatte es da einfacher.« Lesh lachte leise. »Ich habe immer damit geprahlt, dass mein Name so viel wie Anführer bedeutet und Chayton nur der Falke ist.«

»Nennt dich jemand Lesharo?« Ich musterte die Bilder an der Wand neben den breiten Treppenstufen.

»Nein, zum Glück nicht.« Er verzog leicht die Lippen, als ich ihm einen Seitenblick zuwarf.

»Wie alt seid ihr dort?« Ich deutete auf ein Bild schräg über uns. Auf den meisten Fotos, die sie in ihrer Kindheit zeigten, konnte ich nicht gleich erkennen, wer von ihnen Lesh war. Doch je genauer ich hinsah, desto deutlicher wurden die Unterschiede. Leshs Bruder war jünger und ein Stück kleiner, außerdem hatten seine Augen einen viel helleren Braunton und die ganze Haltung war frech und übermütig, während Lesh bereits in jungen Jahren eine gewisse Ernsthaftigkeit an sich gehabt hatte. Ich wies nun auf das einzige Bild, das sie nicht als Kinder zeigte.

»Ich weiß nicht genau. Ich war achtzehn oder neunzehn – das ist das Haus unserer Eltern in Aelview.« Lesh stand zwei Stufen unter mir, sodass er mit mir auf Augenhöhe war.

»Hattet ihr euch gestritten?« Mit gefurchter Stirn betrachtete ich die ernsten Gesichter von Lesh und seinem Bruder. Sie saßen an einem Holztisch in einem blühenden Garten auf der Rückseite eines Hauses, jedoch so weit voneinander entfernt wie es der Tisch zuließ.

»Gut möglich. Wir haben selten nicht gestritten«, murmelte Lesh und seine dunklen Augen verfinsterten sich noch ein Stück mehr.

»Weißt du, warum?«, fragte ich vorsichtig.

»Aus so unfassbar vielen Gründen.« Er holte langsam Luft und hob träge einen Mundwinkel. »Vielleicht wollten wir zu oft dasselbe. Das gleiche Maß an Liebe beider Elternteile, die gleiche Anerkennung der Großeltern, die gleiche Solidarität von denselben Freunden.«

»Ihr hattet dieselben Freunde?« Etwas irritiert hob ich die Brauen. Lesh lachte rau.

»Keira ist nicht nur meine beste Freundin – sie ist auch die von Chay. Um sie ging es in erster Linie, obwohl wir wissen, dass sie uns beide gleichermaßen liebt.« Lesh verstummte und ich konnte förmlich die Worte spüren, mit denen er kämpfte.

»Da ... war noch etwas?«, bot ich ihm einen Anfang.

Leshs Blick richtete sich auf mich und unverkennbar flammte Reue in seinen Zügen auf. »Ich habe einmal unüberlegt gehandelt, was ich nicht hätte tun sollen«, umschrieb er ausweichend.

»Wie meinst du das?« Langsam setzte ich mich auf eine der ausgetretenen Treppenstufen und griff nach Leshs Handgelenk. Sanft zog ich ihn neben mich, auch wenn ich den Widerwillen in ihm erkannte.

»Chay hatte eine Freundin, Grace. Zu der Zeit studierte ich bereits und war nur ab und zu in Aelview. Ich –« Er machte eine Pause, während ich ihn aufmerksam musterte.

Lesh zögerte so lange, dass ich fast daran zu zweifeln begann, er würde weitersprechen. Er stützte die Unterarme auf seinen Knien ab und verschränkte dabei fest die Hände. »Ich habe gemerkt, dass etwas nicht stimmt. Chay stand kurz davor, seinen High-School-Abschluss zu versauen, war jede Nacht unterwegs und mit den falschen Leuten befreundet. Ich bin mir nicht sicher, aber ich denke, dass er bereits damals Drogen genommen hat. Zumindest behauptete Grace das.« Seine Fingerknöchel knackten und meine Hände zuckten kurz, wollten sich auf seine legen. Dann traute ich mich doch nicht und barg sie in meinem Schoß.

»Grace – sie war auf den ersten Blick sehr liebenswert und hat in der Zeit meiner Besuche viel Kontakt zu mir gesucht. Irgendwann begann sie, mir wirre Geschichten zu erzählen, dass Chay versucht hätte, sie zum Sex zu zwingen. Sie sagte, er wäre jede Nacht im Vollrausch und hätte sie geschlagen. Sie hat mir ihre blauen Flecken und Prellungen gezeigt und aus einem Impuls heraus beschloss ich, die Sache zwischen ihnen zu beenden.«

Du?

»Du?«, wiederholte ich meinen Gedanken laut.

Er nickte langsam.

»Dazu hatte ich kein Recht und ich tat es in dem Moment, um sie vor meinem eigenen Bruder zu schützen. Währenddessen habe ich nicht an meinem Tun gezweifelt. Chay war so weit weg. Er hatte sich so sehr von mir und der gesamten Realität entfernt, dass ich es für den besten Weg hielt. Ich wollte nicht so weit gehen müssen, ihn bei der Polizei zu melden. Er war immer noch mein Bruder. Es bot sich die Gelegenheit, sie gleich nach ihrem Abschluss mit nach Rivercrest zu nehmen. Sie wusste nicht weiter, wollte weg von ihren Eltern und mein Großvater war kürzlich verstorben. Ich wusste, dass Haiwee sich über Gesellschaft freuen würde. In der Zeit wohnte ich im Studentenwohnheim auf dem Campus und konnte nur am Wochenende für meine Großmutter da sein. Ich war der Einzige in unserer Familie, der noch in ihrer Nähe war, und hoffte, sie und Grace könnten sich gegenseitig guttun.«

»Das hat aber nicht funktioniert?«, riet ich.

»Eine kurze Zeit zu Anfang schon. Bis Grace Haiwee erzählte, ich … hätte sie gegen ihren Willen angefasst —«

»Wart ihr ein Paar?«, fragte ich, da mich die Geschichte zunehmend verwirrte.

»Nein. Ich weiß nicht, was wir waren. Vermutlich nicht einmal Freunde. Immer mehr sah ich, dass nicht Chay das eigentliche

Problem gewesen war, sondern sie. Grace hatte starke psychische Probleme, die ich viel zu spät begriff. Nach wenigen Monaten war ich vor allem ihr Aufpasser, ging mit ihr zu einem Therapeuten und versuchte ihr zu helfen, mit ihrer Krankheit umzugehen. Gleichzeitig wollte ich nichts mehr, als sie wieder aus meinem Leben zu bekommen. Ich begann, wütend zu werden. Nicht auf sie, sondern auf mich und meine Unfähigkeit, sie wegzuschicken. Aus reiner Angst, was sie sich antun könnte.«

Ein bleiernes Schweigen umschlang uns – so fest, dass ich beinahe glaubte, zu ersticken.

»Eines Morgens hatte Haiwee mich angerufen und mir mitgeteilt, dass Grace weg war. Ich habe sie nie wiedergesehen. Von Keira weiß ich, dass sie ab und zu in Aelview zu Besuch ist und ihr Leben … weiterlebt. Auf dieselbe verdrehte, ungesunde Weise wie zuvor. Ich wünsche mir für sie nur, dass sie irgendwann bereit ist, Hilfe anzunehmen.«

Ich nickte langsam. »H-hast du dich bei deinem Bruder entschuldigt?«

Lesh lachte leise auf, schüttelte dabei nur den Kopf.

»Warum nicht?«

»Ich gebe zu, einen Fehler begangen zu haben. Chay ist allerdings der Letzte, der weiß, was richtiges Handeln bedeutet.«

»Das ist kein Grund«, wagte ich einzuwerfen.

»Ich will nicht, dass er es mir mein Leben lang vorwirft.«

»Vielleicht –«

»Das wird er tun«, unterbrach Lesh mich. »So ist Chay! Es würde ihm die reinste Freude bereiten, seinen Triumph bei jeder Gelegenheit auszukosten.«

Ich runzelte die Stirn, beobachtete Lesh eine Weile, der unbewegt ins Nichts sah.

»Ich kann mein Versagen nicht zugeben«, murmelte er.

Weder kannte ich seinen Bruder, noch konnte ich die Vergangenheit fair bewerten, wenn ich nur eine knappe Zusammenfassung gehört hatte. Trotzdem zweifelte ich die Richtigkeit seiner Entscheidung an. Meine Finger stahlen sich zu seinen fest ineinander verschränkten Händen. Ich legte sie auf seine warme Haut und wollte ihm damit wortlos sagen, dass ich ihn nicht verurteilte, auch wenn sein Verhalten falsch gewesen war. Damit hatte er nicht versagt. Er hatte nur einen Fehler gemacht. *Menschen machen viele Fehler.* Ein paar Sekunden lang reagierte er nicht auf meine Berührung, bis sich sein Blick auf meine Finger richtete und er mir das Gesicht zuwandte.

»Ich habe die vollkommen surreale Angst, meinen Titel des besseren Bruders zu verlieren.« Er stieß mit einem finsteren Lachen die Luft aus und schloss kurz die Augen. »In meinem Leben habe ich es zu nicht viel gebracht. Alles ist gescheitert. Trotzdem gebe ich mir die größte Mühe, dass es niemand sieht. Allen voran nicht meine Familie. Für sie bin ich der, der alles im Griff hat und das muss so bleiben.«

»Warum?«, fragte ich leise.

»Sie wären alle enttäuscht von mir.«

»Das glaube ich nicht.«

»Aber ich weiß es.« Leshs Ton wurde ärgerlich.

Ich wollte meine Hand zurückziehen, doch er fing sie ein und hielt sie fest. Als er mir einen niedergeschlagenen Blick zuwarf, erkannte ich, wie viel es mir bedeutete, dass er vor mir zugab, nicht perfekt zu sein.

Er hatte mir etwas von sich erzählt. Etwas Großes und Wichtiges, etwas, das ihn greifbarer für mich machte. Das mochte ich viel zu sehr.

»Ist das deine größte Angst? Jemand könnte sehen, dass auch du Fehler machst?«

»Vermutlich«, gab er zu. »Dieses Gefühl vom heimlichen Versagen begleitet mich schon immer.«

»Du solltest es zeigen«, ermutigte ich ihn.

»Und dann? Was bringt es mir? Es würde mir nur schaden. Mir und auch den Menschen in meinem Umfeld.«

»Vielleicht würdest du dich aber auch leichter fühlen.«

Ich sah auf unsere Hände. »Als ich dich die ersten Male gesehen habe, habe ich gedacht, dir niemals das Wasser reichen zu können. Zu erfahren, dass du einfach ein Mensch bist – wie ich. D-das gibt mir ein gutes Gefühl.«

»Wirklich?« Lesh lachte ungläubig und schüttelte den Kopf, als wäre es absurd.

»Was ist deine größte Angst, Rosa?«, fragte er unvermittelt.

»Dunkelheit«, antwortete ich ohne Zögern.

»Warum? Gab es einen Auslöser?«

»Ich weiß nicht. Weder kann ich mich daran erinnern, wann es angefangen hat, noch warum. Ich glaube, es hat irgendwann ganz leicht angefangen und sich gesteigert, je älter ich wurde.«

»Normalerweise ist es wohl andersherum«, bemerkte er und umschloss meine Finger noch ein bisschen fester.

»Was ist schon normal?«

»Ich erinnere mich, dass du sagtest, du würdest Rivercrest nicht mögen, weil es hier so dunkel ist. Aber ich kann dir versprechen, dass es nicht immer so ist. Wir haben jetzt die dunkelste Zeit überstanden. Es wird besser. Mit jedem Tag.«

Ich schmunzelte. »Das habe ich noch nicht bemerkt.«

»Wie lange bleibst du?«

»Ungefähr bis Mitte Juni, denke ich.« Leicht neigte ich den Kopf, stellte stumm die Frage, warum er das wissen wollte.

»Dann habe ich noch etwas Zeit, dir zu zeigen, wie schön es hier sein kann.« Lesh lächelte und auch meine Mundwinkel hoben sich, obwohl mich bei seinen Worten Schwere erfasste. Ja, ein bisschen Zeit hatten wir noch. Aber mit jedem Tag, den ich ihn sah, begann ich daran zu zweifeln, ob mir diese Zeit reichte. Auch wenn es gegen das war, was wir *gemeinsam* beschlossen hatten. War nicht ich diejenige gewesen, die ihn zu Anfang vehement auf Abstand halten wollte? Bereits jetzt hatte er sich viel zu sehr in meine Gedanken und Träume geschlichen, obwohl er es nicht einmal beabsichtigt hatte.

Kapitel 18

Rosa

2 Jahre zuvor

Lolli hielt mir die Haare, während ich mich in unserem kleinen Badezimmer übergab.

»Sag es Mum nicht«, röchelte ich zwischen zwei Würgeanfällen. Meine Großmutter schmunzelte nur mitleidig und rieb mir kräftig über den Rücken. Sie saß in ihrem weißen Nachthemd auf einem Holzhocker neben mir und wartete geduldig, bis mein gesamter Mageninhalt in der Toilette gelandet war.

»Nein«, versprach sie.

Ich trank einen Schluck Wasser und lehnte mich an die kühlen Fliesen. Lolli war währenddessen dabei, meine Haare auf meinem Kopf zusammenzuknoten, und reichte mir anschließend einen nassen Lappen, den ich mir dankbar ins Gesicht klatschte. Ich wollte das Make-up loswerden, die Mascara brannte in meinen Augen und an meinen Händen klebten verschmierte Spuren des roten Lippenstifts, den ich getragen hatte. Mein Körper fühlte sich ausgelaugt und schwach an, außerdem verspürte ich ein unangenehmes Brennen in meiner Mitte, tief in meiner Mitte.

»Lolli?«

»Ja?«

Meine Lippen öffneten sich, aber die Worte, die mir auf der Zunge lagen, fielen in sich zusammen. Es auszusprechen, brachte ich nicht über mich. Stumm schüttelte ich den Kopf, wovon mir erneut unsagbar übel wurde.

Während ich die Arme auf dem Rand der Toilette abstützte und würgte, flackerten schwache Erinnerungsfetzen in meinen Gedanken auf. Wie eine defekte Glühbirne leuchteten die Bilder auf und wurden sofort wieder von Dunkelheit verschluckt. Zittrig holte ich Luft.

Das scharfe Brennen in meiner Kehle machte es mir fast unmöglich, auch den letzten Rest Alkohol loszuwerden.

Gleichzeitig war auch ein Brennen in meine Augen getreten. Wie oft hatte ich es mir vorgestellt, wie viele Fragen hatte ich gehabt … War es das wert gewesen?

Nein. Es schmerzte, mir diese Tatsache selbst einzugestehen. Meine Vorstellungen, wie es wäre, mit einem Jungen zu schlafen – mein erstes Mal zu haben – waren mit der Realität nicht vergleichbar. Es hatte nur kurz gedauert, es hatte wehgetan und es hatte mir nicht gefallen. In mir verlangte alles danach, mit Lolli darüber zu reden, aber ich traute mich nicht. Vielleicht musste ich es einfach noch mal probieren, mit einem anderen Jungen.

»Rosa?« Lolli betrachtete mich besorgt. »Sollen wir dich waschen und ins Bett bringen?«

Kurz horchte ich in mich hinein, wog ab, wie gegenwärtig die Übelkeit war, und entschied schließlich, dass ich es wagen konnte, mich mehr als ein paar Zentimeter zu bewegen.

Also nickte ich und Lolli half mir, auf die Füße zu kommen.

244

»Lesh?« Wir lagen auf dem Sofa und als ich seinen Namen sagte, spürte ich, wie sich sein Herzschlag unter meiner Wange veränderte.

»Hm?«, machte er beinahe schläfrig.

»K-kannst du dir vorstellen, mich irgendwann zu küssen?«

Zwei Wochen waren vergangen, in denen ich voller Angst und Erwartung zugleich immer wieder damit gerechnet hatte, dass er mich küsste. Wenn er bei einem Spaziergang an einem verlassenen Küstenabschnitt eine hartnäckige Locke aus meiner Stirn strich. Wenn wir in der Umarmung des anderen verschlungen auf seinem Sofa lagen. Wenn wir uns verabschiedeten und sein Blick immer wieder zu meinen Lippen rutschte ... Ich wollte wissen, ob es so warm und leicht sein würde, wie ich es mir ausmalte. Ich wollte aufhören, Angst zu haben, dass er genauso nach Alkohol und Zigaretten schmecken könnte wie diejenigen vor ihm.

Sein Brustkorb bebte kurz, als er leise lachte. »Was würdest du sagen, wenn ich es mir bereits vorgestellt *habe*?«

»Das würde ich okay finden«, sagte ich schnell und mein Gesicht wurde heiß. »Ich will aber, dass ... du etwas weißt.«

Ich spürte, dass sein Körper in keiner Weise mehr so entspannt war wie vor wenigen Minuten, und sprach schnell weiter, wobei ich mich aufrichtete, um ihm ins Gesicht sehen zu können. Seine dunklen Augen musterten mich eindringlich, als hoffte er, dadurch meine Gedanken lesen zu können.

»Es ist nichts Schlimmes«, beruhigte ich ihn. »Nur ... wenn ich jemanden geküsst habe oder mehr – es hat sich nicht richtig gut angefühlt. Es besteht einfach die kleine Möglichkeit, dass ich es nicht mag.«

Tiefe Linien hatten sich bei meinen Worten auf Leshs Stirn gebildet. »Okay«, sagte er langsam. »Willst du mir mehr darüber erzählen? Warum es sich nicht gut angefühlt hat?«

Ich nickte, holte dabei tief Luft. Bisher hatte ich nur mit Cat und Erin darüber gesprochen und die hatten mich nicht verstanden. Lesh würde es sicher auch nicht tun. Wie auch? Ich verstand es selbst nicht. Um mich an etwas festzuhalten, setzte ich mich auf und griff nach einer der dampfenden Teetassen, die Lesh uns gemacht hatte. Ich hielt sie in meinem Schoß und beobachtete die leicht schwappende Flüssigkeit.

»Ich glaube, ich fand es vor allem … nicht schön, weil ich etwas getrunken hatte. Währenddessen habe ich nahezu nichts gespürt. Und am nächsten Tag fand ich es unangenehm.«

»Und … wie oft hast du es probiert?«

»Nur zweimal.«

»Darf ich das fragen? Hast du mit ihnen auch Sex gehabt?«

Ich nickte. »War ähnlich unspektakulär wie die Küsse.«

»Hast du auch in Erwägung gezogen, dass es etwas Grundlegendes sein könnte? Es gibt Menschen, die wenig sexuelle Erregung verspüren … oder auch gar keine.«

Leshs beinahe professioneller, analytischer Ton half mir, mich bei dieser Unterhaltung einigermaßen normal zu fühlen.

»Das weiß ich.« Ich zögerte. »Aber ich glaube, das ist es nicht.« Verlegen sah ich zur Seite.

»Masturbation klappt?« Lesh grinste und ich konnte nichts gegen das kleine unangenehm berührte Kichern tun, das mir entschlüpfte. Obwohl es so menschlich war, so alltäglich.

»Mhm«, machte ich unbestimmt.

»Wie wäre es, wenn du mich einfach küsst, wenn du Lust darauf hast?« Er wurde wieder etwas ernster und neigte fragend den Kopf. »Oder wenn dir das schwerfällt, kannst du auch sagen, dass du möchtest, dass ich den Anfang mache.«

Ertappt blinzelte ich.

War es Zufall, dass er meine Gedanken so genau zu kennen

schien? Oder wussten wir unterschwellig doch mehr übereinander, als wir dachten?

Denn tatsächlich fürchtete ich, dass es sehr lang dauern könnte, bis ich mich trauen würde, diesen Schritt von mir aus zu machen. Obwohl ich gern den Mut hätte.

»Das Zweite gefällt mir besser, denke ich«, gab ich zu und Lesh nickte leicht.

»Okay.«

»Vielleicht kannst du es jetzt gleich machen?«

»Jetzt?«, fragte er leise und Überraschung glitt über sein Gesicht.

Seine Reaktion löste Unsicherheit in mir aus und ich fürchtete, dass er mich vielleicht doch nicht so sehr küssen wollte, wie ich angenommen hatte.

»Hey.« Ich spürte seine Finger, die vorsichtig meine Schläfe berührten und sich weiter bis in das feine Haar an meinem Nacken schoben. »Rosa, ich würde nichts lieber tun«, wisperte er beruhigend, weil er meine Reaktion offensichtlich erneut richtig gedeutet hatte.

Gut. Meine Lippen formten das Wort zwar, aber es war nicht zu hören. Ich erwiderte seinen Blick, als er langsam ein Stück näher rückte, bis ich seine Körperwärme spüren konnte. Möglichst normal atmete ich weiter, während Lesh das Kinn neigte und sich dichter zu mir lehnte. Mein Herzschlag verdoppelte sich plötzlich und ich hörte meinen lauten Atem, der plötzlich auf den von Lesh traf, als sein Gesicht nur noch wenige Zentimeter von meinem entfernt war.

Ich liebte es, dass er kein Aftershave trug, das mir die Luft zu nehmen drohte. Weder haftete Zigarettengeruch an ihm noch der scharfe Geschmack von Alkohol. *Nur Lesh.* Ganz pur und perfekt … für mich. Das hier fühlte sich anders an und neu. *Vielleicht wird das hier mein erster Kuss. Mein erster richtiger Kuss.*

»Scheiße«, fluchte er plötzlich. Als er nach meiner Teetasse griff und sie mir hastig abnahm, bemerkte ich, dass ich etwas verschüttet hatte. Noch schlimmer. Das heiße Getränk hatte seine Brust getroffen.

»Tut mir leid«, rief ich erschrocken. Der Tee war nicht kochend heiß gewesen, dennoch musste die Hitze wehtun.

Lesh stellte den Tee unsanft auf den Tisch vor uns und zerrte das T-Shirt über seinen Kopf.

»Schon okay«, beruhigte er mich sofort wieder gefasst und wischte sich mit dem T-Shirt über die Brust. »Ich komm gleich wieder.« Mit wenigen Schritten war er bei der Treppe und verschwand. Ich sah ihm nach. Obwohl er mir den Rücken zugewandt hatte, hatte ich für einen kurzen Moment einen Blick auf seinen seitlichen Rippenbogen werfen können. Gern hätte ich mir eingeredet, dass es auch ein Schatten des Feuers sein konnte. Aber das wäre mehr als naiv, nachdem ich schon einmal seine Hand gesehen hatte. Hatte Arthur wirklich recht? Verstrickte Lesh sich im *Blindspot* in Handgreiflichkeiten? Anders konnte ich mir den großflächigen Bluterguss nicht erklären, der sich über seinen Brustkorb zog.

Mit einem leisen Seufzer zog ich die Beine an meine Brust und sah auf die Teetasse, um die sich eine kleine Pfütze gebildet hatte.

Ich glaube, ich kann das so doch nicht.

Der Gedanke erschreckte mich. Denn damit meinte ich, dass ich dieses Wir-lassen-dem-anderen-alle-Geheimnisse nicht mehr konnte. Zumindest nicht, wenn wegsehen bedeutete, dass Lesh zu Schaden kommen könnte.

Als Lesh mit einem trockenen T-Shirt wieder im Wohnzimmer auftauchte, lächelte ich angestrengt.

»Ich glaube, wir sollten den Kuss verschieben«, murmelte ich und presste die Lippen aufeinander, als Lesh die Stirn furchte.

»Okay«, sagte er dennoch, und nachdem er sich wieder auf die Couch gelegt hatte, nahm ich meine Nische zwischen ihm und der Rückenlehne in Beschlag.

»Nur heute verschieben«, murmelte ich und Lesh gab ein zustimmendes Geräusch von sich, das sich an seiner Brust wie ein warmes Brummen anhörte.

Meine Finger rutschten von seinem Bauch ein Stück nach oben. Langsam strich ich über die Stelle, wo ich glaubte, die Prellung gesehen zu haben. Lesh ließ es sich fast nicht anmerken, doch ich hörte, wie er den Atem anhielt und sich für den Bruchteil einer Sekunde verkrampfte.

Was machst du mit dir?

Nachdem ich zurück bei Dean war, setzte ich mich zu Gabe und Dahlia an den großen Esstisch. Gabe trank einen Espresso, als ich meine Schulbücher ausbreitete, und musterte mich mit seinem typischen Blick, der nicht allzu viel Gutes verhieß.

»Du triffst dich in letzter Zeit ganz schön oft mit Ivy.«

Ich zuckte nur mit den Schultern. Ivy war meine meistgenutzte Ausrede, wenn ich nach einem meiner Ausflüge zu Lesh gefragt wurde.

»Warst du heute auch bei ihr?«

»Ja.« Beschäftigt blätterte ich in meinem Buch.

»Ohne mit der Wimper zu zucken«, bemerkte Gabe und ich sah auf. Worauf wollte er hinaus? Fragend hob ich die Brauen.

»Ich hab sie heute in einem Café getroffen – diesem *Golden Plover*. Ich wollte mir mal ansehen, wo du arbeitest. Ich habe mich zu ihr gesetzt … Wir haben den Nachmittag zusammen verbracht und sie hat dich mit keinem Wort erwähnt.«

Kurz fühlte ich mich ertappt, leicht panisch.

»Okay, ich war nicht mit Ivy zusammen«, gab ich mich gleichmütig, wobei mein Herz etwas schneller schlug.

»Sondern?« Gabes Augen blitzten. Der Verdacht, dass es sich um einen Mann handelte, stand ihm ins Gesicht geschrieben.

Ich lächelte entschuldigend. »Das sage ich dir nicht.«

»Damit hast du mir genug beantwortet.«
Dahlia sah stirnrunzelnd zu ihrem Bruder, der leicht die Augen verdrehte. »Sie vögelt jemanden«, erklärte er geduldig. Dahlias Miene blieb überraschend neutral, fast desinteressiert, ehe sie sich wieder ihrem Buch widmete. »Konzentriert euch, sonst geh ich nach oben.«

Gabe und ich warfen uns zeitgleich einen letzten Blick zu. In seinem stand das Versprechen, dass er noch nicht fertig war mit seinen Fragen, und in meinem hoffentlich die Botschaft, dass er auf Antworten lange warten konnte.

Wir hatten uns keine fünf Minuten den Aufgaben gewidmet, als Gabe erneut die Stille brach. »Kommst du am Freitagabend mit?«

Dahlia knurrte genervt.

»Nein. Ich bin mit Ivy verabredet.«

»Wirklich?«

»Ganz wirklich!«

»Vielleicht würde sie mitkommen?«

»Das glaube ich nicht.« Ja, Ivy ging wieder kleine Schritte auf Gabe zu, doch ich bezweifelte, dass sie bereits zu der Normalität zurückgefunden hatten, Zeit in Gesellschaft anderer miteinander zu verbringen.

»Vielleicht —«

»Gabriel«, unterbrach Dahlia ihn genervt und hielt ihm sein Buch auffordernd unter die Nase, das er immer mehr von sich geschoben hatte. Ich lächelte ihr dankbar zu, was sie mit einem leichten Nicken quittierte.

KAPITEL 19

Rosa

»Wenn du zum Arzt gehen willst, kann ich heute länger bleiben. Das ist kein Problem!«, sagte ich zu Arthur, während ich am Freitag die Einkaufsliste für Montag schrieb. Ich sah ihn den Kopf schütteln, während er den Kaffeesatzbehälter aus der Maschine holte, um ihn zu säubern.

»Den Berg Überstunden, den du bereits hast, kann ich in den nächsten Monaten gar nicht verschwinden lassen«, bemerkte er zerknirscht. »Ich zahle sie dir aus, versprochen!«

»Arthur.« Ich trat zu ihm und bei meinem ernsten Tonfall hielt er endlich inne und sah mich richtig an. »I-ich mache mir Sorgen.«

»Ich bin nur ein Jammerlappen«, versuchte er es abzutun. »Diese kleinen, fiesen Magenprobleme hat jeder hin und wieder.«

»Sagtest du nicht, du kannst nichts essen, ohne Krämpfe zu bekommen?«

»Eine Unverträglichkeit. Ich werde nach und nach Lebensmittel weglassen und selbst sehen, woran es liegt.« Er lächelte zuversichtlich und schob sich die goldeingefasste Brille auf seinem Nasenrücken zurecht.

»Bei einem Arzt würde es schneller gehen als mit irgendwelchen Selbstexperimenten. Außerdem ist es doch nicht nur dein Magen, denk auch an deine ständigen Kopfschmerzen.« Mit dem Stift klopfte ich unruhig auf die Arbeitsfläche vor mir.

»Gib mir noch nächste Woche.« Er zwinkerte und ging in die Küche, um die Spülmaschine erneut anzustellen.

»Arthur!«, rief ich leicht verzweifelt. »Du bist unvernünftig. Hast du etwa Angst vor dem Doktor?«

Ich seufzte, erhob mich schwungvoll und befestigte die Einkaufsliste mit einem Magneten neben den anderen Notizen.

»Ich hatte das schon öfter und es ist jedes Mal von allein wieder weggegangen«, sagte er leichthin.

»Es ist aber kein gutes Zeichen, wenn es immer wiederkommt.«

»Du hast im Internet recherchiert, oder? Habe ich einen riesigen Tumor im Bauch?«

»Das ist nicht lustig.« Obwohl ich ertappt war, schüttelte ich strafend den Kopf.

»Da hast du recht, verzeih mir«, räumte er reumütig ein.

»Wenn es nächste Woche nicht besser wird, gehe ich zum Arzt. Wirklich!«

»Ich nehme dich beim Wort«, versprach ich, griff nach einem Lappen, um die Kaffeekrümel vom Tresen zu wischen. Arthur hielt mich auf.

»*Dein* Feierabend ist schon längst eingeläutet. Das mache ich.«

»Sicher?«

»Ganz sicher. Ich möchte mir keinen Ärger einhandeln.« Ein seltsames Lächeln lag auf seinem Gesicht.

»Hä?«

Als er mit dem Kinn zur Tür deutete, folgte ich seinem Blick und sah Lesh, der gerade eintrat.

Kalte Nachtluft umfing mich und Beklemmung schlich sich an mich heran. Ich wollte ignorieren, wie schwarz es um uns herum war. Doch das gelang mir nicht wirklich. Es kam mir unwirklich vor, dass Lesh es geschafft hatte, mich von seinem Sofa zu bekommen. Schläfrig hatte ich seine Wärme und die des Feuers genossen, als er plötzlich aufgestanden war und mich mit sich auf die Beine gezogen hatte. Es war bereits nach zehn, und auch wenn Dean dachte, ich sei bei Ivy, hatte ich bald aufbrechen wollen. Zuerst glaubte ich, er müsste, wie so oft am Wochenende, zur Arbeit. Doch er hatte mir ruhig und mit funkelnden Augen erklärt, dass er einen Nachtspaziergang mit mir unternehmen wolle.

Mein Atem klang laut in meinen Ohren nach, als ich die Autotür hinter mir zufallen ließ. Das Geräusch war in der Dunkelheit laut und endgültig.

Ich hatte noch keinen Schritt getan, als ich Leshs Nähe neben mir spürte. Im Licht der langsam erlöschenden Beleuchtung im Wageninneren sah ich, wie er mir seine rechte Hand mit der Innenfläche nach oben entgegenstreckte, wie eine kleine Einladung, sie zu nehmen. Meine Finger griffen sofort danach und er umschloss sie fest und sanft zugleich.

»Sag ein Wort und ich bringe dich zurück«, hörte ich seine Stimme, die noch wärmer und rauer klang als sonst. Meine anderen Sinne versuchten das schwache Sehvermögen in der Nacht auszugleichen. Ich hörte jede Nuance seiner Worte, ich schmeckte das Salz im Meereswind, spürte die Steine unter meinen Schuhen, roch das Harz der Nadelbäume.

»Rosa?«

»Ja«, wisperte ich und wagte den ersten Schritt. Mit schnell schlagendem Herzen lief ich über den Kies auf die seichte Bucht zu. Der Mond war nahezu voll und rund. Das kalt schimmernde

Licht spiegelte sich in der Wasseroberfläche, die sich ungewohnt ruhig vor uns erstreckte. Fast, als würde das Meer schlafen.

Du hast es so oft geschafft, vom Golden Plover am Abend nach Hause zu fahren. So oft hast du die Waldstraße bereits bezwungen. Doch jetzt hatten wir die Dämmerung überschritten. Jetzt war es Nacht.

Ein Frösteln durchlief meinen Körper und meine Finger umfassten die von Lesh noch fester. Er bewegte sich dann, wenn ich vorwärtsging. Er blieb stehen, wenn ich innehielt.

Obwohl mir abwechselnd heiß und kalt wurde, nahm ich die Schönheit ums uns herum wahr. Die Dunkelheit kleidete die Welt in ein neues Gewand. Der Himmel war nahezu klar. Zwischen dünnen Wolken blinzelten Sterne hindurch. Schwache Windböen strichen über meine Wangen, verfingen sich in meinem Haar. Je näher wir dem Wasser kamen, desto deutlicher hörte ich das leise Blubbern und Plätschern der monotonen, ruhigen Brandung.

Kurz davor blieb ich stehen. Ich ließ Leshs Hand los, um in die Knie zu gehen und die Finger in eine versickernde, eiskalte Welle zu halten. Die Kälte umschloss blitzschnell meine Haut und verursachte ein Prickeln, das meine Arme hinauffuhr. Aus einem Impuls heraus benetzte ich auch noch meine zweite Hand. Mein Körper und mein Verstand fühlten sich in diesem Moment lebendig und laut an.

So sehr wie lange nicht mehr. Abgesehen von den kleinen Kuchenerfolgen im *Golden Plover* hatte ich lange keinen richtigen Stolz mehr verspürt. Doch das tat ich jetzt. Ich war stolz auf mich. Ich stand hier. In der Dunkelheit mitten am Meer.

»Weißt du was?«, fragte ich leise, als ich mich wieder erhob und die nassen Hände in den sanften Wind hielt, um sie trocknen zu lassen. Zum Meer gewandt, hörte ich, wie Lesh nähertrat – dicht hinter mir verharrte.

»I-ich glaube, ich habe Angst in der Dunkelheit, weil es Alleinsein bedeutet.«

Allein mit meinen Gedanken. Allein mit mir. Allein mit meinen Sorgen und den vielen anderen Ängsten.

»Alleinsein kann gelernt werden«, drangen Leshs warme Worte an mein Ohr.

Darin bist du wahrscheinlich ziemlich gut. Allein in diesem großen Haus. Aber ist das immer nur Alleinsein, oder manchmal gar Einsamkeit?

Ich traute mich nicht, diese Frage zu stellen. Vielleicht irgendwann.

Meine Lippen pressten sich aufeinander, als ich den Fehler in meinen eigenen Gedanken erkannte.

Irgendwann ... Lesh und ich hatten kein Irgendwann.

Kurz schreckte ich zusammen, als ich Arme spürte, die sich vorsichtig um mich legten. Bei meiner Reaktion wollte Lesh mich sofort wieder loslassen, doch ich hielt ihn auf.

»Nicht.« Ich drückte meinen Rücken gegen seine Brust, tastete nach seiner geöffneten Jacke und hüllte mich in seine Wärme. Sein Geruch war jetzt überall, und als er mich noch etwas fester an sich zog, nahm ich nichts mehr wahr außer ihm. Ich fühlte mich wie in einem sicheren Kokon, der nur aus Lesh bestand.

Mein Herz klopfte schnell, noch schneller, als ich spürte, wie Lesh mir einen federleichten Kuss aufs Haar gab. Beinahe so, als würde er hoffen, ich merkte diese flüchtige Berührung nicht.

»Lesh?« Meine Kehle war zugeschnürt, während ich meinen Mut zusammenkratzte. Wir waren ehrlich zueinander. Wir konnten uns die Wahrheit sagen, in dem Rahmen, den wir uns geschaffen hatten. Und meine Wahrheit war, dass mir dieser Rahmen vielleicht nicht mehr genügte.

»Was ist, w-wenn ich mehr möchte?«

»Was möchtest du denn?«, entgegnete Lesh ruhig, doch ich hörte an seiner Stimme, dass er voller Anspannung war.

»Dich *richtig* kennenlernen. M-mehr von dem hier.« Ich zog seine Jacke noch fester um mich. Vor allem, um ihn daran zu hindern, sich von mir zu lösen. Seine starre Haltung ließ mich befürchten, dass er genau das vorhatte.

»Rosa«, flüsterte er und mein Magen wurde flau. »Das hier können wir nur haben, weil wir … Grenzen haben. Alles, was *mehr* ist, würde scheitern.«

»Das kannst du nicht wissen«, widersprach ich mit einer Heftigkeit, die ich nicht von mir kannte. Meine Hände ballten sich zu Fäusten, während mein Inneres bebte.

»Ich wünschte, ich wüsste es nicht, aber das tue ich. Vertrau mir. Da ist nichts, was du *richtig* kennenlernen willst.«

»Das ist meine Entscheidung. Die kannst du nicht für mich treffen!« Plötzlich war die Dunkelheit kaum länger meine Feindin, sondern meine Verbündete. Denn dank ihr konnte Lesh nicht die unzähligen Emotionen sehen, die mein Gesicht erfüllen mussten.

»Es würde nie wieder so werden wie hier. Nie wieder so wie jetzt.« Lesh gab einen leicht verzweifelten Laut von sich, als ich mich von ihm befreite.

»Es könnte anders schön werden«, beharrte ich, fühlte mich jedoch bereits viel zu besiegt. Ich wusste, dass ich nicht im Recht war. Wir hatten eine Abmachung. Und das wusste auch Lesh.

»Woher kommt dieser plötzliche Sinneswandel? Du wolltest ebenso Grenzen. Ebenso keine Erwartungen. Ebenso kein …
Mehr.«

Kurz schwieg ich und zögerte, ob ich diesen Schritt gehen sollte, den ich dann nicht mehr zurück machen konnte. Aber ich wusste bereits, dass es keinen anderen Weg gab.

»Ich habe dich im *Blindspot* gesehen«, warf ich ihm entgegen.

»Es wäre mir gleich, wenn ich nicht glauben würde, dass du dort zu Schaden kommst. Das will ich nicht. Du bist mir wichtig! I-ich habe deine Hand gesehen, deine Prellungen. Und Arthur glaubt —«

»Arthur?«, unterbrach Lesh mich scharf. »Du hast mit Arthur über mich gesprochen? Ich dachte, wir hätten eine *Abmachung*, Rosa?«

»Nur kurz an dem Morgen, als du vom *Blindspot* direkt ins Café gekommen bist. Es war nicht vorsätzlich«, verteidigte ich mich.

»Kann nicht alles bleiben, wie es ist?« Lesh klang nicht mehr wütend. Nur noch müde und erschöpft.

»Aber was ist *es*? W-warum fühlt es sich plötzlich nicht mehr frei an, sondern wie ein Gefängnis? Ja, Lesh, ich habe gesagt, dass ich niemals Fragen stellen würde. Aber wir sind trotzdem ehrlich zueinander. Deshalb muss ich dir das hier sagen. Deshalb breche ich unsere Regeln und … frage dich: Was machst du im *Blindspot*?« Meine Stimme schwankte wie tosende Wellen.

»Nichts, was für dich von Bedeutung ist«, wies er mich ab.

»Wenn unsere Situation eine andere wäre. Wenn du und auch ich an anderen Punkten stünden, würdest du dann auch *Nein* zu mir sagen?« Obwohl dieses Gespräch dazu führte, dass ich mich vollkommen nackt und auch etwas beschämt fühlte, war ich mir zugleich noch nie so stark vorgekommen. Vor allem, weil ich hier in der Dunkelheit stand und riskierte, dass Lesh mich allein ließ.

»Niemals! Auch jetzt sage ich nicht *Nein* zu dir, Rosa.« Seine Worte waren hitzig, kehlig und traurig.

»Dann verstehe ich dich nicht«, schlussfolgerte ich kleinlaut. Wenn er grundsätzlich meine Gefühle teilte … Was konnte so schlimm sein, dass er sie sich dennoch verbot?

»Es ist nichts, was du verstehen könntest.«

Ich presste die Lippen aufeinander und die Stille zwischen uns war erschreckend laut.

»Ich bin gerade nicht in der Lage, dir die Beziehung – ob platonisch oder nicht – zu geben, die du möchtest. Das *Hier und Jetzt* ist alles, was möglich ist. Ist es nicht das, was wir voneinander wollen? Alles, was die andere Person geben kann?« Lesh klang ruhig und versöhnlich. Er wollte das Thema hinter sich lassen. Dazu war ich jedoch nicht bereit, weshalb ich nicht antwortete.

»Rosa … vielleicht, wenn wir uns irgendwann wiedersehen würden –«

»Was wir aber vermutlich nicht tun«, unterbrach ich ihn. Es sei denn mit voller Absicht. Aber wir würden uns nicht in zwei oder drei Jahren zufällig über den Weg laufen und feststellen, dass wir keine Geheimnisse mehr voreinander haben mussten. »Weißt du? In erster Linie geht es mir vielleicht gar nicht um *uns*. Es geht mir noch mehr um *dich*! Darum, dass ich Angst habe, was du mit dir selbst machst. Ich kann nicht so tun, als hätte ich *das* nicht gesehen.« Ich trat einen Schritt auf seine Silhouette zu und legte meine Hand auf seine Rippen, wo ich die Prellung vermutete.

»Ich bitte dich dennoch, es zu tun«, entgegnete er fest.

Meine Finger berührten nur noch den schwachen Wind, als er einen Schritt zurückmachte.

»Lass mich dich nach Hause fahren.« Er hielt mir eine Hand hin und kurz war ich mir sicher, dass ich nicht nach ihr tasten würde. Doch trotz seiner Worte war der Drang gegenwärtig, alles von ihm einzufangen, was er mir gab. Vielleicht jetzt sogar noch mehr.

Während wir schweigend, umgeben von lauter unausgesprochenen Worten, zurück zu seinem Wagen gingen, prägte ich mir ein, wie es sich anfühlte, wenn er meine Hand in seiner hielt. Ich war mir nicht sicher, ob es das letzte Mal sein könnte. Denn ich bezweifelte, dass ich seine Bitte einfach so akzeptieren konnte.

KAPITEL 20

Rosa

»Sie hat nur eine Textnachricht geschickt, obwohl sie versprochen hat, nach der Entlassung anzurufen.« Meine Finger nestelten an der Schleife der braunen Schürze, während ich die Lippen zusammenpresste und versuchte, mir nicht anmerken zu lassen, wie sehr mich das Verhalten meiner Mutter traf. Eigentlich war ich froh, dass ihre Reise-Idee gescheitert war. Ich hatte gedacht, dann wäre es leichter, unsere Beziehung zu heilen. Doch jetzt dämmerte mir, dass es unbedeutend war, wie nah oder fern sie war. Vermutlich würden wir auch keine Fortschritte machen, wenn sie neben mir stünde. Ich spielte in ihrem Leben gerade keine große Rolle. Das musste ich akzeptieren, auch wenn es schmerzte. Ich konnte nur an die Zukunft denken und hoffen.

Arthurs legte einen Arm um meine Schultern und brummte beruhigend.

»Versuchst du, mich in den Schlaf zu summen?«, wisperte ich mit einem stillen Lächeln.

»Bei Yasmin funktioniert es hin und wieder.« Er lachte und schob sich mit der freien Hand die goldeingefasste Brille in die wirren Locken. »Das ist schlimm, Rosa«, sagte er dann ernster.

»Ich wünschte, ich könnte dir etwas von der Enttäuschung und dem Schmerz abnehmen. Jetzt kann ich jedoch nur sagen, dass ich davon überzeugt bin, dass es besser werden wird. Auf einen tristen Tag kann ein weiterer folgen – es können viele folgen. Doch irgendwann kommt die Sonne zum Vorschein. Habe einfach Vertrauen, dass die Sonne wiederkommen wird.«

»Das sagt sich recht einfach«, grummelte ich.

»Das stimmt wohl. Etwas anderes habe ich gerade nicht zu bieten. Vielleicht fragst du mich noch mal am Montag, wenn mein Kopf hoffentlich nicht kurz vor der Explosion steht.«

»Du kannst nach oben gehen und dich hinlegen. Ich schaffe es hier auch allein«, bot ich an, doch Arthur schüttelte den Kopf.

»Kommt nicht infrage! Heute ist eigentlich dein freier Samstag – das weißt du, oder? Ich lasse dich nur wegen deines Kuchens hier sein. Wir haben für nächste Woche keinen mehr.«

Unwillkürlich breitete sich ein Strahlen auf meinem Gesicht aus. In den vergangenen zwei Wochen hatte ich bereits drei weitere Kuchen hergestellt und wurde mit jedem etwas mutiger. Es hatte Blaubeer-Schoko gegeben, Apfel-Mandel-Zimt und Zitrone-Cheesecake. Gerade arbeitete ich an der Rohkostvariante einer Nusstorte.

»Aber wenn deine Kopfschmerzen schlimmer werden, sagst du mir Bescheid. Okay?« An sein Versprechen, zum Arzt zu gehen, erinnerte ich ihn nicht.

»Versprochen.« Arthur nickte, obwohl er sich ohnehin durchbeißen würde. Gerade als ich mich abwenden und in die Küche gehen wollte, sah ich Lesh, der auf das Café zu kam. Mein Herz begann den Takt beinahe zu verdoppeln. Vor allem, weil ich deutlich registrierte, dass er nicht aus der gewohnten Gegend, von links, kam. Er kam aus der Richtung, wo der *Blindspot* lag. Die Türglocke erklang leise und Lesh trat zu Arthur an den Tresen.

Über dessen Schulter fand sein Blick mich und während er sprach, hoben sich seine Mundwinkel zu einem angedeuteten Lächeln.

Dieses zu erwidern, war ich nicht imstande. Nicht nach unserem gestrigen Ausflug zum Strand. Nicht nach unserem Gespräch. Ich hatte mich noch nicht zu einer Entscheidung durchgerungen, wie ich damit umgehen würde. Es gab nur zwei Optionen. An unseren Grenzen festhalten oder sie überschreiten und damit riskieren, alles zwischen uns zu verlieren. Ich blinzelte, als ich einen Stich im Herzen spürte. Schnell wandte ich mich ab. In der Küche stellte ich mich mit in die Hüften gestemmten Händen vor die Arbeitsfläche und starrte auf die Cashewkerne, die ich bereits gestern eingeweicht hatte.

Ich verbot mir, daran zu denken, dass Lesh vorn im Café saß. Ich verbot mir jeden Vorwand, um zu Arthur zu gehen, nur um doch einen Blick auf den letzten Fenstertisch zu werfen. Als ich ein paar Stunden später Feierabend machte und aus der Küche kam, war Lesh nicht mehr da. Stattdessen winkte mir Ivy, die mich abholte, gut gelaunt zu. Mit einem kleinen Koffer zu ihren Füßen saß sie Kaffee schlürfend in die Polster gelehnt und wartete auf mich. Seit ihr Vater seinen Job verloren hatte, tat sie viel, um der drückenden Stimmung in ihrem Zuhause zu entkommen. Ich hatte ihr angeboten, dass sie wieder bei mir übernachten könne, was sie dankend angenommen hatte. Auch heute Abend war sie mit Nikki und Diego im *Voodoo* verabredet und dieses Mal hatte ich eingewilligt, mitzukommen. Ein bisschen, weil ich es ihnen zugesichert hatte, aber auch ein bisschen, weil ich damit näher bei Lesh war, sollte er im *Blindspot* sein. Vielleicht würde ich ihm wieder auf der Straße begegnen und vielleicht würde er dann nicht sofort wieder verschwinden, was ich jedoch zu bezweifeln wagte.

Das *Voodoo* war verschlossen, als wir ein paar Stunden darauf vor der kleinen Kneipe standen. Ein vergilbtes Schild, auf dem CLO-SED stand, hing schief an der Tür.

»Das … habe ich noch nie erlebt.« Unzufrieden verschränkte Ivy die Arme vor der Brust. Diego und Nikki traten fröstelnd von einem Fuß auf den anderen.

»Es gibt noch das Billard-Lokal«, bemerkte Nikki und zog den Schal um ihren Hals fester.

»Wo die ganzen Idioten aus der Schule abhängen, die ich schon unter der Woche ertragen muss? Nein, danke!« Ivy seufzte. Im Stillen war ich auf ihrer Seite, denn auch ich hatte wenig Lust auf unsere Mitschüler.

Ein leiser Pfiff zerschnitt die kalte Luft und als ich mich in die Richtung drehte, aus der der Klang gekommen war, sah ich Gabe. Mit Dahlia, Meagan und seinem besten Freund Alec näherte er sich uns.

»Gehen eure Pläne für den Abend gerade unter?«, fragte er grinsend.

»Wir finden schon noch eine Alternative«, entgegnete Ivy ein bisschen unfreundlich, doch lange nicht mehr so feindselig wie noch vor wenigen Wochen.

»Die kann ich dir bieten.« Er lächelte noch breiter und nickte mit dem Kinn in Richtung *Blindspot*. »Wir sind mit Kimmy ver-abredet. Die bekommt auch euch problemlos rein. Interesse?«

»No way«, bemerkte Nikki und auch Diego schüttelte den Kopf.

Ivy warf mir einen Seitenblick zu. »Wohl eher nicht.«

Ich wusste nicht, ob ich mir die unterschwellige Frage in ihren Worten einbildete.

»Von mir aus … können wir mit«, sagte ich leise und so unauf-fällig wie möglich, was vollkommen misslang. Sieben überraschte

Augenpaare richteten sich auf mich, sobald ich es ausgesprochen hatte.

»Bitte?« Ivy sah mich durchdringend an. Ich hoffe, dass sie mir nicht anmerkte, dass ich aus einem bestimmten Grund dorthin wollte. *Wollen* war nicht richtig. Ich hatte das Gefühl, dass ich es *musste*. Die Gelegenheit war so nah, und wenn ich sie nicht ergriff, würde ich es vielleicht morgen bereuen.

»Also wir gehen Billard spielen«, bemerkte Diego. »Viel Spaß, aber das ist Irrsinn!«

»Wirklich?«, flüsterte Ivy mir zu und ich nickte leicht.

»Ihr könnt ja nachkommen, wenn ihr mögt«, schlug Nikki hoffnungsvoll vor.

»Vielleicht, ja«, erwiderte ich.

»Meldet euch später, damit wir wissen, dass ihr noch lebt.« Diego winkte knapp, bevor er sich mit Nikki auf den Weg machte.

»Ich glaube, sie sind beleidigt«, stellte Ivy fest.

»Versteh ich«, gab ich zu.

»Also kommt ihr jetzt mit?« Gabe schien zwischen Unglauben und Begeisterung zu schwanken. Synchron nickten Ivy und ich.

»Dann los, ich erfriere gleich«, bemerkte Meagan, die dicht an Dahlia lehnte. Auch der wortkarge Alec schien ungeduldig.

Mein Herz klopfte stetig nervös, als sich unsere kleine Gruppe in Bewegung setzte. Mit jedem Schritt schien sich etwas zu verändern. Unsicher sah ich mich in den schmalen Straßen voller flirrender Neonbuchstaben und Schatten um. Es roch nach Alkohol, Stein und Moder. Ein paar Grüppchen von Rauchern, die nicht mehr waren als schwach beleuchtete Silhouetten, kamen in Sicht. Sie standen vor einer Eisentür. Plötzlich stieß die junge Frau, Kimmy, zu uns. Sie nickte uns knapp zu, bevor sie leise und undeutlich mit Gabe sprach. Ohne Zögern zog sie die schwer aussehende Tür auf. Unterdessen atmete ich bemüht ruhig weiter, während ich nach Ivys Arm tastete und ihn haltsuchend umschlang. War das hier wirklich eine gute Idee?

Lärm und Hitze umfingen mich, als die Tür mit einem endgültigen, dumpfen Laut hinter uns zufiel.

»Hey, Biggie«, hörte ich Kimmy zu einem großen Mann in Lederkutte sagen, der uns aus winzigen Augen musterte. »Gehören alle zu mir.« Der schlanke Finger der jungen Frau deutete auf uns und der Mann, der offensichtlich eine Art Türsteher war, verzog keine Miene.

»Sicher?«, wollte er mit brummiger Stimme wissen und schien unschlüssig zu sein, ob er uns den Zutritt verbieten sollte.

»Sicher«, erwiderte Kimmy kühl, schnipste gegen seinen Arm und warf den langen blonden Zopf über eine Schulter, bevor sie uns einen kurzen Wink gab, ihr zu folgen.

Diese Kneipe war vermutlich hundertmal größer als das *Voodoo*. Sie war größer, lauter, einschüchternder, verbotener. Schwaches Licht hüllte alles in einen trügerischen, dumpfen Glanz. Die Stimmung wirkte aufgeladen, aber nicht ausgelassen. Von minderjährig oder gerade volljährig bis ins höhere Alter war alles vertreten. Die riesige Bar nahm fast eine ganze Längsseite ein. Die Luft war durchsetzt mit scharfem Alkohol und Rauch. Die Musik war dunkel und untergründig, setzte sich in meinem Körper fest und kroch vibrierend meine Beine hinauf.

Kimmy steuerte auf ein breites Podest am hinteren Rand zu und ließ sich auf eine gepolsterte Bank fallen. Ich wusste nicht, wie oft Gabe und Dahlia hier gewesen waren, seit sie Kimmy kennengelernt hatten. Doch sie bewegten sich mit solch einer Selbstverständlichkeit, als wäre ihnen alles bereits bestens vertraut.

»Du scheinst hier bekannt zu sein«, hörte ich Ivy zu Kimmy sagen. Sie hob kurz die Schultern, wobei sie ihr Smartphone aus der Tasche zog. »Bin die Nichte des Besitzers«, erklärte sie unbeeindruckt und im nächsten Moment wurde ihr Gesicht vom kühlen Licht des Smartphones erhellt. »Ich bestell 'ne Runde«, murmelte sie gerade so laut, dass ich sie verstand.

Langsam schob ich meine Jacke von den Schultern und sah mich dabei ununterbrochen um. Ein stämmiger Mann mit kahlrasiertem Schädel und Sonnenbrille wandte den Kopf zu unserem Tisch um, und auch wenn ich es wegen der Augenbedeckung nicht wissen konnte, hatte ich das Gefühl, dass sein Blick jede unserer Bewegungen auf eine unangenehme Weise verfolgte. Meine Beine glitten über das kalte Leder der Sitze, als ich mich tiefer in den Stuhl sinken ließ und hoffte, keine weitere Aufmerksamkeit auf mich zu ziehen.

Wenig später brachte uns ein junger Mann mit Zopf ein Tablett mit kleinen Shotgläsern und eine Flasche mit klarer Flüssigkeit.

»Wenn du was trinken willst, beweg deinen Arsch selbst«, fuhr er Kimmy gereizt an, wobei er einen unfreundlichen Blick in die Runde warf. Kimmy feixte nur und ließ den geöffneten Flaschenhals über die Gläser hin und her wandern. Dass sie die wellige Tischplatte flutete, schien sie kaum zu bemerken.

Das Glas, das sie in meine Richtung schob, rührte ich nicht an.

»Ist das hier auch die Kneipe *Blindspot*?«, fragte ich Meagan flüsternd, die neben mir saß.

»Ja.« Sie nickte und lächelte mir kurz zu. Mit einer Hand strich sie sich das lange dunkle Haar hinter ein Ohr, während sie mit der anderen die von Dahlia hielt.

Mit zusammengepressten Lippen hielt ich Ausschau nach einem hochgewachsenen Mann mit schwarzem Haar und dunklen Augen. Nur weil Lesh immer vom *Blindspot* gesprochen hatte, musste er nicht diese Kneipe gemeint haben. Das Viertel war verzweigt, er konnte überall sein. Es war naiv, geglaubt zu haben, ich würde ihn hier sofort sehen, sobald ich den *Blindspot* betrat.

Unwillkürlich zuckte ich zusammen, als ein tiefer, dunkler Laut ertönte, der von unter uns zu kommen schien. Ein paar der Tische leerten sich, die Gäste schienen dem Signal zu folgen. Vor allem ein großer, breiter Mann fiel mir auf. Er wich niemandem aus, hielt auf ein mir unbekanntes Ziel zu und alle machten ihm seinen Weg mehr oder weniger unauffällig frei.

Unser Sitzplatz lag so tief in der Nische, dass ich nicht verfolgen konnte, wohin diese Menschen gingen. Die Kneipe musste jedoch größer sein als zuvor angenommen. Sonst könnte sie nicht diese Anzahl von Personen schlucken.

Zu viel. Zu viele Menschen. Zu viele Eindrücke. Zu viel ... von allem. Ich lehnte an der Tür der Toilettenkabine, in die ich mich zurückgezogen hatte, und schloss für einen Moment die Augen. Woran es genau lag, konnte ich nicht erfassen, doch irgendetwas nahm mir hier die Luft zum Atmen. War es meine konstante Anspannung, die zur Erschöpfung führte? Ich fühlte mich hier nicht wohl, und wenn ich ehrlich war, wollte ich nach Hause. Ivy würde ohne zu zögern sofort mitkommen, das wusste ich. Doch sie saß bereits die ganze Stunde, die wir hier waren, neben Gabe und unterhielt sich mit ihm. Ich wollte ihnen noch ein bisschen Zeit geben, weil es mich unheimlich freute, dass sie etwas eigentlich Vergangenes wiedergefunden hatten.

Halte nur noch ein bisschen durch, redete ich mir selbst gut zu. Nachdem ich tief durchgeatmet hatte, obwohl der Geruch hier noch schlimmer war als in der Kneipe, wollte ich die Tür öffnen, doch Schritte und mehrstimmiges Lachen hielten mich davon ab. Mit zusammengekniffenen Lippen verharrte ich. Die fremden Frauen hielten sich bei den Waschbecken auf, was ich deutlich an den Wasserhähnen hören konnte.

»Beeil dich ein bisschen, sonst ist schon die Hälfte der Runden vergangen«, drängte eine rauchige Stimme, woraufhin eine andere genervt etwas murmelte. Ein leises Klackern und Kratzen drangen an mein Ohr, was ich nicht einzuordnen wusste.

»Du hast echt ein Problem – immer musst du wetten«, meinte eine dritte Stimme. »Und nie gewinnst du.« Wieder Lachen.

»Ich geh halt Risiken ein. Ihr beide seid nicht besser, wettet immer nur auf denselben. Das ist erbärmlich«, brüskierte sich die dunkle Frauenstimme.

»Es ist taktisch klug. Wie oft hat West im letzten Jahr gewonnen? Richtig! Fucking zweiundzwanzig Mal.«

»Er hat auch oft genug verloren«, gab die Erste zu bedenken. »Ihr wettet nur auf ihn, weil ihr ihn gern flachlegen würdet.«

Lautes Gekicher.

»Ich würde alles dafür geben, seine Wunden versorgen zu können«, seufzte eine von ihnen.

»So eine Einstellung ist ungesund, *Sweetie*. Wir leben im einundzwanzigsten Jahrhundert«, rügte die rauchige Stimme.

»Und? Jede darf heiß finden, was sie will. Eine Frau braucht jemanden, der sie beschützen und verteidigen kann.«

»Du lebst in der Steinzeit. Verteidige dich selbst.«

»Sag auch was, Miranda!«

Jemand zog lautstark die Nase hoch.

»Also klar ist er attraktiv. Aber du darfst das nicht sagen, nur weil du es scharf findest, wenn er jemanden verprügelt – das bestätigt toxische Männlichkeit, weißt du?«

»Wow. Einfach nur wow.« Ein Schnauben. »Ich werde trotzdem das nächste Mal auf ihn wetten und vielleicht werde ich scharf, wenn er seinen Gegner in den Staub tritt.«

»Ich kann dich nicht leiden, wenn du drauf bist«, sagte die rauchige Stimme.

Die Diskussion ging noch weiter, doch dabei verließen sie glücklicherweise die Toilettenräume.

Ich schämte mich ein wenig vor mir selbst, dass ich so lange in der Kabine ausgeharrt hatte, nur weil es mir unangenehm war, sie sehen zu lassen, dass ihr Gespräch nicht ungehört geblieben war. Langsam ließ ich an den Waschbecken kaltes Wasser über meine Finger fließen. Sie waren klebrig vom Tisch und ich seifte sie energisch ein. Langsam zog ich Papier aus dem Spender, und nachdem ich noch einmal wider besseres Wissen tief durchgeatmet hatte, trat ich aus den Waschräumen.

Gerade hatte ich unseren Tisch angesteuert, als mir der Weg versperrt wurde. Ein Mann, ungefähr so groß wie ich, stand vor mir. Schwach kam er mir bekannt vor, als mir langsam dämmerte, dass ich ihn am Tresen gesehen hatte, als wir das erste Mal im *Voodoo* gewesen waren. Er lächelte und entblößte dabei lückige Zahnreihen. Sein kahlrasierter Schädel glänzte im rötlichen Licht und die tätowierte Rose auf seiner Kehle bewegte sich irgendwie unheimlich, als er schluckte. Er lüftete seine Jacke und hielt mir unverblümt ein Tütchen in seinen schorfigen Fingern entgegen, wobei er die Mundwinkel noch weiter nach oben zog. »Das erste Mal ist gratis«, kickste er mit hoher Stimme.

»Nein, danke«, sagte ich schnell und schlüpfte an ihm vorbei.

»Warte mal«, rief er und ich konnte noch gerade rechtzeitig meinen Arm wegziehen, bevor er ihn erwischte. Dabei stolperte ich versehentlich in einen großen Mann, der mich genervt anbrummte. Er war das Schlusslicht einer kleinen Menschentraube, die sich gebildet hatte. Immer wieder war der dunkle Ton in der letzten Stunde unter unseren Füßen erklungen und ich vermutete, dass es hier irgendwo eine Veranstaltung gab, die von vielen Pausen unterbrochen wurde. Denn wellenartig füllte und leerte sich die Kneipe. Nun versiegte der Gästestrom wieder in einem mir nicht bekannten Untergrund.

»Hey«, hörte ich die hohe Stimme und quetschte mich kurzerhand mitten in die Menschen, um aus seinem Sichtfeld zu kommen. Eingeklemmt zwischen zwei bulligen Männern in Motorradkutten wurde ich durch die schummrige Kneipe gezogen. Sie alle steuerten auf einen schmalen Gang zu. Ich schaffte es an den Rand der Gruppe und wollte mich möglichst bald absetzen, um zurück zu unserem Tisch zu kommen. An die Wand gedrängt, erhaschte ich einen Blick auf eine schwere Tür, die geöffnet war und hinter der eine Treppe nach unten führte.

»Was ist nun? Gehst du weiter oder nicht?«, bemerkte ein Mann mit geflochtenem Kinnbart hinter mir.

»Was ist da unten?«, hörte ich mich selbst fragen.

»*Bare Knuckle*«, gab er eine knappe Antwort und ging weiter. *Bare Knuckle*? Damit wusste ich nicht wirklich etwas anzufangen. Doch als hätte ich meinen letzten Sinn für Vernunft verloren, wich ich nicht aus, sondern ließ mich von dem Mann zur Treppe schieben. Es war ein Winkel im *Blindspot*, den ich noch nicht kannte, und vielleicht … war Lesh hier. Ich tastete mich die von halb blinden Röhren beleuchtete Treppe herunter. Ein hoher, großer Raum eröffnete sich vor mir. Er war vollgestopft mit Menschen, die durcheinanderredeten und brüllten.

Die Wände waren kahl und unverputzt. Hitze, der Geruch nach Schweiß und Bier beherrschten die Luft. Ich hatte das Gefühl, kaum atmen zu können. In der Mitte des Raumes war ein niedriges Podest errichtet, das fast von den vielen Zuschauern verdeckt war. Ab und zu sah ich dicke Absperrseile aufblitzen oder einen Fleck zerkratzten Boden. Schweiß brach mir aus. Auf einigen Bankreihen saßen Frauen, kaum älter als ich, die vergnügt etwas in die Menge schrien. Irgendwie beruhigte mich deren Anwesenheit. Sie gaben mir den Mut, zu bleiben. Während ich erst geglaubt hatte, die einzige weibliche Person hier zu sein, entdeckte ich jetzt immer mehr Frauen, also postierte ich mich in der Nähe der Bänke.

Die Anfeuerungen, die von den Wänden widerhallten, ließen mich den Hals recken. Mit großen Augen beobachtete ich den blonden Mann, der sich gerade aufrichtete. In seinem Haar klebte dunkle Flüssigkeit. Mir wurde schlecht, als ich länger hinsah und es im Dämmerlicht rötlich schimmerte. Ich presste mich an die Wand in meinem Rücken, nur um festzustellen, dass diese von der hohen Luftfeuchtigkeit ganz nass war. Angeekelt stieß ich mich wieder davon ab. Was war das hier? Eine unterirdische Boxarena? Ich stellte mich auf die Zehenspitzen, wollte eigentlich gar nicht mehr sehen – und dann wieder doch.

Denn Leshs Fingerknöchel blitzten vor mir auf und ich fragte mich, ob das hier die Erklärung sein könnte, auch wenn es das Letzte war, was ich mir wünschte.

Nach einer Weile war ich mir sicher, dass es zwei Männer waren, die kämpften. Aber sie hatten keine Boxhandschuhe an, nur etwas, das wie Bandagen aussah. Ihre Oberkörper glänzten vor Schweiß, sie gingen immer wieder zu Boden und daraufhin folgte ein dunkles Signal.

Die Pfiffe und Rufe schmerzten in meinen Ohren, auch mir rann in der stickigen Hitze der Schweiß über den Rücken. Um von der Wand wegzukommen, suchte ich mir eine Lücke weiter vorn. Einer der Männer auf dem Podest hatte helles Haar, der andere dunkles. Ein kleiner Teil in mir hoffte, dass der Kampf inszeniert war. Als eine Art Unterhaltung. Aber dafür hatte ich zu viel Blut gesehen, was mir den Magen umdrehte.

Kurz entschlossen, tippte ich eine Frau in meiner Nähe an, die nur einen BH und Jeansshorts trug und immer wieder johlte, wobei sie ihre Hände vor ihrem Mund zu einem Trichter formte.

Überraschte drehte sie sich zu mir um.

»W-was ist das hier?«, rief ich über den Lärm. Kurz sah sie mich verständnislos an, reimte sich dann vielleicht zusammen, was ich gesagt hatte.

»Noch nie was von *Bare Knuckle* gehört?«, schrie sie mir ins Ohr. Ich schüttelte den Kopf und sie zuckte mit den Schultern.

»Sie kämpfen, bis einer nicht mehr aufsteht«, rief sie nach einer kurzen Pause, weil sie zu glauben schien, dass sie mich aufklären musste.

»Einer stirbt?«, fragte ich schockiert. Sie tätschelte nachsichtig meine Schulter.

»Einer ist K.o.«, verbesserte sie mich und wandte sich wieder ab.

Mit klopfendem Herzen schob ich mich zu der Tribüne und kletterte ein paar Stufen hinauf, um eine bessere Sicht zu haben. Ein dritter Mann stand in dem improvisierten Ring. Er war etwas älter, trug eine schäbige Cap und seine Mundwinkel reichten fast bis zum Kinn hinunter. Er musste so etwas wie ein Schiedsrichter sein.

Der Blonde hatte den Dunkelhaarigen mit vielen aufeinanderfolgenden Schlägen attackiert. Als dieser sich aus der Ecke befreien konnte und einem weiteren Schlag auswich, taumelte er gegen die Absperrung. Im nächsten Moment wurde er von mehreren Männern, die am Rand standen, zurück in die Mitte gestoßen. Kurz strauchelte er, bis er sich wieder fing und im Aufrichten eine Faust vorschnellen ließ und seinen Gegner unterhalb der Kehle traf. Ich fuhr zusammen, als dessen Rücken auf dem Boden aufschlug. Augenblicklich ertönte wieder das dumpfe Signal und der alte Mann machte eine müde Geste, wobei der Blonde sich bereits wieder aufgerappelt hatte. Es schien, als sei er eher ausgerutscht, als dass der Schlag ihn hatte zu Fall bringen können.

Beide Kämpfer hatten sich in ihre Ecke gedrückt und fixierten einander. Mein Atem stockte, als der Dunkelhaarige das erste Mal stillstand. So gern ich es getan hätte – es ließ sich nicht leugnen, dass er Ähnlichkeit mit Lesh hatte. Auch wenn ich ihn aus der Entfernung und in dem tristen Licht nicht sicher identifizieren konnte. Meine Finger klammerten sich ineinander und meine Sicht verschwamm leicht.

Wenige Sekunden später setzten die Männer viele schnelle und gezielte Schläge. Ich sah das leuchtende Rot, sah den Dunkelhaarigen, dessen Fäuste auf den etwas kleineren Blonden einprasselten, bis dieser nach einem plötzlichen Kinnhaken zu Boden ging und liegen blieb.

Mein Herz setzte kurz aus. Der Dunkelhaarige beugte sich zu seinem Gegner nach unten, half ihm auf die Füße. Alle schienen den Atem anzuhalten, eine gespenstische Stille legte sich über die Menge. Die Frau neben mir hatte die Hände gefaltet und murmelte etwas vor sich hin. Dann ertönte ein tiefes Dröhnen und der alte Mann trat zu den beiden Gegnern. Ohne eine Miene zu verziehen, packte er den Arm des Dunkelhaarigen und zerrte ihn in die Höhe.

»West gewinnt«, verkündete er teilnahmslos und der Jubel, der aufbrandete, war ohrenbetäubend.

Für eine Sekunde entspannte ich mich. *West*. Dann erinnerte ich mich daran, wie ich das erste Mal vor Leshs Tür gestanden hatte.

»Lesh Muscowe?«, fragte ich und deutete auf das Klingelschild.

»Nicht ganz, ich heiße West. Der Nachname meiner Großeltern.«

KAPITEL 20 ½

Lesh

»Willst du das wirklich machen? Er ist erst achtzehn!«, schimpfte Ari.

»Er hat sich dafür entschieden«, gab Lesh zurück. Er versuchte sich nicht anmerken zu lassen, wie sehr er es selbst verabscheute.

»Sei vernünftig«, bemerkte Veit.

»Du brauchst nur den verdammten Nervenkitzel«, zischte Ari betrübt. »Das Erfolgserlebnis, um dich nicht wie ein elender Versager zu fühlen.«

Eine Welle von Schuld und Scham überkam Lesh. In seiner Anfangszeit als Barkeeper im *Blindspot* hatte er Ari und Veit gegenüber fest behauptet, niemals dabei einzusteigen.

Jetzt ließ Lesh sie stehen, die Tür hinter der Bar schlug laut gegen die Wand und er stieg die Treppe zu den unterirdischen Gängen hinunter. Die innere Unruhe, die sich jedes Mal bemerkbar machte, übermannte ihn. Eine Mischung aus Aufregung, Angst und Aggression. In der modrigen Umkleide ließ er sich auf dem Boden nieder, stemmte die Fäuste auf den kalten Steinuntergrund und spannte seinen Körper an. Er hatte die Übungen vernachlässigt, die seine Knöchel abhärten sollten, und spürte deren

Widerspruch, als sein Gewicht auf ihnen lastete.

Kurz darauf riss er das Material für die Bandagen aus seinem Spind. Mit bebenden Fingern wickelte er sie um seine Hände.

»Mit diesen Bandagen brichst du dir was«, bemerkte Ari, die plötzlich in den Umkleiden stand. Sie befahl Lesh, sich hinzusetzen. Er tat es nur, weil er wusste, dass sie recht hatte. Routiniert wickelte sie Gaze und Tape um seine Hände und Gelenke, bis sie sich fest verpackt anfühlten.

Als er in den Gang zurücktrat, fühlte er sich leer und müde. Gleichzeitig unangenehm aufgekratzt. Sein schneller Herzschlag zeichnete sich unter der nackten Haut ab. Er sah ihn, fühlte ihn aber kaum. Auf dem Weg zum Kampf inhalierte er kurz die Stille, die hier unten herrschte. Er spreizte die Finger, lockerte die Bandagen, die Ari fester als sonst gewickelt hatte.

Der Boden war glatt vom Schweiß und der Luftfeuchtigkeit. Die größte Schwierigkeit bestand darin, nicht auszurutschen und sich aufrecht zu halten. Er war erleichtert, dass sein Gegner besser war als erwartet. Aufgepumpt und voller Kampfeswille schien er wild entschlossen, Lesh sämtliche Knochen zu brechen.

Bisher hatte er zwei oder drei schmerzhafte Treffer erzielt. Rippenbereich und Solarplexus. Die meisten Kämpfer zielten auf die weicheren Regionen, um nicht gegen harte Knochen zu schlagen und sich die Hand zu zertrümmern. Lesh nahm die Treffer auf seinem Oberkörper in Kauf, denn er spürte, dass der Mann nur darauf wartete, dass er die Deckung seines Gesichts vernachlässigte. Im besten Fall würde er mit Cuts davonkommen, im schlimmsten landete er einen richtigen Treffer und Lesh wäre K.o. Sein Gegner hatte bereits einen Riss über der Braue, den er sich vermutlich selbst zugefügt hatte, als er zu Boden gegangen war und sich nicht rechtzeitig hatte abfangen können. Schweiß lief Lesh in die Augen und seine Kehle brannte vor Durst. Kein Fenster, kein Hauch von frischer Luft. Wenn er sich auf den Gestank hier konzentrieren würde, hätte er vermutlich gekotzt. Seine Aufmerksamkeit galt jedoch uneingeschränkt dem blonden Mann, der gerade wieder auf die Füße kam. Auch Lesh war in die Knie gegangen und stand auf, wobei er seine nackten Sohlen so fest wie möglich gegen den Boden presste und sich eine stabile Position suchte.

Eine Sekunde zu langsam. Er spürte die Fäuste kaum, konzentrierte sich vor allem darauf, sie abzuwehren und aus der eingeengten Position zu kommen. Luft wurde aus seinen Lungen gepresst, als ein Schlag seinen Brustkorb erwischte. Trotzdem senkte er seine Deckung nicht. Er sah den Schlag auf sein Nasenbein kommen, wenn er das täte. Lesh wich zur Seite, taumelte, spürte im nächsten Moment die faserigen Absperrbänder, die sich in sein Fleisch drückten. Grobe, klebrige Hände stießen ihn zurück in die Mitte des Platzes und seine Füße schlitterten über den nassen Boden. Lesh wusste nicht, wie er es schaffte, sich abzufangen. Vieles war Reflex. Die Heftigkeit seiner Faust war Reflex, der Winkel zur Schonung seiner Knöchel war Reflex. Er nutzte seine kurze Überlegenheit und setzte Schlag um Schlag gegen seinen Gegner, wobei er das langsame Protestieren seiner Hände spürte. Die Erschöpfung, die seinen Körper hinaufkroch. Er verbot sich jeden Gedanken daran, was geschah, wenn er nicht richtig traf. Was geschah, wenn er zu hart zuschlug.

Er befand sich in der perfekten Position, holte aus und versetzte seinem Gegenüber mit vertikaler Faust in gerader Linie einen Haken. Der junge Mann ging sofort zu Boden und Lesh schloss kurz die Augen. Sein Körper bebte, das Adrenalin brachte sein Blut in Wallung und Dunkelheit flimmerte am Rand seines

Sichtfeldes. Schnell beugte er sich herunter, wobei ein unerträglich hoher Ton Leshs Ohren peinigte, als Stille eintrat. Sein Atem ging unregelmäßig, als er seinem schwankenden Gegner auf die Beine half und Ferris das Zeichen gab.

»West gewinnt«, gab dieser mit seiner wie üblich fehlenden Euphorie bekannt und Lesh ließ zu, dass sein Arm hochgezerrt wurde. Lärm brandete in seinem Kopf auf, der gleich zu platzen schien.

Lesh bot dem Verlierer des Kampfes die Hand und fragte, ob alles okay sei. Dieser schlug ein, nickte knapp und spuckte aus, bevor er zu seinem Team ging, um sich versorgen zu lassen.

Lesh sah Brock und Ari, doch er wollte nur weg. Sich nichts über seinen Kampf anhören. Er genoss den Sieg, hasste sich dafür und mochte den Hass. Es fühlte sich verdient an. An der schmalen Treppe zog er seine Schuhe über und nahm das Handtuch, das ihm jemand reichte. Auf dem Weg durch die Menge schüttelte er die Hände ab, die ihn ungefragt anfassten. Das Adrenalin ließ bereits etwas nach und machte einem dumpfen Schmerz Platz, der in seinen Rippen, Händen und Armen tobte. Ein Mann klopfte ihm auf den Rücken, die Hand klatschte laut auf seine nasse Haut. Lesh biss die Zähne zusammen und verschwand im Dämmerlicht. Er stieg die Treppe hoch zu dem schmalen Flur, von dem eine Tür in die Kneipe und eine zu den Umkleiden führte.

Mit starren Fingern gab er den Zahlencode in das kleine Tastenfeld ein und ein leises Piepsen erklang. Als er die Tür aufzog, spürte er erneut eine Hand, die seinen Unterarm umschloss. Grob schüttelte er sie ab.

»Lesh.«

Die Hitze in ihm wurde von Kälte vertrieben und kurz erwog er, sich loszumachen und sie wortlos zurückzulassen. Etwas in ihm glaubte daran, dass er noch eine kleine Chance hatte, der Situation zu entkommen.

Die Tür fiel wieder ins Schloss und er atmete mit geschlossenen Augen tief durch, bevor er sich zu Rosa umdrehte.

Kapitel 21

Rosa

Irgendwie hatte ich noch immer gehofft, dass ich mich irrte. Dass ich mich einem *West* gegenübersehen würde, der nicht Lesh war. *Hoffnungslos*.

In seinem Gesicht standen Ablehnung, Erschöpfung und das Bewusstsein von Schuld.

Abwartend sah er mich an, machte keine Anstalten zu sprechen, während ich krampfhaft versuchte, Worte hochzuwürgen. Aber welche? Konnte ich ihm einen Vorwurf machen? Er hatte deutlich gemacht, dass mich sein Beruf nichts anging. Aber jetzt hatte ich ihn und das, was er tat, gesehen und konnte es nicht mehr ungeschehen machen. Das Schlimmste war, dass ich es nicht akzeptieren konnte. Ich hätte gern anders gefühlt, hätte genauso Feuer und Flamme sein wollen wie manche der Zuschauer. Aber alles, was ich wahrnahm, war Lesh, der sich mutwillig verletzen ließ.

Seine Augen glänzten beinahe schwarz, während er mit schmalen Lippen auf eine Reaktion von mir zu warten schien. Ich schluckte, setzte an, verstummte wieder und brachte letztendlich doch ein Wort heraus.

»Warum?«

»Nicht jetzt, Rosa«, erwiderte er heiser. »Lass mich kurz duschen, mich umziehen und dann können wir meinetwegen reden.«

»N-nein.«

»Nein?«

»Wenn du jetzt durch diese Tür gehst, wirst du nicht wiederkommen«, war ich mir sicher.

Er furchte die Stirn, nickte dann knapp und wählte die Tür in die Kneipe. Ich folgte ihm. Zielstrebig ging er zur Bar, griff über den Tresen und hielt eine schwarze Kapuzenjacke in der Hand, die er sich überwarf, bevor er sich zum Ausgang wandte. Er hatte nicht einmal nachgesehen, ob ich mitkam.

Kalte Nachtluft umfing uns, als wir auf die Straße traten. Erleichtert atmete ich ein und hatte das Gefühl, das erste Mal seit mehreren Stunden wieder richtig Luft zu bekommen. Lesh blieb am Rand der nächsten tiefschwarzen Gasse stehen, von der aus der Kneipeneingang gerade eben zu sehen war. Wir jedoch waren fast gänzlich vor den Blicken der Gruppen davor geschützt.

Er zog den Reißverschluss nach oben und fuhr sich mit dem Ärmel über die glänzende Stirn.

»Das solltest du nicht sehen«, sagte er tonlos.

»Ich weiß«, erwiderte ich etwas schuldbewusst.

»Wir haben doch eine Abmachung, Rosa«, seufzte er. »Kein *Blindspot*!«

»Warum machst du das, Lesh?«, fragte ich ruhig, ohne auf seinen Vorwurf einzugehen. Ich wusste, dass meine Anwesenheit hier falsch war. Darüber brauchten wir nicht zu sprechen.

»Verschiedene Gründe.«

»Nenn mir einen«, bat ich.

Nur der nächtliche Lärm der Kneipenbesucher füllte die

Straße. Lesh schwieg nervenzerreißend lange, bis er kurz die Schultern hob. »Als Barkeeper verdiene ich nicht viel.«

»Barkeeper? Das ist dein *eigentlicher* Job?«

»Nein. Mein *eigentlicher* Job ist etwas ganz anderes.«

Fragend hob ich die Brauen, doch er schüttelte den Kopf. »Unwichtig.«

»Lesh«, sagte ich und bemühte mich um eine feste Stimme. »Ich wusste, dass mir das, was hinter deinen Blessuren steckt, nicht gefallen würde. Aber ich dachte nicht, dass ... es *so etwas* ist.«

Er antwortete nicht.

»Erklär mir das *Warum*. Bitte.«

Das Unverständnis musste mir ins Gesicht geschrieben stehen, denn er holte tief Luft und sah weg.

»Das kann es doch nicht wert sein? Dieser ... dieser Mann hat auf dich eingeprügelt. Du lässt dir absichtlich wehtun ...« Nachdrücklich zog ich den Reißverschluss seiner Jacke nach unten und schob sie ein Stück zur Seite, um auf die schwachen Blutergüsse zu zeigen, die sich bereits auf seinem Brustkorb abzeichneten. Als wüsste er nicht selbst, was dort zu sehen war. Er musste es schmerzhaft spüren.

Lesh schob meine Hände weg, schloss mit einer aggressiven Bewegung den Reißverschluss wieder. Mit enger Kehle beobachtete ich ihn und fragte mich, woher diese Wut kam. Konnte ein Mensch so zwiegespalten sein? Spielte er mir mit seiner ruhigen, beherrschten Art nur etwas vor? War mein Gefühl der Geborgenheit und Heimat bei ihm bloß eine Illusion? Kurz schloss ich die Augen, sah ihn mir gegenüber im *Golden Plover* sitzen. Vermutlich hatte ich nur das wahrnehmen wollen, wonach ich mich sehnte.

»Rosa, ich möchte es dir nicht erklären müssen. Es ist so und es ist okay so!«

Ich schüttelte leicht den Kopf über die Beschwichtigung in seiner Stimme, den Tonfall, der mit einem Mal wieder so vertraut umwebend war. Er schaltete um. In so wenigen Augenblicken, dass ich ihn nur anstarren konnte.

»Willst du, dass wir so weitermachen, w-wie zuvor?«

»Ja.«

Erneut schüttelte ich den Kopf. »Ich will dich verstehen. Ich will begreifen, warum du an so etwas teilnimmst und –«

»Rosa«, unterbrach er mich. »Ich möchte nicht, dass du damit etwas zu tun hast, begreifst du das? Ich möchte, dass du alles vergisst und ich möchte, dass du dich nicht wieder hier rumtreibst.«

»Du hast kein Recht, mir Vorschriften zu machen«, entgegnete ich leise.

»Das stimmt.« Sein Blick wurde sanft. »Es ist eine Bitte.«

»Das kannst du nicht *nicht* erklären!«, beharrte ich, jedoch teilweise geschlagen.

»Es ist mein Leben …« Kurz schien er nach Worten zu suchen, nach Ausflüchten, aber vielleicht fand er keine mehr. Stumm hob er eine Hand und berührte meinen Kiefer, fuhr langsam daran entlang, bis sie in meinem Nacken lag. »Deine Zeit hier in Rivercrest wird immer weniger – willst du sie wirklich damit verbringen, mit mir zu streiten und dir Sorgen zu machen?«

»Nur weil wir es totschweigen, wird es nicht aufhören zu existieren«, gab ich zurück.

»Weil du verbissen daran festhältst. Zieh die Grenze wieder, Rosa.« Er zog die Brauen zusammen und seine Finger lösten sich von meiner Haut.

»Das geht nicht«, presste ich zwischen den Zähnen hervor. »Ich kann nicht unentwegt Angst um dich haben.«

»Ich denke, wir werden uns nicht einig werden«, sagte er nur.

»Wirklich, Lesh?«, fragte ich matt.

Unvermittelt lachte er. Es klang so schnell wieder ab, wie es da gewesen war. »Ich habe dir gesagt, dass die Wahrheit nur schadet«, erinnerte er mich an den Nachtausflug zum Strand. »Ich passe jetzt nicht mehr in das Bild, das du dir von mir gemacht hast. Und ich denke, das ist dein größtes Problem.«

»N-nein.« Heftig schüttelte ich den Kopf. »Mein Problem ist, dass der Mann, der mir ... so viel bedeutet, sich verletzen lässt und mir nicht einmal erklären kann, warum.«

»Ich *will* es nicht erklären! Da gibt es einen Unterschied. Ich weiß durchaus, warum ich das mache«, widersprach er hart.

Mit zusammengepressten Lippen sah ich ihn an, während ich langsam vor Kälte zu zittern begann. Die frostige Nachtluft kroch unter das geblümte Kleid und die Strickjacke, die ich trug.

»Es tut mir leid, dass du es gesehen hast, Rosa. Das habe ich nie gewollt.« Tiefe Falten hatten sich in seine Stirn gegraben. »Ich kann verstehen, wenn du mich jetzt nicht mehr sehen willst ...«

»Hör auf«, bat ich. »Das, was du hier machst ... Es ändert nichts an meinen Gefühlen und daran, dass ich dich sehen will.«

»Sicher?« Lesh schien unschlüssig, ob er meinen Worten trauen konnte.

»Natürlich.« Ich machte einen Schritt auf ihn zu, wobei mein Blick von seinen dunklen Augen zu seinen leicht geöffneten Lippen huschte.

Mein Herz schlug so heftig, dass ich es im ganzen Körper spürte. Jede meiner Regungen kostete mich unsagbar viel Mut.

Sachte legte ich die Handinnenflächen an seine rauen Wangen und er senkte bereitwillig den Kopf, bis ich seinen Mund errei-chen konnte. Nur für wenige Sekunden drückte ich meine Lippen auf seine, bevor ich mich wieder von ihm löste.

»Es ändert nichts. Du bist noch immer *du*«, sagte ich leise und nahm meine Hände von seinen Wangen.

»Warte.« Ich spürte seine Arme, die mich umfingen und an ihn zogen. Zuerst dachte ich, er wollte mich küssen. *Vielleicht richtig küssen.* Doch er hielt mich nur fest. Ich spürte sein Kinn auf meinem Scheitel, seine Atemzüge, die etwas angestrengt klangen. Ich war mir nicht sicher, ob ... er mit den Tränen kämpfte.

Beruhigend schlang auch ich meine Arme um ihn, hielt ihn ebenfalls und versprach immer wieder stumm, dass ich mich nicht abwenden würde. So schrecklich ich sein Kämpfen fand ... Er war noch immer Lesh, den ich viel zu nah an mein Herz gelassen hatte und nicht wieder loslassen konnte.

»Rosa?« Ivys Stimme riss mich aus dem Moment und Lesh hatte mich bereits ein Stück von sich geschoben, bevor ich mich hatte rühren können. Beinahe ertappt drehte ich mich um und erspähte sie vorm Eingang.

»Rosa!« Sie schien mich erst jetzt zu entdecken und lief mit schnellen Schritten auf mich zu.

Besorgt blinzelte ich zu Lesh. Doch dort, wo er eben noch gestanden hatte, war nur ein leerer Fleck.

»Ist alles in Ordnung?« Ivy fasste mich bei den Armen und schien mich mit den Augen abzuscannen.

»Ja. Ich brauchte nur frische Luft«, wich ich aus. »Mir war es dort drin alles zu viel.«

»Oh.« Ivys Miene wurde schuldbewusst. »Dann lass uns zu dir nach Hause fahren.« Sie legte mir einen Arm um die Schultern. »Wir holen nur unsere Jacken.«

»Danke.« Ich lehnte kurz die Wange gegen ihre Schulter und merkte, wie sich nach dem Schwinden des Adrenalins bleierne Müdigkeit in mir ausbreitete.

Was, wenn er nach einem Knockout stirbt? Wenn ich ihn dadurch verliere? Er kann sich verletzen, bleibende Schäden davontragen … Der Versuch, mich abzulenken, indem ich am Sonntagmorgen mit zu Deans Messe gefahren war, scheiterte.

Ich saß auf der hölzernen Kirchenbank und ging immer wieder die Artikel und Videos durch, die ich mir noch in der Nacht zugemutet hatte. Wobei ich mir die Clips nur wenige Sekunden hatte ansehen können, bevor mir übel wurde.

Im Gegensatz zu manchen Aufzeichnungen schien Leshs Kampf beinahe gesittet gewesen zu sein. Meiner Einschätzung traute ich allerdings keineswegs. Es konnte genauso gut sein, dass ich die letzte Nacht in schützendes, verzerrendes Licht getaucht hatte. Meine Gedanken drehten sich haltlos im Kreis, bereiteten mir Schwindel.

Nachdem Dean seine Messe beendet hatte, wanderte ich in den dünnen Strahlen der Frühlingssonne herum. Meine Finger streiften über das splittrige, weiß gestrichene Holz der *St. Clarence*. Gabe fand mich irgendwann und sagte, sie würden wieder nach Hause fahren. Ich blieb. Unschlüssig warum, lehnte ich sein Angebot ab und wartete, bis die Kirche wieder menschenleer dastand. Zumindest fast menschenleer. Ich drückte die schwere Eingangstür auf und Dean, der sich gerade umgezogen hatte, kam mir entgegen.

»Rosa«, rief er erstaunt und schien etwas Schlimmes zu befürchten. »Ist etwas passiert?«

»Nein.« Unsere Stimmen hallten von den hohen Decken wider. »Ich dachte … Ich wollte noch nicht nach Hause.«

Eine kurze, nicht einzuordnende Emotion huschte über sein Gesicht. Vielleicht war er über das *nach Hause* gestolpert.

Er zögerte, setzte sich dann auf einen Platz in der ersten Reihe der schmalen Holzbänke und neigte fragend den Kopf. Langsam ging ich zu ihm.

»Warum bist du Pfarrer geworden?«, startete ich einen weiteren Versuch, an etwas anderes als an Lesh zu denken.

Dean sah kurz an die gewölbte Decke und hob dann leicht die Schultern. »Ich habe Antworten gesucht.«

»Hast du sie gefunden?«

»Nicht alle.«

»Glaubst du denn an Gott?«

Dean lachte auf, runzelte leicht die Stirn und musterte mich interessiert. »Tust du es überhaupt nicht?«

»Nein, ich glaube ... nicht«, sagte ich ehrlich.

»Das ist okay, weißt du«, bemerkte er mit einem Schmunzeln auf den Lippen.

»Ich weiß«, behauptete ich, obwohl ich mich manchmal fragte, ob es nicht helfen würde, an etwas zu glauben.

»Gabe und Lia glauben auch an keinen Gott und ich habe schon oft mit ihnen darüber gesprochen. Ich gebe zu, dass es mitunter unmöglich scheint, an etwas zu glauben, das nicht sichtbar und ebenso wenig greifbar ist.«

Er rieb die Hände aneinander, wirkte fast verlegen.

»Du hast ... meine Frage noch nicht beantwortet«, bemerkte ich.

»Hm?« Dean kratzte sich an der Stirn und schob dann leicht die Unterlippe vor. »Ich glaube an etwas Höheres als uns Menschen. Gott kommt dem, was ich mir vorstelle, am nächsten. Nicht alles ergibt Sinn – aber ich denke, es geht vor allem darum, für sich herauszufiltern, was einem Kraft und Stärke schenkt.«

»Was ist mit den Ungerechtigkeiten, den Kriegen und der Gewalt? Viele tun es im Namen Gottes.«

»Das ist falsch«, sagte er sofort.

»Ich habe manchmal das Gefühl, dass der Glaube als Ausrede,

als Grund und Entschuldigung benutzt wird. Ich glaube lieber an nichts und stehe selbst für mich und meine Fehler ein.« Mein Blick glitt über das Innere der schlichten Kirche. Obwohl mir dieser Ort sehr gefiel.

»Das ist eine gute Einstellung.«

»Warum dachte ich, du würdest mich missionieren wollen?« Ich wollte es leicht daher gesagt klingen lassen, aber ich hatte die Befürchtung ernsthaft gehegt.

»Es gibt Menschen in unglücklichen Lebenslagen oder ebenfalls auf der Suche nach Antworten. Diesen Personen versuche ich gern zu helfen. Aber ich möchte niemandem etwas aufzwingen. Damit stieße ich nur auf Ablehnung und niemandem wäre geholfen. Das missfällt so einigen der Alteingesessenen, aber du kannst es nicht allen recht machen. Jeder geht seinen eigenen Weg und an manchen Kreuzungen treffen wir aufeinander.«

Wir schwiegen eine Weile, bis ich leise Luft holte. »I-ich mag deine Messen, Dean. Du sprichst viel über die Stadt. Die Menschen hier liegen dir am Herzen – ihr Glück und ihre Zufriedenheit. Es kommt mir meist eher vor wie eine Stadtversammlung. Gott ist irgendwie dabei, drängt sich aber nicht in den Vordergrund.«

Dean schwieg und als ich ihm einen Seitenblick zuwarf, bemerkte ich mit Schrecken, dass er glasige Augen hatte. »Dean?« Ich hoffte, er hatte mein Kompliment nicht falsch aufgefasst. Vielleicht war es schlecht für ihn, dass ich als *Ungläubige* seine Messe für gut befand.

»Diese Zeit, die uns gerade geschenkt wird.« Er rang kurz mit sich. »Sie bedeutet mir sehr viel. Du kannst dir nicht vorstellen, wie glücklich es mich macht, dass du hergekommen bist. Wenn ich daran denke, dass du schon bald wieder …«

»Dean«, sagte ich sanft und hoffte, er würde nicht anfangen zu weinen.

»Kommst du uns besuchen, wenn du auf ein College gehst?«
Unauffällig versuchte er sich über die Augen zu wischen und sah
mich dann so quälend hoffnungsvoll an, dass ich einknickte.

»Bestimmt«, murmelte ich und wandte den Blick ab, um nicht
noch etwas zu versprechen.

»Ich schäme mich, Rosa. Die damalige Situation hat mich überfordert und ich habe es einfach komplett vermasselt.«

»Hast du nicht. Es war sehr okay so.« Ich nagte an meiner
Unterlippe. »Du hast zwei tolle Kinder, Dean. Obwohl du nicht
ihr biologischer Erzeuger bist, haben Gabe und Dahlia keinen
Zweifel daran, dass du ihr Vater bist. Ist das nicht alles, was du dir
wünschen könntest? Mach dir nicht so viele Gedanken um mich.«

»Aber Rosa ...«

Ich schüttelte den Kopf. »Ich weiß, du möchtest etwas nach-
holen, dich als guter Vater beweisen, aber ... das erdrückt mich
manchmal. Lass uns nichts erzwingen. Lass uns einfach im Hier
und Jetzt bleiben.«

Dean nahm meine Hand, drückte sie fest und darin lag ein
Hauch Schmerz. »Okay.«

KAPITEL 22

Rosa

Gerade wollte ich die Kuchenplatten in der Vitrine auffüllen und auswechseln, als ich Lesh entdeckte. Ruckartig richtete ich mich auf und beobachtete, wie er langsam auf das *Golden Plover* zukam. Seit drei Tagen ignorierte er meine Anrufe und Textnachrichten, obwohl ich sah, dass er sie las.

Seit Samstagnacht. Ihn jetzt zu sehen, ließ pure Erleichterung durch mich hindurchströmen. Ich hatte bereits befürchtet, dass er seine Meinung geändert hatte und mich nicht mehr sehen wollte. Seine Schritte wurden merklich langsamer, je näher er kam – kurz vor der Tür drehte er wieder um.

Meine Hände ballten sich zu Fäusten, bevor ich kurz entschlossen in die Küche hastete und nach dem Babyfon griff, das auf der Arbeitsfläche stand. Arthur hatte sich breitschlagen lassen, sich wegen seiner Kopfschmerzen oben kurz auszuruhen.

»Küken an Ente«, meldete ich mich gehetzt in das Gerät. »Bin eine Minute weg, Laden ist fast leer.«

Es knackte im Gerät.

»Ente an Küken. Verstanden. Ohnehin bereits quasi auf dem Weg nach unten.«

Ich raffte die braune Schürze hoch, um besser laufen zu können, und eilte durch das Café auf die Straße.

»Lesh«, rief ich ihm nach und deutlich schuldbewusst drehte er sich um. »Warum läufst du weg?«, fragte ich etwas atemlos, als ich fast bei ihm angekommen war.

»Feigheit«, gestand er unverblümt.

»Heute ist Mittwoch. Du weißt, dass ich arbeite. Du wolltest ins Café. Wolltest du mir irgendetwas sagen?« Ich glaube, ich war ebenso überrascht über mein herausforderndes Auftreten wie Lesh.

Kurz zögerte er, bevor er schwach lächelte.

»Ich habe die letzten Tage viel nachgedacht.« Er machte eine Pause. »Es tut mir leid, was ich Samstag gesagt habe. Deine Anwesenheit war milde ausgedrückt ein Schock. Ich würde einfach gern in Ruhe mit dir darüber sprechen. Vielleicht doch … die ein oder andere Sache erklären.«

»Okay«, sagte ich sofort und hörbar begeistert, was ihn leise lachen ließ.

»Also würdest du später bei mir vorbeikommen?«, fragte er vorsichtig.

»Ja.« Ich nickte nachdrücklich.

»Gut.«

»Willst du wirklich wieder gehen? Keinen Kaffee trinken?« Ich machte eine Kopfbewegung zum *Golden Plover*.

»Ehrlich gesagt, würde ich gerade lieber auf unauffällig neugierige Fragen und Blicke von Arthur verzichten.« Er verzog die Lippen zu einem entschuldigenden, schiefen Lächeln.

»Arthur ist sehr zurückhaltend«, bemerkte ich stirnrunzelnd.

»Nicht, wenn es um sein Küken geht.« Lesh schüttelte gespielt düster den Kopf und ich musste schmunzeln.

»Ich könnte dir einen zum Mitnehmen rausbringen«, bot ich

an.

»Danke, aber nein. Ehrlich gesagt, wäre es mir lieber, wenn wir hier nicht so lange zusammen gesehen werden.«

»Klar«, murmelte ich ernüchtert und machte einen Schritt von ihm weg. »Bis später.«

»Bis später, Rosa.« Er lächelte entschuldigend, bevor er sich abwandte. Ein kalter Windstoß fegte durch die Straße und ich zog die Schultern hoch, während ich ihm nachsah.

Feiner Nieselregen hatte am Abend eingesetzt, als ich Leshs Haus erreichte. Aus dem Schornstein stieg Rauch in den dämmrigen Himmel und ich seufzte bei dem Gedanken, meine eingefrorenen Finger gleich am Kaminfeuer aufwärmen zu können. Ich strich mir die feuchten Haarsträhnen aus der Stirn, nachdem ich auf die Klingel gedrückt hatte.

Es vergingen nur wenige Sekunden, bis Lesh die Tür öffnete. Wir sprachen kein Wort, während ich meinen gelben Parka und die Stiefel auszog. Erst als wir uns auf dem Sofa gegenübersaßen und ich in eine Decke gehüllt war, die Lesh mir gereicht hatte, brach er die Stille.

»Ich verstehe, dass es zu viel verlangt ist, die Grenze wieder zu ziehen«, begann er und ich lauschte angespannt.

Lesh zog ein Bein auf das Polster der Couch, stützte einen Arm auf der Lehne ab.

»Deshalb will ich diese Grenze neu setzen«, sagte er langsam. Er schien über jedes seiner Worte genau nachzudenken und es bewusst zu wählen.

Warum können wir nicht alle Grenzen aufheben?, hätte ich am liebsten gefragt, wartete jedoch nur stumm.

Sein Brustkorb hob sich, als er langsam ein- und ausatmete.

»Ich will dir erklären, warum ich im *Blindspot* angefangen habe. Dabei erwarte ich nicht, dass du es verstehst.«

Ich nickte langsam.

»Auf dem College habe ich Englisch und Geschichte studiert. Nach dem Bachelorabschluss kam ich hierher zurück, um an der High School als Lehrer zu arbeiten.«

»A-an dieser High School? Lehrer?«, unterbrach ich ihn leise überrascht.

»Ich begann zum neuen Schuljahr, direkt nach den Sommersemesterferien. In dieser Zeit habe ich ein Mädchen kennengelernt. Wir trafen uns ein paar Mal. Es … war zwangloser Sex.« Er hielt inne und die Pause wurde so lang, dass ich fragend den Kopf neigte.

»Weiter?«, flüsterte ich.

»Es stellte sich heraus, dass sie nicht volljährig war, wie sie behauptet hatte. Dass sie sechzehn war, erfuhr ich erst, als sie in meinem ersten Geschichtskurs an der High School saß.«

Das war unglücklich – milde ausgedrückt.

Lesh hob ironisch einen Mundwinkel. »Hätten wir uns die Mühe gemacht, miteinander zu sprechen, hätte ich sicher früher dahinterkommen können. Aber wir haben nicht viel … geredet.«

Ich verschränkte meine Finger fest ineinander. Lesh war jetzt kein Lehrer mehr. Es konnte nicht gut für ihn ausgegangen sein. Meine Kehle war trocken, während ich angespannt dem knisternden Feuer und Leshs Atem lauschte.

Er räusperte sich, dennoch war seine Stimme rau. »Sie wollte nicht akzeptieren, dass unser Verhältnis beendet war, und hat gedroht, es öffentlich zu machen.«

»Sie hat dich erpresst?«

»Sie hat es versucht«, verbesserte er mich. »Ich habe wenige Tage später gekündigt. Für mich gab es nur die Lösung, mich vollkommen zu isolieren und jede mögliche Begegnung mit ihr zu vermeiden, indem ich mein Haus so gut wie nicht mehr verließ.«

»Aber —« Ich runzelte die Stirn. »Hättest du nicht mit dem Direktor reden und die Situation klären können? Du hast nichts falsch gemacht.«

Er lachte. Es klang so scharf, dass ich zusammenzuckte.

»Ich habe mit einer Schülerin geschlafen. Das war durchaus falsch. Dass ich es zu diesem Zeitpunkt nicht wusste, ändert nichts an dem Vergehen. Entschuldige, aber deine Sicht ist verblendet, wenn du glaubst, jemand hätte sich auf meine Seite gestellt.« Er schüttelte den Kopf. »Damit hätte ich nicht nur ein Gerichtsverfahren riskiert, sondern auch ein lebenslanges Berufsverbot.«

Vermutlich hatte er recht, aber zu hören, dass er einfach aufgegeben hatte, tat weh.

»Und dann hast du im *Blindspot* angefangen?«, wollte ich leise wissen.

»Nicht gleich«, sagte er langsam. »Ich habe es an anderen Schulen versucht. Zwei High Schools waren zumindest in weniger als zwei Stunden erreichbar, aber ich hab's verschissen.« Hörbar sog er die Luft ein. »Ich hatte Sorge, eine Schülerin nur zu lang anzusehen, den Fehler irgendwie zu wiederholen. Inzwischen kommt es mir selbst surreal vor, aber ich konnte nicht aus dem Film ausbrechen, den ich schob. Außerdem hatte ich immer in Rivercrest unterrichten wollen. Alles andere war ein zweitklassiger Ersatz, der mich verrückt gemacht hat. Ich habe es nie länger als ein paar Wochen ausgehalten.«

»Und ... dann hast du im *Blindspot* angefangen?«, wiederholte ich meine Frage und er nickte.

»Ich habe irgendetwas gesucht, wo die Gefahr, einen Schüler oder eine Schülerin der High School zu treffen, minimiert wurde.

Mein Leben gleicht seitdem einem Versteckspiel ohne greifbaren Gegner. Alles ist beherrscht von der Angst, dass sie es doch jemandem erzählt hat und auffliegt, warum ich gekündigt habe.«

Ich verzog leicht das Gesicht. Er musste an Verfolgungswahn gelitten haben, tat es vermutlich immer noch.

»Mit der Zeit habe ich herausgefunden, welche Orte *sicher* für mich sind und meide alle anderen bestmöglich.«

»Das klingt anstrengend«, bemerkte ich matt.

»Es *ist* anstrengend.« Lesh starrte ins Feuer und ich glaubte, die tiefe Müdigkeit zu sehen, die an ihm haftete. Eine Erkenntnis traf mich klar und hell und ich konnte sie nicht zurückhalten.

»Deshalb warst du so abweisend, als du erfahren hast, dass ich … zur High School gehe«, murmelte ich.

Lesh sagte nichts, aber ich sah die Antwort in seinen Zügen. In ihnen lag eine unausgesprochene Entschuldigung.

»Ich habe meine Freunde ins *Golden Plover* gebracht«, dachte ich laut. »Das tut mir leid.«

Sonst waren sie immer ins *Arabica* gegangen. Ich hatte sie unwissentlich an seinen sicheren Ort gebracht. Ivy war seitdem ständig dort.

»Aber wie ist es dazu gekommen, dass du mit den Kämpfen angefangen hast?«

Lesh spannte sich an. Während er antwortete, beobachtete er mich, als wollte er jede meiner Reaktionen auffangen.

»Ich sage mir selbst gern, dass es am Anfang das Geld war. Auch wenn man nicht viel für einen Kampf bekommt, waren einige Reparaturen am Haus nötig und ich hätte es verlieren können, wenn ich nicht gehandelt hätte. Aber ganz ehrlich? Das ist Bullshit! Ich war in dieser Zeit nicht ich selbst. Ich war wütend, auf alles und jeden. Am meisten auf mich selbst, weil ich alles versaut hatte, worauf ich so lange hingearbeitet hatte.« Leshs Lippen wurden kurz zu einem schmalen Strich.

»Es ist ein Ventil für die aufgestaute Wut, die ich angesammelt habe. Ich tue es nicht gern, Rosa. Aber manchmal habe ich das Gefühl, es zu brauchen, um nicht durchzudrehen.«

Meine Augenbrauen rutschten in die Höhe und Leshs Nasenflügel bebten leicht, als er mein Unverständnis bemerkte.

»Wie lange willst du das noch machen?«

Wir sahen einander unverwandt an.

»Nicht für immer«, sagte er irgendwann. »In ein oder zwei Jahren sind neue Schüler auf der High School. Es wird genug Zeit vergangen sein und ich werde mich erneut um eine Stelle dort bewerben. Einen Neuanfang versuchen.«

Mit leicht schräg gelegtem Kopf sah ich ihn an und glaubte, trotz seiner zuversichtlichen Ausstrahlung, Unsicherheit in ihm zu erkennen. Ein Leben in den Schatten. Das hatte er sich selbst auferlegt, aber nicht verdient. Der unbändige Wunsch, ihm zu helfen, kam in mir auf.

»Darf ich dich etwas fragen?«

Lesh brummte nur zustimmend und wirkte abwesend. Der Schein des Feuers spiegelte sich in seinen Augen wider, während er die flackernden Flammen beobachtete.

»Wie heißt die Schülerin?« Unangenehm deutlich war mir bewusst, dass das Mädchen, welches für Leshs Unglück mitverantwortlich war, in meinem Jahrgang sein musste.

»Du willst wissen, wer es ist«, erriet er kühl.

Verlegen zog ich die Schultern hoch.

»Schon.«

Er seufzte, leicht gereizt. »Annie.«

Annie? *Annie. Annie. Annie.* Dahlias verstorbene Freundin Annie?

»Annie Robinson?«, fragte ich ungläubig.

Lesh nickte knapp. »Du kennst sie, oder?« Ein missmutiger Zug lag um seinen Mund.

»N-nein.« Ich musste schwer schlucken. »Sie war eine Freundin meiner Stiefschwester, aber ich habe sie nicht mehr kennengelernt. Sie … hatte letztes Jahr einen tödlichen Autounfall.«

Sein Kopf ruckte zu mir herum und Fassungslosigkeit stand ihm ins Gesicht geschrieben.

»Wie bitte?«

Ich nickte nachdrücklich. Hatte Lesh sich so sehr von der Außenwelt abgeschottet, dass das gesamte Stadtgeschehen an ihm vorbeigegangen war? Sicher war Annies Tod lange Zeit ein präsentes Thema gewesen, auch in den lokalen Medien. Ich verlor mich in Überlegungen, wie Leshs Leben jetzt aussehen könnte, wenn er es früher erfahren hätte. Vielleicht würde er jetzt wirklich leben.

»Das glaube ich nicht«, hörte ich ihn murmeln. Er rieb sich mit den Händen grob übers Gesicht, schüttelte dann den Kopf und schien nicht zu wissen, was er denken oder fühlen sollte. Ich ließ ihm Zeit.

»Das hat sie nicht verdient«, zerriss seine Stimme schließlich die Stille.

»Niemand hat das«, bemerkte ich leise. »Sie ist auf dem Friedhof der *St. Clarence* beigesetzt.« Vielleicht würde er das Bedürfnis entwickeln, mit ihr ein Ende zu finden und mit allem abzuschließen.

Wieder schwiegen wir eine lange Zeit, bis ich auf die Uhr sah und feststellte, dass ich bald aufbrechen sollte. Doch ich bewegte mich kein Stück, wollte nicht von ihm weg. Ich fürchtete mich vor den vielen Gedanken, die mich überkommen würden, sobald ich allein war.

»Lesh?«

»Hm?«

»Warum hast du das mit uns so weit kommen lassen? Wenn du die Zeit zuvor …«

»Egoismus«, unterbrach er mich. »Ein kleines bisschen Dummheit.« Er lächelte schwach. »Inzwischen ist es zwei Jahre her. Es hat sich einfach angefühlt, als würde ich mir einen kleinen Teil Leben zurückholen.«

So oft hatte ich seinen inneren Zwiespalt gespürt, ihn nur nicht greifen oder verstehen können.

»Ich bin froh, dass du es mir erzählt hast«, sagte ich ehrlich und biss mir auf die Unterlippe, wobei ich ihm einen Seitenblick zuwarf.

Unter leicht gesenkten Lidern musterte er mich.

»Ich hatte Angst, du könntest etwas Unüberlegtes tun«, gestand er. »Du sollst wissen, dass der Abstand in der Öffentlichkeit nichts mit dir und meinen Gefühlen für dich zu tun hat, sondern … einfach den Umständen geschuldet ist.«

»Aber Lesh …« Ich holte tief Luft. »I-ich will dich nicht daran hindern, wieder zu unterrichten. Du könntest dich auch jetzt schon bewerben.«

Sofort wieder beginnen, richtig zu leben.

»Keine Option, Rosa«, sagte er fest. »Ich habe zwei Jahre gewartet. Die paar Monate sind nichts dagegen.«

»Lesh!« Ich klang gequält und war mir nicht sicher, ob mein Gewissen das mitmachen würde.

»Es ist meine Entscheidung«, sagte er ruhig. »Eine Entscheidung, die ich gar nicht treffen muss. Ich werde niemals dein Lehrer sein, niemals.«

»Warum nicht?« Wie er schon sagte, wären es nur ein paar Monate. Ohne es zu merken, hatte ich angefangen, unablässig den Kopf zu schütteln. Lesh fing mein Kinn ein, hielt es vorsichtig zwischen Daumen und Zeigefinger und brachte mich dazu, ihn anzusehen.

»Weil ich nicht auf deine Nähe verzichten will.«

»Okay«, hauchte ich kaum hörbar, trotzdem nicht ganz überzeugt.

Sein Blick fiel auf meinen Mund, richtete sich dann wieder auf meine Augen. Mit wild klopfendem Herzen rutschte ich ein Stück näher zu ihm, wobei ich sacht nickte. Soweit es seine Finger um mein Kinn zuließen.

Ein nervöses Flattern breitete sich in meinem gesamten Körper aus, als Leshs Atem meinen Mund streifte. Dann spürte ich seine Lippen, die sich auf meine legten.

Er war vorsichtig, sein Druck fragend. Seine Hände fanden meine Finger, umschlossen sie und zogen sie an seine Brust. Ich fühlte seinen festen Oberkörper, den heftigen Herzschlag, der gegen meine Berührung schlug. Langsam und ebenfalls fragend erwiderte ich die Bewegungen seines Mundes. Leshs Lippen fühlten sich weich an, sein raues Kinn strich über meins. Ein Kontrast, der ein warmes Gefühl durch meinen Körper fließen ließ.

Unvermittelt hörte er auf. Überrascht blinzelte ich.

»Fühlt es sich gut für dich an?«, wollte er fast lautlos wissen und in seinem Gesicht zeichnete sich unverkennbar Sorge ab. Schnell nickte ich.

»Es fühlt sich richtig an«, beruhigte ich ihn.

»Aber auch gut?« Er ließ nicht locker und ich lachte leise.

»So gut, dass ich jetzt weitermachen möchte, anstatt darüber zu reden«, verdeutlichte ich mit heißen Wangen, bevor ich mich wieder zu ihm lehnte und seinen Mund mit meinem bedeckte.

Langsam ließ ich meine Finger über seine Wangenknochen fahren, in seinen Haaransatz hinein und seinen Hals hinunter, wo ich den schnellen Puls fühlte.

Lesh legte einen Arm um meine Mitte, zog mich fest an sich, und als er langsam mit der Zunge gegen meine Unterlippe stieß, öffnete ich sie sofort. Er schmeckte vertraut und fremd zugleich. Ich saugte seinen unverfälschten Geruch ein und zum ersten Mal hatte ich bei einem Kuss nicht das Gefühl, gleich zu ersticken. Weil ich in Lesh verliebt war und genauso in die Art, wie er mich küsste und wie er dabei schmeckte. Ich bekam das Gefühl, ihm nicht nah genug zu sein, und schlang die Arme um seinen Nacken. Unsere Zungen trafen immer wieder aufeinander, Leshs Zähne fuhren über meine Unterlippe und ich stieß ein überraschtes »Oh« aus, das er falsch interpretierte. Sofort hörte er wieder auf.

Als ich meinerseits seine Unterlippe zwischen die Zähne nahm, um ihm die Vorsicht zu nehmen, spürte ich, wie er lächelte. Seine Hände setzten sich auf meinem Rücken in Bewegung, erkundeten langsam meine Schulterblätter, meine Wirbelsäule und meine Taille. Einer seiner Finger fuhr über einen Streifen nackter Haut, den mein verrutschter Pullover freigelegt hatte. Ich spürte, wie die Intensität des Kusses mit jeder Sekunde zunahm, bis ich ihm wieder nicht nah genug zu sein schien, ein Bein über seinen Schoß schob und mich daraufsetzte.

Lesh verspannte sich und rückte den Stoff meines Pullovers wieder zurecht.

»Was ist?«, wisperte ich und löste mich ein Stück von ihm.

»Ich will nicht, dass du meine Erektion bemerkst.« Er lächelte schief und warf einen kurzen Blick auf meine Beine, die um seine lagen. Ein kehliges Lachen kam über seine Lippen, als er den Kopf auf die Sofalehne zurücksinken ließ und ich sah, wie er tief ein- und ausatmete.

»Ich will heute nicht mit dir schlafen«, gestand ich. »Aber das stört mich nicht.« Ich rückte dicht zu ihm, lehnte mich vor und drückte meine Lippen leicht gegen seine Kehle. Ein aufgeregtes Gefühl nahm mich gefangen, als ich die harte Wölbung unter seiner Jeans zwischen meinen Beinen fühlte.

Lesh hielt den Atem an. Sein ganzer Körper war regungslos, bis seine Hände fest meine Hüften umfassten und er sich etwas aufrichtete, wobei er mich zurückschob.

»Rosa.« Er klang angestrengt. »Ich habe Angst.«

»Wovor?« Meine Augen weiteten sich verwirrt.

»Davor, dass du es im Nachhinein bereust und es dir zu schnell geht. Und davor, dass ich irgendwann nicht mehr geistesgegenwärtig bin und auch etwas bereue.« Er schüttelte leicht den Kopf. »Lass es uns nicht riskieren.«

»A-aber, wenn es sich im Nachhinein genauso gut anfühlt, machen wir weiter?«, fragte ich mit schiefgelegtem Kopf.

»So weit, wie du willst.« Er sagte es so inbrünstig, dass mir ein Lachen entschlüpfte.

Langsam rutschte ich wieder von seinem Schoß und hob die Wolldecke auf, die zu Boden gefallen war.

KAPITEL 23

Rosa

Mit einer Hand schob ich mein Fahrrad, mit der anderen hielt ich das Handy ans Ohr gepresst.

»Hey, Rosa«, begrüßte Erin mich und wirkte, als hätte ich sie in einem ungünstigen Moment erwischt.

»Passt es dir gerade?«

»Ja. Ja, klar«, sagte sie nach einem kurzen Zögern.

Eine seltsame Pause entstand, bis ich mich vergewisserte, dass sie noch dran war.

»Was das College angeht – da gibt es Neuigkeiten«, begann sie gedehnt und augenblicklich verstärkte sich das ungute Gefühl in meinem Bauch. Sie würde es nicht so sagen, wenn es gute Nachrichten waren.

»Cat wollte es dir noch nicht erzählen. Für den Fall, dass noch mehr Antworten kommen. Aber das kann ich irgendwie nicht.« Sie druckste herum.

»Nun sag schon! Wer hat alles abgesagt?«

»Bisher alle, bis auf das *Green River College*. Zumindest … was deine Bewerbung angeht. Cat und ich – wir haben eine Zusage für das *Columbia Basin College*.« Ich sah Erin vor mir,

301

wie sie mit ängstlich zusammengekniffenen Augen auf meine Reaktion wartete.

»Das freut mich für euch«, sagte ich schnell, um es ihr leichter zu machen. Vielleicht bewirkte ich damit das Gegenteil, denn meine Stimme klang tonlos. Sie verriet genau, dass ich gerade nicht imstande war, mich über ihre Zusage zu freuen. Das *CBC* war unsere erste Wahl und sie beide waren angenommen worden – nur ich nicht. Das sollte mich nicht unbedingt überraschen, denn sie hatten bei den College-Tests bei Weitem besser abgeschnitten als ich. Diese Nachricht wäre nicht so schlimm, wenn ich nicht wüsste, dass Erin und Cat sicher nicht mit mir eines der anderen Colleges besuchen würden. So wirklich realisieren konnte ich es nicht, aber irgendwo in mir wusste ich, dass gerade mein großer Traum der nahen Zukunft geplatzt war.

»Schau mal, Rosa … das *CBC* –«

»Ich weiß«, unterbrach ich ihren Rechtfertigungsversuch. »Du musst es nicht erklären. Ihr werdet den Platz annehmen. W-würde ich an eurer Stelle auch tun.«

»Wir fühlen uns so scheiße, das musst du glauben. Es ist ein Albtraum.«

Meine Lippen schlossen sich zu einem festen Strich. *Wir*. Erin und Cat waren noch immer ein *Wir*, zu dem ich bald nicht mehr richtig dazugehören würde. Oder tat ich es jetzt schon nicht mehr? Könnte es das furchtbare Gefühl erklären, das mich ergriff? Jedes Mal, wenn ich an sie dachte.

»Wenn du dich für das nächste Semester bewirbst, könnten wir trotzdem ein paar Kurse zusammen besuchen. Oder du kannst das College wechseln, so etwas funktioniert!«

»Ist okay, Erin. Ich muss das erst mal …«

»… verarbeiten, natürlich. Ich würde dich jetzt so gern in den Arm nehmen. Das ist so unsagbar unfair!«

»Lass uns bald wieder telefonieren«, würgte ich sie ab und kurz hörte ich sie schniefen.

»Ist gut. Ruf an, wenn du bereit bist. Versprich es!«

»Mach ich«, murmelte ich, bevor ich den Anruf beendete.

Wie in Trance ließ ich das Handy in die Tasche meines Parkas gleiten, holte tief Luft und sah mit leicht verschwommener Sicht die Straße entlang. Meine Kehle brannte wie Feuer und Tränen wollten in meine Augen steigen. Mit aller Kraft drängte ich sie zurück und stieg auf mein Fahrrad.

In wenigen Minuten war ich bei Dean, schob das Rad in den Schuppen und schlug die hölzerne Tür laut hinter mir zu. Fast augenblicklich tauchte Bree auf der Terrasse auf und eilte zu mir.

»Was ist mit dir? Bist du verletzt?«

Fast hätte ich über ihre mütterliche Fürsorge gelächelt.

»Nein«, sagte ich jedoch nur.

»Aber es ist etwas.« Sie legte beide Hände auf meine Schultern. Ich war zu erschöpft und hatte keine Lust, mich rauszureden.

»Collegeabsagen«, erklärte ich leise.

Sie griff sich an die Brust und ich wusste, dass die tiefe Bestürzung in ihren Zügen echt war.

»Wie schrecklich«, murmelte sie mitleidig.

»Ich werde es überleben«, gab ich tapfer zurück.

»Möchtest du dich zu mir an den Tisch setzen? Ich habe gerade den Nudelauflauf fertig. Für dich gibt es extra eine Seite ohne Brokkoli.« Ihre schmalen Finger strichen mir liebevoll über das Haar und ich brachte es nicht über das Herz, ihr Angebot abzulehnen. Dabei war ich mir nicht sicher, ob mein Magen dazu imstande war, jetzt etwas bei sich zu behalten.

»Klar«, sagte ich dennoch und ließ mich von ihr ins Haus führen.

Mein Kopf fühlte sich vor lauter drückender Gedanken schwer an. Das Telefonat mit Erin ließ sich nicht ignorieren, so sehr ich es auch versuchte. Stur starrte ich in meine Schulbücher. Wenn ich einknickte, würde mich ein tiefes Loch der Verzweiflung empfangen. Alle Hoffnungen auf das, was in wenigen Monaten beginnen würde, waren zerschlagen worden. Und ich hatte keine Kraft, mich damit auseinanderzusetzen. Ich wollte einfach so tun, als wäre heute kein Urteil über meine Zukunft gefällt worden.

Als eine Nachricht von Lesh auf meinem Handydisplay auftauchte, war es wie die ersehnte Rettung. Ich strampelte die weite Hose von meinen Beinen und tauschte sie gegen eine Strumpfhose, über die ich ein beiges, weites Kleid zog, und einen dick gestrickten Pullover.

Erleichtert über die Flucht vor mir selbst, riss ich die Tür auf und lief den Flur entlang.

Bei ihm angekommen, spürte ich in mir eine seltsame Mischung aus Traurigkeit über die Collegeabsagen und Ruhelosigkeit wegen unseres gestrigen Gesprächs. Meine Gedanken fühlten sich zu voll an. Da war die Sorge um meine Zukunft, meine Gefühle für ihn, meine Angst um ihn, unser Kuss … Der sich noch immer gut und richtig anfühlte. Ich saß zusammengekauert auf der Couch und hatte die Arme auf die Rückenlehne gestützt, um ihm zusehen zu können, wie er in der Küche Tee kochte. Auf dem Weg zu ihm hatte es prompt begonnen zu regnen und meine Strumpfhose lag vor dem entzündeten Kamin. Der Saum meines Kleides war genauso nass geworden, aber ich lehnte das Angebot, eines von Leshs T-Shirts zu tragen, ab und hoffte, der Stoff würde durch die Wärme im Wohnzimmer schnell trocknen.

»Auf wie viele Antworten wartest du noch?«, rief Lesh über die Schulter.

Ich lachte traurig auf, weil ich das Erin überhaupt nicht gefragt hatte. Sie hatte von mehreren Absagen gesprochen, doch es hatte so geklungen, als stünden noch Antworten aus. Nach der Absage des *CBC* war mir allerdings alles andere gleich gewesen.

»Weiß nicht.« Ich zuckte mit den Schultern.

Mit fragender Miene kam er auf mich zu, zwei dampfende Tassen in den Händen.

»Was wäre denn deine zweite Wahl?«

»Die gibt es nicht. Ich wollte einfach nur mit meinen Freundinnen auf ein College.«

Seine Stirn furchte sich, während er mir eine Tasse reichte und sich neben mich setzte.

»Und sie haben auch keine zweite Wahl? Sie werden ohne Kompromisse auf das *CBC* gehen?«

»Ja«, sagte ich fest.

Lesh legte einen Arm auf die Rückenlehne und seine Fingerspitzen berührten kurz meine Schulter.

»Was ist das für ein College, das dir zugesagt hat? Sprich zumindest darüber.«

Ich hob kurz die Schultern. »Das *Green River College*. Es stand auf meiner Liste nicht sehr weit oben«, gab ich zu. »Außerdem liegt es fast zweihundert Meilen von Paxton entfernt und das *CBC* nur achtzig.« Eine Weile beobachtete ich den Dampf, der gemächlich von meiner Tasse in die Höhe stieg. »Vermutlich werde ich dennoch einfach zusagen. Was bleibt mir anderes übrig?«

Mein Blick streifte den von Lesh und ich sah, dass er mir widersprechen würde.

»Es gibt viele Möglichkeiten. Wer sagt, dass du sofort auf ein College gehen und den Platz annehmen musst, den du nicht willst?«

»Du verstehst das nicht«, seufzte ich. »Ich hatte einen Plan. Für mich gab es keine andere Option, als die High School abzuschließen, den Sommer in Paxton zu verbringen und dann mit meinen Freundinnen auf ein College zu gehen.«

»Und Pläne können sich nicht ändern«, bemerkte er mit einem ironischen Unterton in der Stimme.

»Weißt du, e-eigentlich will ich doch gar nicht darüber sprechen«, blockte ich ab. Auch wenn Lesh vielleicht recht hatte, wollte ich nicht, dass er es mir vor Augen hielt.

Stille kam zwischen uns auf und ich starrte auf meine Füße, die in Socken von ihm steckten.

»Musst du heute arbeiten?«, fragte ich irgendwann leise und blinzelte zu ihm.

»Ja.« Er nickte knapp.

»Nur … hinter der Bar?«

»Ja«, wiederholte er. Dieses kleine Wort löste eine große Welle Erleichterung in mir aus.

»In zwei Wochen«, gab er diesem Gefühl einen Dämpfer. Ich verbot mir, daran zu denken, dass bereits in zwei Wochen wieder das passieren würde, was ich gesehen hatte.

»Lesh.« Meine Stimme war hoch und ich knickte beinahe unter seinem Blick ein. »Weiß deine Familie davon?«, wollte ich dennoch wissen. »Oder Freunde von dir? Andere … Freunde als die im *Blindspot*.«

Seine Antwort blieb zähe Sekunden aus, bis er langsam den Kopf schüttelte.

»Ich habe mich gefragt, wieso du nicht gleich nach meinem Abschluss wieder unterrichten könntest? Das wären nur noch drei Monate. Und in dieser Zeit müsstest du doch nicht …«

»Hör auf, Rosa.« Obwohl er ruhig und gefasst sprach, spürte ich, wie es in ihm wogte. »Ich brauche kein neunzehnjähriges Mädchen, das glaubt, mein Leben richten zu müssen. Lass es bitte, wie es ist.«

Mein Mund öffnete sich stumm und ich wollte ihm sagen, dass das nicht meine Absicht war. Ich blieb jedoch still und starrte ihn unverwandt an. Er schloss die Augen, schluckte sichtlich mühsam.

»So war das nicht gemeint«, seufzte er. »Es ist nur so, dass … ich es irgendwie mag.« Lesh sah mich nicht an, blickte fest ins hell flackernde Feuer. »Ich hasse es, wenn ich daran denke. Aber wenn ich im *Blindspot* bin – mich zwingt niemand, das zu tun.«

»Was gefällt dir daran?«, hauchte ich entgeistert.

»Bitte, Rosa.« Lesh fuhr sich durch das dichte, dunkle Haar. »Ich werde irgendwann aufhören. Mir wird bis dahin nichts passieren. Es sieht schlimmer aus, als es ist.«

Ich suchte nach Worten, die ich auf diese absurde Behauptung erwidern konnte.

»W-was soll daran nicht schlimm sein?«

»Du willst es wirklich hören, oder?« Leshs Blick lag inzwischen fast grimmig auf mir.

Eigentlich nicht. Aber trotzdem auch ja.

»Beruhigt es dich, wenn ich dir sage, dass *Bare Knuckle* nicht unbedingt gefährlicher ist als normales Boxen?«

»N-nicht wirklich. Ich habe mir … Videos angesehen und beim normalen Boxen gibt es nicht … so viel Blut.«

»Das meiste Blut stammt von Cuts.« Lesh schien sich geschlagen zu geben. »Für die Kämpfer sind Cuts – Hautrisse – eine gute Taktik, um dem Gegner die Sicht zu erschweren. Oder dieser muss aufgeben, weil sie weiter aufreißen.« Ich verzog das Gesicht, als er eine Hand ausstreckte und als Veranschaulichung mit den Fingerspitzen sacht Stellen über und neben meinen Augen berührte. »Die Verletzungen sind aber gut und schnell zu behandeln. Du kannst mit der bloßen Faust nicht so fest zuschlagen wie mit einem Boxhandschuh. Das mindert das Risiko innerer Blutungen. Außerdem wird weniger ins Gesicht geschlagen. Wenn man schlecht trifft, kann man sich schnell die Hand brechen. Wenn durch einen Kopftreffer trotzdem ein Knock-out erzielt wird, ist die Gefahr einer ernsten Kopfverletzung geringer.«

»Aber es gab schon Kämpfer, die gestorben sind«, gab ich kleinlaut zu bedenken.

»In fast jedem Kampfsport ist bereits jemand gestorben«, erwiderte Lesh nüchtern. »Im *Blindspot* ist es kein Turnier, wo es um riesige Summen geht. Viele Kämpfer machen es … aus Spaß. Das ist ein riesiger Unterschied und macht es fairer.«

»Ich finde es trotzdem schrecklich.«

»Ich habe nicht erwartet, dass du deine Meinung änderst. Du sollst nur verstehen, dass es kein haltloses Prügeln ohne Regeln ist und ich meine Grenzen kenne.« Lesh hob einen Mundwinkel, wie zu der stummen Frage, ob ich mir jetzt weniger Gedanken machen würde.

»Warst du schon einmal schlimm verletzt?« Noch konnte ich nicht lockerlassen.

Sein Mundwinkel sank wieder herab. »Ich musste mal wegen einer Platzwunde ins Krankenhaus. Blutergüsse, leichte Cuts – das alles braucht einfach etwas Zeit zum Verheilen.«

»Wie oft machst du das?«

»… unterschiedlich. Meistens zweimal im Monat.«

Ich kniff die Brauen zusammen. »Das ist ganz schön oft.«

»Es gibt kein Limit, wie oft man teilnehmen darf.«

»Dann könntest du es auch seltener tun?«

»Wir drehen uns im Kreis, Rosa.«

»Ist es so unverständlich, dass ich Angst um dich habe?«

»Nein.« Lesh schüttelte sanft den Kopf. »Aber ich habe das schon gemacht, bevor ich dich kennengelernt habe, und bis dahin allein auf mich aufpassen müssen.« Er lächelte aufmunternd, während ich ihn weiterhin finster ansah.

»Rosa.«

Die Art und Weise, wie er meinen Namen sagte, bescherte mir einen warmen Schauer, der über meinen Rücken fuhr. Selbst auf der Kopfhaut spürte ich ihn flüchtig.

»Wenn du nur versprechen könntest, dir zumindest zu überlegen, aufzuhören. Nur das Für und Wider neu abwägen«, bat ich mit enger Kehle.

Lesh stützte die Fäuste auf das Polster zwischen uns und lehnte sich zu mir. Ich spürte seinen warmen Atem.

»Ich verspreche, darüber nachzudenken, wann und wie ich aufhören will«, sagte er fest.

»Okay«, flüsterte ich.

»Okay«, gab er genauso leise, nur viel dunkler zurück.

Ich beugte mich zu ihm und mein Mund traf fest seine Lippen.

»Das heißt wohl, du hast den gestrigen Abend im Nachhinein nicht abscheulich gefunden?«, fragte er zwischen mehreren kleinen Küssen.

»Nein. Gar nicht«, gab ich zufrieden zurück, bevor ich mit den Händen leichten Druck auf seine Brust ausübte und er sich bereitwillig auf die Couch sinken ließ. Ich stützte mich auf den Polstern ab, als ich mich über ihm wiederfand. Er umfasste sanft meinen Nacken, während er viel sicherer als gestern seine Lippen auf meinen bewegte. Gerade als ich meinen Mund öffnete, fuhr seiner über mein Kinn zu meinem Hals und mir entkam ein leises Stöhnen, als er vorsichtig meine Kehle küsste und mit den Zähnen darüberfuhr. Hitze stieg in meine Wangen, als ich nach seinem Kinn griff und meinen Mund auf seinen presste. Gleich darauf stieß ich mit der Zunge gegen seine Unterlippe. Meine Finger gruben sich in den weichen Stoff seines Pullovers und ich atmete tief seinen Geruch ein, was eine pure Welle von Gefühl in mir auslöste. Seine Hand fand mein nacktes Knie, dann meinen Ober-schenkel und fuhr langsam daran entlang. Obwohl ich es sofort zugelassen hätte, überschritt er einen gewissen Punkt nicht.

Ein Teil von mir wollte weiter gehen, doch ein anderer Teil hatte Angst. Vielleicht vor allem um mein Herz, das mir mit jedem Kuss lauter zuschrie, dass ich viel zu sehr in ihn verliebt war. Zu sehr, als dass es gut für uns war.

Wir küssten uns lange, mit jedem liebevollen Gefühl, das wir hatten. So lange, bis unsere Lippen sich wund anfühlten. Ich lag, umschlungen von einem seiner Arme an seiner Seite und ließ den Finger über seine volle Unterlippe gleiten. »Du … machst River-crest ziemlich schön«, gestand ich. Das leichte Lächeln verblasste und ich glaubte einen Anflug leiser Traurigkeit in seinen Augen zu sehen.

»Das ist gut.« Er sagte es warm und ehrlich, aber der betrübte Schleier verschwand nicht aus seinem Blick.

»D-darf ich heute zum Essen bleiben?« Ich klimperte ein wenig mit den Wimpern, was ihn auflachen ließ. Der Klang vibrierte wunderbar in seiner Brust unter mir.

»Dann müssen wir uns beeilen, damit wir es vor meiner Schicht schaffen.« Er stand auf, wobei er beide Arme fest um mich schlang und mich an seine Brust gedrückt mit auf die Füße zog.

»Warte«, hielt ich ihn kichernd auf, als er mich in die Küche schleifen wollte. »Meine Strumpfhose.« Ich streckte den Arm aus und schnappte sie vom Platz vorm Kamin. Sie war inzwischen wieder trocken und in der Küche setzte Lesh mich auf einen der beiden Stühle an dem kleinen Tisch. Während ich die Strumpf-hose über meine Beine zog, bemerkte ich, dass er mir einen Blick über die Schulter zuwarf, während er einen Schrank öffnete. Einen beinahe sehnsüchtigen Blick, der meine Beine streifte. Ich lächelte ihn an und ertappt wandte er sich ab, wobei ich ihn tief einatmen hörte.

Mit einem nahezu vergnügten Gefühl verfolgte ich, wie er Schubladen öffnete und schloss.

»Was suchst du?«

»Etwas anderes als Pasta.«

»Ich mag Pasta und sie geht schnell.«

»Ich koche wirklich manchmal«, sagte er viel zu ernst und ich lachte.

Lesh setzte ein Topf Wasser auf und ich kam zu ihm an die Anrichte, um ihm zu helfen. Er bestand darauf, zumindest die Soße selbst zu machen.

»Woher ist das da?«, fragte ich wie nebenbei und deutete mit der Griffspitze meines Messers auf den Rücken seiner rechten Hand, über den sich die Narbe zog, die inzwischen schon fast verheilt war.

»Nicht von einem Kampf, wenn du das denkst.«

Ertappt zog ich die Schultern hoch.

»Weißt du, mein Job hinter der Bar ist eigentlich viel gefährlicher. Dort gibt es Auseinandersetzungen, die ich schlichten will und bei denen ich Bekanntschaft mit zerbrochenen Flaschen mache.«

»Das muss ein schlimmer Schnitt gewesen sein.«

»Eigentlich nicht. Er ist nur öfter wieder aufgegangen.« Lesh griff über mich und holte eine tiefe Pfanne aus einem Schrankregal. *Das aber ganz sicher wegen der Kämpfe.* Ich verkniff mir die Bemerkung und begann Tomaten zu zerkleinern, während ich Lesh die Zwiebeln überließ, von denen mir immer augenblicklich die Tränen kamen.

Nach einer knappen halben Stunde saßen wir wieder auf seiner Couch. Beide einen tiefen Teller Pasta in der Hand. Ich streckte die Beine aus, legte sie auf seinen Schoß und unsere Blicke kreuzten sich. Unsere Küsse von diesem Abend schienen noch immer an uns zu haften, ließen sich nicht abschütteln. Lesh würde morgen zu Keiras Geburtstag nach Aelview fahren und ich wollte mir das Gefühl seiner Lippen auf meinen ganz genau einprägen, es bewahren, bis er wieder bei mir war.

KAPITEL 23 ½

Lesh

Die Nacht in Aelview war beinahe mild. Frühlingshaft. Hier, wo nicht das raue Klima der Küste herrschte, lagen die dunklen Tage bereits in der Vergangenheit. Das Holz im Feuerkorb knackte und Funken stoben in den schwarzen Nachthimmel, als Keira zwei Scheite darauf warf und es sich dann auf Leshs Schoß bequem machte.

»Ich freu mich, dass du da bist.« Sie schnappte sich das Bier aus seiner Hand, um in großen Schlucken zu trinken.

»Hey«, beschwerte Lesh sich lahm. »Du hast Geburtstag. Natürlich bin ich gekommen«, besann er sich auf ihre Worte.

Keira kniff die Brauen zusammen und zog die Wollmütze tiefer in die Stirn. »Ich war mir nicht sicher«, murmelte sie. »Ich dachte …, du könntest ihn nicht sehen wollen.«

Lesh folgte ihrem Blick zu den geöffneten Toren der Autowerkstatt, aus denen gerade Chay und Isaiah kamen. Sein Bruder hatte den Kopf in den Nacken gelegt und lachte schallend über etwas, das sein Freund gesagt hatte.

»Ich bin hier, um dich zu sehen«, beruhigte er sie und Keira schenkte ihm ein strahlendes Lächeln.

»Er hält sich ein bisschen zurück – in den letzten Wochen, mein ich.« Die Hoffnung, die in ihren Augen aufleuchtete, bohrte sich in sein Herz.

Er wollte sie nicht darauf aufmerksam machen, dass Chay in regelmäßigen Abständen verschwand und das Schwarz seiner Pupillen bereits fast jede braune Farbe seiner Iriden verschluckt hatte. Keira war nicht so verblendet, es nicht zu bemerken. Vermutlich bestand das bisschen Zurückhaltung daraus, dass er wieder zur Arbeit kam, unter der Woche einen glorreichen Tag pausierte oder nichts vor fünf Uhr nachmittags zog.

Lesh nahm Keira sein Bier wieder ab und trank, wobei er kurz Chays Blick begegnete.

»Er hat versprochen, etwas zu ändern, weißt du?« Sie konzentrierte sich auf ihre kurz geschnittenen Nägel, und auch ohne ihr in die Augen zu sehen, wusste er, dass Keira ihm das ebenso wenig abnahm wie er.

»Er würde alles sagen, um den Eindruck zu erwecken, dass er kein Problem hat. Hat er behauptet, er würde es nicht mehr im Alltag tun? Versprochen, einen Entzug in Erwägung zu ziehen? Nur dir zuliebe, denn in Wirklichkeit hat er ja kein Problem?« Lesh lehnte kurz die Stirn an Keiras Schulter und zog sie fester an sich. »Glaub ihm kein Wort. Chay sagt nur das, was du hören willst.«

»Selbst, wenn er einen Entzug nur für mich machen würde – es könnte ihn trotzdem zur Besinnung bringen. Es wäre eine Chance«, murmelte sie.

»Ich glaube kaum, dass er tatsächlich freiwillig einen Entzug machen würde. Er wird es dir so oft sagen, wie du es hören willst, aber er wird es nicht in die Tat umsetzen. Im Entzug müsste er clean bleiben, und das kann er nicht mehr. Ich bin sicher, dass weiß er auch.«

»Aber was sollen wir denn dann tun?« Keira klang zunehmend verzweifelter und Lesh wusste, dass er es nur immer schlimmer machte. Aber sie musste eine klare Sicht bewahren, sich nicht von Chay mitziehen lassen. Es war besorgniserregend, wie sehr sich ihr Leben inzwischen um seinen Bruder drehte. Vermutlich schlief sie jeden Abend mit dem Gedanken ein, dass Chay sich selbst etwas antun könnte. Ob beabsichtigt oder nicht.

»Nichts. Wir können nichts tun, solange er nicht bereit ist.« Lesh sah wieder zur anderen Seite des Feuers, wo Chay rauchte und sich gut gelaunt mit Darius und Isaiah unterhielt.

Er hatte es perfektioniert, Lesh zu ignorieren. Bisher hatten sich ihre Blicke nur zweimal wie durch Zufall getroffen. Er spürte, wie sich seine Kiefermuskeln verspannten, die Wut und Enttäuschung wogten immer heftiger in ihm, je länger er Chay beobachtete. Er war so vollkommen unbekümmert und egoistisch, seine Aufmerksamkeit richtete sich weder nach links noch nach rechts. Es interessierte ihn einen Dreck, was er den Menschen in seinem Umfeld antat.

»Ich kann nicht *nichts* tun«, sagte Keira entschieden.

»Hey«, bemerkte Lesh sanft. »Hör auf, dir den Kopf zu zerbrechen. Zumindest an deinem Geburtstag.«

Sie sah auf die schmale Uhr an ihrem Handgelenk. »Bisher habe ich nicht Geburtstag. Erst in einer halben Stunde.« Noch während sie sprach, sprang sie auf und lief Chay hinterher, der bereits fast mit der Dunkelheit verschmolzen war.

»Wo gehst du hin?«, hörte er Keira noch rufen und bereute es, den Aufbruch von Chay nicht mitbekommen zu haben, um sie aufzuhalten.

»Schön, dich mal wieder hier zu haben. Wir haben uns eine Ewigkeit nicht mehr gesehen.« Philomena setzte sich neben ihn und strahlte ihn an, allerdings etwas aufgesetzt. Sie schien von der

315

lautstarken Diskussion ablenken zu wollen, die sich wenige Meter entfernt in den Schatten abspielte.

»Wie geht es dir?«, fragt Lesh abwesend und mit falschem Lächeln.

»Ganz okay. Ich vermisse Finnegan ganz schön. Er müsste gerade irgendwo in Neuseeland sein – auf Reisen.« Sie zog die Schultern hoch. »Und du bist noch immer Lehrer an der High School in …?« Fragend hoben sich ihre Brauen.

»Rivercrest«, zwang Lesh sich über die Lippen und nickte knapp, um die Lügen nicht aussprechen zu müssen.

»Wow.« Sie grinste. »Klingt so seriös.«

Lesh erwiderte nichts, während Philomena die Wange in ihre abgestützte Hand legte.

Eine wutschnaubende Keira ließ sich auf einen freien Plastikstuhl fallen, der unter der plötzlichen Wucht kurz knackte. Lesh streckte die Hand aus, umfasste die Armlehne des Stuhls und zog ihn mit einem Ruck knirschend näher zu sich.

»Wo geht er hin?«

»Seine Verabredung holen.« Keira kniff die Augen so zusammen, wie sie es tat, wenn sie mit den Tränen kämpfte.

»Du fürchtest, er ist bis Mitternacht nicht wieder da?«, erriet er und sie nickte knapp, wobei ihre großen Ohrringe schaukelten.

»Ist ja nicht so, dass ich alles für diesen Scheißkerl tue. Da kann er schon mal den Anfang meines Geburtstages verpassen. Den hab ich ja schließlich noch vierundzwanzig Stunden lang.«

»Ach, Maus«, kommentierte Philomena mitleidig. »Chay würde den magischen Moment niemals verpassen. Er ist sicher gleich wieder da!«

Keira antwortete nicht mehr.

Kurze Zeit später tauchten weitere Freunde und Freundinnen von Keira auf, was wohl eine Überraschung der anderen war.

Leshs beste Freundin lächelte, tat fröhlich, aber er sah ihr an, dass sie nicht ohne Grund nur den engsten Kreis eingeladen hatte und gar nicht in der Stimmung für eine große Feier war. Das ständige Drama, die fortwährende Angst um Chay laugten sie allmählich aus und sie schien mit den vielen Menschen überfordert.

Obwohl Lesh nicht viel getrunken hatte, begann auch sein Kopf zu schwirren. Die Musik wurde lauter gedreht, Darius und Philomena verschwanden, um wenig später mit einer Torte und vierundzwanzig brennenden Kerzen darauf zurückzukommen. Jemand von den Neuankömmlingen hatte Konfettikanonen dabei, die verteilt wurden, und Isaiah begann, den Countdown anzuzählen. Lesh stand auf, stellte sich hinter Keira und legte seinen rechten Arm tröstlich um sie, während sie stocksteif dastand.

Als es Mitternacht war, flüsterte Lesh seine Glückwünsche an ihr Ohr, bevor er sie in die Arme der anderen entließ. Sein Bruder tauchte eine Stunde später mit einem dunkelhaarigen Mädchen auf. Er entschuldigte sich nicht, gratulierte Keira nicht. Aus schmalen Augen beobachtete Lesh die Szene, bevor Chays Begleitung vor ihm stehen blieb.

»Ich bin Emely, aber nenn mich bitte Emmy.«

Lesh starrte auf ihre Hand, und obwohl er wusste, dass dieses Mädchen mit dem von Drogen verschleierten Blick kaum Schuld traf, konnte er sich nicht überwinden, seinerseits die Hand zu heben.

»Lesh«, brachte er hervor und spähte an ihr vorbei zu Chay. Dieser war von einer enttäuschten Keira stehengelassen worden und starrte mit einer Kippe zwischen den Lippen finster vor sich hin. Als hätte er den Blick gespürt, hob er das Kinn und sah Lesh direkt an.

Kapitel 24

Rosa

Ich hielt meine Nase in den kalten Wind, während ich stur geradeaus sah und nicht auf das stetige Vibrieren meines Handys achtete, das in meiner Jackentasche keine Ruhe gab. Ohne das Display zu kontrollieren, wusste ich, dass es Cat und Erin waren. Genau eine Woche war es her, dass ich von den Collegeabsagen erfahren hatte. Eine Woche lang versuchten sie bereits, mich zu erreichen. Vergebens. Ich war nicht bereit für dieses Gespräch. Nicht für ihre Worte und meine Gefühle. Die beste Lösung war es bestimmt nicht, das Ganze so lange wie möglich vor mir herzuschieben. Es war auch nicht fair ihnen gegenüber. Klare, salzige Luft drang in meine Lungen, während ich tief durchatmete. Das warme Licht des *Golden Plover* leuchtete mir entgegen. Obwohl ich heute nicht arbeiten musste, wollte ich den Tag nur im Café verbringen. Dort angekommen setzte ich mich auf einen Hocker am Tresen, trank einen Chai-Latte und legte grübelnd das Kinn auf meine verschränkten Arme vor mir. Arthurs besorgter Blick traf mich minütlich.

»Was ist los, Rosa?« Er ging in die Knie, bis sein Kopf mit meinem auf gleicher Höhe war.

»Eine Menge«, nuschelte ich. »Collegeabsagen, meine Freundinnen, meine quasi verschollene Mutter, Zukunftsangst.«

»Kann ich dir bei irgendetwas davon helfen?« Er lächelte aufmunternd.

Ich schüttelte den Kopf. »Die Zeit wird es richten«, äffte ich meine Mutter nach und er runzelte die Stirn.

»Ne, das glaub ich nicht. *Du* wirst es richten!« Er stupste mit dem Zeigefinger leicht gegen meine Nase. »Du bist selbst deines Glückes Schmiedin.«

»Und wenn ich nicht weiß, was mein Glück ist?«

»Findest du es heraus.«

Ich schnitt ihm eine Grimasse. »Das sagst du so leicht.«

»Macht Lesh dich glücklich?«, fragte er und traf mich damit unvorbereitet. Ich wich seinem Blick aus.

»M-manchmal«, sagte ich ehrlich.

»Manchmal?«

»Immer mehr.«

»Dann ist das vielleicht ein kleiner Anfang …«

»Hm.«

Arthur lachte leise, bevor er sich beim Klang der Türglocke aufrichtete.

Nach zwei weiteren Gläsern Chai-Latte und mehreren Stunden zog ich die Kapuze meines Parkas über den Kopf und trat auf die nassen Pflastersteine der Straße.

Am Freitagnachmittag fragte ich Dean, ob er mich an die Küste begleiten wolle. Es rührte mich, dass er seine Arbeit am Schreibtisch sofort liegen ließ und mit einem begeisterten Funkeln in den Augen aufsprang. Es nieselte, aber der Himmel schien aufklaren zu wollen und in unsere Regenjacken gehüllt verließen wir das

Haus. Bree stand in der Tür und sah uns mit einem besorgten Zug um den Mund nach. Sie hatte Angst, wir könnten bei der Nässe auf den Steinen ausrutschen, doch Dean und ich hatten versprochen, nicht nah am Abgrund zu gehen.

»Lass uns mit dem Auto ein Stück fahren. Dann müssen wir nicht an der Straße entlang.« Dean öffnete mir die Tür seines *Chrysler Voyager* und kurz darauf befanden wir uns auf der leeren Straße.

Es gab einen kleinen Parkplatz, auf dem nur ein weiteres Auto stand und von dem aus ein schmaler Pfad zu den Klippen führte.

»Im Sommer sind hier viele Touristen unterwegs, aber jetzt haben wir die Aussicht ganz für uns.«

»Welch ein Glück.« Ich lächelte, während ich unter tropfenden Zweigen hindurchtauchte. Als ich mich aufrichtete, wurde mein Lächeln noch breiter. Kalte, salzige Luft legte sich auf meine Haut, das Zerschellen der Wellen übertönte beinahe den Wind und der Anblick des wogenden Wassers in Dunkelblau und Grau mit weißen Schaumkronen wärmte mein Herz. Je länger ich in Rivercrest war, desto größer wurde mein Verlangen nach der Unendlichkeit des Meeres, den glatt gespülten Steinen und den knarrenden Tannen, die sich im Wind bogen. Ein Holzgeländer bildete eine Grenze zu der steil abfallenden Küste und wir hielten uns wie versprochen dicht an den kahlen Bäumen und Büschen.

»Ich bin eher durch Zufall hier gelandet. Ein befreundeter Pfarrer, der kurz vor der Pension stand, fragte mich, ob ich der *St. Clarence* und diesem Ort nicht eine Chance geben wolle. Als ich herkam, glaubte ich nicht daran, dass es meine Heimat werden könnte. Aber nur ein Ausflug ans Meer reichte, um mich das überdenken zu lassen.« Dean machte eine kurze Pause. »Vielleicht ist meine Erinnerung etwas nostalgisch – es hat zumindest so weit gereicht, dass ich vorerst blieb.«

»Mir hat das Meer am Anfang Angst gemacht.« Ich vergrub meine Finger tief in meinen Jackentaschen, um sie warm zu halten. »Doch irgendwann gab es mir Hoffnung, ich ... könnte hier etwas finden.«

Ich konzentrierte mich darauf, wohin ich meine Schritte setzte, während der schneidende Wind meine Augen zum Tränen brachte.

»Und?«, fragte Dean nach einer Weile. »Hast du etwas gefunden?«

Der Pfad war so schmal, dass wir nicht nebeneinander gehen konnten, und ich drehte mich zu ihm um, damit er die Aufrichtigkeit in meinem Gesicht sehen konnte.

»Ja.« Ich spürte, wie ich leicht errötete, und wandte mich wieder nach vorn. »Mehr, als ich zu hoffen gewagt habe. Vielleicht habe ich sogar das gefunden, was ich machen möchte ... nach dem College.« Ich räusperte mich verlegen. »Es ist nichts Großes, nichts wirklich Bedeutendes, nichts, um reich zu werden.«

»Du möchtest in einem Café arbeiten«, erriet Dean und ich hörte das Schmunzeln auf seinen Lippen. »Übrigens möchte ich mich für meine anfängliche Skepsis entschuldigen. Ich sehe dein glückliches Gesicht, wenn du vom *Golden Plover* kommst.«

»Ja. Ich ...« Kurz überlegte ich, ob es richtig war, Dean so tief in meine Seele blicken zu lassen. *Er ist mein Vater.* Es war das erste Mal, dass ich diesen Gedanken nicht mit etwas Negativem in Verbindung brachte. Deshalb scheute ich mich nicht länger.

»Ich frage mich, ob es nur am *Golden Plover* liegt. Manchmal habe ich Angst, dass ich dieses Gefühl woanders nicht wiederfinde.«

Dean antwortete lange Zeit nicht und vorsichtig warf ich einen Blick über die Schulter. Er richtete konzentriert Schal und Mütze, wirkte dabei nervös.

»Muss es denn woanders sein?«, fragte er leise. »Wenn dir das *Golden Plover* so gut gefällt, wäre es doch eine Möglichkeit, ebendort weiterzumachen.«

Ein warmes Gefühl der Möglichkeit und plötzlich aufsteigende Panik schlugen gleichermaßen über mir zusammen. Bisher mochte ich den Gedanken an eine Zukunft in Rivercrest nicht zulassen. Ich war mit dem festen Vorsatz hergekommen, alles hier zu verachten. Die dunklen Wälder und tristen Straßen waren nicht verschwunden, sie würden bleiben und mit ihnen mein Unbehagen. Dennoch gab es die Wärme, die mir die Menschen hier schenkten, die Natur und die Hoffnung auf den Sommer, der heller sein musste.

»Erst mal werde ich aufs College gehen. Danach … wäre es eine Möglichkeit«, gestand ich ihm und mir ein.

Deans Hand legte sich kurz auf meine Schulter und drückte sacht zu. Ich traute mich nicht, mich umzuwenden, aus Angst, ich könnte Tränen in seinen Augen entdecken.

»Hast du bereits eine Entscheidung getroffen, wo du hinmöchtest?«, fragte er nach einer Weile.

»Nein. Ohne meine Freundinnen kann ich es mir einfach nicht vorstellen.«

»Das tut mir sehr leid.« Der Pfad wurde breiter und sandiger. Dean trat nun neben mich und legte für einen Moment den Arm um meine Schultern. Es fühlte sich ungewohnt, aber nicht falsch an. Er hatte sich längst einen Platz in meinem Herzen erkämpft und ich hatte kaum noch Kraft, mich dagegen zu wehren. Dieses Eingeständnis wollte mich niederdrücken und eine hämische Stimme flüsterte, dass ich auf voller Linie versagt hatte. *Aber es ist ein gutes Versagen.*

»Ab und zu kommt mir der Gedanke, mich nächstes Jahr noch einmal am *CBC* zu bewerben. Ich könnte trotzdem Kurse mit meinen Freundinnen belegen und das Zwischenjahr für andere Dinge nutzen. Zum Beispiel, um in Cafés zu arbeiten und ein bisschen Geld zu sparen.« Je näher der Abschluss rückte, desto unwohler fühlte ich mich dabei, dass Mum meine Collegebildung bezahlte. Vor allem, weil sie mir immer wieder vorgehalten hatte, dass sie nur für mich so viel arbeitete.

»Tu das, was sich richtig anfühlt. Wenn du lieber ein Jahr Erfahrungen sammeln willst, wird es richtiger sein, als Geld für ein College zu bezahlen, wo du nicht sein willst.«

Meine Lippen drückten sich leicht aufeinander und ich fragte mich, ob seine Bestärkung vollkommen uneigennützig war oder ob er darauf abzielte, dass ich noch länger hierblieb.

»Ganz gleich, ob der Ort hier sein wird oder woanders.« Er las meine Gedanken und blieb stehen, um mich fest anzusehen. »Niemand wäre glücklicher als ich, wenn du länger hierbleiben würdest, Rosa. Trotzdem steht an erster Stelle dein Wohlbefinden. Das ist das Wichtigste für mich.«

»Danke, Dean.« Aus einem Impuls heraus umarmte ich ihn und augenblicklich schlossen sich auch seine Arme um mich.

»Dieser Ausflug war eine gute Idee«, bemerkte er, als wir einander losließen. Zögerlich nickte ich.

Dean zeigte auf einen Punkt in der Luft und mit etwas Mühe konnte ich den Greifvogel erkennen, der immer wieder hinab zum Wasser stieß und sich kurz über der Oberfläche wieder nach oben schraubte oder mit den Fängen ins Nass tauchte. Beim vierten Versuch sahen wir, dass seine Jagd erfolgreich gewesen war. Er schwang sich in die Lüfte und steuerte auf eine Felswand zu, wo er hinter Bäumen verschwand.

»Arthur wäre jetzt begeistert gewesen und hätte sicher Hunderte Bilder geschossen.« Ich erzählte Dean von Arthurs Leidenschaft für Fotografie und Vogelarten. Zu meiner Überraschung nickte Dean wissend und gestand mir dann beinahe zerknirscht, dass er mit Bree bereits öfter außerhalb meiner Schichten im Café gewesen wäre.

»Wir wollten dir nicht unangenehm sein und dich nicht bei der Arbeit stören. Doch Bree – wir waren sehr neugierig, wo du arbeitest. Arthur ist überaus freundlich. Ich verstehe, warum du ihn so magst.«

Mein Mund stand offen und ich brauchte eine Weile, um ihn wieder zu schließen. »Ihr wärt mir nicht unangenehm gewesen, auf keinen Fall.« Ich lachte.

»In Ordnung.« Deans Wangen färbten sich rot und ich lachte noch etwas lauter. Sofort stahl der Wind das Lachen von meinen Lippen und trug es mit sich fort.

Es fiel mir schwer, meinen Blick von der Aussicht abzuwenden, aber als ich es doch tat, bemerkte ich, dass uns jemand entgegenkam.

Die hochgewachsene Gestalt mit tief ins Gesicht gezogener Kapuze löste Erkennen und Verwirrung in mir aus. Je näher er kam, desto klarer wurde, dass es keinen Zweifel gab. Ich versteifte mich und sah unruhig zwischen Lesh und Dean hin und her. Letzterer sprach unbefangen weiter und schenkte der Gestalt vor uns keine Beachtung.

Lesh hob das Kinn und sein Blick kollidierte mit meinem. In seinen Augen stand eine stumme Warnung. Ich verfolgte, wie sich seine Kiefer anspannten, während er langsam und fast unmerklich den Kopf schüttelte.

Dean nickte ihm freundlich zu und grüßte, als Lesh auf dem schmalen Weg dicht an uns vorbeiging. Er war länger als geplant in Aelview gewesen. Bei unserem einzigen Telefonat in dieser Zeit hatte er von Keira erzählt und wie schlecht es ihr in der Situation mit Chay ging. Dass er jetzt wieder da war, sollte mich eigentlich freuen. Doch zugleich hatte ich gehofft, er würde noch einen Tag bleiben. Nur einen Tag, damit er heute Abend nicht im *Blindspot* sein und nicht am *Bare Knuckle* teilnehmen konnte.

Mühsam konzentrierte ich mich wieder auf Dean, zwang ein schmales Lächeln zurück auf mein Gesicht.

Kurz vor der Abenddämmerung waren wir zurück und ich ließ mir ein heißes Bad ein. Trotz meiner Wollsocken und den Pullovern, die ich übereinander gezogen hatte, war die Kälte mit der Zeit bis auf meine Haut gedrungen und ich wünschte mir Wärme. Reglos lag ich im heißen Wasser. Zweimal hatte ich versucht, Lesh anzurufen, doch er hatte nicht abgenommen. Ich fragte mich, ob er es absichtlich tat, damit ich ihn nicht von dem heutigen Abend abbringen konnte. Denn genau das würde ich versuchen, wenn er nur an sein verdammtes Handy ginge.

Meine Augen waren auf die weit entfernten Baumwipfel gerichtet, als es endlich summte. Ich griff so hastig danach, dass ein kleiner Schwall Wasser auf die Badezimmerkacheln schwappte. Es war nicht Lesh. Es war Erin, die noch immer nicht aufgeben wollte. Unschlüssig hielt ich inne.

Ich *musste* irgendwann mit ihnen sprechen. Aber ich fürchtete mich davor.

Nicht nur wegen der Collegeabsagen, sondern wegen unserer Freundschaft. Diese fühlte sich immer unnatürlicher an, gezwungener. Ich begann, unsere gesamte gemeinsame Vergangenheit infrage zu stellen, so sehr ich das auch hasste.

Aber in der Zeit ohne sie hatte ich gemerkt, dass ich eine andere Person war als gedacht. Ich hatte herausgefunden, wer ich ohne sie war. Es war schmerzhaft, aber mir gefiel es. Ich musste mich nicht länger auf Partys schleifen lassen, weil ich nicht laut genug *Nein* sagen konnte. Ich musste mich nicht mehr dafür rechtfertigen, dass ich war, wie ich war. Der Gedanke war fruchtbar. Er trieb mir Tränen in die Augen. Aber manchmal fragte ich mich, ob es nicht besser wäre, wenn Erin, Cat und ich nicht so krampfhaft versuchen würden, unsere Freundschaft aufrechtzuerhalten. Widerstrebend bewegte sich mein Daumen auf den grünen Hörer zu, der auf meinem Bildschirm leuchtete.

Kapitel 24 ½

Lesh

Ein ungutes Gefühl hatte sich in Lesh breitgemacht, sobald er dem Mann in der Absperrung gegenüberstand. Penn nahm ähnlich oft an den Wettkämpfen teil wie er. Bisher hatte Lesh es vermieden, gegen ihn anzutreten, weil dieser Kerl dafür bekannt war, rücksichtslos und unfair zu sein. Aber dieses Mal hatte er kaum eine Sekunde gezögert. Es war eine Herausforderung und er hatte in den vergangenen Tagen so viel Frust und Wut in sich angestaut, dass er sich beinahe über seinen Kontrahenten freute.

Wenn er diesen Kampf überstanden und im besten Fall gewonnen hatte, könnte er auch Rosa wieder unter die Augen treten. Es war feige, sie zu ignorieren. Doch er hatte gefürchtet, sie könnte ihn von dem hier abhalten. Sie ahnte nicht, wie sehr sie ihn in der Hand hatte. Einfach, weil sie Rosa war und ihm nach fast zwei Jahren das Gefühl gab, wieder ein normales Leben führen zu können. Irgendwann …

Doch ein jähzorniger, verbitterter Teil von ihm war noch nicht bereit, das hier aufzugeben. Und er konnte nicht behaupten, dass er sich nicht dafür schämte.

Penn, der ihm gegenüberstand, ließ die Schultern kreisen. Er war kleiner als Lesh, dafür breiter und er war von einer nicht zu unterschätzenden Wendigkeit, die man ihm auf den ersten Blick nicht zutraute.

Leshs Herz hämmerte in der Brust, während er die Finger spreizte, zu lockeren Fäusten schloss und auf den Wink von Ferris wartete. Der Lärm der Zuschauer um ihn herum wurde zu einem Hintergrundrauschen, sobald der alte Mann die Hand hob und Adrenalin durch Leshs Körper wallte. Ihm war es deutlich lieber, wenn der andere Kämpfer direkt auf ihn losging und eher unbedacht agierte.

Doch Penn umkreiste ihn nervenzerreißend lange, beobachtete jede Bewegung von Lesh und er wurde immer unruhiger.

Als er es nicht mehr aushielt, gab Lesh sich einen Ruck. Er visierte den Oberkörper an, doch änderte die Richtung seiner Faust, sobald Penn die Deckung seines Gesichtes sinken ließ. Vielleicht hatte dieser damit gerechnet und ihm war der Treffer gleich oder er reagierte ungewöhnlich schnell, als er mehrere Schläge gegen Leshs Seiten platzierte. Er biss die Zähne zusammen, als Penns Arm sich mit seinem verhakte und ihn zu Boden riss.

Laut schlug sein Rücken auf der nassen, klebrigen Fläche auf, und noch während er nach Luft schnappte, fragte er sich, ob Penns Sturz Taktik oder Versehen war.

Ferris beendete die Runde. Er ließ beide Männer wieder auf die Füße kommen und einige Sekunden durchatmen, bevor er erneut das Signal gab. Penn hatte seine Vorgehensweise geändert. Anstatt zu warten, attackierte er Lesh augenblicklich mit mehreren Schlägen, die durch seinen ganzen Körper zuckten. Plötzlich war er nur noch in der Position, sich verteidigen zu können. Er musste abwarten, bis sich eine Gelegenheit bot, bis Penn ihm ein oder zwei Sekunden gab.

Dann sah Lesh die Lücke. Es war nur der Bruchteil einer Sekunde, den er ohne Zögern nutzte. Er zielte auf die Nase seines Gegenübers. Seine Faust war zu nah, als er begriff, dass er genau das getan hatte, was Penn wollte. Der hatte bereits den Kopf gesenkt und rammte seinen Stirnknochen gegen Leshs Faust. Der Schmerz, der sich durch seine Finger und den Handrücken hinauf fraß, raubte Lesh den Atem. Lange Sekunden fürchtete er, die drohende Schwärze könnte ihn übermannen und ihm das Bewusstsein nehmen.

»West.« Ferris war zu ihm getreten und warf einen Blick auf die Hand, die Lesh so bewegungslos wie möglich hielt.

»Gebrochen?«, wollte der ältere Mann wissen.

»Weiß nicht«, gab Lesh zurück, wobei seine Sicht gefährlich flimmerte.

»Gibst du auf?« Es war nur eine rhetorische Frage, denn beide wussten, dass ihm keine andere Wahl blieb. Lesh nickte knapp und warf Penn einen hasserfüllten Blick zu, in dessen Augen bereits der Sieg glomm.

»Penn gewinnt«, verkündete Ferris ohne Regung in der Stimme.

Verhaltener Applaus kam auf und Ferris klopfte Lesh auf den Rücken, bevor er ihn zum Rand der Tribüne schob.

Angestrengt atmend wehrte Lesh sich nicht gegen die Hände, die ihm hinunterhalfen. Immer wieder schwankte er und glaubte, ohnmächtig werden zu können.

Ari tauchte vor ihm auf und stützte ihn, indem sie seinen verschonten Arm um ihre Schultern legte.

»Idiot«, hörte er sie schimpfen.

Lesh unterdrückte nur ein Stöhnen, als er versuchte, die Hand in einem angenehmeren Winkel zu halten.

»Sieht übel aus, West«, fuhr sie fort. »Ich fahre dich ins Krankenhaus.«

»Ari —«, wollte er widersprechen.

»Halt den Mund!«, fuhr sie ihn an. »Da gibt es keine Diskussion oder zweite Option. Veit holt dir gerade etwas zum Überziehen.«

Geschlagen ließ er sich von ihr durch den *Blindspot* führen. An der Tür wartete Veit.

»Tut mir leid, Mann«, bemerkte er. Seine Augen fügten hinzu: *Ich habe dir gesagt, dass so etwas früher oder später passiert.*

Kapitel 25

Rosa

Arthur litt unter Schwindelanfällen, als ich am Montag zu meiner Schicht kam. Er wirkte bleich, behauptete aber, es würde ihm gut gehen und er könne sich den Schwindel nicht erklären. Ich bemerkte nur, dass er mir nach wie vor einen Arztbesuch versprochen habe. Während meines Dienstes zog er sich in seine Wohnung zurück. Es machte mir nichts aus, vorn zu arbeiten. In der Küche hatte ich zu viel Zeit, um über das vergangene Wochenende nachzudenken. Ich wollte nicht erneut das Telefonat mit Cat und Erin in meinem Kopf abspielen. Letztlich hatte ich mich nicht getraut, ihnen die ganze Wahrheit zu sagen. Ich hatte ihnen nicht gestanden, dass sich unsere Freundschaft für mich nicht mehr richtig anfühlte. Aber ich hatte ihnen gesagt, dass ich gerade Abstand brauchte und dass ich nicht wusste, wann ich wieder so weit sein würde, Kontakt mit ihnen zu haben. Ihre Reaktionen waren zu erwarten gewesen. Erin bemühte sich um versöhnliches Verständnis, während Cat ärgerlich geschimpft hatte.

Mindestens genauso sehr beschäftigte mich Leshs plötzliche Ablehnung. Gestern hatte er mir eine Nachricht geschickt. Mit nichts als kurz angebundenen Ausflüchten und der Behauptung, er hätte gerade Dinge zu klären. Es war mir vorgekommen, als würde er sich zu sehr bemühen, den Anschein zu erwecken, es wäre alles okay. Das bestätigte mich nur in der Annahme, dass es nicht so war. Ich brauchte nicht lang, bis sich die Befürchtung festsetzte, sein Verhalten könnte etwas mit dem *Blindspot* zu tun haben.

Leise seufzend glitten meine Augen erneut durchs *Golden Plover*, obwohl mir klar war, dass sie keinen Lesh entdecken würden. Ich wusste nicht, wie ich mich verhalten sollte.

Während ich die Kaffeemaschine bediente, Tische abrechnete, Geschirr abräumte und die Spülmaschine füllte und leerte, blitzten immer wieder einzelne Gedankenfetzen auf. Jedes Mal schob ich sie wieder von mir, doch die Sorge um Lesh drang in jede meiner Fasern.

Kiana trat in die Küche und rettete mich davor, ein weiteres Mal hoffnungsvoll auf mein Handy zu sehen, nur um enttäuscht zu werden. Sie warf einen Blick nach vorn, um sich zu vergewissern, dass keine wartende Kundschaft da war, bevor sie sich an die Arbeitsfläche lehnte und mich mit einem Kopfnicken bat, zu ihr zu kommen.

»Arthur ist gerade eingeschlafen und ich würde ihn ungern aufwecken. Meinst du, du könntest das Café später allein schließen? Bei den Tischen und dem Geschirr könnte auch ich dir helfen.«

»Das brauchst du nicht«, sagte ich sofort. »Ich schaffe das.«

»Sicher?«

»Ganz sicher. Es ist nicht das erste Mal.«

Sie lächelte erleichtert, was sich dann in ein Seufzen verwandelte. Kurz verzog sie das Gesicht, bevor sie mit sichtbarer Überwindung weitersprach.

»Mache ich mir zu viele Gedanken? Er hat seit meiner Schwangerschaft den Laden komplett allein getragen und jetzt – plötzlich

– scheint es ihn zu übermannen. Obwohl er dich hat.«

»Hast du schon einmal daran gedacht, dass es vielleicht genau das sein könnte. Nach einem so langen Zeitraum, wo er unter enormen Druck und Stress stand, kommt er jetzt an den Punkt, an dem er davon eingeholt wird.«

»Du könntest recht haben.« Kiana blinzelt zur Decke und schien kurz um Beherrschung zu ringen. »Nur wie kann ich ihm das begreiflich machen? Er weigert sich, mit mir darüber zu sprechen. Sollte es nicht nur die Arbeit sein – was ist, wenn er wirklich krank ist?«

»Warum lässt er sich nicht untersuchen? Was hat er gegen Ärzte?«

Kiana hob die Schultern. »Ich kann es dir nicht sagen. Die einzige Erklärung, die für mich Sinn macht, ist seine Angst, wirklich etwas zu haben und das Café schließen zu müssen.«

Ich runzelte die Stirn. »Das scheint ihm wirklich Albträume zu bereiten, oder?«

Kiana nickte und ich versuchte mich an einem aufmunternden Lächeln.

»Ich arbeite gern mehr, das weißt du. Wenn ich ihm damit etwas abnehmen kann, mache ich das!«

»Das weiß ich.« Kiana griff nach einer meiner Hände. »Aber du musst dich auch auf die High School konzentrieren – deine Tage sind lang genug.«

Bei ihrer strengen Miene lächelte ich leichthin.

»Das klappt schon.«

»Danach wirst du uns aber verlassen, hm?«

Unschlüssig sah ich mich in der Küche um und mied ihren Blick, während ich überlegte, ob ich Hoffnungen in ihr schüren durfte, die ich vielleicht nicht erfüllen konnte.

»Ich kenne meine Pläne noch nicht wirklich. Es entwickelt sich gerade nicht so, wie ich es mir vorgestellt hatte. Ihr erfahrt es zuerst, wenn ich mich zu etwas entschieden habe.«

Die Türglocke klingelte leise, und als ich aus der Küche linste, entdeckte ich Dean und Bree, die mit einem nervösen Lächeln den Tresen ansteuerten.

»Ich schließe später ab und wir sehen uns Mittwoch.«

Kiana lächelte müde und ich hörte die alte Holztreppe knarren, die sie nach oben ging, während ich mich Dean und Bree zuwandte.

Mir wurde etwas eng ums Herz, als ich sah, wie sie mir erwartungsvoll und nahezu stolz entgegenblickten.

»Kommst du mit ins Einkaufszentrum?«, fragte Ivy, während sie genüsslich auf ihrer Waffel kaute. Sie strich sich den Pony aus der Stirn und funkelte mich abwartend an.

»Wir wollen Kleider für den Abschlussball kaufen«, ergänzte Nikki aufgeregt. »Wenn wir uns nicht langsam beeilen, werden alle weg sein. Immerhin leben wir in einer Kleinstadt.« Sie rutschte auf ihrem Stuhl umher, als wolle sie gleich aufspringen und loslaufen.

»Ich habe meinen Smoking bereits«, kommentierte Diego sichtlich stolz.

»I-ich weiß gar nicht, ob ich hingehe«, gestand ich.

»Was?« Nikkis runde Augen wurden noch größer, während sie den Kopf schüttelte. »Wenn du Angst hast, dass dich niemand fragt —«

»Darum geht es nicht«, unterbrach ich sie. »Es fühlt sich seltsam an. Ich war nur wenige Monate auf dieser Schule und würde mir deplaziert vorkommen.«

»Das ist doch Unsinn.« Ivy griff über den Tisch und tätschelte meine Hand, wobei ihre Armkettchen klimperten. »Wenn du keinen Bock hast, okay. Aber ansonsten wollen wir dich unbedingt dabeihaben!«

Nikki nickte bekräftigend und hob einen Finger in die Luft. »Selbst Silas kommt und der ist eine echt harte Nuss.«

Ich sah zu Silas, dessen Mundwinkel nach unten gesackt waren.

»Ich werde nicht lange bleiben«, raunte er mir über den Tisch zu und ich lächelte leicht.

»Ich komme auf jeden Fall mit ins Einkaufszentrum«, bot ich an, während ich ein Stück von meiner Waffel abzupfte.

»Ja«, quietschte Nikki freudig und Ivy streckte den Daumen in die Höhe, wobei sie den kleinen Pappkarton Apfelsaft auf ihrem Tablett austrank.

»Ivy?« Gabe stand vor unserem Tisch, die Hände in den Hosentaschen vergraben und verlegen grinsend. »Hast du kurz Zeit?« Er war sich deutlich bewusst, dass alle am Tisch ihn ansahen, denn er hob herausfordernd eine Braue. Ich biss mir auf die Unterlippe, um nicht zu lachen. Ivy nickte, warf sich ihre Tasche über die Schulter und gemeinsam verließen sie die Cafeteria. Nachdem die großen Türen hinter ihnen zugefallen waren, schnaufte Nikki entsetzt. »Was war das? O Gott, Rosa – ist sie gerade einfach mit Gabriel Silver mitgegangen?«

Ich schmunzelte, denn offensichtlich hatte Ivy selbst mit Nikki nicht über Gabe gesprochen.

»Dinge können sich zum Guten wenden«, sagte ich optimistisch.

»Dieser Typ geht mir so auf die Nerven«, murmelte Diego und schob mit einer energischen Geste sein Tablett von sich.

Er ist mein Bruder – Stiefbruder, dachte ich und wollte ihn verteidigen, aber Diego stand bereits auf und durchquerte mit großen Schritten die Halle.

»Was ist mit ihm?«, fragte ich besorgt.

Nikki verzog das Gesicht. »Sie sind beste Freunde. Er will nicht, dass Gabe sie wieder fertigmacht.«

Mein Blick glitt zu Silas, der an einem der Ringe drehte, die seine Hände schmückten.

»Du erinnerst dich vielleicht nicht mehr, aber zu Anfang, als sie auf unsere Schule kam, hat er ziemlich für sie geschwärmt«, bemerkte er ruhig.

»Für sie als Person und Freundin, aber nicht *so*«, wehrte Nikki ab. Die beiden verstrickten sich in eine Diskussion, aus der ich mich ohne Zögern raushielt. Stattdessen warf ich einen zuversichtlichen Blick zu den großen Türen der Cafeteria. Ich wusste, was Gabe vorhatte. Er würde Ivy fragen, ob sie mit ihm auf den Schulball ging, und ich war mir ziemlich sicher, dass sie *Ja* sagte.

Am folgenden Sonntag nach der Messe fuhr ich mit Dean zum *Green River College*. Das einzige College, von dem ich eine Zusage hatte. Es war Deans Idee gewesen, weil er sich sicher war, dass mir die Entscheidung leichter fallen würde, wenn meine Füße auf dem Campusgelände standen. Wie sollte ich etwas ablehnen, was ich nie zuvor gesehen hatte?

Wir hatten an einer Führung teilgenommen, Dean hatte mich viel beobachtet und auf der Rückfahrt sagte er etwas, was mich überraschte.

»Du willst dort nicht hin, oder?«

Den Ausflug über hatte ich versucht, meine innere Ablehnung nicht nach außen zu tragen. Aber er hatte mich durchschaut. Er hatte die kleinen Risse lesen können, die sich durch meine Fassade zogen. Vor wenigen Wochen hätte mich das verstört und ich hätte es gehasst. Jetzt war ich froh, es ihm nicht erklären zu müssen. Er lernte mich immer besser kennen, ohne dass ich ihm viel Raum dafür gab. Es waren kleine Dinge, die er sich einprägte, und vielleicht lag es ja tatsächlich zum Teil daran, dass er mein Vater war und wir eine nicht zu leugnende Verbindung hatten. Es gefiel mir, dass er meine Gesellschaft als etwas Wertvolles ansah, dass ich keine Last für ihn war, so wie für Mum. Mit jedem Tag zeigte er mir, dass er mich trotz seines Weggangs vor vielen Jahren in seinem Leben wollte. Ich bereute es, nie gut an ihn gedacht zu haben. Ich verurteilte mein altes *Ich*, das es nicht besser gewusst hatte.

»Nein. Ich werde nicht dorthin gehen.« Denn es fühlte sich nicht richtig an. In mir war ein anderer Wunsch entfacht worden, eine kleine Flamme, die nun zu einem Feuer ausgebrochen war. Wegen Dean und seiner Familie, wegen Arthur und dem Café und wegen Lesh. Mit jedem Tag war ich ein kleines Stück schwächer geworden und jetzt war ich kurz davor, nachzugeben.

»Ich glaube, ich möchte noch ein Jahr in Rivercrest bleiben.« Die Worte hatten sich verboten angefühlt, weil ich wusste, welch große Hoffnungen und Erwartungen sie auslösen würden. Bei Dean, aber auch bei mir selbst. Er hatte wortlos nach meiner Hand gegriffen und sie so lange fest umschlossen, wie es das Autofahren zugelassen hatte.

Fast hatte ich die Augen verdreht, weil er so gefühlsduselig war und nur nichts sagte, weil er dann noch schlechter hätte verbergen können, dass er mit den Tränen kämpfte.

Anders als erwartet, fühlte sich die zaghafte Entscheidung nicht erdrückend, sondern befreiend an. Es war, als hätte ich mir selbst eine niederschmetternde Last von den Schultern genommen. Meine Zukunft, die in tiefes Grau gehüllt gewesen war, hellte sich allmählich auf und ich glaubte, die ersten zarten Lichtstrahlen darin zu erkennen.

Das Klingeln meines Handys riss mich aus meiner Versunkenheit über den Schulbüchern und ich griff so schnell danach, dass es beinahe von meiner Bettdecke zu Boden rutschte. In der Erwartung, Leshs Nummer zu sehen, starrte ich aufs Display. Mit jeder Person hatte ich mehr gerechnet als mit meiner Mutter.

»Hallo?«

»Hey, meine Süße. Es gibt Neuigkeiten.« Mum klang irgendwie geschäftig. Keine Nachfrage, wie es mir ging. Keine Entschuldigung, dass sie sich über Wochen hinweg so gut wie nicht gemeldet hatte.

»Welche?«

»Ich habe einen neuen Job. Ein kleines Unternehmen namens *Pear's Organizer*. Sie sind spezialisiert auf Firmenevents und eine Handvoll Veranstaltungen mehr. Das Wichtigste: Sie richten keine Hochzeiten aus!«

»Klingt gut«, sagte ich sofort, noch immer etwas perplex über ihren Anruf.

»Ist es! Ich beginne bald in Teilzeit, sie kennen meine Geschichte, nehmen Rücksicht darauf und ich werde immer in einem Team arbeiten. Nie wieder allein«, erklärte Mum.

Klingt gut, wollte ich wieder sagen, verkniff es mir jedoch. Ich konnte doch nicht die ganze Zeit nichts anderes sagen, außer *Klingt gut.*

»Und … du fühlst dich bereit?«

»Denke schon.« Ihre Stimme, die so lange labil und leise gewesen war, klang wieder klar und beinahe energisch.

»Es gibt einen kleinen Haken, denn der Unternehmenssitz ist nicht in Paxton. Ich werde nach Glenwood ziehen.«

Ich versuchte, meine Überraschung wegzublinzeln und suchte eine angebrachte Erwiderung.

Aus meinem Mund kam nur ein »Oh«.

»Kein Weltuntergang, meine Süße! Es ist nur zwei Autostunden von Paxton entfernt«, winkte sie ab. »Wir haben diese Wohnung doch ohnehin gehasst. Es gibt so viele Erinnerungen und wir – nein. *Ich* brauche einen Neuanfang.

Ich murmelte eine vage Zustimmung, während mein Herz sich schmerzhaft zusammenzog.

Eben diese Erinnerungen, die ihr so verhasst schienen, wollte ich nicht verlieren. Die Küche, das kleine Wohnzimmer, Lollis Schlafzimmer. Wenn es diese Wohnung nicht mehr gab, wäre nichts von meiner Grandma noch greifbar – sichtbar. Dann gäbe es sie nur noch in meiner Erinnerung.

»Was passiert mit Lollis Sachen?« Ihren Namen auszusprechen, kostete mich noch immer viel zu viel Kraft.

Mum schwieg lange, bis sie antwortete. Wir hatten es nicht über uns gebracht, ihr Zimmer auszuräumen. Mum nicht, weil sie am Rand eines Abgrunds gestanden hatte, und ich nicht, weil ich es schlichtweg nicht gewollt hatte.

»Der Umzug ist bereits in einem Monat. Es ist nicht mehr viel da.«

»W-was heißt das?«

»Dass es Zeit war, Abschied zu nehmen.« Mum sagte es so eindringlich, als wollte sie damit jeden Widerspruch verhindern.

»Aber …«

»Rosa«, schnitt sie mir scharf das Wort ab. »Ich habe Andenken behalten, natürlich habe ich das. Aber ihr Zeug konnte doch nicht für immer und ewig bei uns bleiben.«

Ihr Zeug. Ich schluckte schwer.

»Schon in einem Monat ziehst du um?«

»Ein Glücksfall. Ich habe einen neuen, sehr netten Chef, der mir bei der Suche geholfen hat.«

»Und du schaffst das? K-kann ich dir irgendwie helfen?«

»Das brauchst du nicht. Ich habe genug Hilfe«, wehrte sie ab und ich war froh darüber. Zeitgleich überlegte ich fieberhaft, ob ich noch mal nach Paxton fahren sollte, um mich von unserer Wohnung zu verabschieden. Von meinem Zimmer, das ich zu Anfang nur für ein halbes Jahr hatte zurücklassen müssen, und jetzt sollte es plötzlich für immer sein? Mum hatte mich mit der Vielzahl der Veränderungen überrollt. Was sollte ich denken und empfinden? Gerade war da nur eine dumpfe Leere.

»Dein neues Zimmer ist leider sehr klein. Da du ohnehin bald auf dem College sein wirst, wird es dir reichen.« Sie legte mir diese Worte entschieden in den Mund und ich hasste es. Das rief Trotz in mir wach und ich ballte meine freie Hand zu einer Faust, um mir mehr Mut zu machen.

»Werde ich nicht«, bemerkte ich.

»Was meinst du?«

»Ich werde dieses Jahr nicht aufs College gehen.« Ich hörte sie scharf Luft holen, sprach deshalb schnell weiter, um ihr zuvorzukommen. »Das *CBC* hat mich abgelehnt und auf das *Green River College* möchte ich nicht. Ich werde noch ein Jahr in Rivercrest bleiben und im *Golden Plover* arbeiten. Nächstes Jahr gehe ich dann auf ein College – vielleicht.«

Wieder hörte ich Mum ansetzen und unterbrach sie.

»Das hat auch Vorteile für dich. Ich kann Geld verdienen und du musst nicht alle Kosten fürs Studium tragen. Ich kann meinen Teil dazu beisteuern und werde auf ein College gehen, wohin ich auch wirklich möchte. Keine zweite Wahl, Mum. Ich habe mir das gut überlegt!«

Stille. Lange zermürbende Stille.

Meine Mutter räusperte sich. »Wann hast du von der Absage erfahren? Wann hast du diese Entscheidung getroffen? Was ist das *Golden Plover?* Und wie zur Hölle hat Dean es geschafft, dir so einen Müll in den Kopf zu setzen?« Ihre Stimme zitterte. Vor Wut, da war ich sicher und ich musste mir große Mühe geben, nicht auch wütend zu werden.

Ich schloss die Augen und konzentrierte mich nur darauf, ihr ruhig und sachlich Antworten zu geben.

»Ich habe es erst heute final entschieden, Mum. Und das *Golden Plover* ist ein Café, in dem ich arbeite! Das wüsstest du, wenn du mich bei unseren letzten Gesprächen nur ein Mal nach meinem Leben hier gefragt hättest. Und Dean hat nichts mit meiner Entscheidung zu tun gehabt. Du darfst ihm keine Schuld geben.«

»Rosa?« Sie klang wieder ruhiger, aber seltsam kühl. »Du wirst dieses Jahr aufs College gehen. Ich schwöre dir, wenn du –«

»Mum?«, rief ich dazwischen. »Ich bin volljährig. Du kannst mich nicht zwingen.«

»Ich schwöre dir, du bekommst keinen Penny von mir, wenn du dieses Jahr nicht ein Studium beginnst. Dann kannst du deinen lieben Vater anbetteln, ob er es dir zahlt, und wir werden sehen, wie wichtig ihm seine Tochter, die er verlassen hat, wirklich ist.«

»Hey, es reicht, Mum!« Meine Kehle wurde immer enger. »Warum muss ich für all die Veränderungen in deinem Leben Verständnis haben und du gestehst mir dasselbe nicht zu?«

»Weil du ein Kind bist! Weil du mich vor wenigen Monaten auf Knien angefleht hast, nicht zu deinem Vater zu müssen, und jetzt . . .«

»Dinge können sich ändern.«

»Und wenn sie sich ändern, musst du mit den Konsequenzen leben.«

»Mum«, stieß ich hervor. Halb fluchend und halb schluchzend.

»Weißt du, was?«, fragte ich zittrig. »Dann behalte dein Geld, denn das ist mir nicht wichtig. Ich will nur dein Verständnis und deine Liebe, die nicht an Umstände oder Bedingungen geknüpft ist. Doch die gibst du mir schon lange nicht mehr!«

Auf der anderen Seite der Leitung war es totenstill, bis es knackte und sie aufgelegt hatte.

Kapitel 25 ½

Lesh

Die Flammen im Kamin verschwammen immer wieder zu einem orangefarbenen Schleier vor seinen Augen. Lesh holte tief Luft, ließ den Blick in den dunklen Abend vor seinen Fenstern wandern und konzentrierte sich auf das gedämpfte Trommeln des Regens, der auf die Holzterrasse und gegen die Fenster prasselte.

Mit einem Ellbogen stützte er sich vom Sofa etwas in die Höhe, um in eine sitzende Position zu kommen.

Er wusste nicht genau, wie spät es war, doch er hoffte, die Stunden waren schnell vergangen und er würde bald schlafen können. Unter dem Gips, der seine linke Hand gefangen hielt, war es viel zu heiß und er hasste das Gefühl, wenn er ihn für eine Sekunde vergaß und sich im nächsten Moment, wenn er damit irgendwo gegenstieß, wieder selbst daran erinnerte. Vielleicht hatte er Glück gehabt, dass es ein glatter Bruch des fünften Mittelhandknochens war, der sich konservativ ohne Operation behandeln ließ. Vielleicht hatte er Glück, dass nicht mehr zertrümmert worden war. Vielleicht hatte er Glück, dass sich die Fraktur auch nachträglich nicht verschoben hatte. *Vielleicht …*

Er hatte erneut versagt. Die alles verzehrende Wut in ihm

flaute nur langsam ab. Wut auf seinen Fehler beim Kampf. Wut auf seinen Gegner Penn. Wut, dass er es nicht hatte kommen sehen.

Er hatte schon zwei- oder dreimal gegen jemanden gekämpft, dem auch ein Sieg recht war, indem er seinen Gegner dazu brachte, sich die Hand zu brechen. Es war nicht verboten. Es war nur keine faire Taktik.

Mit der gesunden Hand fuhr er sich müde über das Gesicht. Er wusste, dass er Rosa nicht ewig aus dem Weg gehen konnte. Es war irrsinnig zu denken, er könnte sich die sechs Wochen, die er den Gips noch tragen musste, hier einsperren.

Doch wenn sie seine Hand sah – sein erneutes Versagen … Er konnte ihr nicht unter die Augen treten.

Sein Herz machte einen trägen Satz, als es an der Haustür klingelte. Beim Aufstehen kämpfte der Wunsch in ihm, dass Rosa vor der Tür stehen würde, mit der Hoffnung, dass sie es nicht war.

Bevor er im Flur angekommen war, hämmerte jemand gegen die Tür und er wusste, dass sie es nicht sein konnte. Genervt riss er sie auf und hätte sie am liebsten wieder zugeschmissen.

»Hast du gepennt?«, fragte Chay mit einem zynischen Grinsen und drängte sich an Lesh vorbei, der zu langsam reagierte. Seine Hand griff ins Leere.

»Was willst du hier?« Lesh schüttelte den Kopf und folgte seinem Bruder ins Wohnzimmer, um ihn wieder vor die Tür zu setzen. Mit ungutem Gefühl registrierte er die gut gefüllte Sporttasche über der Schulter seines Bruders. Dieser drehte sich zu ihm um und musterte ihn mit schmalen Augen.

»Sag mir, was du hier machst!«, forderte Lesh erneut.

»Wurdest du verprügelt?«, traf Chay fast ins Schwarze und nickte auf den Gips.

»Chayton!« Seine Stimme war laut, kratzig.

»Aelview kotzt mich an«, erwiderte er finster. »Ich mache Urlaub.«

»Du kannst nicht hierbleiben.« Das Letzte, was Lesh wollte, war, dass Chay ihm dabei zusah, wie er langsam unterging.

»Ich denke doch. Komm schon, Lesh – du hast das Haus hier bekommen. Einfach so. Was habe ich bekommen?« Chay breitete die Arme aus und Zorn flackerte in seinen Augen.

Er wandte sich ab und stieg dann ohne ein weiteres Wort die Treppe hoch. Lesh hörte eine Tür ins Schloss schlagen. Mit seiner unverletzten Hand fuhr er sich durchs Haar, knirschte mit den Zähnen und griff schließlich nach seinem Handy.

»Keira«, sagte er, als sie abhob. »Was macht Chay hier?« Er wusste, sie traf keine Schuld. Inzwischen war er jedoch so aufgewühlt, dass er seine Stimme und den Hass darin nicht mehr kontrollieren konnte.

»Weglaufen«, erwiderte Keira ruhig. Sie klang hellwach und im Hintergrund lief leise Musik. »Er will die Wahrheit über seine Sucht nicht hören. Er bringt sich um. Niemand sieht es und er am allerwenigsten. Und er will es nicht hören. Er ist einfach abgehauen. Ich dachte, er wäre bei Isaiah, um sich was zu besorgen … Es erleichtert mich, dass er bei dir ist.« Keira seufzte leise.

»Mich nicht«, bemerkte Lesh. »Ich will ihn nicht hierhaben.«

»Wieso? Ich weiß, dass du ihn nicht hasst. Ich weiß, dass du wieder mit ihm reden willst – dass es so wird wie früher.«

»Es ist nicht der richtige Zeitpunkt«, erwiderte er mit einem brennenden Schmerz in der Brust, weil er wusste, dass ihre Worte einen wahren Kern hatten.

»Zeitpunkt«, wiederholte Keira ärgerlich. »Chay trifft nie den richtigen Zeitpunkt, aber ist das jetzt nicht eure Chance? Bei dir kann er vielleicht endlich wieder klar denken.«

Lesh wusste nichts zu erwidern. Keira schwieg eine Weile mit ihm, bis sie sich räusperte und in einem aufgesetzt fröhlichen Ton sagte: »Ich glaube, dass es so sein soll und dass euch die gemeinsame Zeit guttun wird.«

»Sicher.«

Nachdem sie das Telefonat beendet hatten, riss Lesh die Terrassentür auf und floh in die Dunkelheit. Regen traf kalt auf seine Haut, drang durch seinen Pullover und die Jeans, hinterließ ein klammes Gefühl.

Zu spät erinnerte er sich an den Gips und strauchelte fluchend zurück, schloss die Tür und ließ sich wieder auf das Sofa fallen. Er fühlte sich wie in einem Albtraum, ohne Chance auf ein Erwachen.

Kapitel 26

Rosa

Eine lang vermisste Leichtigkeit haftete an mir, als ich am Montag zu meiner Schicht ins *Golden Plover* fuhr. Ich freute mich, Arthur meinen zaghaften Entschluss, ein Jahr länger in Rivercrest zu bleiben, mitzuteilen. Ich wollte unbedingt bei ihm im Café bleiben. Das *Golden Plover* war der Ort, wo ich mich am richtigen Platz fühlte. Doch zu meiner Euphorie mischte sich auch eine große Portion Angst. Was, wenn Arthur sich nicht über meine Entscheidung freute?

Beim Eintreten ließ ich meinen Blick gewohnheitsmäßig zu dem kleinen Tisch in der Ecke vor den Sprossenfenstern schnellen. Lesh mied das Café und ich wusste, dass er es wegen mir tat. Wie angewurzelt blieb ich stehen, als ich seinen dunkelbraunen Augen begegnete. Eine Sekunde später wich er meinem Starren aus. Am liebsten wäre ich sofort zu ihm gegangen und musste mich selbst daran erinnern, dass er im Café nur ein Gast war.

»Hallo«, rief ich, während ich in den kleinen Flur ging und meine Jacke aufhängte. Arthur, der gerade einen meiner Rohkostkuchen vorschnitt, reagierte nicht.

»Arthur«, sagte ich lauter und sah ihn leicht zusammenzucken,

347

bevor er sich mit einem gut gelaunten Lächeln zu mir umwandte.

»Hallo, Rosa, ich habe dich gar nicht kommen hören.«

Ich zog die Nase kraus. »Hast du wieder den Druck auf dem Ohr?«

Er nickte, winkte gleichzeitig ab und brachte die Kuchenplatte nach vorn. Zu Arthurs Beschwerden war kürzlich eine Art Taubheit auf dem linken Ohr dazugekommen. Er hörte mit diesem nur noch gedämpft, was sich auch auf seine Orientierung und das Gleichgewicht auswirkte.

Nach Kianas langem Drängen war er letzte Woche tatsächlich bei einem Arzt gewesen. Auf Anhieb hatte dieser nichts finden können und auch die Blutergebnisse, die wenige Tage später kamen, waren vollkommen in Ordnung. Es gab offiziell keinen Grund dafür, dass Arthurs Körper verrücktspielte. Der Arzt hatte laut Kiana allerdings auch etwas gesagt, was Arthur überhaupt nicht hören wollte. Es bestand die Möglichkeit, dass es reine Stresssymptome waren.

Ich war ein bisschen beruhigt, dass er nicht ernsthaft krank zu sein schien. Zumindest nicht körperlich. Je mehr ich mich mit seinen Beschwerden beschäftigte, im Internet recherchierte und an meine Mum dachte, desto überzeugter war ich, dass Arthur eine Auszeit brauchte. Eine Pause, damit es ihm nicht wie meiner Mutter erging. Zwar war sein Weg ein vollkommen anderer, aber allmählich glaubte ich zu erkennen, dass er auf dasselbe Ziel zusteuerte. Es waren die kleinen Momente, die Sekunden, wenn er ins Nichts starrte oder seine Hände zu zittern begannen und er sie schnell hinter dem Rücken verbarg.

Nachdem ich meine Schürze auf dem Rücken zugeknotet hatte, wollte ich nach vorn gehen, als ich sah, dass Lesh am Tresen stand. Zögerlich trat ich neben Arthur.

»Hey«, brachte ich leise über die Lippen. Arthurs Hand drückte kurz meinen Arm, bevor er uns allein ließ.

»Wie geht es dir?«, fragte ich langsam.

»Ganz okay«, behauptete er wenig überzeugend.

»Was ist los?« Woher kam diese erneute Distanz in seinen Zügen? Was war passiert, dass wir plötzlich wieder wie Fremde am Anfang standen?

»Zurzeit ... ist es so leichter für mich.«

»Wieso?«

»Mein Bruder ist zu Besuch. Ich ... habe gerade keine Zeit für dich.«

»... okay?« Ich wollte so tun, als würde ich es verstehen, doch das tat ich nicht. Es verletzte mich nur.

»Bis dann, Rosa.« Er suchte meinen Blick, aber ich betrachtete unnachgiebig seinen Pullover. Den Pullover, von dem ich wusste, wie weich er sich unter meinen Fingern anfühlte und wie gut er nach Lesh roch.

Er drehte sich um, machte sich nicht die Mühe, die in den Jackentaschen vergrabenen Hände zu benutzen, sondern stieß die Cafétür grob mit der Schulter auf, sodass die Glocke wild klingelte. *Irgendetwas stimmt nicht mit ihm ...*

Als ich mich zur Küche umdrehte, sah ich in Arthurs nachdenkliches Gesicht.

»Ich weiß, dass ich mich da in etwas einmische, was mich nichts angeht.« Er nahm sanft meinen Arm und zog mich in die Küche. »Aber muss ich mir Sorgen machen?« Er schob seine goldeingefasste Brille ins lockige Haar.

»Wenn, dann um Lesh.« Ich presste die Lippen aufeinander.

»Was ist mit seiner Hand passiert, Rosa?«, fragte Arthur leise.

»W-was ist mit seiner Hand?«

Arthur kniff die Brauen zusammen. »Er hat sich große Mühe

gegeben, es zu verstecken, aber ich habe den Gips gesehen.«

»Gips?«, wiederholte ich blechern. *Lesh trägt einen Gips?* Konzentriert verfolgte ich mit den Augen das Muster der Bodenfliesen. Bedeutete es das, was ich fürchtete? Hatte er sich beim *Bare Knuckle* verletzt? Schlimmer als bisher?

Geht er mir deshalb aus dem Weg?

»Rosa?«

Ich blinzelte, sah Arthur an. »Ehrlich, ich weiß nicht, was mit ihm passiert ist«, flüsterte ich.

Meine Kehle war zu eng, um lauter zu sprechen, und begann zu brennen, als Arthur mich behutsam in den Arm nahm. Tröstend wiegte er mich hin und her, wie er es vermutlich bei Yasmin immer tat.

»Weißt du? Eigentlich wollte ich dir heute etwas Gutes erzählen. Etwas Schönes«, nuschelte ich an seinem dicken Flanellhemd.

»Raus damit.« Er klopfte mir sacht auf den Rücken und ich musste leise lachen, weil er mich wie ein Baby behandelte, dem er ein Aufstoßen entlocken wollte.

»Ich habe mich entschieden zu bleiben. Länger in Rivercrest zu bleiben, meine ich …«

»Du weißt, dass Lia und ich die meiste Zeit auf dem College sein werden?«, bemerkte Gabe beim Abendessen und grinste. »Du wirst mit den beiden allein sein.« Er deutete auf Dean und Bree.

»Vielleicht nehme ich mir auch eine Wohnung«, sagte ich unbestimmt, weil ich nicht automatisch davon ausgehen wollte, weiterhin hier wohnen zu dürfen.

Deans schockierte Miene erleichterte mich beinahe.

»Ich war davon ausgegangen, dass du hier bei uns bleibst.«

»Wenn es euch nichts ausmacht.« Die Blicke aller am Tisch

waren mir deutlich bewusst und ich spürte, dass ich unter der Aufmerksamkeit errötete.

»Wir würden uns freuen. Dann sind nicht alle Kinder aus dem Haus.« Bree lächelte mir aufmunternd zu.

»Hast du es schon deiner Mum gesagt?«, fragte Gabe und ich versteifte mich.

»Ja.«

»Und dem Chef im Café?« Bei Dahlias Stimme sah ich erstaunt auf.

»Mit Arthur habe ich heute auch geredet und er ist … begeistert.«

»Und nächstes Jahr klappt es dann sicher mit dem *CBC*«, bemerkte Bree optimistisch.

»Vielleicht.« Ich spießte eine kleine Kartoffel auf meine Gabel und blendete den Gedanken daran aus, dass ich mir absolut nicht mehr sicher war, ob ich überhaupt aufs *CBC* wollte.

Nach dem Abendessen saß ich mit Dean auf dem Sofa und wir sahen die Nachrichten, während ich vorsichtig Gonzales streichelte, der auf einer Decke neben mir lag.

Fünf Mal hintereinander erlaubte ich mir immer, meine Hand über sein weiches Fell wandern zu lassen. Dann hörte ich auf, weil er sich meistens bewegte und ich Angst hatte, er würde mich anfauchen oder kratzen. Damit war ich so beschäftigt, dass ich erst bei Deans tiefem Seufzen den Kopf hob. Im Fernsehen warnte der Nachrichtensprecher derweil vor starken Unwettern, die in den nächsten Tagen auf uns zukamen.

»Wir haben Frühling. So langsam glaube ich, es war eine Lüge, dass das Wetter nicht das ganze Jahr so unberechenbar ist.«

»Der Sommer ist wunderschön, ich verspreche es dir.« Dean lächelte mich tröstlich an.

Sobald seine Krimiserie anfing, stand ich auf und ging nach

oben. In meinem Zimmer trat ich an das Fenster und öffnete es. Leicht fröstelnd lehnte ich mich in die kalte Nachtluft hinaus und schloss die Augen.

Lesh nach so vielen zähen Tagen wiedergesehen zu haben, wühlte mich auf. Was würde er zu meiner Entscheidung, in Rivercrest zu bleiben, sagen? Würde es etwas verändern?

Kapitel 27

Rosa

Auf dem Weg die Küstenstraße entlang kroch die Dunkelheit aus allen Winkeln und ich wäre am liebsten umgekehrt. Ich konzentrierte mich nur darauf, gleichmäßig in die Pedale zu treten, um mich davon abzuhalten, mein Vorhaben zu verwerfen. Es fühlte sich nicht gut an. Doch es war Lesh. Und er war mir zu wichtig, als dass ich ihn einfach gehen lassen konnte. Ich wollte nicht, dass der Mann aus dem Café zu einer blassen Erinnerung wurde. Dafür schlug mein Herz in seiner Nähe zu unregelmäßig und dafür dachte ich an einem einzigen Tag zu oft an ihn.

Rivercrest hatte mich inzwischen eines über die Dunkelheit gelehrt: Ich würde es überleben. Ich war stark genug. Mein Atem hallte in meinen Ohren wider, als ich mit leise quietschenden Bremsen hielt und trocken schluckte.

Auf dem Weg zur Haustür straffte ich die Schultern und drückte schnell auf die Klingel, bevor meine Zweifel zu laut werden konnten. Ich hielt die Luft an, es geschah nichts und ich wollte schon umkehren, als die Tür aufschwang, doch niemand in den Rahmen trat. Lesh hatte mir bereits den Rücken zugewandt und ging ins Haus.

Nach einem kurzen Zögern folgte ich ihm.

»Lesh? Ist es okay, dass ich hier bin? Ich —« Ich hatte nach einem seiner Arme gegriffen, als er sich umdrehte und ich verstummte. Es war nicht Lesh. Die Miene des jungen Mannes war steinern und ein seltsamer Ausdruck lag in seinen Augen.

»D-du«, setzte ich an und wollte ihn fragen, ob er Leshs Bruder sei.

»Nicht der, den du suchst«, sagte er mit einer rauen, harten Stimme. »Bist du hier zum —«

»Chayton«, zerschnitt Leshs warnende Stimme die Luft.

»Ich wollte gerade gehen«, erwiderte dieser langsam mit einem freudlosen Lächeln. Er sah mich eine Sekunde zu lange an, bevor er kurz im Wohnzimmer verschwand. Er zog sich einen Hoodie über den Kopf, als er wenige Sekunden später zurückkam und nur in diesem sowie knielangen Sportshorts nach draußen in die Kälte trat.

»Rosa?« Ich zuckte zusammen und fuhr zu Lesh herum, der in der Tür zum Wohnzimmer stand. »Was machst du hier?«

Zu meiner Erleichterung klang seine Frage nicht wütend. Nur müde und verwirrt.

Mein Blick fiel auf seinen linken Arm, den er wenig unauffällig hinter seinem Rücken verbarg.

»Du … meintest zwar, du hättest keine Zeit für mich, aber ich möchte dir etwas sagen.«

Seine Augenbrauen zogen sich zusammen und ich fuhr schnell fort. »Angefangen dabei, dass ich weiß, dass du deine verletzte Hand vor mir versteckst.«

»Woher …«, begann er langsam, schüttelte dann jedoch den Kopf und löste den Arm hinter seinem Rücken.

»Arthur sieht alles.« Ich lächelte entschuldigend, als sich seine Miene verfinsterte. Mit wenigen Schritten war ich bei ihm und legte die Arme um seine Mitte.

»Es tut mir leid, dass dir das passiert ist.« Meine Finger gruben sich ein Stück tiefer in seinen weichen Pullover.

»War meine Schuld«, gab er tonlos zurück. Ich lehnte die Wange gegen seine Brust, schloss die Arme fester um ihn und hoffte, er würde die Berührung erwidern. Doch er stand weiterhin starr da.

»Was machst du hier?«, wiederholte er angestrengt seine Frage. Langsam trat ich einen Schritt von ihm weg. Meine Finger fuhren über seine Arme, berührten den Gips und hoben sich zu seinem Gesicht, wo sie sich an seine rauen Wangen legten.

»Du sollst uns nicht kaputtmachen«, antwortete ich leise. »Ich habe dir schon einmal gesagt, dass der *Blindspot* nichts an meinen Gefühlen ändert. Auch jetzt nicht. Er ist ein Teil von dir, den ich akzeptiere, auch wenn ich mir wünsche, dass du ihn hinter dir lässt.« Ich machte eine kurze Pause, um erkennen zu können, ob er mich verstand. Doch Lesh sah nur durch mich hindurch. »Warum läufst du vor mir weg? Ist es wirklich wegen deiner Hand? Ist es so schlimm, dass du verloren hast?«

»Ich will nicht, dass du mich so siehst«, wisperte er und schüttelte den Kopf.

»Warum?« Meine Hände umfassten sein Gesicht fester. »Warum willst du deine schwachen Seiten nicht zeigen? Ich will sie sehen. Versuch nicht, die ganze Zeit stark und fehlerfrei zu sein. Du musst nicht nur der ruhige, beherrschte Mann sein. Du kannst *du* sein.«

Meine Daumen strichen über seine Wangenknochen, während ich ihm fest in die Augen blickte, die mir noch immer ausweichen wollten. Leshs Atem wurde unregelmäßiger, und obwohl er sich mit aller Kraft dagegen zu wehren schien, trat ein verräterischer Schimmer in seine Augen.

»Ich bin gerade nicht einfach schwach. Ich bin —« Lesh brach ab. »Keine Ahnung, was ich bin. Vielleicht ist nicht nur meine Hand gebrochen, vielleicht bin ich es genauso.«

»Das ist okay«, wisperte ich und fuhr vorsichtig mit dem Zeigefinger über eine nasse Spur, die sich seine Wange hinab zog. »Und es ist gut.«

Lesh blinzelte, holte zittrig Luft und lachte kratzig auf.

»Es fühlt sich nicht gut an«, bemerkte er brüchig. »Ich hasse mich, Rosa. Für so vieles.«

Meine Lippen öffneten sich lautlos.

»Inzwischen weiß ich nicht mehr, wie ich damit aufhören soll.«

»V-vielleicht hilft Akzeptanz.« Meine Mundwinkel hoben sich zu einem schweren Lächeln. »Akzeptiere, was vergangen ist. Du wirst es nie mehr rückgängig machen können.«

Lesh hob die unverletzte Hand zu seinem Gesicht, strich mit den Fingern über meine und löste sie von seiner Haut, um sie zaghaft mit den Lippen zu berühren.

»Ich kann dir den Hass nicht abnehmen, Lesh«, flüsterte ich traurig. »Ich kann dir nicht helfen. Nur du kannst etwas ändern. Nur du kannst dir selbst helfen.«

Er neigte leicht das Kinn, bettete seine Wange wieder in meine Hand und schloss die Augen, was die Tränen nicht aufhalten konnte.

»Aber ich kann mit dir daran glauben, dass du es schaffst. Und … ich kann währenddessen an deiner Seite sein.« Ich wusste, dass meine Worte schwach waren. Chancenlos gegen das, was in ihm herrschte. Aber ich würde ihn nicht aufgeben. Wir waren nicht nur für das Jetzt und Hier. Behutsam schlang ich meine Arme um ihn, zog ihn so fest an mich, wie ich konnte. Lesh neigte den Kopf, vergrub das Gesicht an meiner Halsbeuge, umschloss mich haltsuchend. Er hörte auf, sich gegen das Weinen zu wehren und gegen seine selbstauferlegten Grenzen.

»Ich … habe mich dazu entschieden, etwas länger in Rivercrest zu bleiben«, bemerkte ich leise, nachdem wir den kalten Flur verlassen und uns ans wärmende Feuer gesetzt hatten. Lesh wirkte erschöpft und zugleich nicht mehr ganz so leer wie bei meiner Ankunft.

»Etwas länger?« Er hob fragend die Brauen.

»Ein Jahr. Vorerst.«

»Warum?«

Ich spürte seinen Blick eindringlich auf mir, weil er versuchte, mich zu lesen.

»Es fühlt sich richtig an.« Ich neigte den Kopf zur Seite, bettete ihn gegen die Lehne der Couch. »Jeden Tag liebt mein Herz Rivercrest mehr … und die Menschen hier. Ich will länger bei meinem Vater und seiner Familie sein, im *Golden Plover* arbeiten, mit dir zusammen sein.«

Ich hatte hier einen Teil von mir kennengelernt, von dem ich bislang nichts gewusst hatte. Eine Ruhe, die im lauten und schnellen Paxton nicht möglich gewesen wäre. Meine Wünsche waren nicht mehr diffus und formlos, sondern klar und greifbar. Und einer davon war, mehr von Lesh zu wollen.

»Zusammen? Bist du sicher?« Die Verwirrung in seinen Zügen hätte mich fast lächeln lassen.

»Ganz sicher«, wisperte ich. Langsam lehnte ich mich vor, streifte seine Lippen mit meinen und gab ihm einen sanften Kuss, bevor ich mich zurücksinken ließ. Lesh lachte atemlos auf und brachte sein Haar mit einer Hand noch mehr in Unordnung.

»Was ist?« Ein wenig verwirrt musterte ich ihn.

»Das fühlt sich surreal an. Es macht mich … glücklich, aber ich kann es nicht ganz glauben.«

»Was meinst du genau? Dass ich in Rivercrest bleiben oder mit dir zusammen sein möchte?«

»Beides. Ich … habe mich jeden Tag selbst daran erinnert, dass ich mich nicht an dich gewöhnen oder mich gar verlieben darf. Und jetzt soll das einfach so möglich sein?«

Ich nickte sacht.

»Zu vieles war schwer. Zu weniges war leicht.« Ein gequälter Ausdruck von Schuld überschattete seine Züge.

»Hör auf, im Vergangenen zu leben, Lesh«, bat ich kopfschüttelnd.

»Es ist vermessen, aber – du bleibst hoffentlich nicht meinetwegen?« Er schien mich kaum zu hören, drohte in eine Abwärtsspirale seiner Gedanken zu geraten.

»Ich habe *meinetwegen* entschieden zu bleiben.« Dennoch spielte er in meinem Entschluss eine Rolle, ganz sicher. Doch das taten Arthur und Dean ebenso.

Wir sahen einander an. Ich streckte eine Hand aus und seine großen Finger verschränkten sich langsam mit meinen, während ich zu ihm rutschte und mich mit dem Rücken gegen seine Brust lehnte, wobei wir unsere Hände keinen Zentimeter voneinander lösten.

»Es tut mir leid, Rosa.«

»Was?«

»Mein Verhalten. I-ich war nicht ich selbst. Ich war so wütend wegen dem, was dieser Bruch bedeutet.«

»Was bedeutet er denn?«

»Mindestens zwei Monate Pause, nachdem ich den Gips losgeworden bin.« Er lächelte knapp. »Und du musst jetzt kein Bedauern vortäuschen – ich weiß, dass es für dich eine Erleichterung ist, und das ist okay.«

Ich sagte nichts, denn er hatte recht.

»Es hat sich angefühlt, als hätte ich nicht nur den Kampf verloren.«

»Kannst du mir davon erzählen? Ich wüsste gern, wie es passiert ist.«

Leshs Lippen verzogen sich zu einem ablehnenden Zug.

»Nicht jetzt, okay?«

»Aber bald?«

»Ja.«

»Hast du noch Schmerzen?«, fragte ich leise.

»Nein.« Ich hörte, wie er unterdrückt seufzte. »Aber es macht mich allmählich wahnsinnig. Meine Nerven sind gerade nicht die Besten – dank Chay.«

»Was … genau macht er hier?«

Lesh atmete tief durch. »Er stand plötzlich vor meiner Tür und weigert sich seitdem zu gehen.«

»Will er sich mit dir aussprechen?«, traute ich mich zu mutmaßen.

»Das ist das Letzte, was er will.« Er klang erschöpft. »Er behauptet, er mache Urlaub.«

»Wenn du ihn nicht hierhaben willst, warum bittest du ihn nicht, zu gehen?«

»Dieses Haus haben *wir beide* geerbt. Er hat es mir damals überlassen, doch jetzt kommt es ihm sehr gelegen, diese Karte auszuspielen.« Ohnmächtige Frustration sprach aus seiner Stimme.

»Und er macht hier wirklich Urlaub?«

Lesh lachte leise. »Ganz ehrlich? Ich habe keine Ahnung, was er macht. Meistens ist er nachts weg und schläft den halben Tag, nur um dann meinen Kühlschrank leerzuräumen und sich Pornos reinzuziehen.«

Ich verzog das Gesicht und zuckte zusammen, als ich die Haustür hörte, die laut ins Schloss knallte.

»Ignorier ihn einfach«, sagte Lesh beruhigend, bevor sich die Wohnzimmertür öffnete.

Ein paar Sekunden schaffte ich es, aufs Feuer im Kamin zu starren, bevor mein Blick zu Leshs Bruder schnellte.

»Lesh hat gar nicht erzählt, dass er eine Freundin hat«, bemerkte er trocken und etwas außer Atem. Schweiß stand auf seiner Stirn, anscheinend war er Joggen gewesen.

»Geh, Chay«, hörte ich Leshs ruhige und beherrschte Stimme. Die Wärme in seinen Zügen war ins Nichts versickert.

Anstatt zu gehen, zog sein Bruder den Hoodie aus und entblößte eine Tätowierung, die sich über den rechten Oberarm bis zum Ellbogen erstreckte. Ohne Eile kam er näher und warf den Pullover über die Sofalehne. Unangenehm schlug mir der Geruch seines Aftershaves entgegen.

»Entspann dich! Hab ich euch bei was gestört?« Seine Brauen zogen sich zusammen, als er mich genauer musterte. »Bist du eigentlich schon volljährig? Du siehst aus wie sechzehn.«

Bei den Worten spürte ich, dass Lesh sich verspannte.

»Chayton.« Der Klang seiner Stimme war eine einzige Aufforderung, zu gehen.

»Aha«, machte dieser gedehnt und lachte plötzlich auf. »Hätt ich nicht von dir erwartet, Lesh.«

Ich warf ihm einen Seitenblick zu und bemerkte die hämmernde Ader an seiner Schläfe.

»Du machst es deiner Schülerin«, grinste Chay. Er pfiff leise, bevor er milde den Kopf schüttelte und dann auf der Treppe verschwand. Sobald er weg war, stieß ich den Hoodie von der Lehne und sah zu Lesh, der sich in den Nasenrücken kniff und konzentriert atmete.

»Schülerin?«, fragte ich vorsichtig. »Dein Bruder denkt, du wärst mein Lehrer?«

Langsam nickte er.

»Ich habe dir erzählt, dass niemand was vom *Bare Knuckle* weiß. Meine Familie denkt, ich würde noch immer an der High School unterrichten.«

Kapitel 27 ½

Lesh

»Ari wird im Sommer sehen, wie sich deine Hand entwickelt.« Brock trank in großen Schlucken von seinem Bier und musterte ihn über den massiven Schreibtisch hinweg.

»Im Sommer?«, wiederholte Lesh ausdruckslos.

»Ari?« Brocks Aufmerksamkeit richtete sich auf sie. Ihr Fuß hörte auf, im Takt des Basses auf dem Boden zu wippen.

»Wir haben entschieden, dass dir eine Pause guttut. Du hast dich in letzter Zeit überschätzt, das ist Fakt!« Ari schnitt ihm eine Grimasse, als Lesh sie mit loderndem Blick für ihre Worte strafte.

»Hast es gehört. Der Meinung bin ich auch. Ich will dich nicht vom Boden kratzen müssen.« Brock hob die massigen Schultern. Entspannt lehnte er sich zurück und das Licht spiegelte sich auf seinem kahlen Kopf, während er sich in dem breiten Sessel leicht hin und her drehte.

»In zwei Monaten. Mit vorherigen Proberunden«, entgegnete Lesh eisern.

Wieder sah Brock abwartend zu Ari, die die Augen verdrehte.

»Mal sehen, ob wir uns auf drei Monate einigen können. Darunter gehe ich auf keinen Fall.«

Brock nickte knapp und wandte sich dann wieder dem Stapel Papiere vor sich zu. Demonstrativ ignorierte er die anderen Menschen in seinem Büro und Ari stemmte die Tür auf. Lesh folgte ihr, und sobald die stahlgestärkte Tür ins Schloss fiel, wandte Ari sich zu ihm um.

Mit verschränkten Armen starrte sie finster zu ihm hoch. »West«, begann sie, doch er brachte sie mit einem Wink zum Schweigen.

»Spar dir die Worte.«

Sie machte einen Schritt zur Seite und versperrte seinen Weg. Mit einem entschuldigenden Lächeln nahm er sie bei den Schultern und schob sie an die Wand, damit sie den schmalen Gang freimachte.

»Ich mache das nicht, um dich zu ärgern«, rief sie, wobei sie ihm folgte.

»Was willst du?« Er biss die Zähne zusammen und ging noch schneller, obwohl er wusste, dass sie sich nicht abhängen lassen würde.

»Dass du zur Besinnung kommst! Manchen Menschen bedeutest du etwas, weißt du das?«

»Ari —«, begann er sanft, als sie ihm einen Stoß versetzte, der seinen Rücken an die raue, rissige Wand stoßen ließ. »Schon klar. Du bist und bleibst ein Arsch«, bemerkte sie traurig und wandte sich ab.

»Ari!« Er warf einen Blick zur niedrigen Decke, bevor er ihr in die volle Kneipe folgte.

Er schob sich durch die Menschen und streckte die Hand aus, um Aris Schulter zu fassen zu bekommen, als ihm · ein allzu bekanntes Gesicht ins Auge stach. Das hätte er sich denken müssen. Wütend verzerrten sich seine Gesichtszüge, als er Chay beobachtete, der in der Nähe des Eingangs stand. Das, was Lesh allerdings rasend machte, war der Kerl, mit dem sein Bruder sprach. Er erkannte ihn allein schon wegen der zu großen Jacke, die an ihm herabhing. Der Dealer reichte Chay die Hand und dieser nahm sie. Eine Sekunde, bis sie sich voneinander lösten und sich mit einem Nicken voneinander verabschiedeten. Lesh drängte sich zur Bar durch, griff darüber und packte Veits Arm, der auf seinem Weg gestoppt wurde und den Drink, den er hielt, über seiner Hand verschüttete.

»Scheiße, Mann! Was soll das?«, fluchte er.

Mit dem Gips deutete Lesh auf den Drogendealer. »Sieh zu, dass der hier verschwindet. Er vertickt das schlechte Zeug.«

Sobald er sicher war, dass Veits Blick den Richtigen erfasst hatte, schob Lesh sich zurück zum Eingang, wo er Chay von hinten anrempelte und dessen Überraschung nutzte, um ihn aus der Tür zu zerren.

»Lesh?« Chay musterte ihn skeptisch. »Wusste gar nicht, dass du auch Spaß haben kannst.«

Lesh zog seinen Bruder von einer Gruppe Raucher weg und streckte die Hand aus. »Gib mir, was du gekauft hast!«

»Was meinst du?« Chay hob gespielt unschuldig die Brauen.

»Die Drogen, Chayton!«

Sein Bruder hob einen Mundwinkel zu einem halben Grinsen und zog eine kleine Plastiktüte aus der Tasche seiner Shorts. Bevor Lesh es verhindern konnte, öffnete Chay sie, ließ die kleine, gelbe Tablette in seine Hand fallen und hob sie in einer schnellen Bewegung an die Lippen.

Die leere Tüte segelte zu Boden.

»Welche Drogen?«, fragte er und breitete die Arme aus.

Leshs Finger zuckten, aber er nahm all seine Willenskraft zusammen, um seinen Bruder nicht zu schlagen.

»Kein Grund, dich wie mein verfickter Vater zu benehmen.«

Chay wollte an ihm vorbeigehen, doch Lesh packte ihn bestimmt am Arm.

»Ich schwöre dir: Solange du drauf bist, betrittst du mein Haus nicht!«

»Das sollte kein Problem sein. Ich hatte nicht vor, heute Nacht da zu sein.« Chay machte sich mit einem Ruck los, als eine blonde Frau auf ihn zulief.

»Alles gut? Du warst einfach weg.«

»Alles klar«, hörte er Chay sagen, bevor er nach der jungen Frau griff und sie hochhob. Sie lachte, während sie die Beine um seine Hüften schlang und er den Kopf an ihrer Halsbeuge vergrub.

Lesh wandte sich ab, versuchte die kochende Wut in sich zu bändigen. So sehr er seinen Bruder auch manchmal zu hassen glaubte, war es kein richtiger Hass. Eher das Gefühl von Ohnmacht, das von früherer Verzweiflung in Zorn umgeschlagen war.

Laute Stimmen forderten seine Aufmerksamkeit, als er auf der Höhe der schmalen Gasse war, die zum Hintereingang des *Blindspots* führte.

»Ich hab ein bisschen verkauft – wo ist euer Problem? Es ist guter Stoff.« Vor dem Dealer standen zwei von Brocks Männern. Der Blick des abgemagerten Mannes traf Lesh und ein kurzes Erkennen flackerte in seinen Zügen auf. Brocks freie Mitarbeiter nickten ihm knapp zu. Kurz fragte Lesh sich, ob er eingreifen sollte. Sein Gewissen kratzte an ihm, weil er wusste, dass er den Mann verpfiffen hatte. Wenn dieser Glück hatte, kam er mit Blessuren und Hausverbot davon. Wenn er Pech hatte … Lesh schüttelte den Kopf, als er an Chay dachte. Es waren Menschen wie dieser Mann hier, die seinen Bruder ins Verderben stürzten.

Kapitel 28

Rosa

Ich trat von einem Fuß auf den anderen, um die Kälte von meinen Zehen fernzuhalten, während ich geduldig wartete, bis Arthur damit fertig war, ein riesiges Objektiv an seiner Kamera zu befestigen. Er hatte die Brille auf seine Mütze gesetzt, unter der sein wirres Haar hervorlugte, konzentriert die Oberlippe ein kleines Stück vorgeschoben und die Augen zusammengekniffen.

Sein Auto war das Einzige auf dem Schotterparkplatz, was bei der Uhrzeit und dem Morgennebel, der über den Boden waberte, kein Wunder war. Ich ging zu der Tafel mit dem verblichenen Text und der schematischen Karte, um mich von dem nervösen Gefühl in meinem Magen abzulenken, indem ich die kleinen Buchstaben entzifferte, die die Vegetation und Nistplätze von Brutpaaren hier beschrieben.

Ich war mir noch nicht sicher, wie ich das Thema *Burnout-Gefahr* anbringen sollte, und fürchtete mich vor Arthurs Reaktion. Wieder einmal hatte ich das Gefühl, mich in ein Leben einzumischen. Wie bei Lesh nur mit der Absicht zu helfen, aber ich zweifelte an meinem Recht dazu.

Fröstelnd zog ich die Schultern hoch und drehte mich um, als ich Schritte auf dem Kies hörte. Arthur lächelte entschuldigend, während er den Kameragurt schulterte und den Reißverschluss seiner Jacke hochzog.

»Wir können«, sagte er gut gelaunt und machte eine Handbewegung zu dem geschlängelten Pfad, der die steile Küste hinaufführte.

»Nach was muss ich Ausschau halten?« Ich nickte zu seiner Kamera.

»Nach allem, was Flügel hat«, lachte Arthur. Er griff in seine Jackentasche und brachte zwei kleine Ferngläser zum Vorschein, wovon er mir eines reichte und sich das zweite selbst um den Hals legte.

Ich hielt es mir sofort vor die Augen und drehte an dem Regler hin und her, um nach etwas zu suchen, das nicht nur graues Wasser war.

»Ein Weißkopfseeadler wäre der Wahnsinn«, hörte ich ihn sagen. »Ihre Population ist in den vergangenen Jahren gestiegen, was unsere Chancen gar nicht so schlecht stehen lässt.«

»Sagtest du nicht mal, die Zahl der Vögel sei inzwischen um ein Viertel gesunken?«

»Das gilt vor allem für Wald- und Wiesenvögel.«

Ich ließ das Fernglas sinken und wir setzten unseren Weg über den steinigen, unebenen Pfad fort.

»Die Lebensräume an den Küsten sind nicht ganz so stark gefährdet wie die im Innenland. Fische stellen zum Beispiel für den Weißkopfseeadler eine halbwegs sichere Nahrungsquelle dar, wenn man von der Wasserverschmutzung und möglichem Plastik absieht.« Arthur machte eine kurze Pause, in der er das Fernglas hob, es jedoch schnell wieder sinken ließ und weiterging.

»Die Vögel leiden unter dem Insektensterben, verlieren wichtige Nahrungsquellen. Es werden immer mehr Häuser gebaut und der Lebensraum schwindet. Menschen errichten Bauten mit riesigen Fenstern, die zur tödlichen Falle werden, oder halten Katzen, die einen Spatzen nach dem anderen fangen.«

Ich biss mir auf die Unterlippe, als ich an Gonzales dachte, der auch schon den ein oder anderen Vogel im Garten erwischt hatte. Das war furchtbar. Doch was war die Lösung? Ein Halsband mit Glocke war für Katzen eine Qual und konnte lebensgefährlich sein, wenn sie damit irgendwo hängen blieben. Eine Katze im Haus zu halten, fühlte sich wie Freiheitsberaubung an, wenn der Garten und der mögliche Ausgang da waren.

»Das Artensterben ist eine traurige Tatsache, und wie ich die Menschheit kenne, wird sie es erst erkennen, wenn es zu spät ist. Was wiegt schon die Meinung von Wissenschaftlern? Wen interessiert es, dass Forscher seit Jahrzehnten davor warnen, was geschehen kann, wenn so massiv in die Natur eingegriffen wird? Alles wird auf uns zurückfallen. Es fängt bereits bei der Landwirtschaft an, wo die Vögel einen unterschätzten Beitrag leisten – Samen verteilen oder Schädlinge unter Kontrolle halten.« Die Ohnmacht in Arthurs Stimme ließ mein Herz schwer werden.

»Einige der Arten, die ich fotografiert habe, wird es vielleicht bald nicht mehr geben. Einfach ausgestorben … und das bei eigentlich weit verbreiteten Spezies wie Finken, Sperlingen oder Schwalben.«

»Was ist mit dem *Golden Plover*?«

Arthur schmunzelte. »Der Goldregenpfeifer ist zumindest in den meisten seiner Verbreitungsgebiete nicht auf der Roten Liste der aussterbenden Arten. Ich habe ihn damals in Schottland gefunden. Sie lieben Moore und sumpfige Wiesen und zählen übrigens zu den Bodenbrütern.«

»Aber hier gibt es ihn gar nicht, oder?«

Er schüttelte den Kopf. »In Nordamerika gibt es ihn nicht, das stimmt. Um sie zu sehen, müsstest du am besten nach Nordost-grönland, Island, Schottland oder Skandinavien.«

»Nichts leichter als das«, lachte ich.

Bis wir auf der Aussichtsplattform mit den Bänken und dem besten Blick auf die zerklüfteten Steinwände ankamen, schwiegen wir. Das letzte Stück wäre ich auch gar nicht mehr in der Lage gewesen, zu sprechen, da der Aufstieg unsagbar steil war. Mit klopfendem Herzen und weißen Atemwölkchen vor den Lippen ließ ich mich auf eine der Bänke sinken und holte die große Ther-moskanne mit Kaffee aus meinem Rucksack. Arthur dachte gar nicht daran, die Umgebung aus den Augen zu lassen, und hockte sich vor die hölzerne Absperrung, das Fernglas konzentriert in den Händen haltend.

»Rosa!«, rief er leise, aber unüberhörbar aufgeregt. So lautlos und unauffällig wie möglich lief ich zu ihm und kniete mich neben ihn.

Arthur deutete auf zwei dunkle Punkte im Wasser und ich hob das Fernglas an die Augen, drehte an den Rädchen, bis sich die Sicht scharfstellte.

»Zwei Enten?«, fragte ich grinsend und hörte Arthur nach Luft schnappen.

»Das sind Kappensäger«, bemerkte er streng. »Aber ja, sie gehören zu den Entenvögeln«, fügte er dann milder hinzu, wobei er bereits die Verschlusskappe der Kameralinse löste, mit vielen Klickgeräuschen die richtige Einstellung suchte und zu fotogra-fieren begann.

»Frechheit, dass du die Enten fotografierst, aber den Möwen keine Aufmerksamkeit schenkst.« Ich deutete auf die vielen Möwen, die auf Felsvorsprüngen saßen oder mit ihrem typischen Kreischen durch die Lüfte segelten.

»Kiana setzt mich vor die Tür, wenn sie sich schon wieder

Möwenbilder ansehen muss«, murmelte Arthur konzentriert und drückte den Auslöser.

Ich kicherte, wandte meinen Blick von den beiden Kappensägern ab, um ihn durchs Fernglas über das unruhige Meer gleiten zu lassen. Zwischen dem Geschrei der Möwen glaubte ich immer wieder einen anderen Ton wahrzunehmen, konnte ihn aber nicht ausfindig machen. Arthur strapazierte weiterhin den Auslöser seiner Kamera, während meine Sehnsucht nach einem heißen Kaffee zu groß wurde.

Als ich mich vom Wasser abwandte und den Kopf hob, entdeckte ich den hell-dunkel-gescheckten Vogel, der über uns langsame Kreise zog.

»Arthur«, kam es euphorisch über meine Lippen und nur eine Sekunde später stand er neben mir – die Kamera im Anschlag.

»Ist das ein Greifvogel?«, fragte ich gedämpft. »Kein Weißkopfseeadler, oder?«

»Ein Fischadler«, wisperte Arthur. »Ein sehr schöner noch dazu.«

Mit in den Nacken gelegtem Kopf fand ich den Vogel durch das Fernglas und mein Mund bildete ein bewunderndes O.

Elegant glitt er durch die Luft, änderte die Richtung nur mit minimalen Bewegungen seiner Federn und ich wurde das Gefühl nicht los, dass er uns ebenso beobachtete wie wir ihn.

Eine kleine Ewigkeit standen wir so da, bis Arthur die Kamera sinken ließ und zufrieden seufzte. »Jetzt einen Kaffee!«

Gemeinsam setzten wir uns auf die Bank und ich hielt meine kalte Nase in den Dampf, der vom Becher in die Höhe stieg.

»Arthur …«, brach ich zögerlich das angenehme Schweigen.

Er schmunzelte. »Ich dachte mir schon, dass du mich nicht begleiten wolltest, weil du die Fotografie so spannend findest«, bemerkte er milde lächelnd.

Ich erwiderte es leicht zerknirscht.

»Du kannst es nicht mehr hören, das weiß ich, aber ich wollte mit dir sprechen, weil ich gewisse Parallelen sehe.«

Seine Augenbrauen hoben sich fragend und er schien noch immer so ahnungslos, dass es mich viel Überwindung kostete, weiterzusprechen. »Parallelen zwischen meiner Mutter und dir.«

»Soll das ein Kompliment werden? Ich hätte nicht gedacht, dass ich eine Vaterfigur für dich bin.«

»Arthur«, sagte ich streng, weil ich nun doch merkte, dass er vielleicht nicht ganz so ahnungslos war, wie er tat, etwas zu sehr ablenkte und gute Laune mimte.

»Ich sage nicht, dass du akuten Burnout hast, aber ich sage, dass du zu viel arbeitest und deine körperlichen Beschwerden sich sicherlich bessern werden, wenn du etwas kürzertreten würdest.« Jetzt war es raus und ich atmete erleichtert auf.

Arthurs Stirn furchte sich und er schob fester als sonst das feine Brillengestell auf seiner Nase hoch.

»Ich war doch beim Arzt, Rosa«, hielt er beschwichtigend dagegen und trank von seinem Kaffee.

»Und hat der nicht gesagt, es können akute Stresssymptome sein?«

»Ja«, gab er zu, hob aber zeitgleich einen Finger. »Doch ich habe zurzeit gar keinen Stress, dank dir. Das mit den Stresssymptomen halte ich für sehr unwahrscheinlich.«

»Wenn ich im Café bin, kümmerst du dich um Yasmin, um Kiana zu entlasten, oder ihr fahrt in den Baumarkt, zu ihren Eltern, zu Spielegruppen, zum Einkaufen – wann hast du ein paar Minuten nur für dich?«

Arthur schwieg und eines seiner Knie wippte auf und ab.

»Wenn ich abends dusche«, kommentierte er trocken und ich hörte den leichten Ärger in seiner Stimme, was meine Lippen zu einem festen Strich werden ließ. Er fühlte sich von mir angegriffen, dabei meinte ich es nur gut.

»Hör mal, Rosa. Ich weiß, du bist sensibilisiert durch die Erfahrung mit deiner Mutter, aber ich tue all diese Sachen gern. Zeit mit meiner Familie zu verbringen, einkaufen zu gehen oder meiner Freundin unsere Tochter für ein paar Stunden abzunehmen – das sind Dinge, die ich möchte und zu denen mich niemand zwingt.« Er lächelte, aber es wirkte nicht so herzlich wie gewöhnlich. »Ich danke dir, dass du auf mich aufpassen möchtest, doch das bisschen Stress stehe ich durch und es wird leichter, je älter Yasmin wird. Zudem halte ich das Café schon seit Kianas Schwangerschaft allein am Laufen, auch bevor du in Rivercrest warst.«

Der salzige Wind brachte meine Augen zum Tränen und ich redete mir ein, dass es wirklich nur der Wind war. Ja, Arthur hatte es zuvor auch ohne mich geschafft und ich hatte kein Recht, mich noch weiter in sein Leben zu drängen.

»Okay.« Ich nahm mir selbst das Versprechen ab, nicht noch einmal so weit zu gehen.

Das Schweigen, das immer so leicht zwischen uns gewesen war, fühlte sich plötzlich steif und unnatürlich an. Ich hörte Arthurs leises Seufzen.

»Wollen wir zurück zum Auto? Schließlich muss ich ein Café öffnen.« Seine bemüht fröhliche Tonlage durchschaute ich. Ein Lächeln konnte ich mir nicht abringen, als ich nickte und den letzten Schluck Kaffee trank, der bereits lauwarm war.

Ich war froh, dass der Weg so schmal war, dass wir hintereinandergehen mussten und Arthur meinen enttäuschten Gesichtsausdruck nicht sehen konnte.

Den gesamten Tag über wurde mir nicht wieder warm, weshalb ich am späten Nachmittag nach meinem Morgenmantel griff und im Badezimmer die Hähne über der hochfüßigen Badewanne aufdrehte. Hoffentlich würde es nicht nur gegen die klamme Kälte, sondern auch gegen meine getrübte Stimmung helfen.

Ich tröpfelte etwas von der nach Kiefern und Fichten riechenden Flüssigkeit hinein und beobachtete, wie sich der Schaum ausbreitete. Der Geruch schien das ganze Badezimmer in einen Wald zu verwandeln und kurz schloss ich die Augen, um die ätherischen Düfte zu inhalieren.

Bevor ich in die Wanne stieg, schaltete ich die große Deckenlampe aus, sodass nur die Leuchter am Spiegel warmes Licht spendeten.

Sobald mich das heiße Wasser einhüllte, lehnte ich meinen Kopf an den Wannenrand und sah aus dem Fenster in den dämmrigen Himmel. Ein leises, wohliges Seufzen entkam meinen Lippen, während ich spürte, wie Wärme über meine Haut kroch und meine Muskeln sich langsam aus ihrer Verkrampfung lösten.

Mein wohliger Zustand wurde vom Summen meines Handys zerstört und ich streckte den Arm nach einem Handtuch aus, trocknete meine Finger und griff nach dem Smartphone. *Vielleicht ist es Arthur*, schoss es mir durch den Kopf. Vielleicht wollte er über unser Gespräch vom Morgen reden.

»Lesh?«, fragte ich überrascht, als mir sein Name auf dem Display ins Auge stach.

»Hey.« Seine Stimme klang belegt und sofort klopfte mein Herz in Alarmbereitschaft schneller.

Was ist los? Die Worte lagen schwer auf meiner Zunge, doch ich schaffte es nicht, sie auszusprechen.

»Hey«, erwiderte ich schließlich nur leise.

»Chay ist wieder in Aelview.«

»Du bist nicht erleichtert«, stellte ich fest.

»Nein.« Lesh machte eine Pause. »Ich habe ihn am Freitag im *Blindspot* beim Drogenkauf erwischt und … er hatte einen schlechten Trip.«

»Ist ihm was passiert?« So unsympathisch ich Leshs Bruder auch fand, Sorge machte sich in mir breit.

»Ich wurde mitten in der Nacht von einer Frau angerufen und musste ihn abholen. Keine Details. Schlussendlich ist er wieder nach Aelview gefahren und hat versprochen, seinen Konsum zu überdenken.«

»Das ist doch … gut?!«

»Ich versuche, mir nicht zu viele Hoffnungen zu machen.« Lesh lachte schnaubend. »Seit er hier ist, fühle ich mich um Jahre zurückgeworfen. Fühle mich für ihn verantwortlich, obwohl ich weiß, dass es sinnlos ist.«

»Das tut mir leid«, sagte ich ehrlich.

»Es ist gut, dass er wieder weg ist.« Leshs folgendes, langes Schweigen ließ mich unruhig werden und ich rutschte in der Wanne hin und her, griff mit den Fingern in den Schaum, um mich zu beschäftigen.

»Rosa?«

»Hm?«

»Was machst du gerade?« Er musste das Plätschern gehört haben.

»Baden«, erklärte ich.

Stille antwortete mir erneut und ich drückte das Telefon etwas fester gegen mein Ohr. »Lesh?«

»Baden«, wiederholte er langsam und in einem Ton, der die Wärme in meinem Gesicht in brennende Hitze verwandelte. Bei ihm klang es nicht so … unverfänglich, wie ich es gesagt hatte.

»Und du?« Ich hörte, wie etwas leise raschelte.

»Liege im Bett«, erwiderte er nur knapp und ich hörte ihn tief Luft holen und sich dann leise räuspern. »Dann bist du vermutlich nackt …«

Ich lachte leise. »Ja.« Mein Herz flatterte aufgeregt, und obwohl wir einander nicht sahen, spürte ich die veränderte Stimmung, die ein nicht zu ignorierendes Prickeln in mir auslöste. Als könnte mich jemand beobachten, blickte ich mich im Badezimmer um.

»Rosa? Kannst du dir vorstellen, irgendwann Sex mit mir zu haben?« Zu meinem Erstaunen klang Lesh tatsächlich nicht sicher.

»Was würdest du sagen, wenn ich es mir bereits vorgestellt *habe*?«, erwiderte ich still lächelnd.

»Das würde ich mehr als okay finden«, stieß er hervor und atmete dabei hörbar aus. »Wenn es dazu kommt – ich werde mir die größte Mühe geben, herauszufinden, was dir gefällt.«

»Ich werde versuchen, dir zu helfen«, versprach ich.

Das Badewasser schien an Temperatur zuzunehmen und viel zu heiß zu werden.

»Hast du eine Idee – eine Vorstellung – was das sein könnte?«, fragte er sanft.

Ich schwieg eine Weile. Obwohl ich es zu verhindern versuchte, kam Unwohlsein in mir auf. In der Vergangenheit hatte es wenig gegeben, was mir am Sex gefallen hatte. Sollte ich einfach das aufzählen, was beim Masturbieren klappte? Oder was ich mir mit Lesh vorgestellt hatte, auf die Gefahr hin, dass es nur in meinem Kopf schön war?

»Rosa? Du musst nicht antworten. Wir können einfach –«

»Für den Anfang reicht es wohl, dass du *du* bist, Lesh«, unterbrach ich ihn mit dünner Stimme. »Ich habe es noch nie so sehr mit jemandem gewollt wie mit dir.«

»Das ist eine gute Voraussetzung.« Seine Stimme schwankte,

ich hörte ein erneutes Rascheln.

»Was stellst du dir denn vor?« Nervös drückte ich das Handy fester gegen mein Ohr.

Lesh räusperte sich, blieb stumm, holte tief Luft.

»Halte dich nicht zurück«, sagte ich leise.

»Ich stelle mir eine Menge vor.« Er lachte atemlos auf. »Wie ich dich ausziehe, wie ich dich anfassen darf, wie du mich ansehen könntest, wie es sich anfühlt, dich – mit dir zu schlafen …« Er machte eine kurze Pause.

»Lesh?«, hauchte ich.

»Hm?«, kam es angespannt aus dem Hörer.

»Fasst du dich gerade an?«

»Ja«, gab er rau zu. »Ist das okay? Soll ich aufhören?«

»N-nein, mach weiter.«

Meine Gedanken wanderten zu einem Bild von Lesh. Wie er in seinem Bett lag, seine Brust sich schnell hob und senkte und er seine Erektion umfasste. Ich stellte mir seine Lippen vor, die leicht geöffnet waren, seine arbeitende Armmuskulatur und seine halb geschlossenen Augen. Die Finger meiner freien Hand zuckten, was ein leises Plätschern verursachte.

Ich hörte, dass mein eigener Atem bei der Vorstellung schneller geworden war, sich dem von Lesh anglich.

Langsam ließ ich meine Hand zu meinem Bauch wandern und dann immer weiter hinab, bis sie ihr Ziel erreichte.

Mit dem Widerstand des Wassers war es schwieriger, doch Leshs keuchender Atem und sein lauter werdendes Stöhnen halfen mir, einen Rhythmus zu finden.

Zu Anfang biss ich mir noch auf die Unterlippe, um die verräterischen Geräusche zu unterdrücken. Doch als ich hörte, wie mein Name aus ihm herausbrach, öffnete sich mein Mund zu einem leisen Keuchen.

»Rosa …«

Rosa. Der Klang, der von vollkommenem Kontrollverlust und Hingabe zeugte, ließ einen Schauer über meine Haut fahren. Meine Finger verstärkten ihren Druck, die hohen Tannen vor den Fenstern begannen zu verschwimmen, meine Atemzüge hallten laut in meinen Ohren wider. Als ein dumpfes Pochen meinen Unterleib erfasste, schlossen sich meine Augen und mein Kopf neigte sich zurück, bis die kühle Umrandung der Badewanne gegen meinen Nacken drückte.

Kapitel 28 ½

Lesh

Umständlich spülte Lesh den Schaum des Duschgels von seiner Brust, während er die eingegipste Hand samt schützendem Plastik aus der Dusche hielt. Es hatte an ein Kunststück gegrenzt, zu telefonieren und sich dabei einen runterzuholen.

Obwohl Lesh sich gern noch länger in das gute Gefühl geflüchtet hätte, das Rosa ihm geschenkt hatte, tobte Unruhe in seinem Inneren.

Chays Abreise hinterließ ein schales Gefühl. Seinen Bruder zu sehen, wie er von panisch zu wütend, zu kotzend, zu vollkommen irre bis hin zu apathisch wurde, war erschreckend gewesen. Es hatte ihm deutlich vor Augen geführt, was Keira ertragen musste. Mit einem Ruck schaltete er die Dusche ab und trat in den mit Dampfschwaden gefüllten Raum. Während er sich ein Handtuch um die Hüfte schlang, knirschte er mit den Zähnen, weil es ihm erst beim vierten Versuch gelang, es zu befestigen.

Ziellos verließ er das Badezimmer, stieg die Treppe hinunter ins Wohnzimmer, wo schwache Glut im Kamin flammte. Lesh warf ein Holzscheit auf das sterbende Feuer und öffnete die Luftzufuhr, sodass Flammen hochschlugen. Anstatt auf die Couch ließ er sich auf den Stuhl vor seinem Schreibtisch fallen. Kühle Luftzüge hinterließen ein Prickeln auf seiner nackten Haut, während seine Finger zögernd über den Schubladen schwebten, in denen noch immer die vorbereiteten Unterrichtsmaterialien sinnlos ruhten. Wenn er sie öffnete, würde die Möglichkeit dieser Zukunft realer werden. Noch wusste er nicht, ob er das wirklich wollte. Die Vorstellung, wieder zu unterrichten, jagte ihm eine Scheißangst ein. Angst vor einem weiteren Fehltritt. Angst, seinen eigenen Anforderungen nicht gerecht zu werden. Angst, wieder zu versagen.

Doch diese gebrochene Hand fühlte sich immer mehr nach dem Ende seiner Zeit im *Blindspot* an. Wenn er wieder antreten könnte, wäre Rosa bereits nicht mehr auf der High School und er hätte keine Ausrede mehr, keinen zweiten Versuch zu unternehmen. Mit jedem Tag entfernte er sich von dem wütenden Lesh, der das Adrenalin vermisste und zurückwünschte. Konnte es sein, dass er seine Wut die letzten Jahre absichtlich mit Aggression gefüttert hatte? Diese Aggression nicht mehr fand und alles allmählich versiegte?

Oder überlagerten seine Gefühle für Rosa gerade alles andere? Sein Herz ignorierte die Tatsache gekonnt, dass sie sich nur für *ein weiteres Jahr* Rivercrest entschieden hatte. Kein *Für immer* Rivercrest.

Schwer ließ Lesh sich gegen die Lehne seines Stuhls sinken, presste die Augen fest zusammen und drückte die Hoffnung nieder, die ihm vehement ins Ohr flüsterte.

Wenn er wieder unterrichtete, könnte er sich vielleicht selbst verzeihen, dass er damals sein Leben so sehr verschissen hatte. Der *Blindspot* würde Vergangenheit werden und er müsste seine Familie, seine Freunde nicht mehr anlügen. Er könnte versuchen, die letzten Jahre zu vergessen. Versuchen, glücklich zu sein. Langsam öffnete er die Augen wieder, zog ebenso langsam die oberste Schublade auf und griff nach dem schweren Ordner, der darin lag.

Kapitel 29

Rosa

7 Monate zuvor

Die Faust, die ich gegen meinen Mund gepresst hielt, bebte. Ich fürchtete, mich jeden Moment übergeben zu müssen, wenn ich sie nur einen Millimeter bewegte.

Ich gestand mir nicht ein, dass Lolli in den letzten Wochen zunehmend abgeschlagener gewirkt hatte, mir aber nicht sagen wollte, was ihr fehlte. Ich verdrängte ihren geringen Appetit, die ungewöhnliche Vergesslichkeit und dass sie manchmal abwesend vor sich hin sah.

Meine Hände waren schweißnass und ich wischte sie an der Stoffjacke ab, die ich mir hastig übergeworfen hatte.

»CML?«, fragte Mum neben mir. »Was soll das sein?«

In einem winzigen Büro des Krankenhauses saß uns eine junge Ärztin gegenüber.

»Mrs Frye leidet an chronischer Leukämie«, begann sie vorsichtig.

»Sind sie sicher?« Mum klang eher kritisch als besorgt. »Ich wüsste doch, wenn meine Mutter Krebs hat.«

»Es gibt leider keinen Zweifel.« Die junge Frau schüttelte leicht den Kopf. »Sie wurde mit einem Tyrosinkinasehemmer behandelt, doch inzwischen befindet sie sich in einer Blastenkrise. Das bedeutet, dass der Krebs im dritten Stadium ist.«

Nun war auch Mum verstummt. Wir starrten die Ärztin an, der deutlich anzusehen war, wie schwer es ihr fiel, fortzufahren.

»Ich habe bereits mit dem Arzt ihrer Mutter und Großmutter gesprochen. Er ist auf dem Weg hierher, denn er behandelt Mrs Frye bereits seit fast fünf Jahren.«

»Heißt das, sie wusste von der … Krankheit und hat es uns verschwiegen?« Mums Stimme bebte. Würden sich meine Glieder nicht wie Kaugummi anfühlen, hätte ich vielleicht die Kraft aufbringen können, nach ihrer Hand zu greifen.

»Bei einer chronischen Leukämie ist es in den meisten Fällen so, dass sie mit einem Tyrosinkinasehemmer therapiert wird und trotz der Krankheit ein langes Leben möglich ist. Auch die Symptome sind nicht so ausgeprägt wie bei anderen Krebsformen. Dennoch ist sie unberechenbar und es kommt vor, dass sich der Zustand der Patientin oder des Patienten sehr schnell verschlechtern kann.« Sie räusperte sich.

»Über weitere Schritte sollten Sie sich mit ihrem Arzt unterhalten.« Sie stand auf. »Sie müssten jetzt zu ihr können.«

Weder Mum noch ich sagten ein Wort, als wir der Ärztin folgten. Ich klammerte mich nur an die Aussage: *langes Leben*. Hätte sie das gesagt, wenn es wirklich so schlimm war?

Als wir das Zimmer betraten, wo in einem Bett die plötzlich schmächtig wirkende Gestalt meiner Großmutter lag, trat ein scharfes Brennen in meine Augen. Bei ihr war ein älterer Mann, der ihr Arzt sein musste. Mum und ich stürzten zu Lolli.

Ihre Augen waren geöffnet, aber ungewöhnlich trüb. Sie blinzelte, während sich langsam ein Lächeln auf ihrem Gesicht ausbreitete.

»Wie kannst du uns verheimlichen, dass du Krebs hast? Was denkst du dir dabei?«, flüsterte Mum, als sie sich an das Bett kniete. Es war kein Schimpfen, nur ein machtloses Klagen. Ich ließ mich neben meine Mutter auf den kalten Boden sinken und griff Lollis Hand, an deren Zeigefinger eine große, graue Klammer steckte. Mums kalte Finger legten sich auf meine.

»Ich … wollte euch keine Sorgen bereiten«, sagte Lolli irgendwann und ich erschrak bei ihren tiefen Atemzügen und der sichtlichen Anstrengung, die sie während des Sprechens verspürte. Was war letzte Nacht mit ihr passiert? Ich weigerte mich zu glauben, dass ich die letzten Tage bereits etwas hätte merken müssen. Ich war so mit mir selbst beschäftigt gewesen. Hatte es schon vorher angefangen? Hatte ich nicht auf meine Lolli aufgepasst?

»Ich bin so wütend auf dich«, schluchzte Mum und ich biss die Zähne so fest ich konnte aufeinander, um nicht auch zu weinen.

»Wie geht … es dir?«, schaffte ich irgendwann zu fragen.

»Ein bisschen müde«, antwortete Lolli nach einer zu langen Pause und gab mir damit die schlimmstmögliche Antwort. Sie durfte nicht müde sein. Sie sollte nie wieder schlafen, damit ich keine Angst haben musste, dass sie nicht wieder aufwachte.

Plötzlich stand Mum auf und ich merkte, dass der Arzt sie angesprochen hatte und ihr gerade die Hand gab. Die Ärztin hatte indessen den Raum verlassen. Er führte Mum zu dem winzigen Tisch im Zimmer und öffnete einen Ordner, dem er eine Akte entnahm.

Während sie leise sprachen, zog ich ungeschickt einen Stuhl an das Bett, wobei ich mich weigerte, Lollis Hand loszulassen.

Sie sah mich an, nur hatte ich dabei den niederschmetternden Eindruck, dass ihr Blick etwas unstet war und mich nicht klar erfasste. Ich redete mir ein, dass sie ihr sicher Medikamente gegeben hatten, die diesen Zustand hervorriefen. Schmerzmittel, diese Krebsmittel … was auch immer.

Plötzlich hörte ich meine Mutter etwas stammeln, sah sie den Kopf schütteln und sich zu uns umdrehen.

»Mum?«, rief sie mit erstickter Stimme. »Du willst keine Chemotherapie, wenn es dir besser geht? D-du willst einfach sterben?« Mit wenigen Schritten war sie am Bett und starrte auf Lolli nieder. »Du wirst diese Chemotherapie machen und damit noch viele Jahre gewinnen. Jahre, verstehst du? Du wirst diese Erklärung —« Sie deutete auf die Akten. »Die wirst du rückgängig machen!« Die letzten Worte schrie sie Lolli beinahe hysterisch ins Gesicht. Meine Großmutter schüttelte jedoch nur leicht den Kopf.

Ich wischte mir die Tränen von den Wangen, ehe sie auf die Zimtschnecken tropften, die ich gebacken hatte. Einfach so hatte ich es getan. Der Geruch war vertraut und kratzte vehement an den langsam verheilenden Wunden.

»Gut gemacht, Küken«, erklang Arthurs Stimme neben mir und ich zuckte zusammen. »Ich bin stolz.«

»Danke.« Arthur wusste, wie viel mich dieses simple Rezept gekostet hatte.

»Kann ich wirklich gehen?« Kritisch sah er zwischen mir und dem Zimtschnecken hin und her.

»Ja, wirklich! Mach eine Pause. Sollte etwas sein —« Ich deutete auf das Babyfon.

»Nur eine Stunde. Dann bin ich wieder da«, versprach er mit gefalteten Händen.

»Lass dir Zeit.« Ich lächelte zuversichtlich, wenn auch ein wenig erzwungen.

Der Nachmittag war ruhig. Draußen schien die Sonne und die meisten Bestellungen waren außer Haus, weil die Menschen die schwache Wärme einzufangen versuchten. Zwischen den Kaffeezubereitungen, dem Abwasch und dem Wischen der Tische linste ich immer wieder zu den Zimtschnecken. Inzwischen waren sie auf jeden Fall so weit abgekühlt, dass ich sie testen konnte, und als ich mich endlich überwunden hatte, eine Schnecke zu zerteilen, hörte ich die Türklingel. Mit dem Teller lief ich nach vorn und war überrascht, Lesh zu sehen.

Seine Besuche im *Golden Plover* waren inzwischen so unberechenbar, dass ich mir jede Mutmaßung, ihn heute zu sehen, verboten hatte. Freude, Aufregung und ein kleines bisschen Scham vermischten sich in mir. Ich konnte nicht anders, als augenblicklich an unser gestriges Telefonat zu denken und daran, wie wir uns gegenseitig zugehört hatten.

Hitze stieg mir in die Wangen, gegen die ich vergeblich ankämpfte. Meine Finger klammerten sich an den Teller und meine Füße klebten am Boden fest, sodass jeder Schritt mühevoll wurde.

Lesh war frisch rasiert, was seine klaren Gesichtskonturen verstärkte. Die Lippen zu einem kleinen Lächeln verzogen, trat er an den Tresen und ich spürte seinen Blick auf der Röte meiner Wangen.

»Hey.« Um etwas zu tun zu haben, zupfte ich geschäftig eines der Verkostungsstücke vom Teller und hielt es ihm fragend hin.

»Willst du probieren?«

Für den Bruchteil einer Sekunde sah er sich im Café um, dessen wenige Gäste uns keine Beachtung schenkten. Seine dunklen Augen ließen von meinem Gesicht ab und richteten sich auf meine Hand. Er lehnte sich vor, aber anstatt das Gebäck zu nehmen, umschlossen seine Lippen blitzschnell meine Finger und ich spürte für eine Sekunde seine Zunge, bevor er sich wieder aufrichtete.

Sprachlos starrte ich ihn an. Lesh kaute konzentriert und schluckte, wobei er meinen Blick unverwandt erwiderte. Spätestens jetzt war das Glühen bis in meine Ohren gestiegen.

Plötzlich lachte er leise. »Ist alles in Ordnung mit dir?«

Seine Mundwinkel zuckten und er versuchte offenbar, es zurückzuhalten, aber ein breites Grinsen schlich sich auf sein Gesicht.

»J-ja.« Ich nickte eilig.

»Schmeckt verdammt gut.« Er deutete mit dem Kinn auf den Teller in meinen Händen.

»Gut«, entgegnete ich gefasster und wechselte mühsam in meine Barista-Routine. »Kaffee, ohne alles?«

Lesh brummte bestätigend und zog den Reißverschluss seiner Jacke nach unten.

»Bring ich dir gleich.« Während der Kaffee in die Tasse floss, beobachtete ich aus dem Augenwinkel, wie Lesh zu dem kleinen Tisch in der Ecke vor den Sprossenfenstern ging. Dabei zog er seine Jacke aus und ich biss mir auf die Unterlippe, als ich das eng anliegende graue T-Shirt sah, das darunter erschien. Ich liebte seine weichen Pullover, aber dieser Anblick löste genauso etwas in mir aus. Auch wenn die Gedanken dabei in eine vollkommen andere Richtung gingen. Schnell schob ich mir ein Stück Zimtschnecke in den Mund und kaute prüfend, während ich seinen Kaffee anrichtete und mit dem kleinen Tablett zu ihm trat.

»Wie lange arbeitest du heute?«, fragte er leise, nachdem ich den Kaffee vor ihm auf den Tisch gestellt hatte und das Tablett unter meinen Arm klemmte.

Seine rechte Hand stahl sich zu meiner und fuhr langsam über meine Haut, umschloss meine Finger leicht, um sie zu schnell wieder loszulassen.

»Bis zum Ende.« Bedauernd hob ich einen Mundwinkel.

»Hast du etwas dagegen, wenn ich bleibe?«

»Nein. Nein, habe ich nicht. Nur … danach muss ich zu Dean.« Auf mich wartete eine geballte Ladung Hausaufgaben, die ich mit Gabe und Dahlia bewältigen wollte.

»Das ist okay.«

Unschlüssig blieb ich vor seinem Tisch stehen, wollte noch bleiben, aber sein Blick richtete sich auf den Tresen hinter mir, und als ich mich umwandte, sah ich zwei Männer, die die Tafel mit den Kaffeespezialitäten begutachteten.

Ich schenkte Lesh noch ein flüchtiges Lächeln, bevor ich mich zwischen den Tischen zurückschlängelte.

Bis ich das Café schloss, blieb er.

Wann immer ich Zeit dazu hatte, beobachtete ich ihn, nur um einen Moment später verlegen wegzusehen, wenn er mich dabei erwischte. Arthur, der zwischendurch wiederkam, um mir zu helfen, wurde von mir zurück in seine Wohnung geschickt. Kurz bevor ich den Laden schloss, erschien er erneut und ich verdrehte die Augen.

»Du brauchst mir nicht zu helfen«, wehrte ich ab, ehe er den Kaffeesatzbehälter leeren konnte. »Wirklich nicht.« Ich legte so viel Nachdrücklichkeit wie möglich in meine Worte, ohne seine blasse Gesichtsfarbe zu erwähnen. Die Stimmung zwischen uns war heute ein bisschen schwerer als gewöhnlich und das lag mit Sicherheit an unserem Gespräch vom gestrigen Morgen.

»Jawohl.« Arthur hob unschuldig die Hände und deutete dann kurz zu Lesh. »Aber ich darf kurz Hallo sagen, oder?«

Er war bereits auf dem Weg.

Mein Chef setzte sich Lesh gegenüber und ich blendete ihre gedämpften Stimmen aus, während ich die abendliche Routine durchlief und die beiden irgendwann wegscheuchte, um auch den letzten Tisch abwischen zu können.

Arthur zog sich wieder in seine Wohnung zurück und nur Lesh und die Stille blieben. Er lehnte am Tresen, als ich mit meiner Jacke über dem Arm nach vorn kam und auf dem Weg alle Lichter löschte, außer die im Eingangsbereich. Ich fühlte mich an den Moment erinnert, als ich schon einmal nur mit ihm in dem dämmrigen Café gewesen war, und ich war fast genauso nervös wie damals.

Seine große Gestalt überschattete die schwachen Lichter, als seine rechte Hand langsam zu meiner Hüfte fuhr und mich näher an den Tresen schob. Mit so wenig Druck, dass ich mich entziehen konnte. Was ich allerdings keineswegs vorhatte.

Ich hob das Kinn, atmete seinen warmen Geruch ein, als er noch dichter kam. Erwartungsvoll stahlen sich meine Finger über seinen Bauch hinauf zu seinem Nacken. Mit etwas Nachdruck bat ich ihn stumm darum, weiterzumachen und mich zu küssen.

»Lesh«, sagte ich leise und eindringlich.

Von meiner Hüfte hob sich seine Hand zu meinem Gesicht. Seine kräftigen Finger umfassten mein Kinn und er küsste mich. Fordernd öffnete ich meine Lippen, um mit der Zunge über seine zu streifen. Ich konnte nicht anders, als meine Finger unter sein T-Shirt wandern zu lassen. Heiße Haut brannte an meinen kühlen Fingern und Leshs Brust entstieg ein wohliger Laut. Ohne den Kuss zu unterbrechen, brachte er einen kleinen Abstand zwischen unsere Körper, aber ich umfasste seinen Gürtel und zog ihn wieder an mich.

»Rosa«, murmelte er an meinem Mund, presste seine Lippen noch einmal kurz auf meine, bevor er sich wieder aufrichtete.

»Nicht in Arthurs heiligem Laden?«, flüsterte ich mit einer Spur Spott in der Stimme und erntete nur ein zustimmendes Brummen.

Widerstrebend schlüpfte ich in meinen Parka, bevor wir das Café verließen.

»Soll ich dich wirklich nicht fahren?«, fragte er, als sein Wagen in Sicht kam, mit einem besorgten Blick auf mich und mein Fahrrad.

»Nein«, lehnte ich entschieden ab. »Ich schaffe das«, setzte ich mit einem kleinen und kühnen Lächeln hinzu.

»Okay.« Lesh schlang einen Arm um meine Mitte und hielt mich an seine Brust gedrückt. Ich war überrascht, dass er nicht den gewohnten Abstand wahrte. Es war dunkel und dennoch war er immer vorsichtig, wenn es um jede Berührung auf offener Straße ging. Ein leises Seufzen entfloh mir, als ich die Nase an seinem T-Shirt vergrub und kurz die Augen schloss. Langsam lösten wir uns voneinander und Lesh neigte den Kopf, um mich noch einmal zu küssen, als ein Störfaktor im Licht der nächsten Laterne meine Aufmerksamkeit erregte.

»Warte«, wisperte ich.

Trotz der schlechten Lichtverhältnisse erkannte ich Dahlia. Mein Atem stockte, als sie zielgerichtet auf uns zu kam.

Lesh drehte sich um und folgte meinem Blick. Er machte einen Schritt zurück, in dem Moment, als Dahlia bei uns angekommen war.

»Hallo, Rosa.« Ihre Augen huschten von mir zu Lesh, verweilten dann lange auf ihm. Ihre Lippen öffneten sich leicht, doch kein Ton verließ ihren Mund, wobei eine tiefe Falte zwischen ihren Brauen auftauchte. Ihr fehlten für lange Zeit die Worte.

»Hey.« Ich brachte noch mehr Abstand zwischen Lesh und mich, obwohl das nichts daran ändern würde, dass sie uns gesehen hatte.

»Ich kenne Sie«, sagte sie schließlich leise und stockend. Noch während sie sprach, schien sie sich nicht vollkommen sicher, bis sie langsam nickte. »Sie waren Lehrer … Mr West, oder?«

Unentwegt huschten ihre Augen zwischen uns hin und her, als suchte sie nach einer Verbindung, die erklären würde, wie das hier hatte zustande kommen können.

Bleischwere Stille, dann räusperte Lesh sich und wollte antworten, doch Dahlia kam ihm zuvor.

»Rosa, du – ihr?« Sie holte tief Luft und schüttelte den Kopf. »Sorry. Ich hätte nicht … Es geht mich nichts an.« Mit diesen Worten machte sie wieder auf dem Absatz kehrt. Ihre schnellen Schritte hallten laut in der Dunkelheit wider, während sie über den Parkplatz ging. Neben mir hörte ich Lesh leise fluchen.

»Ich rede mit ihr. Sie ist meine Stiefschwester und … sie wird nichts sagen.« Hoffte ich zumindest. Es gelang mir noch immer nicht, Dahlia einzuschätzen, ebenso wenig ihre Reaktion. Ich blinzelte zu ihm hoch und sah, dass er unbewegt auf den Asphalt starrte.

»Lesh?« Vorsichtig griff ich nach seiner Hand, die zu einer Faust geschlossen war. »Mach jetzt nicht dicht. Versprich es mir«, flüsterte ich.

Er nickte nur knapp. Unverwandt sahen wir einander an.

»Es wird alles gut. Mach dir keine Gedanken.« Am besten sollte ich Dahlia abfangen, ehe sie zu Hause war, auch wenn die Chance kaum noch existent war. Widerstrebend ließ ich Leshs Hand los, stahl mir einen letzten kleinen Kuss, wobei er sich leise verabschiedete und stieg dann auf mein Fahrrad.

Dean und Bree waren nicht da, als ich das Haus betrat. Dahlia war längst angekommen und saß mit Gabe im Esszimmer. Überrascht sog ich den würzig warmen Geruch ein, der in der Luft hing.

Meine Augen blieben an der großen Pfanne mit dem gelben Curry darin haften. Im nächsten Moment glitten sie jedoch nervös zu Dahlia, die meinen Blick erwiderte und kurz die Mundwinkel hob, bevor sie auf ihren dampfenden Löffel pustete.

»Das riecht ziemlich gut«, bemerkte ich.

»Hat Gabe gekocht«, bemerkte Dahlia mit vollem Mund.

»Wirklich?« Meine Verwunderung war kaum zu überhören. Bisher hatte es den Anschein gemacht, dass er noch nie etwas gekocht hatte, mit Ausnahme von einer Packung Nudeln.

Er deutete einladend auf meinen Platz, wo bereits ein Teller samt Besteck stand.

»Ich kann kochen, wenn ich Lust dazu habe.« Er zuckte mit den Schultern und beobachtete angespannt, wie ich mir auffüllte. Bereits beim ersten Löffel war ich davon überzeugt, dass es das beste Curry war, das ich jemals gegessen hatte, und überschüttete ihn mit überschwänglichem Lob. Es war ein kleines bisschen scharf, was eine angenehme Wärme in meinem Körper aufsteigen ließ. Gerade versuchte ich das Wort an Dahlia zu richten und sie um ein Gespräch zu bitten, als Gabe die kurze Stille nutzte.

»Rosa.« Die Art, wie er meinen Namen sagte, ließ mich aufhorchen und misstrauisch warf ich ihm einen fragenden Blick zu. »Lia hat da gerade etwas erwähnt – wen fickst du?«

»Gabe«, fauchte Dahlia. »Du hast versprochen, nichts zu sagen.«

»Man könnte meinen, du kennst mich schlecht.« Er strich seiner Schwester über das Haar und sie schob ärgerlich seine Hand von sich.

»Tut mir leid, Rosa. Ich habe nicht viel verraten«, gestand Dahlia zerknirscht und ich war ernsthaft getroffen, dass sie unser Aufeinandertreffen nicht einmal eine Stunde lang vor ihrem Bruder hatte geheim halten können.

»Ich will nur wissen, was Sache ist«, sagte Gabe unschuldig. »Warum machst du ein Geheimnis um ihn? Was stimmt nicht mit dem Kerl? Hier herrscht Ehrlichkeit unter Geschwistern und so, weißt du?«

Kurz sah ich zu Dahlia, die das Besteck beiseitegelegt hatte und mir nonverbal zu verstehen gab, dass sie keine Einzelheiten verraten hatte.

»Es ist einfach … noch neu. Ich werde ihn vorerst niemandem vorstellen. Auch nicht dir, Gabe.«

Er wollte schon widersprechen, als ich einen Finger hob und missmutig mein Curry begutachtete, das ich liebend gern weitergegessen hätte. »Du kannst jetzt weitermachen und … es wird mir eine Freude sein, dich mit Fragen zu Ivy zu löchern. Würdest du antworten?«

Dahlias Mundwinkel zuckten, während Gabes Miene kurz versteinerte.

»Ivy?«, fragte er betont lässig. »Dass sie mit mir auf den Abschlussball geht, wissen alle. Ich habe keine Geheimnisse.«

»Er ist in Ivy verliebt, war es immer schon«, bemerkte Dahlia und fing sich einen düsteren Blick von Gabe ein.

»Ups, jetzt hab ich von euch beiden etwas verraten«, sagte sie ohne Reue in der Stimme.

»Das weiß ich doch längst«, bemerkte ich schmunzelnd. »Es ist zu offensichtlich, um es nicht zu bemerken. Ich habe es am ersten Schultag gesehen.«

»Ach, komm«, murmelte Gabe. Dabei trommelten seine Finger jedoch nervös auf die Tischplatte. »Sie wird mich zerfleischen, wenn ich ihr das sage, oder?«

»Vielleicht auch nicht«, warf ich ein.

»Du kennst sie«, bezweifelte er.

»Eben. Sie zerfleischt nur jemanden, der es verdient.«

»Ich *habe* es verdient«, war Gabe sich sicher. »Lia ist bisher zu gut davongekommen«, schwenkte er plötzlich um. »Wie läuft es mit Meagan?«

Dahlia lachte. »Du musst echt verzweifelt sein.« Damit stand sie auf und als sie in einem dicken Mantel zur Terrassentür spazierte, griff ich ebenfalls nach meinem Parka. Sie saß auf den Holzstufen, so wie Gabe es manchmal tat, und rauchte.

»Ich hätte nicht gedacht, dass er noch in Rivercrest ist«, bemerkte sie und zog an der Zigarette.

»Was weißt du über Lesh?«, fragte ich leise.

»Lesh«, wiederholte sie und nickte wie zu sich selbst.

»Was weißt du?«, bohrte ich ungeduldig.

»Viel … vermutlich.« Dahlia zog die Schultern hoch. »Ich weiß, dass Annie ihn in einer Kneipe aufgerissen hat und sie eine Weile miteinander geschlafen haben, bis er als neuer Lehrer in unserer Klasse stand.«

»Er wusste nicht, dass sie eine Schülerin ist«, bemerkte ich und Dahlia winkte ab.

»Weiß ich auch. Ich gebe ihm keine Schuld, denn … ehrlich gesagt, tut er mir leid.« Sie klopfte sich ein bisschen Asche vom Mantel. »Er hat nichts falsch gemacht. Wie hätte er ahnen können, dass Annie noch zur Schule geht? Über so etwas haben sie nie gesprochen und er hat richtig gehandelt. Sobald er die Situation erfasst hatte, wollte er es beenden.« Sie atmete hörbar aus. »Nur Annie wollte das nicht. Ich habe sie wirklich geliebt, aber manchmal war sie zu impulsiv und hat einfach nicht nachgedacht. Niemals hätte sie damit gerechnet, dass er alle Reißleinen zieht, kündigt und einfach verschwindet.«

»Er wollte seine Lehrberechtigung nicht verlieren«, bemerkte ich ohne Verständnis.

»Annie hätte nichts verraten. Ja, sie hat es Meagan und mir

erzählt, aber keine von uns hätte einen Ton gesagt. Wirklich! Annie hat sogar versucht, ihn ausfindig zu machen. Sie war viel zu verliebt in ihn, als für sein Unglück verantwortlich sein zu wollen. Es tat ihr leid.«

Meine Lippen waren schmerzhaft fest aufeinandergepresst, während ich nicht wusste, was ich dazu sagen sollte. Wäre er zurück an die Schule gekehrt, wenn Annie ihn gefunden hätte? Hätte es etwas geändert? Konnte ich wütend auf Annie sein, weil ihr verletzter Stolz sie zu unüberlegten Handlungen getrieben hatte? Selbstsüchtig musste ich immer daran denken, dass ich Lesh dann niemals so hätte kennenlernen können, wie ich es jetzt tat. Aber damals hatte es sein Leben, wie er es geplant hatte, zerstört.

»Ich hatte mich noch bei ihm entschuldigen wollen, war aber einfach zu perplex, dich mit ihm zu sehen. Das ist … ein wenig verrückt. Wie konnte das passieren, dass du ausgerechnet – mit ihm?«

»Wir haben uns im *Golden Plover* kennengelernt«, sagte ich abwesend.

»Was macht er jetzt? Er ist kein Lehrer mehr, oder?«

»Nein.« Ich schüttelte den Kopf. »Aber er will wieder als Lehrer arbeiten, bald – irgendwann«, erwiderte ich müde. »Am liebsten würde er vermutlich bis ein Jahrzehnt nach meinem Abschluss warten, damit auch niemand auf die Idee kommen könnte, der neue Lehrer hätte ein Verhältnis mit einer frischgebackenen Absolventin.«

»Rivercrest ist eine Kleinstadt.« Bedauernd hob Dahlia die Schultern und schien Leshs Haltung nachvollziehen zu können.

»War er die ganze Zeit hier?«

»Ja.« Ich unterließ es, ihr von seiner Liste der Orte zu erzählen, die er mied, um einer möglichen Begegnung mit Schülern oder

Schülerinnen zu entgehen.

»Dann hat er Annies Tod mitbekommen?« Ihre Stimme wurde leiser.

»Er wusste es nicht, bis ich es ihm erzählt habe. Bis vor ein paar Monaten hat er sozusagen ... in der Versenkung gelebt.«

Ich spürte ihren neugierigen Blick und bereute augenblicklich meine Wortwahl.

»Wie meinst du das?«

»Das spielt keine Rolle«, wehrte ich ab und räusperte mich dann. »Du erzählst es niemandem, oder? Vor allem nicht Dean und Bree!« Sie wollte schon antworten, als mir etwas einfiel. »Was hast du Gabe genau gesagt?«

»Mir ist vielleicht rausgerutscht, dass ich dich mit jemandem gesehen habe. Er kennt mich so gut, hat sofort gesehen, dass etwas ist, und ich kann ihn einfach nicht belügen. Aber es war wirklich nicht mehr als das, obwohl er mich nicht in Ruhe lassen wollte. Ich schweige wie ein Grab«, versprach sie. »... ab jetzt!«

Kapitel 29 ½

Lesh

Annie Robinson. Lesh fuhr mit den Fingern langsam über die gravierten Buchstaben. Die Gewissheit, dass er die letzten Monate eine Tote verflucht hatte, war beklemmend. Er war schon lange nicht mehr richtig wütend auf sie gewesen, konnte ihr keinen Vorwurf aus ihrer kindlichen Rebellion machen. Dennoch hatte er sie verwünscht, weil sie sich ohne Zögern auf ihn eingelassen hatte.

Dunkel, im hintersten Winkel seiner Erinnerungen konnte er noch ihr Lachen hören, ihre Stimme, mit der sie so gern gespielt hatte. Sie war kein schlechter Mensch gewesen, hatte nur nicht immer besonnene Entscheidungen getroffen. Genauso wenig wie er selbst.

Der Selbsthass, der ihn wellenhaft überkam, brachte ihn fast zum Erbrechen. Er konnte sich nicht mehr erklären, wie er ihr junges Aussehen hatte ausblenden können, auch wenn sie sich augenscheinlich erwachsen verhalten hatte. Sein Verstand hatte gestreikt und sein Körper hatte bereitwillig die Kontrolle übernommen.

Annie Robinson. Noch einmal strich er über ihren Namen und fragte sich wie so oft in letzter Zeit, ob er jetzt an einem anderen

Punkt stehen würde, wenn er ihren Tod mitbekommen hätte. Seine Angst hatte ihn über die Jahre gelähmt, in einem Maß, dass er sich vermutlich nicht getraut hätte, seine Situation zu bezwingen. Vielleicht hatte alles irgendeinen Sinn gehabt. Kurz nach seiner Kündigung hatte er die Stadtzeitung, Fernsehnachrichten und Radiomeldungen wie ein Wahnsinniger verfolgt. Vehement in der Sorge und Erwartung, etwas über eine Schülerin zu hören oder zu sehen, die von sexuellen Übergriffen ihres Lehrers erzählte. Nach einigen Wochen hatte es ihn so sehr zermürbt, dass er aufhören *musste*, um nicht durchzudrehen. Stattdessen hatte er sein Leben eingeschränkt, war nur an der Küste oder im *Blindspot* gewesen. Und im *Golden Plover*. Wegen Arthur und seiner unbeschwerten Art, die Lesh das Gefühl gegeben hatte, dass irgendetwas in seinem Leben noch normal war. Und wenn es allein die Nachmittage im Café waren.

Müde rieb er sich über das Gesicht, konnte nicht anders, als an Rosa zu denken. Sie war nicht seine Schülerin und trotzdem fühlte es sich oft verboten falsch an. Auch dieses Mal hatte sein Verstand ausgesetzt. Es war aber nicht sein Körper gewesen, der die Macht an sich riss, sondern vielmehr sein Herz.

Es ist anders. Hör auf, dich dafür zu hassen.

Rosa hatte ihn am vergangenen Abend angerufen, ihm von dem Gespräch mit ihrer Stiefschwester erzählt. Das sollte ihm helfen. Sollte es einfacher scheinen lassen, die Vergangenheit zu akzeptieren und damit abzuschließen. Aber Rosa hatte recht. Das alles musste von ihm kommen. Er musste nur einen kleinen Anfang finden, wusste jedoch nicht, ob er bereit dazu war. Langsam wandte er sich von Annies Grab ab, als sein Handy klingelte.

»Rosa?«

»Hallo.« Sie klang kläglich. »Lesh, es geht um Arthur. Ich bin im Krankenhaus.«

Kapitel 30

Rosa

4 Monate zuvor

In eine dicke Wolldecke gehüllt, hockte ich auf unserem durchgesessenen Sofa, hielt den dritten oder vierten Kaffee in Händen und starrte auf den Fernseher, über dessen Bildschirm eine unbeschwerte Sitcom flimmerte. Meine Beine schmerzten, weil ich bereits viel zu lange in dieser Position ausharrte, doch ich bewegte mich nicht. Ich hoffte, wenn ich lang genug so dasitzen würde, würde ein Wunder geschehen und die Welt sich endlich weiterdrehen. Sie tat es nicht für mich. Seit vierundachtzig Tagen tat sie dies nicht mehr. Seit Mum den Anruf bekommen hatte, dass sich Lollis Zustand drastisch verschlechtert hatte und wir ins Krankenhaus kommen müssten, wenn wir uns noch verabschieden wollten.

Seit Wochen sprachen wir kaum noch miteinander. Sie hatte mir ihren verrückten Vorschlag unterbreitet, für eine Weile zu meinem Vater zu ziehen. Mein Umgang mit Lollis Tod sei nicht gesund. Ich hatte beinahe hysterisch aufgelacht. Denn ich gab mir die Zeit zu trauern – ganz im Gegensatz zu ihr, die vor dem Verlust davonlief. Aber das konnte sie nicht durchhalten. Irgendwann würde ihr der Atem ausgehen und der Schmerz würde sie einholen.

Schon einige Tage hatte ich sie nicht mehr zu Gesicht bekommen. Letzte Nacht glaubte ich, sie gehört zu haben, war mir aber nicht sicher. Heute Morgen hatte ich nicht nachgesehen, ob sie da war. Ich führte mein Leben auf dem Sofa fort, lenkte mich mit allen fröhlichen Fernsehprogrammen ab, die existierten.

Der Kaffee war viel zu stark und hinterließ einen bitteren Geschmack auf meiner Zunge. Das war gut so, denn ich hoffte, mich mit möglichst viel Koffein vom Schlafen abzuhalten. Zu oft träumte ich von Lolli und zu oft erwachte ich in dem sekundenlangen Irrglauben, alles wäre noch in Ordnung.

Mein Herz machte einen kleinen Satz, als ich Mums Zimmertür hörte. Ihre gehetzten Schritte taten mir in den Ohren weh, obwohl sie nicht wirklich laut waren. Meine Lippen pressten sich aufeinander und die Finger schlossen sich bebend um die Tasse.

Bitte Welt, dreh dich schnell weiter. Lass die Zeit verfliegen, bis zu dem Moment, wo mir all das hier wieder erträglich vorkommt.

Ein Poltern ließ mich zusammenfahren und angespannt lauschte ich in die folgende schwere Stille.

»Mum?«, fragte ich widerstrebend, erhielt jedoch keine Antwort. Meine Beine protestierten, als ich sie plötzlich zur Bewegung zwang, auf den Flur zuhielt und sie sah.

Mum lag am Boden in einer Pfütze von Kaffee aus ihrem Thermobecher. Meine Knie wollten einknicken, aber ich erlaubte es ihnen nicht. Ich stürzte zum Telefon, wählte, war währenddessen bereits wieder auf dem Weg zu Mum und hockte mich neben sie.

Meine Stimme bebte und war unkontrollierbar. Es dauerte

nervenzerreißend lange, bis der Mann in der Notrufzentrale begriff, was ich von ihm wollte.

Mum atmete, bewegte sich in der Zwischenzeit schon wieder, blinzelte, als ich auflegte und das Telefon fallen ließ, um ihren Kopf zu stützen.

Orientierungslos flatterte ihr Blick durch den Flur.

»Bleib liegen. Es kommt ein Krankenwagen«, presste ich hervor.

»Nass«, sagte sie dann.

»Kaffee. Du musst liegen bleiben.« Ich war mir zwar nicht sicher, ob sie das wirklich musste. Aber was, wenn sie sich beim Sturz etwas getan hatte?

Ihr Gesichtsfarbe glich dem Weiß der Wände, ihre Augen waren glasig und blutunterlaufen. Sie bebte am ganzen Körper. Trotzdem schaffte sie es, sich gegen meinen Rat aufzusetzen.

»B-bring mir etwas Trockenes zum Anziehen«, murmelte sie und holte unregelmäßig Luft, während ihr schwindelig zu werden schien und sie sich gegen das Schuhregal lehnte.

Ich tat, was sie sagte, auch wenn sie am Ende nicht die Kraft hatte, sich umzuziehen. Ich hatte es geschafft, sie zumindest aus dem nassen Blazer zu schälen und ihr einen trockenen Pullover über den Kopf zu stülpen, als es klingelte und ich den Rettungssanitätern öffnete.

Alles fühlte sich falsch an. Nie wieder hatte ich im muffigen Kapuzenpullover in einem Krankenwagen sitzen wollen. Nie wieder diese Übelkeit verspüren wollen. Doch sie überkam mich. Die geballte Faust auf den Lippen brachte dieses Mal nichts. Einer der Sanitäter war gerade noch rechtzeitig zur Stelle und hielt mir eine Tüte hin, in die ich mich übergab.

An jedem Tag der Woche hatte Arthur ein kleines bisschen abgeschlagener gewirkt, ein Stückchen energieloser. Am Samstagmorgen war er so bleich, dass ich ihn zu einer Pause drängen wollte. Für einen Wochenendtag war die Arbeit überschaubar, denn draußen hatte strahlender Sonnenschein geherrscht und der Himmel war beinahe vollkommen blau. Ich war gerade dabei, einen Cappuccino zuzubereiten, als ich ein Scheppern in der Küche und das Zerspringen von Glas hörte. Als ich nach hinten lief, lehnte Arthur an der Arbeitsfläche. Eine gläserne Kuchenplatte war auf dem Boden in tausend Teile zerschellt, mitsamt einer Rohkosttorte. Auf Arthurs Stirn stand Schweiß, er hatte die Brille abgenommen und rieb sich mit bebenden Fingern über das Gesicht.

»Was ist passiert? Was ist los?«

»Ich gebe es ungern zu, aber da sitzt so ein Schmerz … in meiner Brust. Meine Armmuskeln haben mich verlassen.« Seine Stimme war angestrengt, und noch bevor er geendet hatte, griff ich nach dem Telefon und wählte den Notruf. Als Nächstes rief ich Kiana an, die mit Yasmin ihre Eltern besuchte, aber sie nahm nicht ab.

Arthur protestierte, setzte sich dann jedoch wie befohlen in sicherer Entfernung zu den Scherben auf den Boden. Mit wachsender Angst hatte ich bemerkt, wie angestrengt er atmete. In den wenigen Minuten, die vergingen, bis der Notarzt kam, lief ich nach vorn und scheuchte die wenigen Besucher nach draußen.

Dann brachte ich mit hämmernden Herzen die Sanitäter zu Arthur, die ihm kurze Fragen stellten und ihn dann unter schwacher Gegenwehr auf der Trage zum Wagen fuhren.

»Das ist nichts. Das wird schon«, sagte Arthur.

Jetzt saß ich im Wartebereich des Krankenhauses und schlang die Arme um mich. Nach vielen Versuchen hatte ich Kiana doch erreicht und sie war sofort ins Krankenhaus gekommen. Als sie da war, stand bereits fest, dass Arthur *nur* eine schwache Herzattacke gehabt hatte. Die Ärzte wollten ihn zur Beobachtung mindestens eine Nacht im Krankenhaus behalten. Sein behandelnder Arzt war nach der Untersuchung und vielen Fragen zu dem Schluss gekommen, dass es eine Folge von chronischer Stressbelastung sein könnte. Das erzählte mir Kiana, die kurz zu mir kam, um mich auf den neusten Stand zu bringen. In sein Zimmer durfte ich noch nicht, weil ich nicht zur Familie gehörte. Yasmin schlief im Tragetuch vor ihrer Brust und schien von dem Wirbel um sie herum nichts mitzubekommen.

»Das habe ich immer kommen sehen – früher oder später«, seufzte Kiana und lehnte sich auf dem Plastikstuhl zurück, während ihre Hände unermüdlich über Yasmins Rücken streichelten.

»E-er hatte Glück. Es hätte noch viel schlimmer kommen können, aber er braucht endlich eine Auszeit«, bemerkte ich.

»Das wird er jetzt einsehen müssen«, stimmte sie zu und ich hob zweifelnd die Brauen.

»Bist du sicher, dass er das tut?«

Sie lachte erschöpft. »Ich hoffe es. Bei seinem Sturkopf ist das jedoch ungewiss.«

Eine kurze Weile saßen wir schweigend in dem großen, kalten Raum, bis ich mit schweren Beinen aufstand.

»Ich komme morgen wieder. Das *Golden Plover* wartet – da muss ich noch ein kleines Chaos beseitigen«, entschuldigte ich mich.

»Möchtest du nicht warten, bis du zu ihm darfst?« Kianas Augenbrauen waren verwundert in die Höhe gerutscht.

Zittrig atmete ich durch die Nase ein und schüttelte leicht den Kopf.

»E-ehrlich gesagt, fällt es mir zu schwer, ihn so zu sehen.« Es erinnerte mich zu sehr an Lolli, zu sehr an Mum – dazu fehlte mir gerade die Kraft.

»Oh, das verstehe ich«, beruhigte sie mich schnell und lächelte.

»Richte ihm meine Grüße aus, ja? Er soll sich erholen.«

»Das mache ich. Bis morgen, Rosa.«

Ich nickte angestrengt und wandte mich ab. Während ich durch die grellen Flure ging, wurde mir immer wieder schwindelig. Meine Finger waren bedeckt mit kaltem Schweiß, als ich mein Handy aus der Tasche zog. Eigentlich hatte ich Dean, Gabe oder Ivy anrufen wollen, um zu fragen, ob jemand von ihnen mich abholen konnte. Aber mein Daumen hielt wie von selbst bei Leshs Nummer inne.

»Danke«, sagte ich fast lautlos, als er nur wenige Minuten später vor mir stand. Das Adrenalin hatte mir sämtliche Kraft geraubt und nur ein bleiernes Gefühl zurückgelassen.

»Was ist passiert?« Leshs Aufmerksamkeit richtete sich verwirrt und besorgt zugleich auf den Krankenhauseingang hinter mir.

»Würdest du mich zum *Golden Plover* fahren?«

»Sicher.« Zögerlich legte er mir eine Hand auf den Rücken, brachte mich zu seinem Wagen, wobei er nicht verbergen konnte, dass er unsere Umgebung im Auge behielt und sich in der Situation unwohl fühlte.

Lesh fuhr vom Krankenhaus zum Einkaufszentrum und währenddessen erzählte ich ihm mit vielen Pausen, was am Morgen passiert war. Er wirkte überrascht und schien nichts von Arthurs Beschwerden mitbekommen zu haben. Arthur hatte es gut zu verschleiern gewusst und für die Welt eine unbekümmerte, unbesiegbare Maske getragen.

Das Geschehen lag mir so schwer im Magen, dass mir übel

wurde, sobald ich das Café aufgeschlossen hatte. Ich schrieb einen Zettel, dass bis auf Weiteres geschlossen sei. Diesen klebte ich an die Tür, bevor ich in die Küche ging und begann, die Scherben einzusammeln.

Über eine Stunde verging, in der wir die Tische wischten, die Küche aufräumten und die Kaffeemaschine reinigten. Dabei schwiegen wir, nur ab und zu spürte ich Leshs prüfenden Blick auf mir. Ein klammerndes Gefühl überwältigte mich, als ich mich in dem leeren Café umsah. Sonne fiel durch die Sprossenfenster und warf lange, helle Streifen auf Boden und Tische.

Meine Kehle wurde eng und ich schluckte schwer, um mich nicht von der Angst um Arthur mitreißen zu lassen. Kiana war bei ihm, es bestand keine Lebensgefahr. Er hatte einen Warnschuss seines Körpers erhalten und würde ab jetzt hoffentlich besser auf sich achten.

Ich zuckte zusammen, als ich spürte, wie Lesh von hinten eine Hand auf meine Schulter legte. Seine Finger fuhren in meinen Nacken und griffen sanft zu, während er mir einen Kuss auf den Scheitel gab.

»Kann ich mit zu dir kommen?«, fragte ich fast lautlos.

»Natürlich.«

Ich wollte bei Lesh Ruhe finden, diesem Erlebnis entfliehen. Meine Finger griffen nach meinem Parka, der über einer Stuhllehne hing, und legten ihn über meinen Arm. Heute war der erste Tag, an dem es so warm war, dass ich mich ohne ihn hinaus traute.

Tief durchatmend hielt ich die Nase in die Wärme, die der Himmel schickte, während wir langsam zu Leshs Wagen gingen. Mit einer Hand am Türgriff stoppte ich und sah zum Supermarkt im Einkaufszentrum.

»Hast du etwas dagegen, wenn ich noch kurz etwas besorge?«

»An was denkst du?« Lesh wirkte nicht abgeneigt, nur neugierig.

»Zimtschnecken«, sagte ich zögerlich und Lesh hob einen Mundwinkel. Er wartete am Auto, um nicht zu deutlich den Anschein zu erwecken, dass wir zusammengehörten.

Schnell hatte ich alle Zutaten zusammen und kehrte mit einer halb gefüllten Papiertüte zurück.

Ich war fasziniert von der plötzlichen Veränderung, die die Sonne mit sich brachte. Sie verwandelte Rivercrest in etwas Schönes. Ein abstrakter Kontrast zu dem, was heute passiert war.

Bei Lesh ging ich direkt in die Küche, wo ich meine Einkäufe ausbreitete.

»Ich bringe Arthur morgen Zimtschnecken ins Krankenhaus«, erklärte ich. »Die habe ich mit Lolli fast jedes Wochenende gemacht.«

Leshs dunkle Augen wurden noch etwas dunkler, als Mitgefühl in sie trat, und ich gab ihm schnell einen leichten Stoß vor die Brust. »Bitte sieh mich nicht so an. Die Erinnerung fühlt sich beinahe okay an.«

»Das ist schön.« Er setzte ein schwaches Lächeln auf. »Was soll ich tun?«

»Dich setzen und zusehen.« Langsam schob ich ihn zu dem kleinen Tisch, der in der Küche stand, und bereitwillig ließ er sich auf einen der beiden Stühle niederdrücken.

Mit seinem Blick im Rücken sah ich mich in der Küche um und ließ mich von ihm zu den Schubladen und Schränken navigieren, die die Dinge beinhalteten, die ich brauchte.

Meine Augen verharrten auf dem alten Radio, das auf dem Fensterbrett stand. »Funktioniert es?«

»Ja.« Der Stuhl kratzte leicht über die dunklen Kacheln und ich hörte, wie Lesh aufstand.

Aus dem Augenwinkel beobachtete ich, wie er an den Knöpfen drehte. Nach einem langen Rauschen ertönten richtige Klänge. Dann öffnete er die Fensterhebel und ein Stoß kühle, schöne Frühlingsluft strömte in die Küche. Ein Lächeln breitete sich auf meinen Lippen aus und ich spürte, wie der Schock vom Morgen ein wenig nachließ. Arthur war noch immer in meinen Gedanken, aber er rückte in den Hintergrund, als Lesh sich zu mir umdrehte. Die Sonne verschmolz mit seiner Haut und etwas in mir wollte mich entzweireißen. Die Musik aus dem Radio, die Sonne und der klebrige Teig an meinen Händen stießen mich in die Vergangenheit. Wenn ich die Augen schloss, hätte ich glauben können, in unserer Küche in Paxton zu stehen. Aber ich war hier, in Rivercrest bei Lesh. Bei diesem Mann, der mir kleine Vertrautheiten und Halt gab, obwohl hier alles vollkommen anders war.

Er kam zu mir und trat dicht hinter mich. Seine rechte Hand umfasste vorsichtig meine Taille und die linke legte sich mit dem Gips an meinen Bauch. Ich spürte, wie er sich leicht im Takt der Musik bewegte. Mein Rücken drückte sich gegen seinen weichen Pullover, unter dem seine feste Brust lag. Ich atmete tief ein, den Geruch von Lesh, vermischt mit dem Zimt des Teiges. Ich ließ seine Hände meine Hüften führen, während meine Finger in der Teigschüssel verharrten. Vogelgezwitscher drang aus dem Garten zu uns und … ich holte scharf Luft, als seine Lippen meinen Hals streiften.

Er hatte sich zu mir heruntergebeugt und ließ seinen Mund über meinen schnellerwerdenden Puls wandern. Seine Berührung war nicht drängend, er hauchte kurze Küsse auf meine Haut — bereit sofort aufzuhören, wenn ich es wollte. Mit einem leisen Seufzen neigte ich den Kopf zur Seite, lud ihn ein, weiterzumachen. Ich hörte ihn an meinem Nacken tief Luft holen und musste ein Zittern unterdrücken, als er meinen Hals erneut küsste, fester als zuvor.

Enttäuscht öffnete ich die Augen, als er von mir abrückte. Mit warmen Wangen drehte ich meinen Kopf, sodass ich ihn ansehen konnte.

»Stimmt etwas nicht?«

Unter schweren Lidern sah er auf mich hinunter. »Meine Selbstbeherrschung stimmt nicht so ganz«, bemerkte er, wobei er mich losließ. Im Augenwinkel beobachtete ich, wie er ans Fenster trat und eine Weile bewegungslos ausharrte, bevor er wieder zum Tisch ging. Ich konnte nicht verhindern, dass mein Blick zu der deutlichen Wölbung unter seiner Jeans wanderte, und ertappte mich bei dem Gedanken, dass meine Selbstbeherrschung vermutlich ebenso brüchig war.

Mit routinierten Handgriffen drehte ich die Schnecken und konzentrierte mich auf die Musik, um nicht die Spannung zu hören, die laut in der Luft lag.

Nachdem ich sie in den vorgeheizten Ofen geschoben hatte, setzten wir uns auf die hölzerne Terrasse. Ich verspürte den dringlichen Wunsch, diesen ersten Hauch von Frühling zu erleben und in eine Wolldecke gehüllt, lehnte ich in einem der Stühle und betrachtete interessiert das wild überwucherte Grundstück.

»Gartenarbeit liegt dir nicht sonderlich, oder?«, fragte ich mit einem angedeuteten Grinsen.

Lesh zog gerade den Reißverschluss seiner Jacke hoch und hielt kurz inne. »Ich mache das Nötigste, aber nein.«

»Der Garten bei meinem Vater ist das ziemliche Gegenteil. Mir gefällt das Wilde – ein paar Kräuter wären aber auch nicht schlecht.«

»Ich würde dich nicht abhalten.« Seine Worte klangen neutral und nicht gewichtig, aber sie gewährten uns einen Blick in die mögliche Zukunft. Wenn ich im Sommer hier bei ihm sein würde.

»Meine Mutter … spricht nicht mehr mit mir, seit sie weiß, dass ich hierbleibe.«

»Das tut mir leid.«

Ich holte tief Luft, weil mich der bloße Gedanke an das Telefonat wütend machte. »Sie hat gesagt, dass sie mir das College nicht bezahlen würde, wenn ich nicht dieses Jahr ginge.«

»Ihr gefällt es nicht, dass du deine Meinung zu Rivercrest geändert hast?«

»Nein.« Ich schüttelte heftig den Kopf. »Ich glaube, sie denkt, dass Dean mich ihr weggenommen hat. Dass ich mich für ihn und gegen sie entschieden habe.« Ich seufzte leise. »In den letzten Monaten habe ich mich so sehr verändert. Das hat meiner Beziehung zu meiner Mutter noch mehr geschadet. Und auch der Beziehung zu meinen besten Freundinnen. Es kommt mir vor, als müssten wir neu zueinanderfinden und ich bin mir nicht sicher, ob wir es schaffen.«

»Macht dich das unglücklich?«

»Nein.« Ich machte eine kurze Pause. »Es kommt mir falsch vor, aber ich glaube, ohne diese Entwicklung wäre es mir nicht möglich gewesen, hier anzukommen.«

Ich zog die Decke noch etwas fester um mich und vergrub kurz die Nase in dem weichen Stoff, der nach gemeinsamen Stunden vor Leshs Kamin roch.

»Trotzdem vermisse ich meine Mutter und auch meine Freundinnen, obwohl es sich ohne sie oft leichter anfühlt.«

Lesh deutete nur ein Kopfnicken an und während ich ihn beobachtete, überlegte ich, was er gerade denken könnte. Er war für mich so undurchsichtig wie der Grund des Meeres.

»Die Zimtschnecken müssten fertig sein«, fiel mir ein und schnell befreite ich mich aus der Decke.

Bis es am frühen Abend zu kalt wurde, blieben wir in der

schwachen Sonne auf der Terrasse sitzen. Immer wieder griffen wir nach einer der Zimtschnecken, die zu Anfang heiß waren und irgendwann abgekühlt. Sie schmeckten nach Erinnerungen und Erzählungen über Lolli sprudelten über meine Lippen – unkontrolliert und ohne einen roten Faden, aber Lesh sagte nichts. Er hörte mir nur zu, und als ich den Tränen nah war, hielt er mir eine Hand hin und in meine Decke gehüllt ließ ich mich auf seinen Schoß ziehen. Ich öffnete seine Jacke so weit, dass ich meine Wange an den Pullover darunter legen konnte. Als er die Arme fest um mich schloss und nichts tat, außer mich zu halten, wünschte ich, ich könnte den Moment festhalten und für immer bewahren.

Wir sprachen nicht mehr. Wenn seine Lippen hin und wieder mein Haar berührten, glaubte ich, die leise Spannung hören zu können, die flüchtig zum Leben erwachte.

»Lesh?«, fragte ich irgendwann fast lautlos. So nah bei ihm, vernahm er mich dennoch. Ich spürte das fragende Brummen in seiner Brust, bevor ich den Kopf hob und ihm unverwandt ins Gesicht sah.

»Ich würde dich gern küssen.«

Leshs Blick verweilte kurz auf meinen Lippen, er schluckte und hob dann vorsichtig einen Mundwinkel.

»So viel, wie du willst.«

Nervös schlug mein Herz immer schneller, als wäre dies unser erster Kuss.

»Okay«, wisperte ich.

»Okay«, wiederholte Lesh und ich sah die unterdrückte Erwartung in seinen Augen aufblitzen.

Meine Finger legten sich an seine Wangen und Bartstoppeln drückten sich gegen meine Haut, als ich mich zu ihm lehnte und ihn küsste.

Kapitel 31

Rosa

Ich glaubte, die schwachen Sonnenstrahlen des heutigen Tages vermischt mit Zimt schmecken zu können.

Lesh erwiderte das, was ich tat. Zog ich mich zurück, hielt auch er inne. Ließ ich meine Zähne über seine Unterlippe gleiten, antwortete er mit seiner Zunge. Meine Hände lagen an seinem Kiefer, um seinen Nacken und auf seiner Brust. Vorsichtig zog ich den Reißverschluss der Jacke bis nach unten und rückte ein Stück von ihm ab, was ihn die Augen öffnen ließ.

»Ich … würde gern noch mehr tun, als dich zu küssen«, sagte ich leise.

Lesh regte sich nicht und unter seinem wachsamen Blick stand ich auf, wobei die Wolldecke auf die Holzbretter der Terrasse rutschte.

Ich machte ein paar Schritte rückwärts auf die Tür zu. Langsam erhob er sich und folgte mir. Dabei zog er seine Jacke aus, die er auf die Rückenlehne der Couch warf. Vor der Treppe blieb ich stehen und sah zu ihm hoch. Ich musste nichts sagen, damit er verstand, dass ich nicht wusste, welcher der Räume im ersten Stock sein Schlafzimmer war. Lesh schob seine unversehrte Hand um meine Mitte und dirigierte mich vor sich her die Stufen hinauf und den schmalen Flur entlang bis zur letzten Tür.

Meine Finger zitterten leicht, als ich nach der Klinke griff und den Raum betrat. Meine Aufmerksamkeit haftete an dem breiten Bett mit den hellen Laken. Meine Beine fühlten sich taub an, als ich mich nervös zu Lesh umdrehte und begann, ihn zum Bett zu schieben. Ich drückte ihn auf die Kante, damit ich seinen Pullover ausziehen konnte. Und dann sein T-Shirt. Er ließ mich ohne Widerstand gewähren, während seine Augen schwer auf mir lagen. Im späten Tageslicht schimmerte seine Haut warm und ebenmäßig. Keine Blutergüsse, die mein Herz zum Schmerzen brachten. Nur federleicht berührte ich seine Rippen, bevor ich aus den weiten Ärmeln meines Pullovers schlüpfte und dann aus dem Top. Ich setzte mich auf seinen Schoß und meine Beine drückten sich in die Matratze. Mein Mund verharrte kurz an seinem Hals, um dann wieder zu seinen Lippen zu finden. In mir war eine leise, aber stetige Zuversicht, dass sich mein Vorhaben ebenso gut wie diese Küsse anfühlen könnte.

Als ich mit der Zunge in seinen Mund drang, spürte ich einen tiefen Klang, der sich aus seiner Kehle löste. Die Hand, an der er den Gips trug, drängte sich gegen mein Kreuz, während die andere meinen Hinterkopf hielt. Vielleicht war die emotionale Anziehung doch nicht so unerheblich, wie ich geglaubt hatte. Vielleicht brauchte ich sie, damit eine körperliche entstehen konnte.

Ein Schauer überzog meine Haut, als er meine Unterlippe in seinen Mund zog und zuerst sanft und dann fester daran saugte. Mein Atem stockte, als ich mir seiner Erektion bewusst wurde, die an meinem Innenschenkel lag. Unser Kuss war zum Stillstand gekommen. Sein Mund reglos an meinem, bewegte ich mich vorsichtig. Mit geschlossenen Augen schob ich mein Becken näher zu ihm. Die Temperatur des Zimmers schien mit jeder Sekunde zuzunehmen. Oder hatte die Hitze ihren Ursprung in mir?

»Du kannst immer aufhören. An jedem Punkt«, flüsterte Lesh und seine Bartstoppeln kratzten dabei über mein Kinn. Trotz meiner geschlossenen Augen war ich mir seiner Blicke mit jeder Faser bewusst.

»Ich weiß.« Meine Lippen fanden wieder näher zu seinen, öffneten sie und ich sog seinen tröstlichen, wohligen Geschmack in mich auf. Kein atemraubendes Aftershave, kein Alkohol und Zigarettenqualm auf der Zunge, nur Lesh mit einer Prise Zimt. Zaghaft bewegte ich meine Hüften und hörte Lesh tief Luft holen. Mit jeder Sekunde wurde ich ein kleines bisschen mutiger. Meine Knie stemmten sich fester in die Matratze, die geschwollene Wölbung unter dem Stoff seiner Hose drängte sich stärker gegen mich.

Lesh stöhnte auf und mein Herzschlag hämmerte in meinen Ohren. Nur noch der dünne Stoff des bügellosen BHs trennte meine hitzige Haut von seiner.

»Rosa«, stieß er zwischen zwei Küssen hervor. »Diese Jeans bereitet mir ziemliche Schmerzen.«

Für eine Sekunde verlor ich mich in der fremden Note, die sich in seine Stimme geschlichen hatte. Ein letztes Mal strich ich mit der Zunge über seine Unterlippe, bevor ich von ihm abrückte. Klirrend öffnete ich seinen Gürtel, dann Knopf und Reißverschluss der Hose, bevor ich von seinem Schoß rutschte und ihn mit mir zog.

Ich griff nach dem Bund seiner Jeans und schob sie nach unten, bevor ich mir meine Leggins über die Beine streifte. Lesh war bis auf die Boxershorts von allen Kleidungsstücken befreit und Aufregung kehrte zurück, während wir uns so gegenüberstanden. Alles an ihm schien unnachgiebig gespannt, während ich mich so flattrig fühlte, dass ein kleiner Windstoß gereicht hätte, um mich zu Fall zu bringen.

»Zusammen«, hauchte ich und schloss die Hände um den seitlichen Stoff meines Slips. Leshs Mundwinkel zuckten, doch er nickte und griff mit seiner gesunden Hand mittig den Bund seiner Boxershorts. Dabei rutschte sie bereits etwas nach unten und ich schluckte angestrengt.

»Los.«

Ein Glühen stieg in meine Wangen, als Lesh ohne Zögern seine Boxershorts hinunterzog und nackt war. Ich konnte nicht verhindern, dass meine Augen dem feinen Pfad aus Haaren von seinem flachen Bauch zu seiner Erektion folgten. Ein leises Lachen ließ mich aufsehen.

»War das ein Trick?«

Schnell schüttelte ich den Kopf. »Nein … ich – kannst du es machen?« Ich drehte ihm den Rücken zu und hob mein Haar über eine Schulter, um ihm freien Zugang zum Verschluss des BHs zu geben. Die Finger seiner rechten Hand strichen über meine Wirbelsäule, bevor sie hinter die Häkchen griffen und die Träger über meine Arme rutschten.

Ich wandte mich ihm wieder zu und mit einem gehobenen Mundwinkel beugte er sich zu meinen Brüsten. Mit angehaltener Luft spürte ich seine Küsse und seine Zunge, bevor ich ihn an den Schultern auf die Knie drückte. Leshs Hand fuhr über meinen Bauch, meine Oberschenkel und hielt an meinem Slip inne. Raue Fingerkuppen streiften meinen Hüftknochen, als er den Saum umfasste. Auf der linken Seite kratzten seine Bartstoppeln über meine empfindliche Haut, als er die Zähne um den Stoff des Slips schloss. Langsam zog er mich ganz aus, wobei sein Atem die Innenseite meiner Schenkel traf.

Unser Tempo war neu für mich. Es gab kein hektisches Beiseiteschieben von Kleidung, keine nachlässigen Berührungen. Sobald er sich wieder aufrichtete, hob ich meine Hände, um sein Gesicht einzufangen. Er beugte sich zu mir herunter und anders als zuvor war sein Kuss nicht mehr zurückhaltend. Ich schloss die Lücke zwischen unseren Körpern, um jeden Quadratzentimeter von ihm fühlen zu können. Sein Herz schlug in demselben schnellen Takt wie meines, während seine unversehrte Hand bis zu der Wölbung meines Pos wanderte. Seine Finger gruben sich sanft in die Haut und er stöhnte erneut. Ohne unsere Münder und Zungen zu trennen, drehte ich mich und ließ mich auf sein Bett zurückfallen, wobei ich ihn mit mir zog. Leshs Körper war nur eine Handbreit über mir, sein Ellbogen stützte sich über meinem Kopf ab, gegen den sich der Gips drückte. Ich fühlte, wie sehr er ihn störte und in dem hinderte, was er gern tun würde.

Die Fingerspitzen seiner freien Hand glitten über meine Brüste, lernten meinen Körper kennen, bis sie zwischen meinen Beinen angekommen waren und verharrten.

Ich machte ein leises, zustimmendes Geräusch, bevor ich den Kopf auf das Kissen sinken und mich von seinem Blick gefangen nehmen ließ. Aufmerksam verfolgte ich die Bewegungen, mit denen er meine Klitoris erreichte und die empfindliche Stelle umkreiste, was mich tief Luft holen ließ. Weil Lesh keine Anstalten machte, seine Berührung tiefer wandern zu lassen, hob ich leicht das Becken, drängte ihn wortlos in die gewünschte Richtung. Das Gefühl von ungeduldiger, hitziger Erwartung war mir in Gegenwart eines anderen Menschen neu. Und als er langsam zwei Finger in mich schob, fühlte es sich auf die beste Art und Weise anders an als bisher. Meine Atmung beschleunigte sich, während ich ihn unverwandt ansah. Selbst auf seiner gebräunten Haut war eine intensive Röte auszumachen und seine Lider schienen schwer, während er immer wieder kurze Küsse auf meine

Lippen drückte, ohne dass seine Hand dabei zum Stillstand kam.

Ich brachte keine Worte zustande, umfasste in einer stummen Aufforderung seinen Penis, in der Hoffnung, dass er verstand. Leshs Finger stolperten im Takt, bevor sie innehielten.

Er griff über mich und ich hörte eine Schublade, die aufgezogen und wieder zugeknallt wurde, als ich meine Hand langsam bewegte. Für wenige Sekunden schien er wie versteinert meine Berührung zu verfolgen.

»Penetration wird kaum noch möglich sein, wenn du weitermachst«, bemerkte er atemlos, ehe er ungeduldig eine Kondompackung mit den Zähnen aufriss. Ein leises Lachen entkam mir, das versiegte, als er sich aufrichtete und das Kondom überrollte.

»Versprich mir, dass du Stopp sagst, wenn es sich nicht gut anfühlt«, bat er, bevor er sich vorbeugte und seinen Mund gegen den rasenden Puls an meinem Hals presste.

»Ja.« Ich ließ zu, dass er eines meiner Beine anhob, damit er Platz zwischen ihnen fand.

Lesh griff seine Erektion und mit angehaltenem Atem spürte ich, wie er langsam in mich drang. Es dauerte ruhelose Momente, bis er ganz in mir war. Ich hörte meinen eigenen lauten Atem, während er zögerlich seine Hüften zu bewegen begann. Meine Beine zitterten vor Anspannung, und obwohl sein Gewicht auf seinem Arm lastete, mit dem er sich neben meinem Kopf abstützte, fühlte ich mich ein Stück weit gefangen.

Leshs dunkle Augen beobachteten mich und ich lächelte schnell, strich mit einem Finger über seine leicht geöffneten Lippen, bevor ich ihn näher zog, um ihn zu küssen und davon abzuhalten, mich anzusehen. Sein Mund reagierte zaghaft, während seine Hüften in der Bewegung innehielten. Leise räusperte er sich.

»Darf ich etwas versuchen?«

Etwas verwirrt nickte ich und keuchte auf, als er sich auf den Rücken rollte und mich mit sich zog, sodass ich auf ihm war. Der veränderte Winkel jagte prickelnde Hitze über meine Haut. Ich richtete mich auf, wobei mich ein Anflug von Schwindel überkam. Ich stützte mich auf seinem Oberkörper ab und rutschte etwas hin und her, bis ich die richtige Position gefunden hatte.

»Ist das in Ordnung?«, fragte er leise.

»Ich denke schon«, flüsterte ich zurück und legte eine Hand auf die Stelle, wo sein Herz schnell dagegen schlug. Die andere wanderte zu seinen Fingern an meiner Hüfte und ich verschränkte sie mit ihnen, während ich begann, mein Becken zu bewegen.

»Mach … einfach, was … dir gefällt«, stieß Lesh hervor und versuchte meinem Blick standzuhalten. Mit beiden Händen stützte ich mich auf seiner Brust ab und er neigte den Kopf so weit, dass seine Kehle einladend frei lag und ich mich vorbeugte, um mit den Lippen darüber zu fahren.

Sex mit Lesh. Fremd und zugleich vertraut. Schwer und zugleich leicht. Zaghaft und zugleich mitreißend. Echt und zugleich unwirklich.

Als ich mich aufrichtete, folgte er mir und stützte sich auf einen Unterarm. Sein Blick war entrückt, als er in meinen Nacken fasste und seine Lippen meinen Mund mit überwältigendem Drang bedeckten.

Ich fühlte, wie er sich meinem Rhythmus anpasste, mir entgegenkam und meinen Namen an meinem Mund seufzte, was einen Schauer über meinen Körper schickte. Mein Atem wurde mehr und mehr zu einem Keuchen. Vor Anstrengung und Gefallen. Lesh ließ meinen Nacken los, seine Hand fand zwischen meine Beine. Ich gab mich der reißenden Strömung hin, die uns mit sich nehmen wollte. Meine Stirn presste sich gegen seine, ab und zu fand ich seinen Mund, nur um ihn gleich wieder zu verlieren.

»Lesh«, hauchte ich und wollte ihm gern sagen, wie sehr mir das hier gefiel und wie richtig es war. Zu sprechen schien gerade jedoch unmöglich und er küsste die ungesagten Worte von meinen Lippen.

Seine Stöße wurden drängender und seine Finger lagen noch immer zwischen meinen Beinen, intensivierten die Gefühle. Leshs Stirn glänzte vor Schweiß und an seiner Schläfe pochte es, als ich seine Hand wegzog, ihn auf die Laken drückte und mir wieder die Kontrolle nahm. Ich bewegte mich schneller auf ihm und beobachtete, wie sich die Muskeln seines Oberkörpers an- und entspannten.

»Rosa? S-soll ich nicht?« Seine Finger zuckten, aber ich schüttelte den Kopf.

»… warum?« Lesh ließ stöhnend den Kopf in den Nacken fallen und holte keuchend Luft. Ich beobachtete mit klopfendem Herzen, wie er kam, wobei ich langsamer wurde und schließlich innehielt. Erschöpfung und Ruhe breiteten sich in mir aus. Eine ganze Weile verharrten wir so, bis Lesh sich leicht aufrichtete, um einen Arm um meine Hüfte zu schlingen und uns auf die Seite zu drehen.

»Ich bin gleich wieder da«, murmelte er und zog sich aus mir zurück, ehe er die Lippen auf meine presste und dann aufstand.

Ich konnte nicht verhindern, dass meine Augen an seinem breiten Kreuz und seinem nackten Hintern klebten, während er das Schlafzimmer verließ. Als er wiederkam, hatte ich eine der weichen Decken über mich gezogen und sah ihn erwartungsvoll und ein bisschen verwirrt an, als er sie leicht zur Seite schob.

»Ich glaube, wir sind noch nicht fertig, oder?«, fragte er.

Fasziniert beobachtete ich, wie er sich über die Unterlippe leckte und ich ließ mich fast bereitwillig darauf ein.

»Du musst das nicht tun«, sagte ich dennoch wahrheitsgemäß. Ein Orgasmus war etwas Schönes, aber nicht mein Ziel gewesen. Mein Ziel war es gewesen, Lust und Spaß beim Sex zu verspüren. Das hatte ich – ohne jeden Zweifel.

»Ich würde es sehr gern, wenn du es auch willst …«

»Grundsätzlich schon … Aber i-ich weiß nicht, ob ich dafür gerade entspannt genug bin oder ob mein Kopf zu voll ist. Vielleicht ist es gerade …«

»… zu viel?«

Langsam nickte ich und rückte ein Stück zur Seite, damit er sich neben mich legen konnte. Lesh lehnte sich mit dem Kopf ans Bettgestell, wand einen Arm um meinen Oberkörper und ich zog die Decke bis ans Kinn, bevor ich mich an seine Brust kuschelte. Gedankenverloren sah ich in das bläuliche Abendlicht vor den Fenstern.

»Sagst du mir, ob es dir gefallen hat?«, bat er schließlich leise.

»Ja«, versicherte ich. Langsam fuhr ich mit den Fingern durch sein schwarzes Haar, bis ich in seinem Nacken ankam und sie dort zum Stillstand kamen.

»Ich glaube, mit mir stimmt alles«, befand ich.

»Natürlich tut es das«, bemerkte er eindringlich. »Selbst wenn es dir nicht gefallen hätte, hätte genauso *alles* mit dir gestimmt.«

Eine Weile sahen wir einander stumm an.

»Hat es dir denn gefallen?«, fragte ich schließlich zurück und kurz entglitten seine Züge.

»Sehr«, stieß er hervor, bevor er rau lachend den Kopf schüttelte.

Kapitel 32

Rosa

Zwei Monate später

Diego, Nikki und Silas hatten ihr Zeugnis schon entgegengenommen und standen auf der anderen Seite der großen Tribüne. Zuversichtlich lächelten sie mir auf meinem Weg zu. Silas in blau statt in schwarz zu sehen, war ungewohnt. Sein Aquamarinhaar leuchtete unter der Absolventenkappe hervor und er schob sein Zungenpiercing zwischen die Zähne, als er mir zugrinste. Nikki hatte aufgeregte rote Flecken im Gesicht und Diego schien selbst der größte Talar noch zu klein zu sein.

Um nicht über den langen Stoff zu stolpern, raffte ich ihn hoch, bevor ich die Stufen zum Podest betrat.

Meine Ohren waren erfüllt von einem Rauschen und ich sah nur, wie sich die Lippen von Direktor Alderidge bewegten, als er mich beglückwünschte. Mit eiskalten Fingern nahm ich mein Zeugnis entgegen, schüttelte erst ihm die Hand, dann die der Bürgermeisterin.

Nach ein paar Sekunden stand ich bereits bei den anderen, die mich in ihre Arme schlossen. Nikki hob unauffällig die Troddel meiner Absolventenkappe auf die linke Seite, was ich vollkommen vergessen hatte.

In dem großen Durcheinander, nachdem schließlich die Kappen in die Luft geworfen wurden, folgte ich Gabe und Lia zu Dean und Bree. Beide kämpften gleichermaßen mit den Tränen, als sie uns umarmten. Mein Vater gab mir einen Kuss auf die Stirn und presste mich an sich. Sein Herz schien vor Stolz aus seiner Brust springen zu wollen. Ich atmete seinen leichten Geruch nach Pfefferminze und Brees Rosenwaschmittel ein. Dieser Duft war mir inzwischen so vertraut geworden.

Ein lautes Rufen brachte mich dazu, den Kopf zu heben. Ich reckte mich, um über die Eltern und Schüler hinwegzusehen, und entdeckte meine Mutter, die sich einen Weg zu uns bahnte. Schwer schluckte ich. Überrascht und überfordert.

Mit roten Wangen und außer Atem kam sie bei mir an und riss mich in ihre Arme.

»Ich habe es verpasst«, japste sie an meinem Ohr. »Als du dort oben standest, war ich nicht da.«

Dean kam mir mit einer Antwort zuvor.

»Ich habe alles auf Video.« Behutsam legte er ihr eine Hand auf die Schulter und ich war überrascht, dass sie nicht wegzuckte. Fünfzehn Jahre hatten sie sich nicht gegenüber gestanden. Es musste seltsam für beide sein, vermutlich sogar unangenehm.

»Oh«, hauchte Mum und lächelte dann schwach. »Der Flieger hatte über eine Stunde Verspätung.«

»Hättest du doch den Zug genommen«, bemerkte ich trocken und lächelte, als sie ärgerlich die Augenbrauen zusammenzog. »Aber ich freu mich, dass du da bist. Damit … habe ich nicht gerechnet.«

Meine Mutter zog mich wieder in eine feste Umarmung. Die Art, wie sie mir über den Rücken streichelte und wie ihr blondes

Haar meine Wange kitzelte, weckte fast vergessene Vertrautheit.

»Es tut mir leid, meine Süße. Die letzten Monate tun mir furchtbar leid. Ich war nicht imstande, klar zu sehen und zu erkennen, dass das Beste für dich nicht das Beste für mich ist.«

»Ist okay. Lass uns nicht jetzt darüber sprechen«, murmelte ich.

»Du bist herzlich eingeladen, so lange bei uns zu bleiben, wie du möchtest, Charlene«, schaltete Dean sich ein, der nicht unweit von uns stand. Ich lächelte ihm dankbar zu und Mum nickte zu meiner großen Überraschung. Dean schwenkte eine Kamera und hielt damit so viel wie möglich fest.

»Das Foto kommt an die Wand im Esszimmer«, bemerkte er, als ich für ihn mit meinem Zeugnis in der Hand gelächelt hatte. Etwas verlegen sah ich zu Boden, denn seine Worte freuten mich mehr, als ich es zugeben mochte. Mum nahm ihm die Kamera weg und bedeutete uns, zusammenzurücken. Dean drückte mich fest an seine Seite und mein Lächeln wurde noch breiter und echter.

»Das Foto sollte an diese Wand.« Mum gab Dean die Kamera wieder und Rührung für diese Geste flammte in mir auf.

»Ich werde mich kurz bei Arthur sehen lassen«, entschuldigte ich mich und schob mich durch die Schüler und Eltern an den Rand, wo ich unverkennbar seinen wirren Schopf ausmachte. Meine Absätze versanken im Gras und ich begann ungelenk auf den Zehenspitzen zu laufen.

Von dem Orchester und den vielen Stimmen war Yasmin ganz durcheinander und schrie lauthals. Kiana lief mit ihr auf und ab und schenkte mir ein entschuldigendes Lächeln. Arthur zog mich in eine nach frisch gemahlenen Kaffeebohnen duftende Umarmung. »Ich bin sehr stolz auf dich! Herzlichen Glückwunsch.«

»Danke.« Ich lächelte gerührt.

Arthur schob sich die goldumfasste Brille ins Haar und seine grauen Augen wurden eine Spur ernster. »Ich muss mich bei dir bedanken. Von ganzem Herzen. Du bist eine unverzichtbare Freundin für mich. Ohne dich hätten wir die letzten Monate nicht überlebt.«

»Hör auf, Arthur.« Schnell winkte ich ab.

»Ich meine es ernst, Rosa! Ich könnte mich nicht glücklicher schätzen, dass du noch bleibst. Was auch immer nach diesem Jahr kommen mag, im *Golden Plover* ist ein Platz für dich – immer.«

»Das ist gut zu wissen.« Meine Stimme wurde immer gepresster von den geballten Emotionen des Tages und Arthur konnte mir sicher ansehen, dass ich kurz vor den Tränen stand.

»Ich habe noch etwas für dich«, bemerkte er und griff in die Tasche seines braunen Jacketts. Er holte ein Foto in einem schmalen Holzrahmen hervor, das ich nur zu gut kannte. Abwehrend schüttelte ich den Kopf.

»Das geht nicht! Du liebst den Goldregenpfeifer.«

Entschieden legte er meine Finger um das Holz.

»Und dich liebe ich auch. Du sollst es als Erinnerung haben«, murmelte er und zu meinem Schrecken bemerkte ich glitzernde Tränen in seinen Augen.

»Aber ich gehe doch noch gar nicht weg. Ich bin noch über ein Jahr hier. An deiner Seite im *Golden Plover*.«

»Weiß ich doch. Vielleicht hoffe ich, dass du den kleinen Kerl hier als Anreiz nimmst, immer wieder zu Besuch zu kommen, wenn du irgendwann doch weg bist.« Fast trotzig schob er die Lippen vor und ich lachte leise.

»Du weißt aber, dass Lesh hier lebt und ein guter Stammkunde bei dir ist und die Wahrscheinlichkeit damit bei nahezu hundert Prozent liegt?«

»Ich könnte ihn dafür küssen«, erwiderte Arthur grinsend und ich hob die Brauen, wobei ich noch lauter lachen musste. Dann sah ich auf die Fotografie des kleinen Vogels und mein Lachen erstarb.

»Auch ohne das hier könnte ich dich niemals vergessen. Du warst das erste Gute, das mir hier passiert ist. Vergiss das nicht.«

»Du machst mich fertig.« Hemmungslos weinend fiel Arthur mir um den Hals und über seine Schulter fing ich den Blick von Kiana auf, die lächelnd feixte.

»Wir sehen uns Montag«, sagte Arthur schließlich mit belegter Stimme, ließ mich los und nahm die Brille ab, um über seine Augen zu wischen.

»Hörst du auf, zu weinen, wenn ich dir sage, dass Rivercrest sich nach Heimat anfühlt und ich mir hier eine Zukunft vorstellen kann?«

»Dann weine ich noch viel mehr, wenn auch vor Glück.«

»Dann sage ich es lieber nicht.«

Nachdem ich Kiana gewunken hatte, suchte ich langsam wieder den Weg zurück zu den anderen, wobei ich das Foto fest an meiner Brust barg. Ivy lenkte ihre Aufmerksamkeit auf mich, indem sie an meinem Talar zupfte.

»Kommst du mit? Wir wollen uns verabschieden. Familienfeiern und so weiter.« Sie nahm mich bei den Händen und zog mich zu Diego, Silas, Gabe, Lia und Meagan. Ich spürte die leicht bedrückte Stimmung, die alle wegzulächeln versuchten.

»Es ist vorbei«, bemerkte Nikki neben uns. Ihr flammendes Haar wogte um ihr Gesicht und sie schniefte leise.

»Wir haben noch den ganzen Sommer. Nichts ist vorbei«, hielt Ivy dagegen. Ein Neuanfang bedeutete immer auch, dass es ein Ende geben musste. Aber sie hatte recht: Wir hatten noch den ganzen Sommer.

Dann würde Silas endlich wieder mit seiner Freundin Alex

zusammen sein, Nikki und Diego hatten sich für dasselbe College entschieden. Ebenso wie Lia, Meagan, Gabe und Ivy. Niemand war allein. Auch ich nicht, ganz gleich, ob es sich manchmal so anfühlte. Es war schon etwas seltsam, dass sie alle auf ein College gehen würden, während ich hierblieb. Aber ich bezweifelte meine Entscheidung in keiner Sekunde.

»Ich muss kurz zu den Jungs«, bemerkte Gabe mit einem Blick zu der Gruppe, die ihm winkte. Bevor er sich absetzte, lehnte er sich zu Ivy und gab ihr einen schnellen Kuss.

»Hui«, machte Nikki überrascht und Ivy errötete.

»Seid ihr jetzt zusammen?«, fragte Diego stirnrunzelnd.

»Nein«, sagte Ivy in dem Moment, als Lia »Ja« sagte.

»Nur ein bisschen«, gab Ivy schließlich zu und stieß Lia dabei sanft den Ellbogen in die Seite. Der verächtliche Ton, in dem sie zu Anfang die *Silver-Zwillinge* gesagt hatte, war nur noch eine seltsam surreale Erinnerung.

»Meine Eltern machen Druck.« Nikki deutete in die Menge. »Unser Camping-Trip in zwei Wochen steht, oder?« Mit leuchtenden Augen sah sie in die Runde und alle nickten.

»Super.« Sie streckte uns beide Daumen hin. Auch Silas, Ivy, Diego und Meagan verabschiedeten sich und Lia und ich eisten Gabe von seinen Freunden los.

Während Mum und ich bei Gabe und Lia im *Buick Verano* saßen, vibrierte mein Handy. Wir waren gerade an der langen Waldstraße angekommen, als ich das Videosymbol bei Erins Anruf sah. Ich zögerte nur kurz. In den letzten Wochen hatten wir ein paar Mal telefoniert. Unser Verhältnis würde nie wieder so sein wie früher, aber das war auch gut so. Inzwischen hatten auch sie sich damit arrangiert, dass sich unsere Leben in unterschiedliche Richtungen entwickelt hatten und es auch weiterhin tun würden. Vielleicht waren sie nicht mehr meine besten Freundinnen, trotzdem wollten wir versuchen, Kontakt zu halten. Sie würden zudem ebenfalls bei dem Camping-Ausflug dabei sein.

Cat und Erin grinsten, als sie auf meinem Bildschirm auftauchten. Wir beglückwünschten einander. Auch sie hatten gerade die Feierlichkeiten in der Schule beendet und fuhren jetzt mit ihren Familien nach Hause.

Wir tauschten eilige Sätze über die Zeremonie, bis Erin bemerkte, dass wir dazu in zwei Wochen genug Zeit haben würden.

»Hoffentlich ist es wirklich so warm, wie du behauptest. Rivercrest schien mir kein Ort, an dem ich gern in einem Zelt schlafen würde. Unter fünfzehn Grad bei Nacht mache ich nicht mit«, prophezeite Cat.

Ich lächelte beruhigend. »Mach dir keine Sorgen. Der Sommer in Rivercrest ist wirklich wunderschön!«

Kapitel 32 ½

Lesh

Die grobe Holzmaserung des Fußbodens drückte sich gegen seine Knöchel. Er spürte deutlich das Zittern seines linken Armes, der einen Großteil der alten Kraft eingebüßt hatte, als er sich hochstemmte. Alles an seiner Hand fühlte sich noch immer ungelenk an, ein wenig fremd. Nach zehn Liegestützen gab er auf. Die Fingerglieder schmerzten und das Gefühl zog sich bis in den Handrücken hoch. *Zu früh. Zu viel.*

Und eigentlich … vollkommen unerheblich. Hatte Lesh sich nicht dazu entschieden, nicht noch einmal am *Bare Knuckle* teilzunehmen? *Vielleicht … noch ein Mal.* Seine Worte an Rosa wurden immer wieder in seinen Gedanken laut. Ihm war nicht begreiflich, was er daran vermisste. Aber er musste mit dem *Blindspot* abschließen. Veit hatte es auf ein Communitycollege geschafft und gekündigt. Lesh freute sich für ihn. Niemand hatte es so sehr verdient, aus diesem Loch rauszukommen wie Veit. Das sollte ihm den Antrieb geben, dasselbe zu tun.

Rosa hatte ab heute die High School offiziell abgeschlossen. Er war frei. Er könnte sich zum neuen Schuljahr als Lehrer bewerben. Seltsamerweise war er nicht sicher, ob er bereit war für das Leben. *Das richtige Leben.* Ohne Angst, Wut, Hass und Schatten.

An der Haustür klingelte es. Und gleich darauf wieder.

Bitte nicht schon wieder Chay.

Widerstrebend stieg er die Treppe hinunter, ging in den Flur und riss die Tür auf, wobei er sich so in den Rahmen stellte, dass Chay sich nicht sofort an ihm vorbeischieben konnte.

Zu seiner Überraschung stand vor ihm nicht sein Bruder, sondern eine kläglich aussehende Keira.

»Hey«, stieß er verblüfft hervor und zog sie im nächsten Moment ins Haus. »Was ist?«

Seine beste Freundin schlug sich die Hände vor das Gesicht, trotzdem tropften Tränen von ihrem Kinn.

»Ich kann nicht mehr«, glaubte er, ihre gestammelten Worte enträtseln zu können.

»Chay?«, fragte er und sie nickte heftig, wobei sie die Finger in ihrem Gesicht an Ort und Stelle ließ.

Lesh nahm sie in den Arm, wiegte sie hin und her und wartete, bis ihr Körper nicht mehr von Schluchzern geschüttelt wurde.

»Kann ich ein paar Tage hierbleiben?«, fragte sie mit zitternder Stimme.

»So lange du willst«, erwiderte Lesh und nahm sie mit ins Wohnzimmer. Sie hockte sich dort auf die Couch, wo sonst Rosa saß, und bettete den Kopf erschöpft an die Rücklehne. Abwartend musterte Lesh sie und Keira raufte sich die kurzen Haare, bevor sie tief Luft holte.

»I-ich finde, eure Eltern sollten es allmählich wissen. Wir schweigen schon viel zu lang.«

Lesh spürte, wie sich seine Gesichtszüge augenblicklich verhärteten.

»Sie fragen ständig nach ihm und ich bin es leid, zu lügen.«

»Wenn, dann sollte Chay es ihnen selbst sagen. Du bist nicht für unsere Familie verantwortlich, Keira!«

»Aber —«

»Ich weiß, dass sie für dich auch wie Eltern sind«, unterbrach er sie. »Trotzdem musst du dir nicht alles aufladen. Merkst du nicht, dass du dich die ganze Zeit mit den Problemen anderer Leute beschäftigst?«

»Aber —«, begann sie wieder kläglich, brach dieses Mal jedoch von allein ab und hob nur hilflos die schmalen Schultern.

»Du machst dich kaputt. Chays Absturz ist hart, aber nicht dein Problem!«

Mit großen Augen starrte sie ihn an, als hätte er gesagt, sie solle seinen Bruder eine Klippe hinunterstürzen.

»Lass ihn gehen. Wenn er stark genug ist, wird er zurückkommen.«

Ihr Kopf begann, sich von einer Seite zur anderen zu drehen.

»Du hast ihn aufgegeben«, hauchte sie entgeistert. »Das darfst du nicht!«

»Ich hoffe, dass er irgendwann so sehr auf dem Boden der Tatsachen aufschlägt, dass er sein Problem erkennt. Du kannst ihn nicht dazu zwingen, gesund zu werden. Das muss er selbst schaffen. Ich habe ihn nicht aufgegeben.« Die letzten Worte schmeckten bitter und fühlten sich gelogen an.

Als Chay in Rivercrest gewesen war, hatte Lesh die Dunkelheit gesehen, in der sein Bruder bis zum Hals steckte.

»Ich hatte gehofft, du … würdest noch einmal mit nach Aelview kommen und ihn mit mir in den Entzug bringen«, murmelte Keira. Wieder – oder noch immer – glänzten ihre Augen vor Tränen.

Bedauernd schüttelte Lesh den Kopf. »Ein Entzug bringt

nichts, wenn er es nicht will. Du kannst ihn nicht zwingen.«

»Er wird gehen. Er hat einen guten Grund zu gehen. Den besten, den man haben kann!«

»Und welcher wäre das?«

Keira sah ihn finster an und schien mit sich zu ringen.

»Erinnerst du dich an Emmy?«

Lesh nickte.

»Sie ist sich noch nicht sicher, was sie machen soll. Ich soll es eigentlich niemandem sagen.«

»Keira?« Lesh wollte ihr Herumdrucksen beenden.

Sie nickte kurz entschlossen.

»Emmy ist schwanger – von Chay.«

Kapitel 33

Rosa

Ein Jahr später

Die Wohnung in Aelview war klein, aber schön. Wohnzimmer, Schlafzimmer, Küche und Badezimmer – mehr brauchte ich ohnehin nicht. Von mir aus könnte sie noch kleiner sein, denn meine wenigen Kartons sahen furchtbar verloren aus. Ziellos lief ich durch die Räume, versuchte nicht zu sehr darüber nachzudenken, wie weit weg all das hier von Rivercrest war. Aber ich hatte ein klares Ziel vor Augen. Ich würde meinen Bachelorabschluss machen, zurück nach Rivercrest ziehen und bei Arthur als gleichberechtigte Partnerin einsteigen. Wir wollten das *Golden Plover* gemeinsam führen. Dieser Gedanke erschien mir noch immer surreal.

Ich war mir sicher, dass Lolli meinen Weg gutheißen würde. Manchmal war ich traurig, dass sie nicht sehen konnte, dass ich tatsächlich irgendwann einmal in meinem Beruf Zimtschnecken backen würde, wie ich es schon früher behauptet hatte. Doch ich hatte es endlich geschafft, ihren Tod zu akzeptieren und die Erinnerung an sie als etwas Kostbares zu bewahren.

Nach meinem Weggang hatte Arthur zwei Teilzeitkräfte einge- stellt. Widerwillig, doch er hatte aus dem Fehler der letzten Jahre gelernt und passte besser auf sich auf. Außerdem konnte er end- lich wieder mehr fotografieren.

Ich ging zu meinem Rucksack, zog das Bild des Goldregenpfei- fers heraus und stellte es auf die Fensterbank des Wohnzimmers.

»Rosa?« Lesh tauchte in der geöffneten Wohnungstür auf.

»Wir wären so weit.« Er lächelte leicht, aber ich wandte mich ab, weil es nicht vollkommen echt war. So schwer die Trennung von Arthur, Kiana und Yasmin, dem Café und meiner Familie war, am schwersten wog die Gewissheit, vier Jahre lang eine Fern- beziehung führen zu müssen. Inzwischen hatte ich mich daran gewöhnt, Beziehungen zu wichtigen Menschen auf dem Bild- schirm zu führen. Zu Ivy, Lia und Gabe, zu meiner Mutter und zu Cat und Erin. Im vergangenen Jahr war der Kontakt zu Nikki und Diego etwas eingeschlafen und zu Silas ganz abgebrochen. Doch das war nicht schlimm. Es waren wunderbare Abschnittsmen- schen gewesen und Nikki und Diego hatte ich immerhin noch zweimal gesehen, als sie ihre Familien in den Semesterferien besucht hatten.

Aber ich konnte nicht so einfach eine Liebesbeziehung auf dem Bildschirm führen, auch wenn Video- oder Telefonsex gewisse Reize hatten.

Leshs Eltern wohnen hier. Keira wohnt hier. Chay wohnt hier – auch wenn es mir lieber wäre, er würde es nicht tun.

Lesh würde am Wochenende herkommen und ich in den Semesterferien zu ihm. Irgendwie würden wir das schaffen. *Außerdem hast du auf dein Bauchgefühl gehört und das hatte bis- her immer recht.* Der Campus der *View* hatte etwas in mir wach- gerüttelt und mich davon überzeugt, dass ein Studium doch eine gute Wahl war. Auch und vor allem, um meiner zukünftigen Aufgabe im *Golden Plover* gerecht zu werden.

Ich hatte die Wahl gehabt zwischen der *View* und einem weiteren College, das eigentlich näher an Rivercrest lag. Doch Leshs Vater Thomas, der Gastdozent an der *View* war, hatte mich in meiner Entscheidung beratend unterstützt und bestärkt.

»Rosa?«

Während Lesh geduldig gewartet hatte, waren die anderen nicht so nachsichtig mit mir gewesen. Nacheinander polterten sie in die Wohnung. Dean und Bree. Mum mit ihrem neuen Freund Carl. Lia, Gabe und Ivy. Und zum Schluss Keira.

Ich schluckte. Zum Glück hatte ich Arthur und Kiana verboten, mitzukommen. Es war so schon schwer genug, nicht sekündlich in Tränen auszubrechen. Vor Aufregung, Rührung, Angst, Abschied.

»Nicht weinen«, rief Mum und eilte auf mich zu, dicht gefolgt von Dean.

Ich ließ ihre Umarmungen über mich ergehen, wischte mir schnell über die Augen und blinzelte angestrengt. Ich sollte mich wirklich zusammenreißen. Es würde schon bald dämmern und bevor wir gemeinsam etwas essen gingen, wollten Keira und Lesh eine kleine Stadtführung geben. Bis auf ihn würden heute Abend alle wieder fahren. Morgen früh wollten wir mit dem Aufbau der Möbel in meiner Wohnung beginnen. *Meine Wohnung* – das klang komisch. Bei dem Gedanken, die nächsten vier Jahre hier zu wohnen, drohte ich jedes Mal ein wenig durchzudrehen. Doch das Wohnheim auf dem Campus war keine Option gewesen. Ich wollte einen Rückzugsort. Für mich – und für Lesh, wenn er hier war. Er hatte versprochen, die drei Wochen bis zum nächsten Semester – seinem zweiten Jahr als Lehrer an der *Rivercrest High School* –, hier bei mir zu bleiben, und ich hoffte, dass sich die

Vorstellung, allein zu wohnen, dann nicht mehr ganz so beängstigend anfühlen würde.

»Los jetzt«, rief Ivy. »Ich habe Hunger!«

Ich machte mich von meinen Eltern los und ging tapfer zur Wohnungstür. Zwei Stockwerke lief ich nach unten und trat dann in die warme Sommersonne.

»Hast du nicht eben zwei Croissants gegessen?«, hörte ich Gabe stichelnd sagen.

»Die bestehen doch fast nur aus Luft«, hielt Ivy dagegen.

»Ich habe noch einen Bagel.« Gabe grinste triumphierend, als sie fordernd die Hand danach ausstreckte.

»Her damit.«

Bereitwillig ging er zum *Buick Verano* und hielt ihr eine Papiertüte hin. Ivy strahlte.

»Alle bitte folgen«, verkündete Keira und winkte mit beiden Armen.

»Zweifel?«, fragte Lesh leise, der als Letzter hinter mir auf die Straße getreten war.

»N-nein.«

»Nur vier Jahre.« Eine warme Böe blies mir Haarsträhnen ins Gesicht, die Lesh fortschob. Das erste Mal hörte ich auch in seiner Stimme deutlich die Traurigkeit. Bisher hatte er versucht, mich nicht sehen zu lassen, dass die künftige Entfernung ihn mitnahm.

»Nur vier Jahre«, wiederholte ich und zupfte an dem luftigen Kleid, das für den Sommer hier dennoch aus zu viel Stoff zu bestehen schien. Mir fehlte die salzige Abkühlung an der Küste und ein leises Seufzen kam über meine Lippen.

Schnell drehte ich mich um und zog die schwere Tür zum Treppenhaus hinter mir zu, bevor ich nach Leshs Hand griff und wir den anderen folgten.

Deine Wellen haben mich

zurückgebracht auf meinen Kurs.

Danksagung

Die Danksagung zu schreiben, ist für mich vielleicht eine ebenso große Herausforderung wie das gesamte Buch. Ich schiebe es so lange wie möglich auf, weil es das Ende bedeutet. Wenn eine Geschichte erzählt ist, fühle ich mich ein bisschen leer. Das Schreiben war schon immer Realitätsflucht für mich und meine Bücher sind ein Ort, der nur mir gehört – bis zur Danksagung, die bedeutet, dass ich diesen Ort mit anderen Menschen teile.

Dein Wind in meinen Wellen habe ich sehr still für mich geschrieben und es war ein stürmisches Auf und Ab.

Zugleich waren einige liebe Menschen beteiligt, denen ich unbedingt danken muss.

Ein großer Dank gilt nach wie vor dem VAJONA Verlag und vor allem Vanessa. Danke, dass ihr an meiner Seite seid.

Danke an Julia für das wunderschöne Coverdesign und danke an meine Lektorin Désirée. Du hast Rosa und Lesh so sanft behandelt und sie mit all ihren Ecken und Kanten angenommen. Das hat mir viel bedeutet!

Danke an die besten Autorinnenkolleginnen für den Austausch und die gegenseitige Hilfe zu jeder Zeit.

Danke an meine wundervolle Familie und meine lieben Freundinnen. Für euer Zuhören und eure Worte.

Danke an Jonas. Für dein Verständnis, deine Unterstützung und dass du *du* bist.

Danke an alle Leser*innen, dass ihr meine Worte und dieses

Buch gelesen habt. Vielleicht hat Rosa euch gezeigt, dass es okay ist, ab und zu verloren zu sein. Manchmal muss man sich erst verlieren, um sich erneut finden zu können.

Vielleicht hat Lesh euch gezeigt, dass eine Veränderung bei euch selbst beginnt. Bewahrt die guten Dinge der Vergangenheit, lasst die schlechten los. Sie liegen nicht mehr in eurer Hand. Die Gestaltung eurer Zukunft hingegen ist facettenreich und wandelbar.

Ebenso wie Wellen,

geformt vom Wind.

Liebesromane im VAJONA Verlag

Ein Soldat, der auf eine Frau trifft, die sein Leben
grundlegend verändert ...
von *Vanessa Schöche*

UNBROKEN Soldier

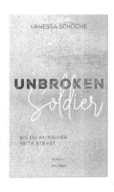

Vanessa Schöche
456 Seiten
ISBN 978-3-948985-66-0
VAJONA Verlag

»Das Leben ist nicht nur kunterbunt, Ava.«
»Es ist aber auch nicht nur schwarz-weiß, Wyatt.«

Ava und ich kommen aus verschiedenen Welten.
Alles an ihr ist rein, farbenfroh und hell. Und damit nun einmal das absolute
Gegenteil von mir und meinem Dasein. Während sie jede träumerische
Aussicht aus ihren noch so kleinen Venen zieht, bin ich Realist.
Sie muss verstehen, dass nicht alles im Leben kunterbunt ist. Ava will mich
retten. Das spüre ich ganz deutlich. Aber sie sollte begreifen, dass ich gar
nicht gerettet werden will. Und noch viel wichtiger: Dass ich nicht gerettet
werden kann, selbst wenn ich wollte.

Eine Geschichte voll ewiger Liebe, prägendem Verlust und tiefer Vergebung von *Vanessa Schöche*

Meine Hoffnung im Mondschein

Vanessa Schöche
400 Seiten
ISBN 978-3-987180-79-8
VAJONA Verlag

VERÖFFENTLICHUNG: 12. Juli 2023

Josias und ich teilten in jener Nacht unsere größten Geheimnisse. Man sollte meinen, dass uns das zu etwas Besonderem gemacht hätte. Doch dann, als wir uns jetzt nach über zehn Jahren wiedersehen, erkennt er mich nicht. Weil er sich scheinbar nicht einmal die Mühe gemacht hat, außerhalb seines Bestseller-Ruhms an mich zu denken. Und wie naiv ich doch war, dass ich in dieser Zeit tagtäglich mindestens einen Gedanken an ihn verschwendete. Denn jetzt stellt sich heraus: Josias war die reinste Zeitverschwendung und all seine Geschichten, die meine Gefühlslage beim Lesen immer wieder ins Wanken brachten, ebenso ... Meine Hoffnung im Mondschein. Das Mädchen vom See. Wie könnte ich Annylou jemals vergessen. Sie ist der Grund, dass ich jeden Tag ein bisschen mehr sterbe. Weil sie aus meinem Leben verschwunden ist und unauffindbar war. Bis heute. Dabei hat mit ihr alles angefangen, was an Bedeutung gewann. Denn manchmal braucht man nur die eine Person, die an einen glaubt. Nur diese eine. Dann ist es egal, dass zig andere es nicht tun. Annylou ist dieses eine Wesen, das an mich glaubte.

Der fesselnde Auftakt einer royalen Geschichte von
Maddie Sage

Imperial – Wildest Dreams

Maddie Sage
488 Seiten
ISBN 978-3-948985-07-3
VAJONA Verlag

»Wem sollen wir in einer Welt voller Intrigen und Machtspielchen noch vertrauen? Lassen wir unsere Gefühle zu, stürzen wir alle um uns herum ins Verderben.«

Nach einer durchzechten Nacht reist Lauren gemeinsam mit ihrer feierwütigen Freundin Jane für ein Jahrespraktikum ins Schloss des Königs von Wittles Cay Island. Und das, obwohl ihr der Abschied von ihrer Familie alles andere als leichtfällt, denn diese ist ihr größter Halt, nachdem ihr Vater vor fast vier Jahren spurlos verschwunden ist.

Am Hof sieht Lauren sich jedoch mit zahlreichen Problemen konfrontiert, allen voran mit Prinz Alexander, dessen Charme sie wider Willen in den Bann zieht. Dabei ist der Königssohn bereits der englischen Prinzessin versprochen worden, die vor nichts zurückschreckt, um ihren Anspruch auf Alexander und den Thron zu sichern. Dennoch kommen sich Lauren und der Prinz immer näher, ohne zu ahnen, in welche Gefahr sie einander dadurch bringen. Bis plötzlich Laurens verschollener Vater auftaucht und sie feststellen muss, dass die Folgen seines Verschwindens weiter reichen, als sie je für möglich gehalten hätte.

Die neue Reihe von *Maddie Sage*
<u>Liebe. Schauspiel. Leidenschaft.</u>

EVERYTHING – We Wanted To Be 1

Maddie Sage
450 Seiten
ISBN 978-3-948985-45-5
VAJONA Verlag

»Schauspiel war für mich so viel mehr als meine Leidenschaft. Es war das Ventil, das ich brauchte, um all die Schatten meiner Vergangenheit erträglicher werden zu lassen.«

Die Welt von Blair besteht aus aufregenden Partys und glamourösen Auftritten. Als Tochter eines Hollywoodregisseurs besucht sie eine der renommiertesten Schauspielschulen in LA. Doch so sehr sie sich anstrengt – ihre Bemühungen, endlich ihre eigene Karriere voranzubringen, bleiben erfolglos, obwohl sie seit Monaten von einem Casting zum nächsten hechtet.
Am Morgen nach einer Benefizgala verspätet sie sich für das Vorsprechen einer neuen Netflixserie. Während des Castings begegnet sie dem Schauspieler und Frauenschwarm Henri Marchand, den sie von der Gala am Vorabend wiedererkennt. Ausgerechnet er ist ihr Co-Star und meint, ständig seinen französischen Charme spielen lassen zu müssen.
Die Chemie zwischen den beiden stimmt auf Anhieb, sodass Blair unerwartet eine Zusage für eine der Hauptrollen erhält. Nicht nur die beiden Charaktere kommen sich mit jedem Drehtag näher, auch Blair und Henri fühlen sich immer mehr zueinander hingezogen. Aber kann sie dem Netflixstar wirklich vollkommen vertrauen?

Der packende Auftakt der WENN-Reihe
von *Jasmin Z. Summer*

Erinnerst du mich, wenn ich vergessen will?

Jasmin Z. Summer
ca. 450 Seiten
ISBN 978-3-948985-72-1
VAJONA Verlag

**»Sie will die Vergangenheit endlich ruhen lassen.
Doch dann kehrt er zurück und will sie genau daran erinnern.«**

Sieben lange Jahre sind vergangen, seit Holly von ihrer ersten großen Liebe verlassen wurde. Ohne jegliche Erklärung, ohne jeden Grund. Doch mit Connors Rückkehr werden nicht nur all die unbeantworteten Fragen, sondern auch die dunklen Geheimnisse wieder ans Licht gebracht. Fragen, auf die sie schon längst keine Antworten mehr will, und Geheimnisse, die alles verändern könnten. Was, wenn die Gefühle noch da sind, aber das Vertrauen bereits zerstört ist? Und was, wenn eigentlich alles ganz anders war, als es damals zu sein schien?

Die leidenschaftliche **Es braucht**-Reihe von
Jenny Exler ...

Es braucht drei, um dich zu vergessen

Jenny Exler
ca. 420 Seiten
ISBN 978-3-948985-76-9
VAJONA Verlag

**»Momente wie diesen wollte ich in ein Marmeladenglas einschließen,
es gut verpacken und mitnehmen, um es zu öffnen, wenn ich mich
schlecht fühlte.«**

New York, der Ort, an dem Träume wahr werden. In meinem Fall: An der
Juilliard studieren und Tänzerin werden. Genauso wie meine Mom – vor
ihrem Tod. Ich hatte nur mein Ziel im Blick. Jedenfalls bis dieser
aufdringliche Schnösel Logan Godrick auftauchte und er mich wortwörtlich
aus dem Rhythmus brachte. Für ihn ging es nicht um Perfektion, sondern um
Leidenschaft. Logan öffnete mir die Augen, zeigte mir eine Welt abseits von
Fleiß und Erfolg. Er half mir, meinen eigenen Rhythmus zu finden. Dieser
aufdringliche Schnösel zeigte mir das Leben. Aber was passiert, wenn das
Lied, das uns verbindet, mich zum Stolpern bringt? Wenn alles anders ist, als
ich immer dachte? Wenn ein falsch gesetzter Schritt all die Lügen aufdeckt
und alles zum Einsturz bringt?

Die neue Reihe von *Vanessa Fuhrmann*
Ein ganz besonderes Setting

SADNESS FULL OF Stars (Native-Reihe Band 1)

Vanessa Fuhrmann
ca. 450 Seiten
ISBN 978-3-987180-23-1
VAJONA Verlag

Die Sterne am Himmel zeigen uns immer den Weg. Sie lassen uns niemals im Stich. Genauso wenig wie der Adler. Er spannt die Flügel, um uns zu zeigen, wie frei jeder einzelne Mensch eigentlich sein sollte.

Freiheit und Naturverbundenheit – das ist es, was Sunwais Leben prägt. Sie gehört den Citali an, einem indigenen Volk Amerikas. Trotz der Reservate und der modernen, schnelllebigen Welt versuchen die Citali noch immer, so nah wie möglich an den früheren Wurzeln der Native Americans zu leben. Technik und Modernität sind Sunwai fremd. Doch eines Tages trifft sie Johnny, der im Zion-Nationalpark campen und wandern möchte, um seinen Traumjob und seine familiären Probleme in Los Angeles zu vergessen. Sunwai ist fasziniert von Johnny und beide wollen die Welt des jeweils anderen kennenlernen. Dabei kommen sie sich gefährlich nahe. Doch was, wenn Johnny so sehr gebrochen ist, dass er Sunwai mit sich in die Tiefe und fort von ihrer Familie ziehen könnte?

Der Auftakt der <u>Romance-Thrill</u> Destroy-Reihe
von *Aileen Dawe*

DESTROY – The Hidden Secrets (Band 1)

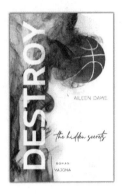

Aileen Dawe
400 Seiten
ISBN 978-3-9487180-40-8
VAJONA Verlag

VERÖFFENTLICHUNG: 05. April 2023

Und hier saßen wir nun. Zwei gebrochene Herzen, die sich einander hielten, im gegenseitigen Versuch, das andere zu heilen.

Unbeschwertheit ist für Collin Donovan ein Fremdwort, denn auf seinen Schultern lastet enormer Druck. Seine Basketballkarriere scheint in Stein gemeißelt, nur ist es nicht die Zukunft, die er sich wünscht. Als Malia Evans in das verschlafene Nest Rosehollow kommt, stellt sie seine Welt sofort auf den Kopf und schenkt Collin das, wonach er sich immer gesehnt hat: Freiheit. Doch mit Malias überstürzter Flucht holen sie Erinnerungen ein – und das schneller, als sie jemals rennen kann. Während sie verzweifelt versucht, die Schatten ihrer Vergangenheit zu vergessen, droht Collins Geheimnis ihn endgültig zu brechen …

Fantasyromane im VAJONA Verlag

Episch. Atemberaubend. Emotionsgeladen.
Der Auftakt einer noch nie dagewesenen Fantasyreihe von *Sandy Brandt*

DAS BRENNEN DER STILLE – Goldenes Schweigen

Sandy Brandt
ca. 450 Seiten
Band 1
ISBN Paperback 978-3-948985-52-3
ISBN Hardcover 978-3-948985-53-0
VAJONA Verlag

»Früher hätte sich die Menschheit durch ihre Lügen fast ausgerottet – die Überlebenden haben geschworen, dass es nie wieder so weit kommt. Heute erscheint jedes gesprochene Wort narbenähnlich auf der Haut. Die Elite herrscht stumm, während die sprechende Bevölkerung als Abschaum gilt.«

Olive und Kyle kommen aus zwei verschiedenen Welten.

Die achtzehnjährige Olive lebt in einer Welt, die von absoluter Stille und Reinheit geprägt ist. Selbst unter der stummen Oberschicht gilt sie als Juwel. Kyle dagegen trägt tausend Wörter auf der Haut und ein gefährliches Geheimnis im Herzen.

Als sie gemeinsam entführt werden, sind sie überzeugt, der andere sei der Feind. Sie ahnen nicht, dass dunklere Intrigen gesponnen werden. Olive will ihr Schweigen wahren, um nicht der geglaubten Sünde zu verfallen. Und Kyle weiß, dass es für ihn tödlich enden wird, wenn das stumme Mädchen hinter sein Geheimnis kommt. Beide müssen entscheiden, welchen Preis sie für ihre Freiheit zahlen wollen – und ob sie einander vertrauen können …

Magisch. Düster. Emotionsgeladen.
Die neue Fantasy-Saga von *Sandy Brandt*

THE TALE OF WYCCA – Demons (Band 1)

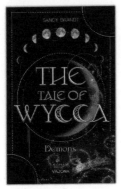

Sandy Brandt
450 Seiten
ISBN 978-3-987180-86-6
VAJONA Verlag

VERÖFFENTLICHUNG: 11. Oktober 2023

Die Dämmerung setzt ein und mit ihr erheben sich die blutigen Gestalten zu Ehren des Veri-Festes. Sie sammeln sich um ihren König. Denn er ist das Blut, das den Neuanfang verkündet.

Der Preis für die Stadt Avastone war Blut. Blut, das auf ewig durch den Fluss Mandalay fließt, um den Frieden zwischen Menschen und Wycca zu wahren. Als Raevan Tennyson gegen seinen Willen König wird, ist er gezwungen, das Ausmaß seiner Kräfte zu verbergen. Denn jahrhundertelange Kriege haben die Furcht der Menschen vor den Wycca genährt. Und Raevan ist der tödlichste unter ihnen. Doch die Menschen in den Straßen Avastones schmieden eine Waffe, die den König vernichten soll. Um den Thron und sein Leben zu retten, sucht Raevan nach der legendären Blutkrone. Die Spur führt ihn in die berüchtigte Sternengasse, die wegen des Schwarzmarkts für Magie kaum jemand zu betreten wagt. Doch nicht nur die Dunkelheit lockt Raevan. Obwohl er verheiratet ist, verliert er sein Herz an die Menschenfrau Azalea. Er weiß, jede Berührung kann tödlich enden. Denn auf Ehebruch mit dem König steht die Todesstrafe.

Romantasy im VAJONA Verlag

Spannend. Romantisch. Einzigartig.

SKY HIGH – Kampf um die Ewigkeit

Miriam May
ca. 400 Seiten
ISBN Paperback 978-3-948985-88-2
VAJONA Verlag

Bree streckte ihre Hand aus und die Insel über ihr verschluckte das Licht, das gerade noch ihre Finger geküsst hatte. Es war eine Ehre, in ihrem goldenen Schatten zu leben.

Der Himmel über Brealynns Heimatstadt ist gesäumt von einem Kreis aus schwebenden Inseln. Auf ihnen leben die Unsterblichen, die von den Menschen wie Götter verehrt werden und unerreichbar erscheinen. Doch hin und wieder verschwimmt die Grenze zwischen den beiden Welten, wenn ein Unsterblicher das Alter von hundert Jahren erreicht und nach einem Partner für die Ewigkeit sucht. Als Bree am Wettkampf über den Wolken teilnehmen darf, wird sie zum Aushängeschild ihrer Familie. Alle sind sich sicher: Wenn jemand an die Perfektion der Himmelsbewohner heranreichen und den Unsterblichen Kace von sich überzeugen kann, dann sie. Doch ist Bree wirklich die makellose junge Frau, die Kace sofort in ihren Bann zieht? Oder braucht sie die Hilfe von Adrien, dessen Leben als Diener der Unsterblichen zu einem Albtraum geworden ist, viel mehr, als sie es sich eingestehen möchte?

Folge uns auf:

Instagram: www.instagram.com/vajona_verlag
Facebook: www.facebook.com/vajona.verlag
Website: www.vajona.de

DER PODCAST